Sturm über Beauregard Abbey

ELIZABETH
EDMONDSON

Sturm über Beauregard Abbey

Roman

Aus dem Englischen von
Sonja Schumacher & Rita Seuß

Weltbild

Die englische Originalausgabe erschien 2011 unter dem Titel
Stone & Shadows.

Besuchen Sie uns im Internet:
www.weltbild.de

Genehmigte Lizenzausgabe für Verlagsgruppe Weltbild GmbH,
Steinerne Furt, 86167 Augsburg

Übersetzung: Sonja Schumacher & Rita Seuß
Umschlaggestaltung: bürosüd°, München
Umschlagmotiv: bürosüd°, München
Gesamtherstellung: GGP Media GmbH, Pößneck
Printed in the EU
ISBN 978-3-86365-174-9

2015 2014 2013 2012
Die letzte Jahreszahl gibt die aktuelle Lizenzausgabe an.

Prolog

Yorkshire, Beauregard, 1538

Die Reiter auf dem Hügelkamm waren dunkle Schatten vor dem fahlen östlichen Himmel.

Der Beauftragte des Königs saß eingehüllt in seinen Mantel, der die üble feuchte Nachtluft abhielt, auf seinem Rappen und blickte zur Abtei von Beauregard hinüber, deren schemenhafte Masse im matten Mondlicht hockte. Jetzt zur Matutin, da die Lebensgeister und die Widerstandskraft am schwächsten waren, sah er durch die Fenster der mächtigen Abteikirche den Schein flackernder Kerzen. Die leichte Brise der Spätsommernacht trug Stimmen zu ihm herauf, einen Gesang, wie er seit über vierhundert Jahren im Morgengrauen erklang.

Er bezweifelte, ob auch nur die Hälfte der Mönche, die noch in der Abtei lebten, aufgestanden war, um das Stundengebet zu singen. In den vergangenen Monaten hatte er Erkundigungen über die Mönche von Beauregard eingeholt. Beharrlich hatte er für die lockeren Sitten und die Untaten des Ordens insgeheim Beweise gesammelt. Er hatte schriftliche, beeidigte Zeugnisse betreffend die fleischliche Verderbtheit und die Unzucht der Mönche und die weit schlimmeren Verbrechen der Hexerei, der Zauberei und der Anrufung böser Geister. Geisterbeschwörung sollte keinen Platz haben in Gottes Königreich, und schon gar nicht unter jenen, die vorgaben, ein religiöses Leben zu führen.

Wohlüberlegt hatte er diese Stunde gewählt, wenn die

Mönche noch schnarchend in ihren Zellen lagen, wenn der Torwächter schläfrig und unachtsam war und sogar die Hunde matt dalagen, mit zuckender Schnauze, als würden sie in ihren Träumen Ratten jagen. Die frühe Stunde, die Verwirrung der aus dem Schlaf gerissenen Mönche würden dem Beauftragten des Königs und seinen Männern ihre Aufgabe erleichtern.

Im grauen Licht der Morgendämmerung, Nebel stieg vom Fluss unweit der Klostermauern auf, erteilte der Beauftragte des Königs die letzten Anweisungen.

«Es sind drei, die zuallererst festgesetzt werden müssen: der Abt, der Prior und Bruder Richard, einer der Mönche. Der Prior ist ein hochgewachsener, dunkelhaariger Mann mit einer Narbe unterm Auge, er ist unansehnlich, nicht nur wegen der Narbe. Über den Bruder Richard weiß ich nichts, die Mönche werden ihn euch zeigen. Die drei sind zu binden und einzeln herauszuführen. Keiner darf entwischen.»

Nicht alle Mönche in Beauregard lagen noch in tiefem Schlummer. Prior Walter de Malyns fand oft keine Ruhe. Er brauchte wenig Schlaf und kehrte nach dem ersten Stundengebet selten in seine Zelle zurück. Und er hatte gute Ohren. In der klaren, kalten Luft hörte er dumpfe Laute, Hufgeklapper aus Richtung der Hügel, das leise Klirren von Sporen und Zaumzeug, und er wusste, was sie ankündigten. Er warf sich seinen Mantel um und stieg die schmale Wendeltreppe zum Turm hinauf. Von dort oben ließ er seinen Blick über die neblig graue Landschaft schweifen und entdeckte auf der anderen Seite des Tals die Reiter, die den Hügel herunterkamen.

Der Prior ging über die Steinstufen wieder nach unten und eilte auf leisen Sohlen zum Schlaftrakt der Mönche. In der letzten Zelle fand er Bruder Richard. Prior Walter rüttelte ihn unsanft an der Schulter. «Wach auf!»

Richard grunzte im Tiefschlaf und machte Anstalten, sich umzudrehen. Aber Walter schüttelte ihn, bis der Mönch sich endlich aufsetzte, sich die Augen rieb und den Prior anfuhr: «Was zum Teufel willst du? Weckst mich für die Prim? Geh weg, Herrgott noch mal.»

«Du wirst in deinem ganzen Leben nicht mehr die Prim singen. Die Männer des Königs sind da, ein ganzer Trupp.»

Richard schwang die nackten Beine aus dem Bett. «Soll ich die Brüder wecken?», fragte er und folgte dem Prior aus der Zelle.

«Die werden noch früh genug aufwachen. Diesmal werden dem Abt alle schönen Worte nichts mehr nützen. Es ist vorbei, Richard. Es ist aus.»

Weder eilig noch ängstlich tappte Bruder Richard hinter dem Prior her zu der Nachttreppe, die vom Schlaftrakt direkt in die Kirche hinunterführte. Der Prior war besorgt: Dies war der Tag der Vergeltung für all die Sünde in seinem Leben. Bruder Richard dagegen besaß das reine Gewissen eines Mannes, der gegenüber Gott und dem König seine Pflicht erfüllt hatte.

Prior Walter eilte ins südliche Querschiff der Klosterkirche. Dort angekommen, drehte er sich zu Bruder Richard um. «Geh du in die Bibliothek», befahl er. «Du weißt, welche Bücher vernichtet werden müssen. Wirf sie in die Kohlenpfanne, dann warte auf mich im Kreuzgang.»

Bruder Richard tat wie ihm geheißen. Er hatte keinen Blick für die hoch aufstrebenden gotischen Bögen, durch die das erste Licht des Tages fiel. Oder für den kunstvoll gearbeiteten Hochaltar im Ostteil der Kirche. Gerade kamen die Handwerker und Tagelöhner einzeln oder zu zweit in die Kirche – Zimmerleute und Maurer mit ihren Werkzeugtaschen, die leise murmelnd mit den Vorbereitungen für die Arbeit des Tages begannen. Prior Walter wusste, dass keiner von ihnen jemals wieder in dieser Kirche einen Handschlag tun würde. Seine Augen wanderten von einem zum anderen, bis er seinen Mann entdeckt hatte. Auf seinen Wink setzte ein kleiner, dunkelhaariger Maurer mit muskulösen Armen seine Werkzeugtasche ab und kam herüber.

«Ich brauche dich. Komm mit deinem Werkzeug in den Kreuzgang.»

Prior Walter hielt sich nicht lange auf, er musste weiter. Der Maurer sah ihm nach und ging kopfschüttelnd zu seinen Leuten. Ein kurzer Wortwechsel, dann nahm er seine Tasche und begab sich in den Kreuzgang.

In der Sakristei schenkte der Prior den Büchern für den Gottesdienst keine Beachtung. Er griff nach einem schmalen, in schwarzes Tuch gebundenen Buch, das inmitten der anderen, wertvoller ausgestatteten Bände wie verloren wirkte.

Wie viel Zeit blieb ihnen noch? Der Prior zögerte, dann eilte er zurück in die Kirche, packte den nächstbesten Arbeiter am Arm und befahl ihm in scharfem Ton, den Torwächter aufzusuchen, der das große Holztor mit dem Querbalken verrammeln und auch die Pforte verschließen solle. Das würde den Lauf der Dinge um ein paar Minuten hinauszögern, genau die Zeit, die er brauchte.

Leise fluchend trat er in den Kreuzgang hinaus. Die Mönche irrten umher wie verstörte Schafe. «Geht in die Kirche. Der Abt wird sich eurer annehmen.»

Bald war der Prior mit Bruder Richard und dem Maurer allein, der die Werkzeugtasche zu seinen Füßen abgestellt hatte und mit verschränkten Armen an einer Säule lehnte.

Prior Walter machte keine großen Worte. «Du weißt, was zu tun ist», wandte er sich an den Maurer. «Fang an.»

Gemächlich setzte der Mann sich in Bewegung und ging zur fünftletzten Säule des Kreuzgangs. Er kniete sich hin, setzte am Fuß der Säule sein Stemmeisen an und hatte bald einen Stein gelockert und mit kräftigen, staubigen Händen herausgelöst.

Prior Walter wickelte das kleine schwarze Buch in Wachstuch und schob es in die Lücke. «Setz den Stein wieder ein und verspachtle ihn. Mach schnell, wir haben nicht viel Zeit.»

Ein Wortwechsel am Tor, Rufe und Hufgeklapper. Über den Lärm erhob sich eine laute, befehlsgewohnte Stimme, die den Wächter aufforderte, im Namen des Königs das Tor zu öffnen.

Am folgenden Tag um die Mittagszeit wurden Yves Howard, Walter de Malyns und Richard Blunt in Ketten zum Dorfanger geführt. Sie wurden ausgepeitscht und von Maultieren durch das Dorf und dann über einen steinigen Weg zum Dancing Hill hinaufgeschleift, wo die Galgen errichtet worden waren und daneben ein Richtblock. Dort erwartete der Scharfrichter sie mit Axt und Messern. Er hielt sich bereit für den Augenblick, wenn die noch zuckenden Leiber heruntergelassen würden, zur Kastration und dem Ausweiden.

Der Henker kam aus Yorkshire. Sein Onkel hatte in dem Kloster als Mönch gelebt. Seine Kunden, wie er sie bezeichnete, starben einen schnellen Tod, sodass sie nicht alle die ihnen zugedachten Demütigungen bei lebendigem Leibe erleiden mussten.

Unter den wachsamen Blicken des Beauftragten des Königs und des künftigen Herrn von Beauregard, Sir Nicholas, wurde der Kopf des Abtes vom Rumpf getrennt, sein lebloser Körper wurde gevierteilt und seine Gliedmaßen auf einen Karren geworfen. Der Rumpf wurde am Galgen aufgeknüpft zurückgelassen, um die Bewohner von Beauregard daran zu erinnern, was dem geschieht, der die Gesetze des Landes und die Gebote Gottes verletzte. Der Kopf sollte am Stadttor von York aufgespießt werden, wie es einem Verräter gebührte. Als Nächster kam Bruder Richard an die Reihe, der schrie, es handle sich um eine Verwechslung, er sei unschuldig. Er habe den Herrn Cromwell von dem Bösen in der Abtei benachrichtigt, und ihm seien die Begnadigung und eine Rente versprochen worden.

Zuletzt fand der Prior sein Ende, der den Beauftragten und Sir Nicholas hasserfüllt anblickte.

Bedrückt und wortlos verließen der Beauftragte des Königs und Sir Nicholas das Dorf, in den Ohren gellte ihnen noch der Fluch des sterbenden Walter de Malyns.

Teil eins

❖ ❖ ❖

Zuleika bremste auf dem Hügelkamm, machte den Motor ihrer Maschine aus und stieg ab. Sie war froh, dass sie endlich von diesem Motorrad herunterkam, das ihr alle Knochen im Leib durcheinandergerüttelt hatte.

«Beauregard?», hatte ihr Bruder Hank mitleidig gesagt, «meine Güte, das ist ja mitten in der Pampa. Du verpasst deinen Rückflug, nur um ein altes Buch zu begutachten, das die da gefunden haben? Weißt du was, Zulie, nimm meine Maschine, ich bin die ganze Woche in London, dann sparst du dir den Mietwagen, und für die kurvenreichen Straßen taugt das Motorrad ohnehin besser. Fahr bloß nicht gegen einen Baum, okay?»

Geradezu rührend fand sie, dass Hank ihr seine heißgeliebte alte Harley-Davidson überlassen hatte. Aber es war eine Schnapsidee gewesen, das Angebot anzunehmen. Ein Königreich für ein Auto mit Dach und Servolenkung!

Sie zog die Stulpenhandschuhe aus, nahm den Helm ab und rieb sich den Nacken. Die Arme und der Kopf taten ihr weh, und in ihren Ohren dröhnte immer noch das Hämmern des Motors. Sie schüttelte den Kopf, um das Geräusch loszuwerden, und lauschte: In den Baumwipfeln rauschte der Wind, eine Möwe kreischte hoch oben in den Wolken, und in der Ferne grollte unheilverkündend der Donner.

Gegen den Wind gestemmt stand sie da, blickte übers Tal

hinunter zur Abtei – Beauregard Abbey – und bestaunte das schmucklose, strenge Anwesen, das am Hang des gegenüberliegenden Hügels thronte.

Die Fakten zur Geschichte des Klosters, am Vorabend hastig zusammengetragen, gingen ihr durch den Kopf. Es war von Zisterziensern im 12. Jahrhundert gegründet, von Heinrich VIII. im 16. Jahrhundert aufgelöst und an die Familie Beauregard übergeben worden. Im 19. Jahrhundert hatte man die Mönche zurückgeholt, eine Art Wiedergutmachung. Eine abwegige Entscheidung.

Die Abteikirche gab es längst nicht mehr. Nur der Grundriss im grünen Gras zeigte, wo die Mönche über die Jahrhunderte gebetet und gesungen hatten. Von den übrigen Klostergebäuden hatten einige der Zeit getrotzt. Sie bildeten das stattliche Anwesen, das bis Ende des letzten Jahrhunderts der Wohnsitz der Beauregards gewesen war. Viel zu groß für eine einzelne Familie und nicht gerade anheimelnd. Ein jäher Windstoß peitschte ihr die Haare ins Gesicht. Was wollte sie eigentlich hier? Sie mochte diesen Wind nicht und diese Landschaft noch weniger. Warum saß sie nicht im Flugzeug zurück nach Amerika?

Als ihr Bruder sich entschlossen hatte, nach Yorkshire zu gehen, hatte sie ihn ausgelacht. «Warum ausgerechnet in den verregneten Norden von England?»

«Das ist maximal weit weg von unseren Eltern, und außerdem gefällt's mir hier.» Er war Dozent für Musik an der Universität York, und Zuleika hatte bei ihm gewohnt, während sie dort an einer Konferenz teilnahm. «Kernspin?» Er hatte sich geschüttelt. «Mich kriegen keine zehn Pferde in so eine Röhre. Bei uns an der Musikfakultät haben sie mal Freiwillige gesucht, weil sie sehen wollten, welche Teile unseres Gehirns aufleuchten, wenn wir Mozart hören – gibt es eigentlich noch so was wie Privatsphäre? Nimm dir ein paar Stunden frei von deinem High-Tech-Zeugs, solange du hier bist, atme den Hauch der Geschichte ein. Du kannst zum Beispiel an einem Ghostwalk teilnehmen und dir ein paar gruselige Geschichten anhören. Das ist doch dein Ding, und es macht mehr Spaß, in dunklen Gassen auf den Spuren der Gespenster zu wandeln, als den Leuten ins Hirn zu schauen, um dort welche zu finden.»

Sie setzte sich wieder auf die Harley, deren Motor nur stotternd ansprang, und fuhr die letzte Meile bergab auf kurvenreicher, von Bäumen gesäumter Strecke. Unten im Tal führte eine scharfe Kurve zum Fluss, der über Felsen und Findlinge schäumte, dann ging's über die Brücke und jenseits des Silberbands wieder bergauf.

Am Eingang zu Beauregard Abbey gab es kein Schild, aber das hohe schmiedeeiserne Doppeltor war nicht zu verkennen. Zuleika hielt an, schob ihr Visier hoch und betrachtete die grimmigen Tiergestalten, die auf den Säulen zu beiden Seiten des Tors thronten und ihre verwitterten Wappen mit schuppigen Klauen umklammert hielten. Waren es Greife? Drachen? Oder etwas Schlimmeres?

Jenseits des Tors stand ein kleines, achteckiges Haus mit einem Kegeldach. *Ein richtiges Hexenhäuschen,* dachte Zuleika. Überhaupt war das der ideale Schauplatz für einen Schauerroman. Sie stieg ab, ging zum Tor und suchte nach einer Sprechanlage, einer Kamera oder wenigstens einer Glocke. Schließlich rief sie: «Ist da jemand?»

Der Wind trug ihre Worte davon. Genervt holte sie ihr Mobiltelefon aus der Innentasche ihrer schwarzen Lederjacke und wählte.

«Das Handy können Sie sich sparen», sagte eine Stimme. «Hier gibt's keinen Empfang.»

Ein Mann mit graumeliertem Haar, er trug eine Moleskinhose und eine abgewetzte grüne Jacke, näherte sich gemächlich dem Tor. Er nickte ihr zu und fragte: «Sie werden erwartet?»

«Ja.»

«Name?»

«Rathbone.»

«Also Dr. Rathbone? Sie sollten erst heute Nachmittag eintreffen, für heute Vormittag stehen Sie nicht auf meiner Liste.»

«Ich habe beschlossen, früher zu kommen.»

«Aber Sie sind nicht motorisiert. Kein Auto.»

«Wie Sie sehen, fahre ich Motorrad.»

«Dann brauchen Sie also keinen Parkplatz.»

Ein Pförtner wie aus dem Märchen, passend zu seinem Pförtnerhaus. Mit langsamen Schritten kehrte er zu dem achteckigen Häuschen zurück. «Liegt es am Wetter, dass mein Handy keinen Empfang hat?», rief Zuleika ihm nach.

Er blieb stehen und drehte sich zu ihr um. «Nein. Wir sind hier zu abgelegen, deshalb gibt es keinen Empfang.» Dann ging er hinein, und kurze Zeit später öffnete sich sachte und lautlos das Tor.

«Willkommen in Beauregard Abbey, Dr. Rathbone», sagte der Pförtner mit ernster Miene, als sie an ihm vorbeirollte. «Fahren Sie bitte langsam, der Wind holt die Blätter von den Bäumen, da kann es rutschig werden. Ohnehin ist die Geschwindigkeit auf zehn Meilen die Stunde begrenzt.»

Scheppernd schloss sich hinter ihr das Tor.

Die Auffahrt war breit, zwei Fahrzeuge kamen hier leicht aneinander vorbei. Riesige Buchen säumten die Straße, der Wind fegte durch die Äste und wirbelte das Laub in wildem Tanz durch die Luft. Die Geschwindigkeitsbegrenzung war sinnvoll, wollte man nicht Hals über Kopf im Straßengraben landen. Wie lang war diese Auffahrt eigentlich? Nach etwa einer Meile gelangte Zuleika zu einem Torbogen, der dem am Eingang ähnelte.

Als sie den Motor ausmachte, öffnete sich die Eichentür, und eine Frau mit länglichem Gesicht und geschäftiger Miene trat heraus. Sie musterte Zuleika durch ihre schmalen Brillengläser.

Ja, ich bin ein Mensch, und ja, Sie erwarten mich, und nein, Sie brauchen mich nicht von Kopf bis Fuß zu inspizieren.

«Guten Morgen. Dr. Rathbone, nicht wahr? Matthew vom Pförtnerhaus hat Bescheid gegeben, dass Sie eingetroffen sind. Wir hatten Sie gar nicht so früh erwartet.»

Zuleika bockte das Motorrad auf, nahm den Helm ab und fuhr sich mit den Fingern durchs Haar. «Ich wohne in York und bin schon recht früh losgefahren.»

«Ich bin Margo Campbell, die Schatzmeisterin der Schule. Mr. Beauregard hat mich gebeten, Sie zur alten Bibliothek hinaufzuführen, falls Sie vor ihm eintreffen.»

Zuleika war es herzlich egal, ob Nicholas Beauregard hier war oder nicht. Es war ihr sogar lieber, das Zauberbuch, im Fachjargon Grimoire genannt, in Augenschein nehmen zu können, ohne dass dieser Mr. Beauregard ihr über die Schulter sah.

«Möchten Sie gleich hinaufgehen, oder hätten Sie gern vorher eine Tasse Kaffee?»

Offenbar hatte die Frau viel um die Ohren. Was machte eine Schatzmeisterin eigentlich? Jedenfalls hatte sie mit Geld zu tun.

«Wenn der Grimoire in der Bibliothek ist, sehe ich ihn mir gleich an.»

Margo Campbell wirkte erleichtert. Sie zog die Tür hinter sich zu und kam die Stufen herunter. «Es geht schneller, wenn wir außen herum gehen. Obwohl es nach Regen aussieht, aber die paar Minuten wird es noch halten.»

Als sie dem Kiesweg folgten, staunte Zuleika über die Dimensionen der Anlage. «Das Internat ist wohl sehr groß?»

«Wir haben dieses Jahr 723 Schüler, alles Interne. Die Schule beginnt nächste Woche, deshalb sind die Lehrer zum Großteil schon da, die Schüler reisen am Samstag oder Sonntag an. Im Augenblick wirkt alles still und friedlich, aber das ist nur die Ruhe vor dem Sturm. Nächste Woche um diese Zeit sieht es hier ganz anders aus.»

Margo Campbell wählte den größten Schlüssel von ihrem Bund und sperrte die massive Holztür mit den breiten Scharnieren und dem wuchtigen Schloss auf. Mit beiden Händen drehte sie den Griff, einen schweren schmiedeeisernen Ring, und stemmte die Tür auf, dann trat sie beiseite, um Zuleika den Vortritt zu lassen.

Der Schritt über die Schwelle war eine Zeitreise, Zuleika betrat einen Raum mit Steinfußboden, dessen hohe dunkelblaue Stuckdecke mit goldenen Sternen bemalt war. Es gab einen gewaltigen offenen Kamin, und an der gegenüberliegenden Wand hing das Porträt eines elisabethanischen Gentleman in Wams und Kniehose und mit einer steifen, weißen Halskrause unter dem hochmütigen Gesicht.

«Das ist die Große Halle, die unverändert geblieben ist, seit die Familie hier lebte.»

«Wer ist der Mann auf dem Bild?»

«Sir Nicholas Beauregard, der erste Besitzer der Abtei.»

Sie durchquerten die Halle und traten durch eine Tür in einen weiteren Raum, von dem eine glänzende Holztreppe zu einer Galerie hinaufführte. «In diesem Teil des Gebäudes befanden sich die Privaträume der Familie», erklärte Margo Campbell, während sie hinaufgingen. «Hier ist auch der Salon. Ich würde Sie ja gern herumführen, aber ich fürchte, mir fehlt im Augenblick die Zeit.»

Durch einen Flur mit knarrenden Dielenbrettern ging es vorbei an weiteren Eichentüren. «Schlafräume, heute werden sie als Gästezimmer genutzt. Und hier ist die Bibliothek.»

Ein schöner Raum voller Bücher. Der Holzfußboden und die Regale trugen unverkennbar die Patina des Alters. Es roch nach Bienenwachs und ein wenig modrig nach alten Büchern.

«Ursprünglich befand sich hier das Refektorium, der Speisesaal des Klosters», erklärte Margo. Sie schaltete die Messinglampen auf dem Tisch in der Mitte an, deren rote Lampenschirme ein warmes, aber unzureichendes Licht verbreiteten. «Im frühen 18. Jahrhundert machten die Beauregards eine Bibliothek daraus. Die Dachbalken sind wesentlich älter, sie stammen aus dem 15. Jahrhundert.»

Zuleika blickte kurz zu den Balken hoch, die das Deckengewölbe trugen, aber viel interessanter fand sie die Schachtel auf dem Tisch. Daneben lagen weiße Handschuhe, eine Zange und ein Lappen. Margo Campbell zögerte. Zuleika ahnte, was ihr durch den Kopf ging, und sagte: «Machen Sie sich keine Sorgen, Sie können mir vertrauen. Oder wollen Sie meinen Ausweis sehen? Der Grimoire ist bei mir gut aufgehoben.»

Margo Campbells Neugier war offenbar stärker als ihr Wunsch, zu ihrer Arbeit zurückzukehren. «Und Sie sollen das Alter des Buches feststellen? Aufgrund des Papiers, der Tinte und so weiter?»

«Das ist nicht mein Fachgebiet. Ich soll die Zaubersprüche entziffern», erklärte Zuleika und wünschte, Margo Campbell würde endlich gehen. «Mr. Beauregard hat die Echtheit des Buches schon prüfen lassen. Es wurde hier in der Abtei gefunden, nicht wahr?»

«In einer Säule im Kreuzgang. Bei Restaurationsarbeiten. Einer der Maurer zog einen losen Stein heraus, und das Buch lag in dem Hohlraum dahinter. Mr. Beauregard vermutet, dass es ursprünglich von den Mönchen dort versteckt, später, wahrscheinlich beim Umbau des Kreuzgangs Anfang des 18. Jahrhunderts, herausgenommen, dann aber aus irgendeinem Grund wieder zurückgelegt wurde.»

«Könnte es nicht die ganze Zeit dort gelegen haben?»

«Nein. Sie werden gleich sehen, warum.» Margo Campbell blickte auf ihre Uhr. «Ich muss gehen. Die Toilette ist den Gang entlang die zweite Tür links. Finden Sie zurück zur Verwaltung, wenn Sie fertig sind?»

Noch bevor Margo Campbell die Tür hinter sich zumachte, saß Zuleika am Tisch, zog die Baumwollhandschuhe an und nahm den Deckel von der Schachtel.

❖ ❖ ❖

Zu ihrem Erstaunen hatte sie keinen ramponierten Band vor sich, sondern ein makelloses, in schwarzes Leder gebundenes Buch. Sie nahm es heraus und las den Goldprägedruck des Titels: *Libellus de anulo aureo.* Das Buch vom goldenen Ring. Sie legte es auf das Tuch und schlug es auf. Das Vorsatzblatt war marmoriert, offenbar war das Buch irgendwann von Expertenhand neu gebunden worden. Und aus diesem Grund konnte es auch in seiner gegenwärtigen Form nicht unentdeckt über fünf Jahrhunderte lang in seinem Versteck gelegen haben.

Im Unterschied zu dem gediegenen Einband waren die Seiten des Buches alt, an den Kanten abgestoßen, die Tinte war verblasst, das Papier brüchig. Der offenbar vielgenutzte Band sah arg mitgenommen aus.

Ein Titelblatt fehlte, nur eine leere Seite trennte den Text vom Einband. Es gab weder Widmung noch Einleitung, vielleicht waren ja einige Seiten verlorengegangen. Es begann so abrupt wie schockierend.

Cum volueris in aliquem mortuum infundere spiritum, ita quod viuus, ut erat prius videbitur, talis ordo tenendus est. Primo quidem ex auro anulum fieri facias. Eciam sculpta sint in parte exteriori hec nomina: Brimer, Suburith, Tranauit; in parte vero interiori sculpta sint hec nomina: Lyroth, Beryen, Damayn.

Es war der übliche blumige, nicht sehr elegante Stil, der gern für Zaubersprüche und Beschwörungen verwendet wurde. Zuleika übersetzte: *Wenn du den Geist von einem, der gegangen ist, in eine andere Person verpflanzen willst, sollte folgendes Verfahren angewendet werden: Zuerst fertige einen goldenen Ring. Dann graviere auf die Außenseite die Namen: Brimer, Suburith, Tranauit; graviere dann auf die Innenseite die Namen: Lyroth, Beryen, Damayn.*

Beim Weiterblättern stellte Zuleika erstaunt fest, dass alle Sprüche mit Nekromantie zu tun hatten. Normalerweise waren Beschwörungsformeln aus dieser Epoche harmlos: wie man ein Pferd erlangt oder die Liebe einer Frau, wie man Kenntnis von etwas bekommt oder Schlösser öffnet – Alltagssprüche, die im täglichen Leben halfen. Aber die Zauberformeln in diesem *Buch vom goldenen Ring* dienten dazu, die Geister der Toten zu beschwören und Dämonen herbeizurufen. Abgerundet wurde das Ganze durch Flüche, die Hass zwischen Freunden säen, einen Racheakt provozieren oder andere Unannehmlichkeiten bewirken sollten.

Zuleika sah sich nach einer Steckdose für ihren Computer um, konnte aber nur an der Sockelleiste am anderen Ende des Raumes eine entdecken. Schüler hatten hier keinen Zugang, also hatte man es nicht für nötig befunden, diese privat genutzte Bibliothek technisch auf den neuesten Stand zu bringen. *Macht nichts.* Ihr Akku würde zwei bis drei Stunden halten, und so lange wollte sie ohnehin nicht in der Abtei bleiben. Erst einmal galt es, die Seiten zu fotografieren, dann würde sie in Ruhe an der Übersetzung arbeiten können. Sie holte eine kleine Digitalkamera heraus und baute ihr eigens für diesen Zweck konstruiertes Stativ auf.

Hier mitten im Raum war es nicht hell genug. Also legte sie das Buch auf einen Stuhl am Fenster. Mit Blitz wollte sie nicht arbeiten. Wenn die Zaubersprüche tatsächlich aus dem Kloster stammten, wie Nicholas Beauregard meinte, dann waren sie im frühen 16. Jahrhundert niedergeschrieben worden und recht wertvoll.

Als sie langsam und vorsichtig umblätterte, erkannte sie ein paar Sprüche, die ihr aus anderen Zauberbüchern vertraut waren. Sie arbeitete sich systematisch voran, fotografierte jede Seite zweimal und überprüfte jeweils, dass der ganze Text lesbar war und eventuelle Randbemerkungen ebenfalls erfasst waren. Schließlich packte sie Kamera und Stativ wieder ein, nahm das Buch zur Hand, wog es in der Hand und wünschte nicht zum ersten Mal, Gegenstände aus der Vergangenheit könnten irgendwie mit der Gegenwart kommunizieren. Der schöne Einband faszinierte sie. Sah aus wie 18. Jahrhundert, aber sie war keine Expertin. Ihre Arbeit hier war getan. Sie legte das Buch in die Schachtel zurück, zog die Handschuhe aus und legte sie daneben. Zu Anfang hatte sie nur Augen für die Schachtel und den Grimoire gehabt. Jetzt, auf dem Weg nach draußen, schweifte ihr Blick über die Regalreihen. Die Bücher verkörperten die Gelehrsamkeit und die Interessen vergangener Generationen: Klassikerausgaben in Latein und Griechisch standen neben Büchern in italienischer und französischer Sprache. Offensichtlich waren die Beauregards eine hochgebildete, kultivierte Familie gewesen. Ihr fiel auf, dass es auch naturwissenschaftliche Schriften gab, zum Beispiel von Sir Isaac Newton, aber auch Titel über Alchemie und andere geheime Künste.

Und es fanden sich englische Lyrik und Romane aus dem 18. und 19. Jahrhundert. Zuleika zog den ersten Band von *Stolz und Vorurteil* heraus und schlug das Titelblatt auf. Eine Erstausgabe. Ebenso *Clarissa, Jane Eyre* und *Evelina*. Die Bibliothek musste ein Vermögen wert sein. Zuleika schaltete die Leselampen aus und glaubte, im Halbdunkel wispernde Stimmen, Lachen, Gesprächsfetzen, das Rascheln eines Rocks, das Klappern von Absätzen zu hören. Was wieder einmal bewies, dass bei Spukerfahrungen das Ambiente eine wichtige Rolle spielte. Das Gehirn neigte eher dazu, «Gespenster» zu produzieren, wenn man sich an einem Ort befand, dessen Architektur und Atmosphäre mit Geistern in Verbindung gebracht wurden.

Ob man hier irgendwo ein Sandwich bekam? Das Einfachste wäre wohl, sich wieder auf Hanks Harley zu setzen und nach York zurückzufahren. Bestimmt gab es unterwegs ein Gasthaus an der Straße. Oder sie fuhr in die andere Richtung, hinunter ins Dorf Beauregard. In jedem englischen Dorf gab es eine Kirche und einen Pub, das war ein Naturgesetz.

Sie machte sich auf den Weg zurück in die Halle, schob die schwere Tür auf und trat in eine dunklere Welt hinaus. Während sie sich mit dem Grimoire beschäftigt hatte, waren über die Hügel noch mehr schwarze Wolken herangezogen. Es war jetzt spürbar kälter, und Zuleika zog ihre Lederjacke an, ehe sie die Stufen hinunterging und sich nach kurzem Zögern nach rechts wandte.

Der nasse Kies knirschte unter ihren Schritten. Die Luft roch frisch und feucht. Dass sie sich bedrückt fühlte, hatte zweifellos mit dem Gebäude zu tun und mit dem sich anbahnenden Gewitter.

Alle düsteren Gedanken waren verflogen, als sie aufblickte und keine Spur mehr von düsterer Gotik entdecken konnte, sondern vor sich eine makellose venezianische Fassade sah, die Neuschöpfung eines Palazzo aus dem Cinquecento in Stein und Marmor, die schmalen Kielbogenfenster von grazilen Vierpassornamenten umschlossen, dazu verzierte Säulen mit floralen Kapitellen, Balustraden mit kunstvollem Maßwerk.

Sie trat auf den Rasen, um sich die Pracht genauer anzusehen. Ein Baustil, der hier, im abgelegenen Yorkshire, völlig fehl am Platz war. Und doch hatte ein genialer Architekt die Fassade so auf die Dimensionen und die Farbe des restlichen Gebäudes abgestimmt, dass sie hierherzupassen schien.

Aus dem sich verdüsternden Himmel fuhr ein Blitz herab, begleitet von Donnergrollen, und nur Sekunden später prasselten dicke Regentropfen auf den Boden und bald Hagelkörner. Gleich würde sie bis auf die Haut durchnässt sein. Zwei Schritte, und sie stand im Torbogen, der in den venezianischen Flügel führte. Hagelkörner schlugen auf den Kies und ließen Wasser aufspritzen. Ein Windstoß peitschte ihr ins Gesicht. Nichts wie rein. Ob die Tür abgeschlossen war?

Wundersamerweise nicht. Schon war sie drinnen und schob, gegen den Wind ankämpfend, die Tür zu. Dann klopfte sie sich die eisigen Tropfen aus dem Haar und von den Schultern und sah sich begeistert um.

Sie hätte in einem Palazzo am Canal Grande stehen können. Abgetretene Terrakottafliesen auf dem Boden, und am Ende der hohen Halle führte eine Treppe mit schmiedeeisernem Geländer in den ersten Stock. Es roch nach Stein, Alter und Leere. Dies war kein Ort, an dem sich oft Menschen aufhielten. Aber zumindest musste von hier ein Weg in die anderen Teile der Abtei führen. Die einzige Tür unterhalb der Treppe war abgeschlossen. Es hagelte immer noch. Nach kurzem Zögern ging Zuleika die Treppe hoch. Das Gewitter hier abwarten wollte sie nicht, und wenn im Erdgeschoss kein Durchgang war, dann doch bestimmt eine Etage höher. Seltsamerweise dämpften die Marmorstufen ihre Schritte, sodass sie sich fast lautlos bewegte.

Auf dem Treppenabsatz blieb sie stehen und bewunderte das hohe, vielfach gegliederte Fenster, das in einen Bogen aus hellem Marmor eingebettet war. Dann stieg sie über breite Stufen ganz hinauf und gelangte in ein Vestibül, ein perfektes Oval mit einer schmucklosen Gewölbedecke.

Die Stille, nur durchbrochen vom Heulen des Sturms, war fast mit Händen zu greifen. Wenn von hier Klassenzimmer abgingen, standen sie jetzt natürlich leer. Ah, da waren Anzeichen von Leben: Farbeimer, zusammengefaltete farbbekleckste

Arbeitsanzüge, eine Ausgabe der *Sun*. Jederzeit konnte ein Maler auftauchen und sie fragen, was sie hier verloren hatte. Am anderen Ende des Vestibüls entdeckte sie in einem Architrav mit geriffelten Leisten eine Flügeltür. Zuleika streckte die Hand nach dem beschlagenen Messingknauf aus, aber noch bevor sie ihn berührte, schwangen beide Flügel auf.

Sie trat einen Schritt zurück. Hier musste jemand sein, aber sie sah keine Menschenseele, niemand fragte, was sie wollte, niemand trat heraus ins Vestibül. Sie spähte hinein, doch der Anblick, der sich ihr bot, war enttäuschend. Wenigstens eine Freskendecke, kunstvolles Gebälk oder Gemälde hatte sie erwartet. Stattdessen stand sie in einem wohlproportionierten Raum, der zur Hälfte mit einer ramponierten Holzvertäfelung verkleidet war. Tiefe Risse im Putz ließen vermuten, dass Zwischenwände herausgerissen worden waren, und Spuren auf dem staubigen Parkett verstärkten diesen Eindruck. Eine Wand wurde von einem großen steingefassten Kamin dominiert, aber es gab keine Möbel.

Die gut drei Meter hohen Fenster gingen auf ein Freilichttheater mit steinernen Sitzreihen, eine Arena an einem natürlichen Hang.

Aber man konnte noch weiter sehen: über Rasenflächen bis hin zu den Hügeln, deren Umrisse nach dem Regenguss klar und deutlich hervortraten. Der Donner war verklungen, der Sturm hatte sich gelegt. Plötzlich ein greller Sonnenstrahl zwischen den dunklen Wolken, und Zuleika sah einen Trupp Reiter, die über den Hügelkamm galoppierten, auf dem sie angehalten und her zur Abtei geblickt hatten. Sie blinzelte und schüttelte den Kopf. Als sie wieder hinsah, waren die Reiter fort. Anscheinend hatte ihr das Licht einen Streich gespielt.

Schritte. Schwere Schritte und eine Männerstimme im

nächsten Raum. Schnell steuerte sie auf die Tür zu. Zu schnell. Ihr einer Fuß, der in Hanks schwerem Motorradstiefel keinen Halt hatte, kam ins Rutschen, sie verlor das Gleichgewicht, schlitterte übers Parkett und schlug schmerzhaft gegen die Wand.

Ein stechender Schmerz fuhr ihr durch den Ellbogen. Dann hörte sie ein Ächzen, und ein Schwall Staub landete auf ihrer Schulter. Sie setzte sich auf und betrachtete entsetzt die Wand hinter sich. Ein Spalt hatte sich aufgetan und bildete von der Decke bis zum Fußboden ein Zickzackmuster, aus dem der Putz bröckelte. Ein Krachen, und wieder löste sich ein Stück Putz, dann noch eins, sodass darunter das Bruchgestein der Mauer zutage kam. Wie betäubt saß sie da. Schon erstaunlich, dass ein Ausrutscher solchen Schaden anrichten konnte.

Die Tür ging auf, und ein massiger Mann in Tweedjackett und mit Schutzhelm kam herein. Unter missbilligendem Murmeln half er Zuleika auf die Beine und zog sie, nach ihrem schmerzenden Ellbogen greifend, von der Wand weg. Missmutig schüttelte sie ihn ab und rieb sich den Arm.

«Sie sollten sich von der Wand fernhalten», riet er. «Da kommt gleich noch mehr runter.» Und tatsächlich krachte jetzt ein Brocken Putz zu Boden, und der Mann schnalzte ärgerlich mit der Zunge. «Schlampige Arbeit. Das muss alles runter. Und durch die ganze Stuckdecke zieht sich ein Riss, den müssen wir uns auch ansehen.»

Während sie sich den Staub von den Kleidern klopfte, sah Zuleika plötzlich, dass sich unter dem verbliebenen Putz ein Türrahmen abzeichnete. «Eine zugemauerte Tür», stellte auch der Mann fest. «Nanu.» Er bohrte mit einem Schraubenzieher im bröseligen Mörtel zwischen den Steinen. «18. Jahrhundert, würde ich sagen.»

Er stapfte zur Tür und rief einen Kollegen.

«Ich bin Mr. Goodram», stellte er sich vor, als er wieder neben ihr stand. «Ich leite hier die Bauarbeiten. Und Sie haben sich wohl vor dem Gewitter gerettet? Ziemlich ekelhaftes Wetter. Sind Sie hier Lehrerin?»

«Nein, nur zu Besuch. Ich wollte zum Sekretariat», antwortete Zuleika und hustete sich den Staub aus dem Hals. «Es hat angefangen zu hageln, deshalb bin ich hier rein, um nach einem Weg durchs Haus zu suchen.»

Ein zweiter Mann, groß und dünn, in einem farbbespritzten weißen Overall, trat ein. «Sieh dir das an», sagte Mr. Goodram zu ihm. «Das muss raus.»

«Wir könnten es auch einfach wieder verputzen», meinte der Dünne hoffnungsvoll. «Wer weiß, was hinter der Tür ist.»

Mr. Goodram schüttelte den Kopf. «Nein. Wenn wir es verputzen, gibt es nur wieder Risse und Unebenheiten, und womöglich stürzt die ganze Chose ein, sobald alles gestrichen und der Fußboden fertig ist. Das wäre ein Saustall! Wir würden uns endlos Ärger einhandeln.» Er wackelte mit seiner großen Hand an einem Stein, der sich auch wirklich problemlos lösen ließ. «Das bröckelt uns ja unter den Händen weg. Hol ein Tuch für den Boden, dann haben wir das im Nu eingerissen.» Zu Zuleika sagte er: «Sie sollten lieber gehen, das wird sehr staubig.»

Ein Donnerschlag, Zuleika fuhr zusammen, und die Fenster klirrten, als ein weiterer Hagelschauer durchs Tal fegte.

«Bei dem Wetter können Sie allerdings nicht raus. Warten Sie draußen oder eine Treppe tiefer.»

Aber nun wollte Zuleika auch wissen, was sich hinter der Tür befand, die sie in ihrem Ungeschick freigelegt hatte. «Dahinter könnte ein weiterer Raum sein», sagte sie. «Eine Tür hier wäre symmetrisch zu der auf der anderen Seite des Kamins.»

«Stimmt. Treten Sie bitte zurück. Joe, stich einfach mit der Kelle rein, das Zeug ist weich wie Torf.»

Eine dichte Staubwolke stieg auf, als sich die Männer an der Wand zu schaffen machten, schließlich löste sich ein großer Stein und plumpste zu Boden. Der Dünne machte einen Satz rückwärts, und in der jäh eingetretenen Stille wurde ein leises Zischen hörbar, als habe eine riesenhafte Kreatur ausgeatmet. Ein modriger Geruch nach Verfall wehte Zuleika an.

Mr. Goodram zog eine Taschenlampe hervor, schaltete sie an und steckte den Kopf in den finsteren Hohlraum. Seltsamerweise pochte Zuleikas Herz heftig. Sie hatte Angst und wusste nicht warum.

Endlich kam Mr. Goodrams Kopf wieder zum Vorschein. Von einem Hustenanfall geschüttelt, fuhr er sich mit einem blütenweißen Taschentuch übers Gesicht. «Ganz schön düster da drin», stellte er fest. «Nur eine Art Kammer, kaum mehr als ein Wandschrank. Ein Tisch steht drin, das war's.»

«Liegt was drauf?», fragte Joe nervös und näherte sich der Tür auf Zehenspitzen.

«Ein Schatz ist da nicht aufgetürmt, falls du das meinst. Schau lieber nicht rein, die Luft ist nicht gerade gesund.»

Zuleika trat enttäuscht näher und schickte sich an, einen Blick ins Dunkel zu werfen. «Da ist was auf dem Tisch.» Auch sie musste jetzt husten.

Mr. Goodram schob sie beiseite und griff hinein. «Tatsächlich», sagte er. Er hielt einen Gegenstand auf Armeslänge von sich weg.

Ein geschnitzter Kopf auf einem seltsam geformten Körper, ein Satyrgesicht, eine hässliche Fratze. Jetzt erkannte Zuleika, dass es eine Geige war, deren glänzender Korpus unter der Staubschicht hervorschimmerte. Drei Saiten waren noch da. Spontan streckte sie die Hand aus und zupfte daran. Ein gespenstischer Akkord ertönte, ein schauriger Klang, dann rissen die Saiten mit einem matten Wispern.

Alle drei standen starr vor Entsetzen.

«Ich weiß, was man damit machen sollte. Verbrennen», sagte Mr. Goodram. «Schauen Sie sich nur das bösartige Gesicht an. Die wurde aus gutem Grund weggepackt. Aber eine Geige ist eine Geige, und sie könnte wertvoll sein. Am besten bringst du sie gleich in den Musiktrakt, Joe.»

Joe war sichtlich nicht darauf erpicht, das Instrument an sich zu nehmen. Er war ans andere Ende des Raumes ausgewichen und blickte aus dem Fenster, als prüfe er seine Fluchtmöglichkeiten. «Da unten geht Miss Grier vorbei», rief er erleichtert. «Ihr können wir die Geige mitgeben.»

«Ruf zu ihr runter, sie soll kurz warten», sagte Mr. Goodram. Er wandte sich an Zuleika. «Seien Sie doch so nett und geben ihr die Geige. Sie kann Ihnen auch den Weg zum Sekretariat zeigen. Miss Grier heißt sie, sie ist Musiklehrerin.»

❖ ❖ ❖

Der Staub hing Zuleika noch in den Haaren und kratzte in ihrer Kehle, als sie aus dem venezianischen Flügel in den Nieselregen hinaustrat. Sie trug die Violine mit spitzen Fingern, eine Hand um den Hals, direkt unter der so ungewöhnlich modellierten Schnecke, die andere unten am Korpus. Sie fühlte sich unbehaglich, fast, als hielte sie kein lebloses Ding aus Holz in der Hand, sondern etwas Lebendiges, und sie vermied es, das geschnitzte Gesicht anzusehen, das ihr ebenso wenig gefiel wie dem Handwerker.

Eine Frau mit schwarzer Mähne stand unter einem großen roten Regenschirm und blickte zum Fenster hoch, wo Joe immer noch gestikulierend stand. «Was …?», setzte sie gerade an zu fragen, als sie Zuleika auf sich zukommen sah.

«Wer sind Sie?», fragte sie stirnrunzelnd. «Was machen Sie mit der Violine?»

«Die soll ich Ihnen übergeben», sagte Zuleika. «Sie sind doch Miss Grier?»

«Die bin ich. Wem gehört die Violine?»

Die Leute schienen etwas barsch zu sein in Beauregard. Aber Zuleikas Erklärung besänftigte die Frau. «Aha, verstehe.» Sie warf ihre Zigarettenkippe weg und verscharrte sie mit der Fußspitze im Kies. Dann streckte sie die Hand aus, missverstand aber Zuleikas Erleichterung bei der Übergabe. «Keine Angst, ich lasse sie schon nicht fallen. Mit Violinen kenne ich mich aus, ich bin selbst Geigerin.» Mit diesen Worten reichte sie Zuleika den Schirm und inspizierte die Geige von vorne und hinten. «Ein erstaunlicher Fund. Eingemauert, sagen Sie? Wie lange hat sie dort wohl gelegen?»

«Mr. Goodram meint, der Putz stammt aus dem 18. Jahrhundert.»

«Die Geige sieht mir auch nach 18. Jahrhundert aus – oder zumindest nach einer guten Kopie. Die Schnecke ist wirklich höchst ungewöhnlich, aber ich kann nicht aus dem Stegreif sagen, wer sie gebaut haben könnte. Wie in aller Welt kommt jemand auf die Idee, eine Violine einzumauern?»

«Sie lag auf einem Tisch, als hätte jemand sie gerade aus der Hand gelegt. Ziemlich eingestaubt, wie Sie sehen. Vielleicht gehörte sie jemandem, der verstorben ist, und die Familie konnte ihren Anblick nicht ertragen.»

«Möglich. Aber nach allem, was ich über die Beauregards weiß, nicht sehr wahrscheinlich. Sie waren für ihren exzentrischen Lebensstil bekannt. Eine verruchte Bande, wie man hört.» Miss Grier war groß, ein Eindruck, der sich durch ihr hochaufgetürmtes Haar und ihre halsbrecherisch hohen Absätze noch verstärkte. Sie blickte auf Zuleika hinunter. «Wer sind Sie? Was haben Sie da oben gemacht?»

«Mich auf dem Rückweg ins Sekretariat untergestellt. Wenn Sie mir erklären könnten …»

«Ich hab eine bessere Idee», sagte Miss Grier, als eine mit einem noch viel kleineren Schirm kämpfende Gestalt um die Ecke bog. «Da kommt jemand, der sie hinführt.»

Ein Windstoß erfasste den Knirps, drehte ihn um und riss ihn der Frau aus der Hand. «Verflixt», rief sie. «Ich hab ihn erst letzte Woche gekauft, wie kannst du deinen nur halten in diesem Sturm und dabei auch noch elegant aussehen, Rosie?»

«Reine Übungssache. Hör zu, ich muss in den Musiksaal, könntest du diese Besucherin, Verzeihung, ich weiß Ihren Namen immer noch nicht, ins Sekretariat bringen?» Sie barg die Geige unter ihrer Jacke, nickte Zuleika zu und machte sich mit entschlossenen Schritten auf den Weg. Wie kam sie auf dem nassen Kies nur mit diesen Schuhen zurecht?

«Das Sekretariat?», sagte die Frau. «Das ist am anderen Ende, ich muss auch dorthin.»

Von Anfang an war Zuleika die Stimme bekannt vorgekommen, die Stimme, aber nicht das Gesicht.

«Sylvia?», begann sie. Nein, es konnte nicht sein. Sylvia war ein hübsches Kind gewesen, das zu einem umwerfend schönen jungen Mädchen herangewachsen war, während sie und Zuleika gemeinsam die Schulbank drückten. Diese Frau war alles andere als schön, denn eine Hälfte ihres Gesichts war zu einer grotesken Grimasse verzerrt.

❖ ❖ ❖

Es war tatsächlich Sylvia.

«Zuleika? Das gibt's doch gar nicht. Wie kommst du hierher? Meine Güte, jetzt fängt es wieder an. Wir werden noch klitschnass, wenn wir uns nicht unterstellen.»

Sie gab Zuleika einen sanften Schubs, und sie rannten zum Eingang der Großen Halle. Unter dem Vordach schüttelte Sylvia den Regen ab und bedachte Zuleika mit einem schiefen Grinsen. «Schau mich nicht so an, Zuleika. Ich hatte keinen Schlaganfall, und es ist auch keine missglückte Schönheitsoperation. Nur Bell'sche Parese.»

Sie ging voran in die Große Halle und machte die Tür mit einem Seufzer hinter ihnen zu. «Das Wetter hier kann ekelhaft sein, aber heute ist es schlimmer als sonst. Lass dich ansehen. Du hast dich kein bisschen verändert. Was machst du hier in Beauregard?»

«Ich soll ein altes Buch unter die Lupe nehmen, auf Einladung eines Nicholas Beauregard. Aber was ist mit dir?»

«Ich arbeite hier», erklärte Sylvia.

Zuleika verschlug es die Sprache. Sylvia hatte die Schauspielschule besucht. Noch während sie studierte, hatte sie Filmrollen bekommen und anschließend eine glänzende Karriere als Bühnenschauspielerin begonnen. Ihre Ausbildung hatte Sylvia nach London geführt, während Zuleikas Universitätskarriere in Europa ihren Anfang genommen und sich dann in den USA fortgesetzt hatte. Aus diesem Grund hatten sie sich in den vergangenen Jahren kaum gesehen.

Zuleika erinnerte sich noch genau an die hochgelobte Inszenierung der Royal Shakespeare Company von *Wie es euch gefällt*, in der Sylvia die Rosalind gespielt hatte. Nach der Aufführung war Zuleika hinter die Bühne gegangen, um ihrer Freundin zu gratulieren. Sie hatten einander versprochen, in Kontakt zu bleiben und sich in London zu treffen, aber dann war es doch bei den alljährlichen Weihnachtsgrüßen geblieben.

Zuleika hatte zwar von Amerika aus Sylvias Karriere verfolgt, denn über ihre Bühnenerfolge, ihre Affären und Auszeichnungen wurde in der Presse berichtet. Aber wenn sie es recht bedachte, hatte sie schon eine ganze Weile nichts mehr gelesen. Der Grund dafür war offenbar diese schreckliche Gesichtslähmung. Aber welche Tätigkeit übte Sylvia hier in Beauregard aus?

«Ich leite die Theatergruppe», erklärte Sylvia.

«Wie lange machst du das schon?»

«Seit Beginn des letzten Trimesters. Ich bin nur eingesprungen. Mein Vorgänger hat Tuberkulose gekriegt, und sie hatten für den Sommer eine große Produktion geplant, also wurde ich eingestellt. Ich hoffe zwar, dass sich mein Gesicht wieder normalisiert, aber man kann nie wissen. Jedenfalls war ich froh über den Job. Du kennst mich ja, leichtsinnig und verwegen, wie ich bin, hatte ich nicht damit gerechnet, dass die guten Zeiten mal zu Ende gehen, deshalb war mein Erspartes bald aufgebraucht. Ob du's glaubst oder nicht, mein Gesicht ist schon besser geworden, und ich könnte vielleicht Hörspielrollen bekommen, aber für Bühne oder Film bin ich untauglich. Es sei denn, sie brauchen eine Missgeburt.»

Jeder andere hätte an ihrer Stelle wohl mit dem Schicksal gehadert, aber Sylvia war kein Mensch, der sich in Selbstmitleid erging. «Du musst doch nicht gleich wieder los?», fuhr Sylvia fort. «Was hast du im Sekretariat zu erledigen?»

«Ich möchte mich bei Margo Campbell abmelden und ihr

den Schlüssel zur alten Bibliothek zurückgeben, wo ich gearbeitet habe.»

«Nicholas und sein verrücktes Buch», sagte Sylvia unvermittelt. «Mach das, danach könnten wir zusammen essen. Oder hast du andere Pläne?»

«Überhaupt nicht, ich würde mich freuen.»

«Schön, dann bringst du mich auf den neuesten Stand.»

Eine Bogentür führte in einen langen, holzverkleideten Korridor. Goldgerahmte Porträts zeigten Männer mit Halskrausen, Frauen in Brokatkleidern mit freizügigen Dekolletés, Kinder mit Reifen und Schoßhündchen. Alle hatten dieselben blassen Augen.

«Sind das alles Beauregards?»

«Samt und sonders. Sie ließen sich anscheinend gern porträtieren.»

Am Ende des Gangs blieb Zuleika stehen, ein modernes Porträt fesselte ihre Aufmerksamkeit. Es stellte einen strohblonden, hageren Mann unbestimmten Alters dar. Fünfzig? Sechzig? Er lehnte an einem Schreibtisch und betrachtete die Welt mit denselben hellen, gleichgültigen Augen wie seine Vorfahren. Sylvia, die bereits weitergegangen war, kam noch einmal zurück. «Hast du ihn schon kennengelernt?»

«Nein, wer ist das?»

«Nicholas Beauregard. Ein treffendes Konterfei.»

«Wovor fürchtet er sich?»

«Wovor er sich fürchtet?» Sylvia musterte das Porträt nachdenklich. «Ich finde, er wirkt eher argwöhnisch als furchtsam.»

«Argwohn kann auch eine Art Angst sein.»

«Wenige Monate, bevor das Bild gemalt wurde, hat er die Abtei geerbt. Vielleicht stand er noch unter Schock. Ich habe gehört, dass ihm dieses Erbe unerwartet in den Schoß gefallen ist. Mittlerweile könnte man meinen, er hätte sein ganzes Leben hier verbracht.»

Sylvia öffnete die nächste Tür. Feuchtkalte Luft schlug ihnen entgegen. Sie traten in einen gotischen Bogengang, der auf einer Seite durch Säulen, auf der anderen durch eine Mauer begrenzt wurde.

Zuleika blieb stehen und ließ die Hand gedankenverloren über die in Stein gemeißelten Tiergestalten gleiten. Hier herrschte eine bedrückende Stille, wie sie oft auf Orten zu lasten scheint, die viele Geschlechter haben kommen und gehen sehen. «Ist das der Originalkreuzgang?»

«Ja, er stammt aus dem 14. Jahrhundert.»

«Die Kirche muss riesig gewesen sein», sagte Zuleika, «bei der Größe des Kreuzgangs.»

«Die Abtei war reich», sagte Sylvia. «An Schafen und an Land.» Sie fuhr mit der Hand über eine Säule. «Es ist komisch. Wenn man hier lebt und arbeitet, bemerkt man diese erstaunlichen Dinge gar nicht mehr. Alles wird so selbstverständlich. Eigentlich schade. Der Kreuzgang wird in jedem kunstgeschichtlichen Standardwerk beschrieben und in den höchsten Tönen gelobt.»

An der Mauer begann eine Lampe zu glühen und entfaltete in wenigen Sekunden ihre volle Leuchtkraft. «Sie schalten sich automatisch ein», erklärte Sylvia, als die schmiedeeisernen Lampen in der Form mittelalterlicher Schilder nacheinander angingen und das alte Gemäuer mit ihrem weichen Licht in eine Bühnenkulisse verwandelten.

«Man rechnet fast damit, dass ein Mönch aus dem Dunkel tritt.»

«Oh, einige Leute glauben das wirklich. Angeblich spukt hier der Geist eines Gottesmannes aus der Zeit der Auflösung der Klöster, ein gewisser Bruder Richard. Wir gehen da lang.»

Halb erleichtert, halb wehmütig ließ Zuleika den Kreuzgang und das Flüstern der Vergangenheit hinter sich und trat in ein Schulsekretariat des 21. Jahrhunderts. Hier gab es Computer, Telefone, vielbeschäftigte Menschen ohne jede Ähnlichkeit mit jenen, die einst hier gebetet und gearbeitet hatten.

«Margo?», sagte ein blondes Mädchen im Minirock. «Sie ist beim Direktor, in einer halben Stunde kommt sie wieder.»

❖ ❖ ❖

Dann gehen wir jetzt ins Speisezimmer», beschloss Sylvia.

Das hörte sich klein und gemütlich an, war aber ein großer, stattlicher Raum mit glänzendem Parkett und Deckenmalereien. Lange Tafeln zogen sich bis zum Büfett am anderen Ende. «Früher war das der Ballsaal», erklärte Sylvia und reichte Zuleika einen Teller. «Dann das Refektorium.»

«Siebenhundert Kinder essen hier?»

«Nein, nur die Mitarbeiter. Die Schüler haben einen eigenen Speisesaal, sie essen in Schichten.»

Die Zeit verging wie im Flug. «Weißt du noch …?» – «Erinnerst du dich an …?» Dann schaute Sylvia auf die Uhr. «Ich bin spät dran. Zuleika, diesmal werden es nicht fünf Jahre, bis wir uns wiedersehen, versprochen? Du besuchst doch sicher ab und zu deinen Bruder in York, dann treffen wir uns.»

«Das glaube ich kaum», sagte Zuleika. «Ich fahre bestimmt nicht noch mal nach England, ehe sich dein Gesicht normalisiert hat und du wieder auf der Bühne stehst. Aber du wirst nach Amerika kommen, wie jeder andere Star.»

Sylvia umarmte sie und eilte zu ihrer Konferenz. Zuleika machte sich erneut auf zum Sekretariat, wo die blonde Frau eifrig in die Tastatur hackte, während Margo stirnrunzelnd auf ihren Bildschirm starrte.

«Ich möchte den Schlüssel abgeben und mich für Ihre Hilfe bedanken», sagte Zuleika.

Margo schaute hoch. «Nicholas Beauregard würde Sie sehr gern sprechen. Er hatte Sie ja erst heute Nachmittag erwartet. Könnten Sie sich nicht noch ein Weilchen gedulden, bis er kommt?»

Zuleika wäre am liebsten sofort aufgebrochen. Sylvia hatte sie gewarnt, das Wetter in der Gegend sei unberechenbar, und es könne jederzeit wieder losgehen. Außerdem wollte sie diesen Ort so schnell wie möglich hinter sich lassen, weil sie sich hier irgendwie unbehaglich fühlte und sich nichts sehnlicher wünschte, als bald im Flieger nach Amerika zu sitzen, unterwegs zu ihrer Wohnung und ihrem Schreibtisch am Institut in Salem. Heimzukehren in eine geordnete Welt, in der gotische Gebäude höchstens in Gruselfilmen vorkamen.

«Ich kann Ihnen nicht viel Zeitvertreib anbieten, falls Sie bleiben wollen», fuhr Margo fort. «Aber im Lehrerzimmer finden Sie ein angenehmes Kaminfeuer, bequeme Sessel und Zeitungen, wenn Sie dort warten möchten.»

Die Blondine blickte von ihrem Computer auf. «Verzeihung ...», begann sie.

«Was ist, Gloria?» Margo wandte sich zu ihr um.

«Tut mir leid, wenn ich störe, aber wenn Dr. Rathbone nach York zurück möchte, gibt es ein Problem. In den Nachrichten heißt es, die Straße nach York ist hinter Catby überflutet, und vor Spurwith blockiert ein Baum die Fahrbahn. Da müssten Sie einen Umweg von fünfzig Meilen machen, und es gibt weitere Unwetterwarnungen.»

«In dem Fall hat es doch keinen Sinn, auf Mr. Beauregard zu warten», gab Zuleika zu bedenken. «Er wird nicht so schnell hier sein.»

Gloria schüttelte den Kopf. «Er kommt nicht aus York und wird pünktlich hier sein.»

«Stimmt, er ist absolut zuverlässig», pflichtete Margo ihr bei.

«Morgen wird das Wetter besser», sagte Gloria.

«Dann sollten Sie über Nacht bleiben», schlug Margo vor. «Die Umleitung ist schon mit dem Auto mühselig, geschweige denn mit einem Motorrad. Selbst wenn Sie morgen diese Route nehmen müssen – dann wenigstens nicht bei Regen und Sturm. Ich habe ein Gästezimmer, da können Sie gern bleiben.»

«Sie sind mit dem Motorrad da? Das erklärt die Stiefel», stellte Gloria fest.

Alle Blicke richteten sich auf Zuleikas Schuhwerk.

«Die hab ich mir geborgt», erklärte sie. «Genau wie das Motorrad. Die Schuhe gehören meinem Bruder.»

Gloria kicherte. «Und ich dachte wirklich, dass Sie so riesige Füße haben.»

✣ ✣ ✣

Das Lehrerzimmer war ein schöner, großer Raum mit breiten Erkerfenstern, bequemen Polstermöbeln und einer kleinen Bar. In dem marmorgefassten Kamin prasselte ein behagliches Feuer. «Holz aus dem Wäldchen des Anwesens», sagte

Margo. «Nehmen Sie doch am Kamin Platz, die Wärme wird Ihnen guttun.»

«Hier ist es mir warm genug.» Zuleika ließ sich in einem der anderen Sessel nieder.

Jetzt hatte sie den Raum ganz für sich. Die Lehrer waren wohl in ihren Konferenzen, so wie Sylvia. Tatsächlich hatte sich das Wetter nur vorübergehend gebessert. Schon als sie mit ihrem Laptop auf den Knien begann, die Bedeutung der mittellateinischen Sätze zu erkunden, verdunkelte sich der Himmel erneut.

Dass man sie nach Beauregard bestellt hatte, um den Grimoire persönlich zu inspizieren, statt ihr die fotografierten Seiten zu schicken, hatte sie geärgert. Jetzt, da sie das Buch in Händen gehalten hatte, war sie froh darüber. Sie fühlte sich den geheimnisvollen Worten näher, und sie hatte das Gefühl, mit dem Band und seinem Inhalt besser vertraut zu sein, als wenn sie die Worte nur digitalisiert auf dem Bildschirm vor sich gesehen hätte.

Und wenn sie nicht nach Beauregard gekommen wäre, hätte sie auch nicht den Ort gesehen, an dem das Buch jahrhundertelang hinter Mauersteinen gelegen hatte. Letztendlich würde der Grimoire wohl in einem Museum oder einer Privatsammlung landen. Vielleicht aber war die Stiftung, oder wer auch immer die Abtei besaß, so vermögend, dass nichts verkauft werden musste, um an Geld zu kommen, und das Buch konnte bleiben, wo es hingehörte.

Zuleika wandte sich ihrem Bildschirm zu, aber als sie die Namen der Dämonen las – *Usyr, Salaul, Silitol, Denior, Zaimo, Syrtroy, Tistel* –, wanderten ihre Gedanken wieder zu der Teufelsfratze auf dem Geigenhals. Noch ein Relikt aus einer anderen Zeit, das man hier in der Abtei eingemauert hatte. Zuleika richtete den Blick auf die Flammen im Kamin und beobachtete, wie sie aufzüngelten und an einem Holzscheit leckten. Lächerlich, dieses offene Feuer. Warum gab es hier keine Heizkörper, die sauber, effizient und ungefährlich waren? Die Flammen schienen mit ihren vielfältigen Schatten die Silhouette der Abtei nachzuzeichnen, ehe Heinrich VIII. die klösterliche Gemeinschaft auflösen und die Kirche niederreißen ließ. Die Steine waren für den Bau des großen Tudor-Hauses verwendet worden, in dem sich Zuleika jetzt befand.

Das Feuer knisterte, und das Zischen des immer noch nicht ganz trockenen Holzes verwandelte sich in Zuleikas Phantasie in liturgischen Gesang.

Ein Holzscheit fiel in sich zusammen, versprühte einen Funkenschauer und ließ die Flammen neue Formen annehmen. Dunkle Gestalten tauchten auf, schemenhafte Figuren zwischen den Säulen eines Bogengangs. Eine kniete, zwei standen. Die eine hielt einen Gegenstand in der ausgestreckten Hand. Wieder veränderten die Flammen ihre Form, und die Gestalten verschwanden im Rauch. Das Zischen des Feuers war lauterem Knistern gewichen. Zuleika vernahm jetzt Schreie, vor Wut und Angst erbebende Stimmen. Diese Angst war mit Händen zu greifen. Etwas Furchtbares geschah hier! Doch dann wurde das Knacken des Feuers leiser, die Schatten lösten sich auf, und sie war wieder im Lehrerzimmer, allein mit dem Geräusch des Regens und des Windes, der gegen die Fenster schlug.

Aber sie war nicht allein. Aus dem Halbdunkel trat eine Gestalt, kein Trugbild ihrer Phantasie, sondern ein Mensch aus Fleisch und Blut. Sie erkannte in ihm sofort das Modell für das Porträt in der Halle.

Nicholas Beauregard kam mit ausgestreckter Hand auf sie zu. «Entschuldigen Sie vielmals, ich habe Sie erschreckt.»

Zuleika schüttelte ihm die Hand. Eine zupackende, kühle,

trockene Hand. «Ich war in einen Tagtraum versunken, hypnotisiert vom Feuer, da habe ich Sie nicht kommen hören.» Wie lange er wohl da gestanden hatte?

«Ich möchte mich ausdrücklich dafür entschuldigen, dass ich Sie habe warten lassen.» Er hatte eine außergewöhnliche Stimme, tief und sonor, wie die von Christopher Lee.

«Ich war früher da als abgemacht.»

«Margo sagt, Sie hätten sich den Grimoire bereits in aller Ruhe angesehen.»

«Ja, vielen Dank. Ich habe alle Seiten fotografiert.» Sie zeigte auf ihren aufgeklappten Laptop. «Gerade habe ich ein paar Texte durchgesehen.»

Er hob die Augenbrauen. «Ich vermute, die Texte sind kein Problem für Sie als Altphilologin. Wie geht es Seff? Wir haben uns schon eine ganze Weile nicht mehr gesehen, nur telefoniert.»

Seff. Seff Jesperson war der Leiter des Goetischen Instituts, ein herausragender Wissenschaftler, Querdenker und Zuleikas Chef.

«Ich habe ihn vor zwei Jahren in Salem besucht, aber ich glaube, das war vor Ihrer Zeit am Institut. Er hält große Stücke auf Sie, und ich bin sehr dankbar, dass er Sie hat hierherkommen lassen. Wie gefällt Ihnen Beauregard?»

Wie gefiel ihr Beauregard? Das war die typisch höfliche Frage, die eine höfliche Antwort verlangt, Bemerkungen über die Größe, die Geschichte und die Altehrwürdigkeit des Anwesens. Überrascht hörte sie sich sagen: «Es ist fast, als wäre es ein lebendiges Wesen, das einem seine Präsenz geradezu aufzwingt.»

Meine Güte, was für eine lächerliche Äußerung.

Seltsamerweise erwiderte er: «Ja, das stimmt. Viele alte Gebäude haben eine überaus starke, lebendige Atmosphäre.

Die Abtei hat so viele Jahrhunderte überdauert und blickt auf eine so erstaunliche, reiche Geschichte zurück, dass es merkwürdig wäre, wenn sie nicht diese Aura besäße.»

Eine freundliche oder eine feindselige Aura? Doch auf solche Gedanken wollte Zuleika sich gar nicht erst einlassen. Außer ihren Dimensionen und ihrem Alter hatte die Abtei nichts Bemerkenswertes an sich.

Nicholas Beauregard war schon an der Tür und hielt sie ihr auf. «Bald werden die Lehrer hier sein, anderswo sind wir ungestört.»

❖ ❖ ❖

A*nderswo* stellte sich als das Dower House heraus, wo Nicholas Beauregard wohnte. Sie erreichten es nach einem zügigen Gang durch Korridore, treppauf, treppab, durch die Hintertür des Hauptgebäudes und auf verschlungenen Wegen bis in eine entfernte Ecke des Areals. Sie passierten den alten Küchengarten, die Behausung der einstigen Äbte, wo jetzt der Schuldirektor wohnte, eine prächtige Scheune, die vor zehn Jahren zum Konzertsaal, zur Theaterbühne und für den Musikunterricht umgebaut worden war. «Die Schule ist stolz auf ihre musikalische Tradition. Sind Sie musikalisch, Dr. Rathbone?» Auf ihrem Weg lagen Tennisplätze und Kricketspielfelder und ein Schwimmbecken, das bereits für den Winter abgedeckt war. «Es gibt ein weiteres im Sportbereich, schwimmen Sie, Dr. Rathbone? Die Ausstattung dieser Schule ist einzigartig.» Sie kamen durch ein Wäldchen, dessen regennasses

Laub den Herbst ankündigte, dann vorbei an einem Sommerhaus, bis schließlich in all seiner Pracht das Dower House mit seinen Spitzbogenfenstern und Zinnen vor ihnen lag. «Strawberry-Hill-Gotik, 1755 erbaut, ein Prunkstück seiner Art.»

Durch die Eingangstür traten sie in eine andere Welt. Wunderschöne Möbel, erlesener Geschmack, heimelige Wärme.

Ein kleiner, rundgesichtiger Mann mit tonsurförmiger Glatze kam ihnen freundlich entgegen, um ihnen die Jacken und Zuleika den Helm abzunehmen. Ein Butler? Ein Sekretär?

«Peake ist schon seit Jahren bei mir.» Nicholas Beauregard hielt ihr die Tür zu seinem Arbeitszimmer auf. Bücher, Schreibtisch, Ledersessel, ein Tisch im Regency-Stil. Überaus stilvoll und dennoch ohne jede Attitüde, der Raum passte perfekt zu seinem Besitzer.

«Sie sitzen lieber nicht zu nah am Feuer.» Er zog einen Sessel vom Tisch heran.

Warum diese Bemerkung?

«Ist das eine irrationale Phobie, oder gibt es dafür einen Grund? Vielleicht in Ihrer Kindheit?», fuhr er fort und setzte sich im rechten Winkel zu ihr. Er knipste eine Lampe an, deren Licht sein Adlerprofil markant hervortreten ließ. «Das ist wahrscheinlicher. Vielleicht ein Feuer in der Nachbarschaft? Der Tod eines Menschen in den Flammen? Kein Angehöriger. Ein Lehrer vielleicht.»

Konnte er Gedanken lesen? War er ein Scharlatan, der den Leuten auf raffinierte Weise Informationen entlockte, um sie dann zur allgemeinen Verwunderung wiederzugeben? Er hatte den Nagel auf den Kopf getroffen. Wie konnte er wissen – und wenn er es nicht wusste, wie konnte er ahnen –, dass Feuer sie zutiefst verstörte? Dass sie von der Erinnerung an jene Nacht verfolgt wurde, als ihre Geigenlehrerin in ihre brennende Wohnung geeilt war, um ihre wertvolle italienische Violine zu retten, und in den Flammen umgekommen war.

Er hatte gefragt, ob sie musikalisch sei. Sie war es tatsächlich, und sie war damals auch schon fast eine ernst zu nehmende Instrumentalistin gewesen. Ihr Bruder Hank hatte einen neuen Lehrer gefunden und den Unterricht fortgesetzt. Heute spielte er hervorragend. Sie dagegen hatte seither nie wieder eine Geige in die Hand genommen.

«Es ist warm hier», war alles, was sie erwiderte.

Lächelnd lehnte er sich zurück. «Sie haben das Zauberbuch gesehen und fotografiert, was halten Sie davon?»

«Im Moment kann ich nicht viel dazu sagen. Wenn ich die Sprüche übersetzt habe, muss ich sehen, ob ich sie mit anderen vergleichen und zeitlich einordnen kann. Eine Sache zeichnet sie jedenfalls aus: Fast alle haben mit Geisterbeschwörung zu tun.»

«Ah, die Geister von Toten herbeizuzitieren und seinem Willen zu unterwerfen ist eine besondere Kunst. Für eine Naturwissenschaftlerin wie Sie muss das doch interessant sein. Und für Sie als Historikerin natürlich auch. Ich war übrigens fasziniert, als Seff mir von Ihren beiden Forschungsgebieten berichtete. Keine gewöhnliche Kombination, aber von unschätzbarem Wert für Seffs wissenschaftliche Arbeit am Institut. Er sagte, Sie möchten untersuchen, weshalb einige Leute Geister sehen und andere nicht.»

Diese beiläufige Anspielung auf ihren Vorgesetzten war ihr irgendwie unangenehm. Warum hatte Seff Jesperson es für notwendig erachtet, diesem Mann so viel von ihrem Werdegang und ihrem aktuellen Forschungsgegenstand mitzuteilen? Schließlich war sie nur hier, um ein Zauberbuch zu inspizieren und zu fotografieren. «Das trifft es nicht genau, denn in Wirklichkeit sieht niemand Geister. Man kann nicht etwas sehen, was gar nicht existiert. Das Gehirn muss also anders reagieren als bei der Wahrnehmung realer Objekte. Ich möchte herausfinden, ob die Gehirnaktivität bei Leuten mit Geister-Erfahrungen anders ist als bei denjenigen, denen diese Erfahrungen fehlen. Das Gerücht, dass es an einem bestimmten Ort spukt, kann in einem Menschen Erwartungen wecken – aus wissenschaftlicher Sicht ist das der einzige Einfluss, der von diesem Ort ausgeht.»

Das war der eine Bereich ihrer Forschung: die Analyse von Berichten über Spukerscheinungen am selben Ort und zur selben Zeit.

Übergangslos lenkte Nicholas Beauregard das Gespräch auf Hexen. «Der Gegenstand Ihrer Doktorarbeit war für die Historikerin sicherlich von größerem Interesse als für die Neurowissenschaftlerin.»

«Nein. Warum Menschen an das Überirdische und an derart bizarre Phänomene glauben, wie sie uns in der Hexenkunst begegnen, ist von beträchtlichem neurowissenschaftlichen Interesse. Ich will wissen, wo unser Glaube an ein göttliches Wesen seinen Ursprung hat, wo in unserem Gehirn er beheimatet ist und ob er experimentell geweckt werden kann.»

«Statt religiöser Mystik die Stimulation von Gehirnzellen? God-Helmet-Experimente statt Hildegard von Bingen?»

Nach diesem Köder wollte sie nicht schnappen, stattdessen schlürfte sie ihren Tee, der überraschend gut schmeckte.

«Beauregard verfügt in punkto Hexerei über eine ausgeprägte, jahrhundertealte Tradition.»

Beauregard und Hexen? Zuleika hatte ein hervorragendes Gedächtnis. Sie wusste, dass in all den Berichten und Protokollen über englische Hexenprozesse, die sie für ihre Doktorarbeit durchgesehen hatte, Beauregard nirgends erwähnt wurde.

«Gibt es irgendeinen dokumentarischen Beleg für Hexerei in dieser Gegend? Das würde mich interessieren.»

«Sprechen Sie mit Mrs. Joram im Dorf. Sie könnte Ihnen helfen.»

Sie hatte keine Lust, mit irgendjemandem zu sprechen. Sobald es das Wetter erlaubte, wollte sie diesen unwirtlichen Landstrich verlassen und zurück nach York. Und dann nach Hause, nach Amerika. Dieser Mann mit seinen blassen Augen und seinen subtilen Andeutungen und Fragen war ihr nicht ganz geheuer.

«Ich habe Ihren kürzlich erschienenen Aufsatz über paranormale Phänomene in der *Zeitschrift für experimentelle Neurologie* gelesen. Hochinteressant. Haben Sie je daran gedacht, Ihre Studien zur Hexerei fortzusetzen, statt sich mit Geistern zu beschäftigen? Seff würde Sie sicher dabei unterstützen.»

Sie war sprachlos. Weshalb hatte er einen Artikel in einer Fachzeitschrift gelesen, zu der Laien in der Regel keinen Zugang hatten? «Die Hexenforschung ist ein ziemlich abgegrastes Gebiet, natürlich mit regionalen Schwerpunkten, je nach Lage der einzelnen Institute. Nein, nach drei Jahren möchte ich etwas Neues machen. Am Institut werden jetzt auch bildgebende Verfahren zur Untersuchung bestimmter Hirnareale angewandt, Geister sind dafür der bessere Gegenstand. Zumal es nicht schwer ist, Menschen zu finden, die Geister sehen, aber suchen Sie mal jemanden, der an Hexerei glaubt und sie praktiziert.»

«Das überrascht mich. Ich dachte, die Welt sei voll von Leuten, die Wicca praktizieren.»

«Wicca ist eine neoreligiöse Bewegung – diese Richtung interessiert mich nicht.»

«Glauben denn die Leute, mit denen Sie sich beschäftigen, nicht an Geister als Beweis für ein Leben nach dem Tod?»

«Die meisten betrachten ihre Erfahrung mit Geistern als die Wiederholung von etwas, was in der Vergangenheit geschah, nicht als Phänomen aus einer anderen Welt.»

«Nicht als Blick in ein Paralleluniversum?»

Offenbar machte er sich über sie lustig. Auf keinen Fall wollte sie sich auf eine Diskussion einlassen über Paralleluniversen, Zeitreisen oder was sonst noch zwischen die Buchdeckel eines Science-Fiction-Romans gehörte. *Trink deinen Tee aus, steh auf und geh,* dachte sie.

Er schaute sie an, ein leises Lächeln auf den Lippen. «Setzen Sie sich doch wieder, Sie müssen noch gar nicht gehen. Wie ich höre, übernachten Sie bei Margo. Zu dumm, dass dieser Sturm Sie hier festhält. Aber über das Zauberbuch haben wir noch gar nicht gesprochen. Sie wollen doch bestimmt wissen, wie und wann es gefunden wurde und was über seine Entstehung bekannt ist. Seff wird darüber Auskunft verlangen.»

Zweifellos, und auch sie selbst brannte darauf. Aber im Moment wollte sie einfach nur weg von diesem Mann, weg von Beauregard. Doch gegen ihren Willen sank sie zurück in den Sessel. «Margo sagte, es wurde im Hohlraum einer Säule im Kreuzgang entdeckt.»

«Es wurde dort Ende des 18. Jahrhunderts eingemauert, nachdem es fünfzig Jahre vorher aus seinem ursprünglichen Versteck geholt worden war. Wie Sie sich vorstellen können, gibt es in einem Haus wie diesem, in dem seit dem 16. Jahrhundert eine einzige Familie lebt, eine Menge Dokumente, sie sind aber lückenhaft. In der Geschichte der Abtei gab es drei große Feuer, und jedes Mal wurden schriftliche Aufzeichnungen zerstört. Aus dem 18. Jahrhundert besitzen wir nur wenige Schriftstücke, aber zwei Dokumente mit Bezug auf einen Band, der nach meiner Ansicht das Zauberbuch sein muss. Einmal den Brief einer Mutter, die ihrer Tochter das Zauberbuch ans

Herz legt. Und dann ein Rechnungsbuch, in dem ein Posten für Handwerkerarbeiten im Kreuzgang verzeichnet ist; es stammt von einem späteren Datum im selben Jahrhundert.»

Der Brief einer Mutter an ihre Tochter? Welche Mutter wünscht, dass ihre Tochter ein Zauberbuch liest? Und welche Tochter jener Zeit wäre in der Lage, ihm etwas Vernünftiges zu entnehmen?

«Sie sind mit der Geschichte der Familie nicht vertraut, aber ich kann Ihnen versichern, die Beauregards haben nicht immer ein ehrbares und beschauliches Leben geführt. Ganz im Gegenteil, sie liebten die Gefahr und die Gewalt. Und sie scherten sich nicht darum, was andere über sie dachten. Die Beauregards waren weder der Krone noch irgendeinem politischen Lager gegenüber loyal. Sie ließen sich stets von ihren ureigensten Interessen leiten oder von dem, was sie dafür hielten. Bei den anderen Familien in Yorkshire galten sie als verderbt, sündhaft und gottlos. Die Beauregards waren jedoch so mächtig und reich, dass sie selbst Morde begehen konnten, ohne dass sie dafür zur Rechenschaft gezogen wurden.»

Zuleikas Gedanken wanderten zurück zu der Porträtreihe, die sie vorher gesehen hatte. Mord?

«Wen haben sie umgebracht?»

«Ehemänner, Frauen, Liebhaber, Mätressen, das Übliche. Feinde, Brüder und Schwestern. Nachbarn und zumindest in einem Fall einen Priester.»

Er scherzte, ganz klar. Leichthin sagte sie: «Eine Ihrer Ahnherrinnen hat die Mönche nach Beauregard zurückgeholt, also muss wenigstens sie eine fromme Frau gewesen sein.»

«Emily Beauregard, ja. Eine bemerkenswerte Dame auf ihre Art, aber die Mönche holte sie am Ende eines wechselvollen Lebens zurück.» Er stand auf. «Sie können doch bestimmt noch ein wenig Zeit für mich erübrigen.»

Das war *die* Gelegenheit, das Weite zu suchen. Aber sie tat es nicht, vielmehr folgte sie ihm hinaus in die Halle und dann die Treppen nach oben, bis sie den Dachboden erreicht hatten und am Ende eines langen Korridors vor einer verschlossenen Tür standen. Er drückte einen Schalter, und Deckenlampen gingen an.

«Früher wurden alle Dokumente unserer Familie im Urkundensaal aufbewahrt. Aber der gehört jetzt zur Schule, deshalb brachte meine Tante sämtliche Unterlagen hier im Dower House unter.» Er holte einen Schlüssel aus seiner Hosentasche und schloss auf.

Ein weiträumiger Dachboden mit Gaubenfenstern lag vor ihnen. An den Wänden Regale voller Schachteln. Atemlos vor Aufregung sah Zuleika, dass sie sorgfältig beschriftete Etiketten trugen, mit Jahreszahl und Inhalt: Briefe, Geschäftsbücher, Urkunden, Empfangsbestätigungen, Tagebücher, Anlagenbücher, Haushaltsbücher.

«Die Schachteln sind fast alle randvoll», sagte Nicholas Beauregard. «Es wurde viel zerstört, aber es ist immer noch so viel erhalten, dass einem Historiker das Herz aufgeht, meinen Sie nicht auch? Einer meiner Vorfahren hat im 19. Jahrhundert sämtliche Dokumente geordnet. Er wollte eine Geschichte der Familie Beauregard und der Abtei schreiben, hat es aber nicht geschafft.»

Zuleika war hingerissen. «Haben Sie die Sachen Wissenschaftlern zugänglich gemacht? Es ist ja ein unglaublicher Quellenschatz. Jede Bibliothek …»

«… würde sich freuen, eine solche Sammlung zu besitzen. Aber sie bleibt in Beauregard, und nur ganz wenige Leute haben bislang darum gebeten, sie benutzen zu dürfen. Wir leben hier sehr abgeschieden, und die Beauregards waren nie sonderlich auf das Gemeinwohl bedacht. Wir sind ein düsterer Clan, könnte man sagen, der sich noch nie im öffentlichen Leben hervorgetan hat. Und viele der hier verwahrten Dokumente sind nicht sonderlich aufregend: Übertragung von Grundstücken, ein Rechtsstreit mit Nachbarn, Haushaltsbücher, in denen Lebensmitteleinkäufe verzeichnet sind, die Namen von Gästen, die hier bewirtet wurden. Es sind Bestandsaufnahmen des Leinzeugs, der Dienstboten, solche Sachen.»

«Für einen Sozialhistoriker ist das eine wahre Fundgrube.»

«Hier fiel mir jedenfalls der erwähnte Brief zu dem Zauberbuch in die Hände. Wer weiß, vielleicht gibt es noch andere, ältere Bezüge auf das Buch, vielleicht sogar auf die spannende Geschichte, wie und von wem es überhaupt im Kloster versteckt wurde.»

Er stand jetzt wieder an der Tür, und nach einem letzten sehnsüchtigen Blick folgte Zuleika ihm die Treppe hinunter.

«Hat Seff sich mit Ihnen wegen des Zauberbuchs in Verbindung gesetzt?», fragte er, als sie wieder in der Halle waren.

Warum wollte er das wissen? «Er hat mir letzte Woche eine Mail geschickt, ich solle hierherfahren und es mir anschauen. Seitdem habe ich nichts mehr von ihm gehört.»

«Sie haben keine weitere Nachricht von ihm?»

«Nein, wieso? Ich werde ihn informieren, wenn ich wieder im Institut bin.»

«Soso.»

Wo war Peake? Wohin hatte er ihren Helm und ihre Jacke gebracht?

Als hätte er ihre Gedanken gehört, tauchte Peake auf, den Helm unterm Arm, und hielt ihr die Jacke hin, damit sie hineinschlüpfen konnte. «Mrs. Campbell hat angerufen, um mitzuteilen, dass sie nach Hause gegangen ist und Sie dort erwartet, Dr. Rathbone.»

«Peake wird Sie ins Dorf fahren», ergänzte Nicholas Beauregard.

«Bemühen Sie sich nicht. Ich fahre mit meinem Motorrad, und wenn Sie mir den Weg erklären …»

«Besser nicht. Es hat wieder angefangen zu regnen, und Margo hat Ihr Motorrad unterstellen lassen. Sie wird Sie morgen früh zur Schule zurückbringen, wenn sich das Wetter gebessert hat.» Er streckte ihr die Hand entgegen. «Wir sehen uns.»

Peake öffnete die hintere Tür des großen Wagens, den er bereits vors Haus gefahren hatte, und ging dann zur Fahrertür auf der anderen Seite. Sie sank in den luxuriösen Ledersitz und sah den Regentropfen zu, wie sie an der Windschutzscheibe herunterglitten. Noch nie war sie einem Menschen wie Nicholas Beauregard begegnet. Und Gott sei Dank würde es die letzte Begegnung mit ihm bleiben.

✤ ✤ ✤

War in Yorkshire immer Winter? Die Woche jedenfalls, die Zuleika in York bei ihrem Bruder verbracht hatte, war kalt, nass und windig gewesen, obwohl der August sonst überall auf der Nordhalbkugel als Sommermonat gilt. Im September sei es oft am schönsten, sagte Hank. Gut, aber das galt garantiert nicht für Beauregard.

Peake fuhr vorsichtig eine regenüberflutete Dorfstraße entlang, die von grauen Steinhäusern mit erleuchteten Fenstern gesäumt war. Der Wagen hielt vor einem geräumigen Landhaus. Bei Sonnenschein wäre dies ein Bild ländlicher Idylle gewesen, aber an diesem gnadenlosen Abend luden das von Feuchtigkeit getränkte Strohdach, die schwarzen, in verschiedener Größe die Hausfront unterbrechenden Fenster und der arg zerzauste Rosenstock, der sich um die Haustür rankte, nur dazu ein, den finsteren Landstrich zu fliehen.

«Ein Strohdach, wie zauberhaft», sagte Zuleika höflich, als Margo die Tür öffnete.

«Finden Sie?» Margo schaute wenig begeistert nach oben. «Dachziegel wären mir lieber. Im Stroh krabbelt so allerlei.»

Die Haustür führte unmittelbar in ein heimeliges Wohnzimmer, wo wieder einmal ein Feuer im Kamin loderte. Ein rotblonder Mann mit Sommersprossen erhob sich, als Zuleika das Zimmer betrat.

«Mein Mann, Toby. Toby, das ist Dr. Rathbone aus Amerika.»

«Zuleika», sagte sie und gab ihm die Hand.

Zuleika bedankte sich für die Gastfreundschaft und entschuldigte sich für die Unannehmlichkeiten, die sie den beiden bereitete. Wie sie es hasste, Fremden zur Last zu fallen, wie sie es hasste, am Abend nicht an ihren Rechner zu können und stattdessen Konversation machen zu müssen.

Doch die Campbells gaben sich ganz ungezwungen und taten alles, damit ihr Gast sich bald wie zu Hause fühlte. Nachtwäsche gebe es genug. Wenn Zuleika etwas waschen wolle – über dem Herd würde es über Nacht trocknen. Noch jemand saß etwas abseits im Zimmer. «So sieht man sich wieder», sagte Mr. Goodram und nickte Zuleika zu. «Ich hoffe, es tut nichts mehr weh nach Ihrem Sturz», fügte er hinzu.

«Peter hat uns von dem Vorfall im venezianischen Flügel erzählt», erklärte Margo. «Dr. Rathbone ist auf Einladung von Nicholas hier», sagte sie zu Mr. Goodram.

«Mr. Beauregard hat mich gebeten, mir ein altes, erst kürzlich entdecktes Buch anzuschauen.»

Mr. Goodram nickte Toby zu. «Das wird das Buch sein, das Nicholas dem Besitz der Mönche zurechnet. Sind Sie vom British Museum?»

«Nein. Ich arbeite am Goetischen Institut. In Amerika.»

Unweigerlich folgte die Frage: «Sie arbeiten *wo*?»

«Goetisch. Das Wort bedeutet …»

«… so viel wie Hexerei, Schwarze Magie, Geisterbeschwörung. Und es kommt aus dem Griechischen *goeteia*, Zauber.» Toby grinste. «Jetzt hab ich Sie überrascht.»

«Nicht viele kennen den Begriff.»

«Von der Sache habe ich keine Ahnung, aber ich bin kreuzworträtselsüchtig.»

Peter Goodram runzelte die Stirn. «Schwarze Magie? Nicholas hat doch wohl keinen Anlass, eine Expertin für Schwarze Magie zu Rate zu ziehen?»

«Das Buch ist ein mittelalterlicher Grimoire, es enthält Zaubersprüche. Wegen der Sprüche bin ich hier, nicht wegen des Buchs an sich.»

«Das Beste, was Nicholas mit dem alten Schinken machen kann, ist ihn verbrennen und auf seiner Asche herumtrampeln», sagte Mr. Goodram mit unerwarteter Heftigkeit. «Was aus der alten Zeit der Abtei auf uns gekommen ist, hat immer nur Unheil angerichtet. Wenn diese Mönche Zaubersprüche niederschrieben, dann sicher keine angenehmen; und weder Mr. Beauregard noch irgendein Experte aus Amerika, Verzeihung, Dr. Rathbone, sollten sich damit abgeben. Das Letzte, was Beauregard braucht, ist ein Buch mit Zaubersprüchen und Verwünschungen.» Er machte ein ernstes Gesicht und schüttelte den Kopf. «Ich geh jetzt besser. Die Pläne hole ich die Woche noch ab, Toby. Gute Nacht zusammen.»

Toby mühte sich vergeblich mit der Weinflasche ab. «Zu dieser Geige: Die Frage, wem sie gehört, ist wirklich spannend.»

«Lass mich mal», sagte Margo und entkorkte die Flasche in null Komma nichts. «Toby ist Anwalt», erklärte sie, «er kümmert sich um die Angelegenheiten der Familie Beauregard. Deshalb interessiert er sich für die Geige.»

Toby schenkte Zuleika ein. «Es passiert nicht jeden Tag, dass eine italienische Geige nach Jahrhunderten aus einem zugemauerten Versteck geholt wird.»

«Ich denke, der Stiftungsrat und der Schulbeirat werden entscheiden, was damit geschieht», meinte Margo.

«Wenn sie wertvoll ist, wird sie dann verkauft?», fragte Zuleika.

«Geld können wir immer gebrauchen», sagte Margo. «Aber es könnte ins Auge gehen, wenn wir mit unserem guten Ruf im Fach Musik eine Geige verkaufen, während einige unserer Schüler Instrumente von Firmen gesponsert bekommen.»

«Sie könnte so wertvoll sein, dass eine Versicherung unerschwinglich wäre», gab Toby zu bedenken. «Haben Sie hineingeschaut?», fragte er Zuleika. «War da vielleicht eine verblasste Inschrift: *Stradivarius me fecit*?»

Zuleika lachte. «Ich glaube, jede herrenlose Geige, die man in einem alten Schrank oder auf einem Dachboden findet, wird zunächst für eine Stradivari gehalten.»

«Wir wissen noch nicht mal, ob es eine italienische Geige ist», sagte Margo.

«Das sollte man doch meinen, wenn sie im venezianischen Flügel gefunden wurde», scherzte Toby.

«Weshalb wurde er eigentlich in diesem Stil erbaut?», fragte Zuleika. «Er ist sensationell, wirkt aber ziemlich fremdartig hier in der Gegend.»

«Der Flügel wurde im 18. Jahrhundert angebaut», erläuterte

Margo. «Die Reiseführer betonen, er sei einzigartig in seiner Komposition. Das wär's dann aber auch schon. Vielleicht gab es familiäre Verbindungen zu Venedig.»

«Das Ganze wird ein Vermögen gekostet haben», sagte Toby. «Und es war ja nicht nur der Flügel. Man hat auch einen Kanal angelegt, um die Illusion perfekt zu machen.»

«Muss zauberhaft ausgesehen haben, das Spiegelbild des Gebäudes im Wasser. Was ist mit dem Kanal passiert?», fragte Zuleika.

«Anscheinend versandet», sagte Margo. «Im 19. Jahrhundert wurde er von den Beauregards zugeschüttet und mit Rasen bedeckt. Damals hat man auch diesen scheußlichen roten Ziegelbau errichtet, in dem heute der Fachbereich Musik untergebracht ist. Wer neugotische Reitställe mag, findet an venezianischer Architektur keinen Gefallen.» Margo ging in die Küche. Zuleikas Angebot, ihr zu helfen, wies sie zurück, alles sei schon fertig. «Wir warten bloß noch auf meine Tochter.»

«Wenn man vom Teufel spricht ...», sagte Toby, als die Haustür ins Schloss fiel und ein langbeiniger Teenager mit schwarzen Hüftjeans und schlabbriger Jeansjacke ins Zimmer schlenderte. Sie musterte Zuleika. «Hallo. Sie sind Dr. Rathbone, stimmt's? Ein Typ namens Jesperson hat vorhin angerufen. Sie sollen ihn zurückrufen. Es sei dringend, sagte er.»

«Er hat hier angerufen?»

«Ja.»

Was wollte Seff so Dringendes? Und wie war er an die Nummer gekommen? Sie stand auf und holte ihr Handy heraus. «Wenn Sie mich kurz entschuldigen ..., mein Chef.»

«Das Mobiltelefon funktioniert hier nicht», erklärte Caro. «Sie müssen übers Festnetz anrufen.»

«Er ist in Amerika.»

«Kein Problem», sagte Toby. «Caro, führe Zuleika in mein Büro, da kann sie telefonieren, ohne dass du jedes Wort mithörst.»

«Als würde mich das interessieren», sagte Caro.

❖ ❖ ❖

Der morgendliche Teil der Lehrerkonferenz war halb vorbei, und Sylvia fragte sich, wie sie den Rest des Tages durchstehen sollte. Gelangweilt schaute sie aus dem Fenster, während der Direktor redete. Der letzte Sturm hatte einer langen Schlechtwetterperiode ein Ende gesetzt und sonnig warme Tage gebracht. Da fiel ihr eine Gestalt auf, die den Weg entlangging.

Zuleika.

Sie stieß Rosie an. «Was macht Zuleika Rathbone noch hier?»

«Ach ja, ihr seid alte Freundinnen. Sie wird eine Zeitlang hierbleiben und über die Beauregards forschen oder über die Abtei, irgend so was. Hat mit Gespenstern oder Außerirdischen zu tun. Prima Idee eigentlich. Könnte gut sein, dass ein paar Leute, die hier arbeiten, von einem anderen Planeten kommen. Unser lieber Schulleiter zum Beispiel, der könnte durchaus ein Außerirdischer sein.»

«Sie wohnt hier?»

«Sie hat eine Gästewohnung im Gatehouse bekommen. Wenn du übers Wochenende nicht in London gewesen wärst, wüsstest du Bescheid. Anscheinend hält sich ihre Begeisterung in Grenzen. Aber ihr Chef drüben in Amerika hat ihr auf die Bitte von Nicholas Beauregard hin ein Angebot gemacht, das sie nicht ablehnen konnte.»

Tessa Tonkin, die stellvertretende Schulleiterin, drehte sich stirnrunzelnd zu ihnen um, und Rosie schaltete wieder auf Schlummermodus.

Zuleika in Beauregard? Eine Wohnung im Gatehouse? Plötzlich sah das bevorstehende Trimester nicht mehr ganz so düster aus.

Mr. Fitzhoward, der Direktor, war hochgewachsen, sein dunkles Haar an den Schläfen vornehm ergraut. Mit seiner tiefen Stimme und seinem verbindlichen Händedruck beeindruckte er die Eltern. Doch seine Höflichkeit vermochte nicht den Eindruck gnadenloser Härte zu zerstreuen, den seine stahlblauen Augen und seine effizienten Bewegungen weckten. Rosie hatte recht, er war ein Außerirdischer. «Die Baufirma hat uns mitgeteilt», sagte er jetzt, «dass der Putz im venezianischen Flügel bröckelt und entfernt werden muss. Unter dem Putz scheint ein Deckengemälde verborgen zu sein. Die Denkmalschutzbehörde ist bereits informiert und wird ein Expertenteam schicken. Der Zutritt zum gesamten venezianischen Flügel ist natürlich strengstens verboten.»

Rosie erwachte pünktlich zur Mittagspause wieder und eilte mit Sylvia in den Speisesaal. «Noch ein Grund, warum ich gern hinten sitze: So sind wir schneller bei den Futtertrögen, wenn sie uns mittags rauslassen. Mein Gott, ist das öde. Ich könnte jetzt einen Gin vertragen.»

«Sylvia Trevisan – du meine Güte. Ich liege Ihnen zu Füßen, welch eine Ehre!»

Ein Schönling mit blonden Strähnchen und geschmeidiger Stimme verstellte ihr den Weg. Sylvia hatte keine Ahnung, wen sie vor sich hatte. Ein neuer Kollege?

«Oh, Sie Ärmste, Ihr Gesicht. Jetzt sehe ich es erst, wie entsetzlich», rief er. «Das muss schlimm für Sie sein. Was soll ich sagen, außer, dass es eine große, eine sehr große Ehre ist, Sie kennenzulernen. Die Aussicht auf unsere Zusammenarbeit verschlägt mir den Atem.»

Sylvia starrte ihn sprachlos an.

«Oh, Sie müssen denken, das ist ein Geistesgestörter, der mich hier anquatscht. Ich bin Petrus, Petrus Jones. Fachbetreuer für Kunst. Wir haben uns noch nicht kennengelernt, weil ich im letzten Trimester einen Schüleraustausch mit einer kanadischen Schule begleitet habe. Waren Sie schon mal in Kanada? Beherzigen Sie meinen Rat, und lassen Sie es bleiben. Ich bin heilfroh, dass ich wieder hier bin. Gerade habe ich erfahren, dass Sie den *Sommernachtstraum* inszenieren, und da musste ich Ihnen einfach mein Entzücken bekunden. Ich liebe nämlich die Arbeit am Bühnenbild, und was die Kostüme betrifft, sind Sie bei mir genau an der richtigen Adresse. Mein derzeitiger Oberstufenkurs ist sehr tüchtig, wir werden für Sie schuften bis zum Umfallen, das versichere ich Ihnen.»

Sylvia öffnete den Mund, um seinem Wortschwall ein Ende zu setzen, aber er redete einfach weiter. «Großartig, mit einem echten Profi zu arbeiten. Lehrer haben ja manchmal einen eher begrenzten Horizont. Sie sind wunderbare, wirklich phantastische Menschen und oft sehr engagiert, aber wenn es um Kunst geht, sind sie die reinsten Schlaftabletten. Haben Sie sich schon Gedanken über das Bühnenbild gemacht? Natürlich haben Sie, ganz bestimmt haben Sie alles schon im Kopf, und wir müssen nur noch loslegen.»

«Ehrlich gesagt, nein», erwiderte Sylvia. «Ich habe zwar ein paar Ideen, aber es ist noch nichts entschieden.»

«Darf ich Ihnen dann einen unmaßgeblichen Vorschlag unterbreiten? Sie können ihn ruhig ablehnen, denn ich weiß, wenn es um Kunst geht, sind Sie von gnadenloser Ehrlichkeit. Als ich hörte, dass Sie den *Sommernachtstraum* inszenieren – noch dazu im Sommer und als Freilichtaufführung, himmlisch! –, da ging mir sofort durch den Kopf, ob das Stück nicht in einem venezianischen Ambiente spielen sollte?»

«In einem venezianischen Ambiente?», fragte Sylvia verblüfft.

«Ja, venezianisch. Verwerfen Sie die Idee nicht sofort, ich flehe Sie an. Da der venezianische Flügel ohnehin den Hintergrund der Freilichtbühne bildet, liegt es doch nahe, die Szenerie Venedigs im 18. Jahrhundert zu beschwören, die magische Atmosphäre einer Stadt mit flimmernden Lichtern und Klängen, die übers Wasser getragen werden, mit Masken und Tanz in der Hitze des Sommers. Sie können es sich vorstellen?»

Das konnte sie. Wasser, Marmor und Schatten, weißgeschminkte Gesichter und heimliches Lachen, leises Geflüster, verbotene Rendezvous, Eseleien.

«Ich wusste es. Vergessen Sie meine Worte. Bitte, vergessen Sie, dass ich jemals eine so absurde Idee geäußert habe, wirklich, es war vermessen.»

«Keineswegs», widersprach Sylvia. «Wissen Sie was? Ich glaube, es könnte funktionieren.»

«Es passt nicht perfekt, schließlich ist Venedig nicht Athen, und natürlich gibt es in Venedig keine Wälder – aber mondhelle Nächte, in denen seltsame Dinge geschehen, das kann man sich gut vorstellen.»

«Die Musik könnte sich an Vivaldi orientieren, nur moderner.»

«O ja», stimmte Petrus zu. «Das ist eine gute Idee, diese innigen Streichinstrumente mit Musik im Stil von Gabrieli, Monteverdi und Schütz. Da sind Sie bei Rory an der richtigen Adresse. Ich nehme an, Rory kümmert sich um die Musik?»

«Ich werde mit ihm sprechen und auch mit Madame Ostrovska wegen des Balletts. Vielen Dank, Petrus.»

Petrus verzog den Mund zu einem schiefen, satyrhaften Lächeln.

Trau ihm nicht, dachte Sylvia, *da steckt mehr dahinter. Aber schade, dass er nicht mitspielen kann, er würde einen großartigen Puck abgeben: raffiniert, widerspenstig, auf Unfug aus.*

«Stets zu Ihren Diensten.» Und während sich Petrus vor Sylvia galant verbeugte, sah er zu Rosie hinüber, und ein triumphierendes Lächeln huschte über sein Gesicht.

✤ ✤ ✤

Das Gatehouse wachte über das nicht mehr benutzte Westtor des Anwesens. Es war Anfang des 19. Jahrhunderts erweitert und renoviert worden; damals war ein mit Zinnen versehener achteckiger Turm an ein älteres, schlichteres Gebäude angefügt worden. Ein längst vergessener Architekt hatte die rechteckigen Fenster durch Kielbogenfenster ersetzt, am Dach weitere Zinnen angebracht und einen neuen Eingang mit einer schweren Tür geschaffen.

Zuleika schloss die Tür hinter sich und stieg die Halbwendeltreppe zur Wohnung im ersten Stock hinauf. Der große Raum, den sie jetzt betrat, nahm fast die ganze Etage ein. Von hier ging eine kleine Küche ab, und über eine weitere Halbwendeltreppe gelangte man ins Schlafzimmer und ins Bad.

Margo hatte ihr die Wohnung gezeigt. «Das Erdgeschoss

wird zurzeit als Lagerraum benutzt, dort können Sie Ihr Motorrad unterstellen.»

Hank hatte ihr die Harley für die Zeit ihres Aufenthalts überlassen. «Ich benutze das Motorrad kaum, und es tut ihm gut, wenn es gefahren wird. Aber versprich mir, dir eine wintertaugliche Lederjacke mit Hose zu kaufen.»

Zuleika stellte ihren Laptop auf den Tisch und klappte ihn auf. Margo hatte ihr eine Internetverbindung versprochen, und tatsächlich, es funktionierte.

Eine Mail von Caitlin, ihrer Mitbewohnerin in Salem.

Seff sagt, dass du an einem richtig interessanten Projekt dran bist. Er rechnet damit, dass du Monate und nicht nur ein paar Wochen damit zu tun haben wirst. Gail aus der Buchhaltung lässt fragen, ob du an sie untervermietest. Sie liebt Katzen, das wäre also kein Problem. Noch was: Jeff war hier und hat ein paar Sachen abgeholt. Wusstest du, dass er nächsten Monat heiratet? Ein Mädchen aus Neuengland. Ich denke, sie passen gut zusammen. Tut mir leid, dass ich diejenige bin, die es dir sagt, aber früher oder später hättest du es sowieso erfahren, und dafür ist eine gute Freundin schließlich da. Tut mir leid, dass ich deine Schimpftirade nicht persönlich entgegennehmen kann. Das Institut wird dir per Kurier nachsenden, was du brauchst. Am besten, du schickst mir eine Liste.

Jeff? Das Kapitel war abgeschlossen gewesen, noch bevor sie zu der Konferenz nach York gefahren war. Es war ihr völlig egal, wen er heiratete. Schließlich hatten sie sich getrennt, weil er sich fest binden wollte und ihr vorwarf, sie kümmere sich nur um die verdammten Geister und Dämonen. Und damit hatte er ja auch recht. Interessanter fand sie den Rest von Caitlins Mail. Denn Seff hatte ihr versichert, er wolle keinen Druck ausüben und sie könne frei entscheiden, wie lange sie bleiben wolle.

Seff hatte ihr lediglich geraten, den Dingen auf den Grund zu gehen, die sich in diesem entlegenen Tal in Yorkshire abgespielt hatten. Nicholas Beauregard zufolge hatte seine Familie über Jahrhunderte hinweg hartnäckig geschwiegen, eine regelrechte Verschwörung. Jetzt hatte sich Nicholas entschlossen, die Dokumente einem Forscher zu übergeben, der das Hintergrundwissen und die nötigen Fachkenntnisse besaß.

«Aber ich arbeite doch bereits an einem neuen Projekt, Seff. Meine Tätigkeit in diesem Bereich habe ich längst abgeschlossen, ich habe etwas Neues angepackt …»

Er hatte sie nicht ausreden lassen. «Nicholas Beauregard ist bereit, deinen Aufenthalt in Beauregard zu finanzieren, und außerdem will er dem Institut eine großzügige Spende zukommen lassen. Dein Rückflug ist für Anfang nächster Woche gebucht, nimm dir also ein paar Tage Zeit, die Sache zu überdenken.»

Wollte sie wirklich eine unbestimmte Zeit in Beauregard bleiben, wo sie sich so wenig wohlfühlte? Absolut nicht.

Aber …

Sie sah den Dachboden des Dower House vor sich, diese Unmengen von Schachteln mit Archivmaterial, Aufzeichnungen und Dokumenten. Und dann, als Toby sie beim Abendessen nach dem Grimoire und den nekromantischen Zaubersprüchen gefragt hatte, Caros beiläufige Bemerkung: «Beauregard ist voll dunkler Geheimnisse, das weiß doch jeder.»

Margo hatte gelacht, als Zuleika erstaunt fragte, ob die Abtei für Geistererscheinungen bekannt sei. «Es gibt immer Leute, die behaupten, sie hätten in solchen alten Gemäuern seltsame Begegnungen gehabt. Mir ist aber noch nie ein Geist erschienen.»

«Du bist nicht der Typ», hatte ihre Tochter Caro gesagt und herausfordernd eine Kartoffel aufgespießt. «Du weißt doch, dass immer wieder Schüler von hier weggehen, weil sie Gespenster gesehen haben.»

«Ein, zwei Kinder mit einer regen Phantasie und etlichen anderen Problemen.»

«Soviel ich weiß, sind es sechs. Und ich wette, andere haben nur nicht zugegeben, dass sie deshalb gehen. Leider habe ich selbst noch nie übersinnliche Erlebnisse gehabt. Ich würde zu gern mal einen Geist sehen. Vielleicht einen Mönch ohne Kopf wie auf dem Wirtshausschild, das wäre cool.»

Zuleika klappte ihren Laptop zu. Neugier und die Verlockung, ein wirklich neues Feld zu beackern, hatten den Ausschlag gegeben, ganz zu schweigen vom Selbsterhaltungstrieb. In ihrem Fachbereich bekam man nicht leicht eine Stelle. Wenn sie jetzt nein sagte und Seffs Wohlwollen verspielte, wie lange würde sie sich dann am Institut noch halten können?

«Wegen deiner englischen Mutter und der doppelten Staatsbürgerschaft gibt es kein Problem mit der Aufenthaltsgenehmigung und dem Visum, das ist ein wichtiger Punkt», hatte Seff betont. Und Hanks unverhohlene Freude über ihre Anwesenheit, und sei es dreißig Meilen jenseits des Moors, fand Zuleika auch irgendwie rührend. Gleich am nächsten Tag hatte er in aller Frühe ihre Reisetasche und verschiedene schöne Dinge für ihr Zimmer in Beauregard angeliefert, dann war er in den Musiktrakt geeilt. «Mal sehen, ob Rory Moorlynch da ist, ein alter Freund von mir. Er ist schwer in Ordnung und ein guter Musiker, ich werde ihn bitten, auf dich aufzupassen.»

Und das Beste überhaupt: Sylvia war hier in Beauregard. Eigentlich kam sie sehr gut allein zurecht, trotzdem war sie erleichtert – ja, erleichtert –, dass sie mit ihrem Bruder und ihrer alten Freundin Sylvia hier in dieser nordenglischen Ödnis zwei Menschen hatte, auf die sie zählen konnte.

✤ ✤ ✤

Zuleika war in der Alten Bibliothek, der Grimoire lag vor ihr auf dem Tisch, daneben weiße Handschuhe und die Zange, wenn man eine überspannte Phantasie hatte, was auf sie Gott sei Dank nicht zutraf, dann waren Handschuhe und Zange eine willkommene Schranke zwischen der eigenen Haut und diesen schwarzen Schriftzeichen, die die Ausgeburten eines kranken Geistes festhielten.

Eines kranken Geistes? Dies war eine voreingenommene, unwissenschaftliche Wertung. Sie rief sich zur Ordnung. Aber wie faszinierend wäre es doch, wenn man eine Zeitreise unternehmen könnte und einen Mönch von Beauregard Abbey zu fassen kriegte. Dann könnte man testen, was sich in seinem Gehirn abspielte, während er die dunklen Rituale vollzog. Vielleicht phantasierte er, dass ihm der Satan persönlich erschien, eine Gestalt, die dem Bild glich, das er irgendwo gesehen hatte. Auf den Buntglasfenstern einer Kirche, einem Fresko vom Jüngsten Gericht, das die Gräuel einer von Dämonen und Verdammten bevölkerten Hölle zeigte.

Nicholas Beauregard hatte ihr die Alte Bibliothek als Arbeitsplatz zugewiesen. «Sie wollen doch bestimmt auch das Material vom Dachboden des Dower House heranziehen. Peak hat den Schlüssel, Sie haben also jederzeit Zugang.»

Auf ihren Wunsch war ein Computerarbeitsplatz eingerichtet worden. Margo, die sich ärgerte, dass sie nicht längst selbst auf die Idee gekommen war, hatte sofort einen Elektriker bestellt.

Und so saß Zuleika jetzt da, atmete den modrigen Geruch von Leder und Papier ein und lauschte dem leisen Summen des Belüftungssystems. Die Bibliothek befand sich auf der Rückseite der Abtei. Durchs Fenster sah man den Gemüsegarten, Treibhäuser, Wege, Schulgebäude. Die langen Schatten eines sonnigen, drückend heißen Nachmittags.

Zurück zu den Zaubersprüchen. Sie musste ein mittellateinisches Wörterbuch zu Hilfe nehmen und um eine Übersetzung regelrecht ringen, kämpfte mit unbekannten Wörtern, mit seltsamen Namen von Dämonen und bösen Geistern.

Immer wieder schweiften ihre Gedanken ab. War das Zauberbuch etwas gewesen, vor dem man sich fürchtete oder das man verehrte? War es das Werk eines kranken Geistes? War es von einem oder von mehreren Verfassern geschrieben worden? Vielleicht hatte ja nur ein einzelner Mönch diesen Unsinn ersonnen oder ihn aus anderen Quellen abgeschrieben, um Macht über seine leichtgläubigen Mitbrüder zu gewinnen. Warum war es in der Säule eingemauert worden?

«Aberglaube», hatte Nicholas Beauregard gesagt. «Vielleicht wollte man verhindern, dass das Buch jemals wieder ans Licht kommt, wenn die Zaubersprüche und Beschwörungsformeln so widerwärtig sind, wie Sie sagen.»

«In dem Fall hätte man es wohl verbrannt.»

«Mr. Goodram hält das jetzt noch für eine gute Idee. Das Buch ist ja nicht mehr als eine Fußnote in der Geschichte der Abtei und alles in allem ziemlich bedeutungslos.»

Zuleika tat der Kopf weh, sie rieb sich die Schläfen, dann

klappte sie den Grimoire zu und legte ihn in die Schachtel zurück.

Frische Luft und einen kleinen Spaziergang, das war es, was sie jetzt brauchte.

Als sie am Theatertrakt vorbeikam, hörte sie jemanden rufen. Sie sah hoch und bemerkte Sylvia am Fenster, die ihr zuwinkte. Zuleika ging ins Haus und lief die Treppe hinauf ins menschenleere Foyer, das jetzt trostlos wirkte. Die Bar war geschlossen, Tische und Stühle standen in Reihen nebeneinander. Vom Balkon rief Sylvia ihr zu: «Komm raus, bei der Hitze ist es hier besser.»

Von unten hörten sie helle Stimmen.

«Die Schüler sind zurück», sagte Sylvia. «Es sind die angehenden Bühnenkünstler, die am Schwarzen Brett nachsehen wollen, was wir in diesem Schuljahr machen.»

«Hi, Sylvia. Hi, Zuleika.» Rosie trat mit einem Glas in der Hand zu ihnen. «Habt ihr euch versteckt?»

«Das nicht gerade, wir beobachten nur die Neuankömmlinge und hoffen, unter ihnen einen Puck zu entdecken», sagte Sylvia.

«Einen Puck? Du nimmst doch bestimmt Jack Mallins. Der ist ideal für die Rolle, kalt und verschlagen, auch wenn man das in Gegenwart des Direktors besser nicht sagt.»

Schweigend lehnten sie am Geländer. Sylvia beobachtete die Schüler sehr genau, Zuleika massierte sich die Schläfen, und Rosie nippte an ihrem Gin.

«Meine Güte.» Sylvia starrte wie gebannt auf eine vorbeigehende Schülerin. «Was für wunderbares Haar, tizianrot. Ob sie wohl spielt?»

«Sie ist Musikerin.» Rosie schaute ohne sonderliches Interesse auf das Mädchen hinunter. «Arabella Mort.»

«Welches Instrument?», fragte Zuleika.

«Geige. Technisch ist sie gut, sie war bei den besten Lehrern und hat eisern geübt, aber ihrem Spiel fehlt die Seele.»

Sylvia verschlug es den Atem, als das Mädchen hochblickte, als wüsste sie, dass über sie gesprochen wurde. «Was für ein schönes Gesicht! Große grüne Augen – und dieses Haar. Aber sie sieht irgendwie … leer aus. Als müssten die Lebensgeister in ihr erst noch erwachen.»

«Das ist das Problem», sagte Rosie und nahm noch einen Schluck. «Da springt kein Funke über. Die an der Tür des grünen VW heißt Georgia Wellsway. Sie hätte das Stipendium kriegen sollen, das jetzt Arabella hat. Die pausbäckige mit den wilden, braunen Locken. Sie ist voller Leben, eine Vollblutmusikerin.»

«Warum hat dann die Rothaarige das Stipendium bekommen?»

Rosie zuckte mit den Schultern. «Der Direktor wollte es so. Mr. Fitzhoward hält Arabella für phantastisch, frei nach der Devise: Übung macht den Meister, und jeder, der hart genug arbeitet, kann ein neuer Mozart werden. Schon allein wegen ihrer Schönheit hat das Mädchen Aufsehen erregt, was für die Schule nur gut ist. Der Chef hatte ihretwegen schon eine Besprechung mit dem Marketing Manager.» Sie fischte die Zitronenscheibe aus ihrem Glas und saugte daran. «Ich habe das Gefühl, dass es mit Arabella noch Ärger geben wird. Und der Ärger wird umso schlimmer werden, weil sie ganz offenkundig Mr. Fitzhowards Liebling ist.»

Die Sekretärin des Musikfachbereichs, eine Dame mit länglichem Pferdegesicht, spähte durch den Spalt der Schwingtüren. «Rosie, eine Mutter möchte Sie sprechen.»

Rosie runzelte die Stirn. «Ich habe heute keine Sprechstunde.»

«Ich weiß, aber sie sagt, Mr. Fitzhoward habe ihr geraten, mit Ihnen zu reden, und er hat mich telefonisch gebeten, Sie zu suchen.»

Rosie schnitt eine Grimasse. «Das Schuljahr beginnt», stellte sie fest, trank ihr Glas aus, stellte es auf das Regal der verrammelten Bar, holte ein Pfefferminzbonbon aus ihrer Tasche und ging.

Sylvia seufzte und ließ die Schultern hängen.

Was für ein abrupter, deprimierender Wechsel, dachte Zuleika. *Abgeschnitten von der Arbeit, die sie liebt, und hierher verbannt.* «Harte Zeiten?», fragte sie und legte ihr eine Hand auf die Schulter.

Sylvia schüttelte den Kopf. «Nein. Die Kinder sind im Grunde nett. Und es gibt schlimmere Orte.» Sie zeigte ein schiefes Grinsen. «Weder du noch ich wollten jemals hier in Beauregard sein, stimmt's? Vor einem Jahr, vor sechs Monaten noch, hatten wir beide von der Existenz dieser Abtei keine Ahnung. Trotzdem sind wir hier. Es gibt schon merkwürdige Zufälle.»

Dieses Jahr hatten Harry und Lutz, inzwischen Oberstufenschüler, eine der kostbaren Dachstuben im Vanbrugh House ergattert, die nur drei Betten hatten. Ihr Zimmergenosse war ein muskulöser Junge namens Jeff, der seine gesamte Freizeit auf dem Sportplatz verbrachte und überhaupt am liebsten mit Sportsfreunden herumhing.

«Klingt gut, dieser *Sommernachtstraum*», meinte Lutz, als er seinen Säbel auspackte und an die Wand hängte. «Ich würde gern bei diesem Shakespeare mitmachen. Meine Eltern würden sich freuen, weil sie denken, das ist Kultur. Deshalb haben sie mich ja auf eine englische Schule geschickt, der Kultur wegen.»

Harry wusste, dass Lutz sich, wie er selbst auch, eher für die technischen Aspekte der Produktion interessierte als für die Schauspielerei. Beleuchtung und Elektronik, das war sein Metier. Lutz stellte einen silbernen Doppelrahmen mit Fotos von seinen Eltern, seiner Schwester und einem Schäferhund auf sein Nachtkästchen.

«Wahrscheinlich macht Caro die Inspizienz, Caro ist klasse, auch wenn sie die Tochter von Margo Campbell ist», sagte Harry, legte sich auf sein Bett und versuchte blinzelnd die Umrisse der Leuchtsterne zu erkennen, die er an die Decke geklebt hatte.

Lutz entrollte ein Poster mit einer schmollenden Blondine, die spärlich bekleidet auf einem Bubble Chair posierte.

Harry schüttelte den Kopf. «Old George wird dir das abnehmen.» Er sprach von George Fernshaw, dem Hausvater. «Sie muss einen Schlüpfer tragen.»

«Trägt sie doch, hier.»

«Das, wo du deine Griffel drauf hast, ist kein Schlüpfer», stellte Harry fest.

«Hast du keine Poster?», fragte Lutz und öffnete seinen Schrank, der, wie er mit skeptischem Blick feststellte, nur begrenzt Platz bot. «Für meine Sachen ist das hier ungeeignet. Ich brauche was Größeres.»

«Für uns Normalsterbliche reicht so ein Schrank. Wir haben keine sechs Armani-Anzüge aufzuhängen.»

«Drei, und zwei Jacketts.»

«George konfisziert die sowieso. Er mag keine Edelklamotten.»

«Das wird er nicht tun. Und wenn er etwas gegen mein Poster sagt, werde ich ihn auf Jeffs behaarten Fußballer hier aufmerksam machen, der in der Intention eindeutig homo ist und deshalb für dich und mich anstößig, denn wir sind hetero und interessieren uns nicht für Männer als Sexualobjekte.»

«George kriegt einen Tobsuchtsanfall, wenn du ihm das sagst. Er ist versessen auf Fußball.»

«Und ich bin versessen auf Blondinen. Wenn Caro die Inspizienz macht und ich die Beleuchtung, was machst du dann? Du willst doch nicht etwa mit Jeff auf dem Sportplatz rumhängen? Das würde ein langweiliges Jahr für dich werden.»

«Muss ich mir noch überlegen», sagte Harry. «Wahrscheinlich ist die Theatergruppe dieses Jahr die coolste Sache. Ich könnte ja für eine Rolle vorsprechen.»

«Könntest du, aber kriegen würdest du keine.» Lutz quetschte einen Stapel eleganter Hemden in eine Schublade und machte sie zu. Dann schob er seine ebenso elegante Brille auf der Nase zurecht und reichte Harry die Hand. «Aufstehen. Gehen wir in den Aufenthaltsraum für die Oberstufe und belegen ein paar Schließfächer, bevor der Pöbel reindrängt. Vielleicht treffen wir da auch welche von den neuen Mädels.»

«Im Bernhardt-Flügel sind drei», sagte Harry, als sie den Kiesweg zum Hauptgebäude der einstigen Abtei einschlugen. «Caro hat mich gestern Abend angerufen. Georgia, Arabella und Sylvestra.»

«Tolle Namen.» Lutz kickte mit der Spitze des Regenschirms, den er immer bei sich trug, ein Steinchen vor sich her.

«Georgia und Arabella sind Musikerinnen. Sie spielen beide Geige. Arabella hat ein Jahr übersprungen, sie ist erst fünfzehn, muss also was auf dem Kasten haben. Privatlehrer, hat Caro gesagt. Wer Privatlehrer hatte, ist immer weiter.»

«Und diese Sylvestra?»

«Die ist eine unbekannte Größe. Von Droitwich geflogen, sagt Caro. Und sie ist eine Beauregard.»

«Gähn. Gibt's sonst noch was Neues?»

«Ja, sogar was Spannendes. Im venezianischen Flügel haben sie einen zugemauerten Raum gefunden.»

«Da war wohl ein grinsender Totenschädel drin.»

«Vorzugsweise der von Fitzo, aber so viel Glück haben wir dann doch nicht. Nein, eine alte Geige.»

«Eine Geige?» Lutz blieb stehen und schaute Harry verächtlich an. «Das nennst du spannend …»

Doch Harry hörte ihm nicht zu. Vor dem Hauptgebäude war ein alter Bentley vorgefahren, und ein Mädchen hievte einen Rucksack aus dem Kofferraum. Lutz war klar, warum Harry baff war, er konnte selbst den Blick kaum abwenden. Sie sah mit ihrer wilden Mähne wirklich seltsam aus, wie einem Gemälde von Burne-Jones entstiegen, nur dass sie pinkfarbene Strähnchen hatte.

«Unser Jahrgang, was meinst du?», fragte Lutz.

Harry musterte das Gepäck. «Keine Geige, also muss es Sylvestra sein.»

«Von der Schule geflogen, weil sie rosa Haare hat?»

«Wieso hat Fitzo die bloß aufgenommen? Die sieht ja grauenhaft aus.»

«Schreckliche Jeans», stellte Lutz fest.

«Und erst der Teint», sagte Harry, als sie näher kamen. «Die hat grüne Flecken im Gesicht.»

❖ ❖ ❖

In einem Zweibettzimmer des Bernhardt-Hauses hatte Caro ihre Sachen ausgepackt, den besseren der beiden Schreibtische belegt und ihr Lieblingsposter vom Sonnenuntergang auf einer Palmeninsel aufgehängt. Sie stand am Fenster, beobachtete die dahinsegelnden Wolken und überlegte, ob ihre Freundinnen wohl schon eingetroffen waren, als vor ihrer Tür ein großes Gepolter losging.

Das musste ihre neue Zimmergenossin sein. Sie riss die Tür auf und traute ihren Augen nicht.

«Danke», sagte das Mädchen, beförderte per Fußtritt einen Rucksack ins Zimmer und zog einen großen Koffer hinter sich herein. Dann drehte sie sich um und rief: «Beeilung, Dad, hier ist mein Zimmer.»

Ein ziemlich klein geratener Mann mit dicken Brillengläsern, die seine munteren Augen vergrößerten, trat gehorsam ein. Auch er schleifte einen Riesenkoffer hinter sich her und hatte überdies zwei Tennisschläger unter den Arm geklemmt.

«Guten Tag, junge Dame», begrüßte er Caro mit ausgesuchter Höflichkeit. «Das ist Sylvestra. Und Sie sind?»

«Caro», erwiderte sie, unfähig, den Blick von Sylvestras Haaren zu wenden. «Hi, Sylvestra. Wie hast du deine Haare so hinbekommen?»

«Festy, bitte», sagte das Mädchen. «Ist das mein Bett? Danke. Niemand nennt mich Sylvestra, das ist ein dermaßen scheußlicher Name.»

Der Vater, der durchaus anderer Meinung hätte sein können, nickte zustimmend. «Meine Frau hat ihn ausgesucht», erklärte er Caro. «Ziemlich überspannt, ich ziehe schlichte Namen vor.»

Er hatte eine knappe, befehlsgewohnte Sprechweise, und plötzlich wusste Caro, wo sie ihn schon mal gesehen hatte. «Sie sind Professor Beauregard», sagte sie. «Einer der Beiräte.»

«Ja», bestätigte Festy, ehe ihr Vater antworten konnte. «Er ist tatsächlich im Schulbeirat, aber keine Sorge. Ich werde die Schule nicht für ihn ausspionieren, und er würde mir auch nicht zuhören, wenn ich es täte.»

Professor Beauregard wirkte beinahe erschrocken. «Gewiss nicht. Das habe ich Mr. Fitzhoward gegenüber klargestellt. Genau aus dem Grund wollte ich dich ursprünglich gar nicht auf diese Schule schicken.»

«Aber jetzt musst du, weil mich sonst keiner nimmt», erklärte Festy.

«Wo warst du vorher?», fragte Caro.

«Droitwich, aber die konnten mich nicht ausstehen.»

«Festy, das ist kaum …»

«Keine Sorge, Pops, Caro wird das schon nicht in den falschen Hals kriegen, außerdem war es wirklich eine grauenhafte Schule, ich bin froh, dass ich da weg bin.»

«Schön, dann sieh zu, dass du hier ordentlich arbeitest. Und keine Mätzchen.»

«Ich?»

«Du. Der Schulleiter freut sich auf ein erfolgreiches, reibungslos laufendes Jubiläumsjahr ohne unerwünschte Zwischenfälle. Er möchte das Profil der Schule in der Öffentlichkeit verbessern, und alle Beiräte stehen hinter ihm. Auch dein Vater, also enttäusche mich nicht.»

«In Ordnung», versprach Festy. «Dann mal los, lieber Papi, damit ich auspacken kann. Ich ruf dich heute Abend an, fahr nicht zu schnell und iss nicht die ganze Zeit Würstchen.» Mit diesen Anweisungen schloss sie ihren Vater in die Arme und entließ ihn dann. «Bye!», rief sie ihm über den Korridor nach, kam wieder herein und knallte die Tür zu.

Jetzt sah Festy sich ungläubig um. «Sind wir Nonnen oder was?», sagte sie. «Das Fenster ist ja komisch.»

«Es gehört zum ursprünglichen Gebäudekomplex», erklärte Caro.

«Also alt.»

«Sehr alt. Hier haben die Mönche geschlafen.»

«Ehrlich? Dann spukt es hier wohl? Kopflose, schwarzgewandete Gestalten wandern auf und ab. Feierliche Gesänge um Mitternacht. Glockengeläut in der Morgendämmerung.» In Festys Augen lag ein Glitzern, das Caro nicht geheuer war. «Ich hab nichts gegen Gespenster, solange sie mir nicht zu nahe kommen», sagte Festy noch, dann wandte sie sich ab und begann ihre Sachen auszupacken.

Caro konnte es sich nicht verkneifen. «Darf ich dir eine persönliche Frage stellen? Warum hast du grüne Punkte auf den Wangen und der Nase?»

«Ach, ich habe nur meine Sommersprossen grün angemalt. Sieht umwerfend aus, findest du nicht?»

«Anders irgendwie», meinte Caro ausweichend. «Der Direktor wird das nicht mögen. Die Haare auch nicht.»

«Dann ist ja alles bestens. Ich mag ihn auch nicht.»

❖ ❖ ❖

Jeremy Zeals, seines Zeichens Oberstufenbetreuer, hockte sich aufs Pult. «Ihr habt Geschichte als Schwerpunktfach gewählt. Und ihr bekommt dafür eine ganz besondere Lehrerin, denn Dr. Rathbone, die nicht nur Geschichte, sondern auch Neurowissenschaften studiert hat, wird diesen Kurs übernehmen. Wie euch der Direktor mitgeteilt hat, ist sie hier, um die Geschichte der Abtei und der Familie Beauregard zu erforschen. Los geht es mit dem Mönchstum. Viel Spaß und enttäuscht mich nicht.»

Beschwingten Schritts ging er hinaus und ließ Zuleika mit einem Dutzend feindseliger Schüler zurück, auf deren Gesichtern geschrieben stand: *wie langweilig, das nervige alte Christentum, öde alte Mönche, wen interessiert das denn?*

Zum Teufel mit Nicholas Beauregard, der ihr angetragen hatte, einen Kurs zu übernehmen. «In Beauregard ist es Tradition, dass Besucher einen Vortrag halten. Und da Sie ja eine Weile hier sein werden, warum nicht gleich ein Seminar? Seff sagt, Sie haben während Ihrer Promotion Studenten unterrichtet, die Oberstufe dürfte also keine besondere Herausforderung für Sie darstellen. Vielleicht profitieren sogar Ihre Nachforschungen von der Lehre, wer weiß, worauf diese gescheiten jungen Leute so alles kommen? Und der Schulleiter wird sich auch freuen.»

Er hatte sie auf einen Aperitif eingeladen, um sie mit Mr. Fitzhoward bekannt zu machen, der ihr sofort unsympathisch gewesen war mit seiner schleimigen Überheblichkeit.

«Wo wir uns hier schon einmal an einem historischen Ort des Mönchstums befinden, werden wir uns exemplarisch auf Beauregard Abbey konzentrieren. Das Kloster ist eine Gründung der Zisterzienser, mit denen wir uns zunächst beschäftigen werden. Der Orden hat die Abtei zu ihrer Blüte geführt, bis Heinrich VIII. sich so einiges anmaßte, was ihm nicht zustand.»

Schweigen.

«Wer weiß etwas über die Zisterzienser?»

Schweigen.

«Ihr habt doch was auf dem Kasten, oder? Mit diesem Argument hat mich Mr. Zeals nämlich überredet, hier die Dompteuse zu spielen. Einen Marsriegel für den, der mir drei weitere religiöse Orden sagen kann.»

Dominikaner, Franziskaner, Kartäuser und *Trappisten*, riefen alle durcheinander. Dann sahen die Schüler ratlos in die Runde, um herauszufinden, wer als Erster drei Orden genannt hatte.

«Die tanzenden Derwische», sagte eine bedächtige Stimme in das Schweigen hinein.

«Sehr gut, du bist Sylvestra, nicht wahr? Freut mich, dass du dich für religiöse Praktiken des Nahen Ostens interessierst. Zwei Seiten über die Derwische, bitte bis sieben Uhr morgen Abend in mein Fach.»

«Aber», begann Festy.

«Drei Seiten, Sylvestra.»

Caro trat ihr gegen das Schienbein, und Lutz, der links von ihr saß, zischte ihr zu: «Sag: *Ja, Dr. Rathbone*, oder du kriegst vier Seiten. Anscheinend hat Zeals sie vorgewarnt.»

«Ja, Dr. Rathbone», sagte Festy mit gekränkter Miene.

«Das Mönchstum ist jedoch nur unser Ausgangspunkt. Das umfassendere Thema ist die Geschichte Englands von der normannischen Eroberung bis heute.»

Die Schüler fanden das offenbar beunruhigend. Ein Raunen ging durch den Raum.

«Auch dabei konzentrieren wir uns auf Beauregard. Wir werden im Detail betrachten, wie es sich rein baulich im Lauf der Zeit verändert hat, welche Rolle die ursprüngliche Klostergründung spielte und wie sich die Anlage über die Jahrhunderte entwickelt und verändert hat. Wir werden uns mit der Familie befassen, die das Haus von der Reformation bis in die Gegenwart bewohnt hat, und die Beziehung Beauregards zu Schlüsselereignissen der englischen Geschichte betrachten.»

«Hört sich an, als sollten wir ihre Arbeit für sie erledigen», sagte Harry nach der Stunde zu Lutz.

Lutz senkte die Stimme: «Ich habe Informationen über Dr. Rathbone, dieser Geschichtskram ist nur ein Deckmantel.»

«Ein Deckmantel wofür?», fragte Festy, die sich zu ihnen gesellt hatte.

«Für den eigentlichen Sinn und Zweck ihres Aufenthalts hier», sagte Lutz. «Und wenn sie noch so lange über Ziegel und Mörtel und die Tudors quatscht, in Wirklichkeit interessiert sie sich für die dunkle Seite der Geschichte von Beauregard. Ich habe Erkundigungen eingeholt, sie arbeitet über Gespenster. An einem Institut zur Erforschung von goetischer Magie in Salem in den USA. Die sind doch nicht so dämlich, eine Neurowissenschaftlerin von Amerika nach Beauregard zu schicken, um über Mönche oder die Hochzeit von Festys Ahnherren im Jahr 1776 zu forschen.»

«Gespenster?», fragte Festy mit ausdrucksloser Miene.

Typisch, dass ausgerechnet mir das Glück zuteilwird, sie in meiner Gruppe zu haben.» Rosie ließ sich neben Sylvia in einen Sessel sinken und nahm dankbar einen Schluck Kaffee.

Sie saßen im Lehrerzimmer des geisteswissenschaftlichen Trakts. Sylvia reichte ihr einen Teller Schokoladenkekse. «Was machst du denn hier?»

«Ich war bei Margo und habe versucht, ihr Geld für neue Notenständer aus dem Kreuz zu leiern, sonst müssen unsere Musiker demnächst ihre Noten auf Stühle legen. Macht echt keinen guten Eindruck.»

«Und wen willst du nicht in deiner Tutorengruppe?», fragte Sylvia.

«Sylvestra Beauregard. Hattest du schon mit ihr zu tun? Wahrscheinlich nicht, bei der Theater-AG macht sie ja nicht mit. Sie hat keine Manieren, und ihr Haar ist momentan in einem Rotton gefärbt, der einen farbenblind machen kann. Ich bin beauftragt, mit ihr über ihr Erscheinungsbild zu reden.»

«Ach, die.»

«Kein Wunder, dass Droitwich sie loswerden wollte.»

«Sie interessiert mich», erwiderte Sylvia. «Ich hätte sie gern als Puck.»

Rosie verschüttete vor Schreck ihren Kaffee. «Verflixt, wo ist ein Lappen?»

Rory Moorlynch, der am Nebentisch zu lesen versuchte, hob genervt die Hand. «Rosie, muss das sein? Es gibt hier Leute, die arbeiten wollen.»

«Schon gut, aber du würdest auch schreien, wenn du dir kochenden Kaffee auf die Hose gekippt hättest.» Mit leiserer

Stimme sagte sie zu Sylvia: «Vielleicht auch nicht, ich glaube nämlich kaum, dass er etwas in der Hose hat.»

Sylvia lachte und half Rosie, den Kaffee aufzuwischen. «Wie konnte denn das passieren?»

«Deine Schuld. Dein idiotischer Vorschlag, den Puck mit diesem grauenhaften Mädchen zu besetzen. Lieber Himmel, Jack Mallins spielt den Puck, das weiß doch jeder.»

«Tatsächlich?»

«Komm schon, Sylvia, er ist die ideale Besetzung. Die Locken, das listige Lächeln, die Bosheit, die Leichtfüßigkeit, er ist dein Puck.»

«Bei der Rolle besetze ich lieber gegen den Typ, und Jacks Stimme gefällt mir nicht. Außerdem ist er kein besonders guter Schauspieler.»

«Du musst es ja wissen, aber seit er an der Schule ist, hatte er in jeder Produktion eine große Rolle. Er kommt aus einer Theaterfamilie, sein Vater ist ein bekannter Intendant.»

«Ich weiß, das hat aber nichts mit Jack Mallins' Schauspieltalent zu tun.»

«Dein Vorgänger hat viel von ihm gehalten.»

«Jack hält auch viel von sich, aber wenn er glaubt, dass er den Puck spielt, täuscht er sich.»

«Na schön, nicht Jack Mallins, aber auch nicht Sylvestra, Sylvia! Ich bitte dich.»

«Warum nicht?»

«Erstens kannst du kein Mädchen als Puck besetzen. Zweitens ist sie wahrscheinlich ziemlich unbegabt. Hast du eine Vorstellung, wie unbeholfen sie ist? Sie stolpert bei jedem Schritt über ihre eigenen Füße.»

«Aber sie hat was. Meine Entscheidung ist ja noch nicht gefallen, aber ich werde sie zum Vorsprechen holen, mal sehen, was sie kann.»

«Der Chef lässt das nicht zu. Er mag das Mädchen nicht, so viel steht fest. Seiner Meinung nach ist sie eine Querulantin und Außenseiterin.»

«Das geht doch den Chef nichts an.»

«Nicht? Wart mal ab.»

✤ ✤ ✤

Die Nachmittagssonne fiel durch die Fenster der Alten Bibliothek. Umgeben vom Schweigen der Bücher, waren die Laute des Lebens draußen für Zuleika kaum mehr als ein Murmeln. In Gedanken weilte sie in der Vergangenheit, in den Tagen, als eine Glocke die Mönche zum Gebet und nicht Teenager zum Unterricht rief.

Die Tür ging auf. Sylvia trat ein und entschuldigte sich, als sie Zuleika sah. «Ich hab komplett vergessen, dass du hier arbeitest.»

«Bleib nur, hier ist genug Platz für uns beide.» Zuleika machte eine einladende Geste. «So allein mit den Mönchen ist es auf die Dauer auch nicht lustig.»

Sylvia legte ihre Bücher auf den Tisch. «Die Mönche von Beauregard, nehme ich an.»

«Ja.» Zuleika lehnte sich zurück und verschränkte die Hände hinter dem Kopf. «Ziemlich schwer zu fassen, die Jungs. Bei der Auflösung der Klöster loderten die Scheiterhaufen – Dokumente, Bücher, alle Unterlagen der Abtei gingen in Flammen auf. Es bricht einem das Herz. Aber im Augenblick geht es mir nicht um die hiesigen Zisterzienser, sondern um Mönche allgemein. Für den Kurs, den ich unterrichte.»

«Deine erste Stunde ist gut gelaufen, hab ich gehört», sagte Sylvia, schlug eine Taschenbuchausgabe des *Sommernachtstraums* auf und begann mit einem Skalpell die Seiten herauszuschneiden.

«Was machst du denn da – ach ja, natürlich. Kopiervorlagen für die Souffleuse und die Einsätze für die Schauspieler. Wäre das am Computer nicht einfacher?»

«Nein. Das ist mein Arbeitsexemplar, in das ich Kommentare geschrieben habe.» Sie zog die Brauen hoch, sodass sie mit ihrer unbeweglichen Gesichtshälfte wie ein Clown aussah. «Ich bin froh, dass du in dieses grässliche Beauregard gekommen bist, Zuleika. Uns beiden ist klar, dass wir mehr abgebissen haben, als wir kauen können. Und, um im Bild zu bleiben, ich wäre froh, wenn wir beide demnächst mal einen trinken gehen würden. Ich fühle mich ein wenig einsam hier, fernab von Trubel und dem Theaterglamour.»

Zuleika legte ihre Unterlagen beiseite. «Abgemacht. Aber jetzt gib mir erst mal den Pritt-Stift, dann klebe ich die Seiten für dich auf.»

Sylvia schob ihr den Stapel weißer Blätter zu und rückte dem Buch wieder mit dem Skalpell zu Leibe.

«Ich weiß gar nicht, wo ich anfangen soll», klagte Zuleika. «Im Dower House lagert eine Unmenge Material, es klaffen zwar viele Lücken, aber es sind trotzdem Abertausende Dokumente. Es würde Jahre dauern, die alle durchzuarbeiten. Ich brauche also einen Ansatzpunkt, irgendein Ereignis, das mir Zugang verschafft.»

«Zugang wozu?»

«Zu der dunklen Geschichte der Beauregards», erwiderte Zuleika mit Grabesstimme. «Jedenfalls fange ich erst mal mit dem Grimoire an, weil es dem Scheiterhaufen entronnen ist. Es ist mein einziges handfestes Bindeglied zu diesen Gottesmännern.»

«Zaubersprüche erscheinen mir nicht gerade göttlich.»

«Ich habe den Verdacht, dass die Beauregard-Mönche im 16. Jahrhundert mit Gott nicht mehr viel am Hut hatten.»

«Einer meiner Vorfahren war Mönch», gestand Sylvia. «Er wurde gehängt.»

«Gehängt? Warum?»

«Das weiß ich nicht. Wahrscheinlich hat er ein Pferd gestohlen oder so. In der guten alten Zeit wurde alles Mögliche mit dem Tod durch den Strang bestraft, so viel weiß ich noch aus dem Geschichtsunterricht.»

«Und soviel ich noch aus dem Geschichtsunterricht weiß, hast du ihn für den gesunden Schulschlaf genutzt. Aber wie kann ein Mönch unter deinen Vorfahren sein? Mönche haben doch im Zölibat gelebt.»

«Als seine Frau starb, hat er seine Kinder in die Obhut seiner Schwester gegeben und ist ins Kloster gegangen. So wird es in der Familie überliefert.»

«Welchem Orden hat er angehört?»

«Zulie, ich hab keine Ahnung. Ich weiß nur, dass er Mönch war und ein unschönes Ende gefunden hat.»

«Wann?»

«Meine Güte, so genau kann ich das nicht sagen. Wahrscheinlich, bevor Heinrich VIII. den Klöstern den Garaus gemacht hat. Aber abgesehen von meinem Urahn, was machst du, wenn du in den Dokumenten nichts findest?»

«Ich werde nach London ins Staatsarchiv fahren müssen. Und …», sie ließ den Blick über die Regale schweifen, «ich wette, in einigen dieser Bücher verbergen sich wahre Schätze.»

«Da hilft nur Glück», sagte Sylvia und überflog eine der Notizen, die sie an den Rand des Textes gekritzelt hatte. Sie griff zum Bleistift und fügte ein paar Worte hinzu.

«Und wie geht's voran?», fragte Zuleika und klopfte auf den Blätterstapel, der vor ihr auf dem Tisch lag. «Mit dem *Sommernachtstraum*, meine ich. Hast du die Rollen schon vergeben?»

Warum sah Sylvia plötzlich so besorgt aus? Nein, nicht besorgt. Wütend.

«Die Handlung wird nach Venedig verlegt ...», begann Sylvia.

«Ich weiß.»

«Der Vorschlag kam von Petrus Jones, und zwar erst vor ein paar Tagen. Man könnte aber meinen, die hätten sich schon vor Monaten darauf geeinigt. Die Kunstkurse arbeiten bereits an Masken und Kostümen und an der Beleuchtung. Ein detaillierter Probenplan für den Chor hängt am Schwarzen Brett. Und zweifellos spielt das Schulorchester vorsorglich Vivaldi. Der Himmel weiß, was die Tanztruppe macht, höchstwahrscheinlich venezianische Menuette.»

«Und?»

«Gestern hab ich mit Rosie darüber gesprochen. Als sie sich ihren ersten Gin des Tages eingoss, den ersten von sechsen. Ich weiß noch jedes Wort.»

Zuleika beobachtete erstaunt, wie mühelos Sylvia sich in Rosie verwandelte. Sie hörte fast das Klicken der Eiswürfel in ihrem Gin und sah den scharlachroten Lippenstift.

«Die Idee stammt von Rory. Langsam macht sich dieser begnadete Komponist in der großen bösen Welt einen Namen, und glaub mir, er würde nichts lieber tun, als seinen Job hier an den Nagel zu hängen und sich ganz aufs Komponieren zu konzentrieren. Selbstverständlich schreibt er die Musik für die große Theateraufführung zum Schuljahrsende, und wie es der

Zufall will, soll er die Filmmusik für einen Casanova-Streifen liefern, der nächstes Jahr gedreht wird. Schauplatz ist natürlich das Venedig des 18. Jahrhunderts. Er hat sich ausgerechnet, wenn es gelänge, den Sommernachtstraum *nach Venedig zu verlegen, könnte er all seine Ideen an uns armen Minderbemittelten ausprobieren. Also hat er mit Petrus und Madame Ostrovska gesprochen.»*

«Sauber», sagte Zuleika. «Das ist nicht gerade kollegial.»

«Es hat mir einen Dämpfer versetzt. Schließlich ist die Regie meine Aufgabe, und es ist meine Entscheidung, wie ich das Ganze anpacke. Und jetzt stellt sich heraus, dass die Venedig-Idee hinter meinem Rücken schon von anderen Lehrern ausgeklüngelt wurde. Diese intriganten Mistkerle!»

«Da gibt's nur eins: abschmettern. Die Venedig-Geschichte, meine ich. Mach was anderes. Wie du gesagt hast, ist es deine Entscheidung.»

«Nur, dass es eine so verdammt gute Idee ist. Soll ich sie wirklich nur aus gekränktem Stolz ablehnen?»

«Du bist zu Recht gekränkt.»

«Trotzdem. Außerdem begeistert das Venedig-Thema die ganze Schule, ich kann jetzt nicht einfach sagen: *Hoppla, hört mal auf, wir machen das jetzt ganz anders.*»

«Warum haben sie dich nicht einbezogen, statt dich auszutricksen?»

«Rosie hat gemeint, sie wollten nicht riskieren, dass ich mich querstelle. Es war einfacher, mich zu Schuljahresbeginn damit zu überfallen. Und tatsächlich bin ich ihnen ja sofort auf den Leim gegangen.»

«Hast du Rosie nicht gesagt, was du von diesen Intrigen hältst?»

«So dumm bin ich nicht. Ich mag Rosie, aber ich bin die Neue und will es mir mit ihr nicht verscherzen.»

«Wer ist diese ominöse Madame Ostrovska? Ich glaube, ich habe sie noch gar nicht kennengelernt.»

«Die Fachbetreuerin für Tanz. Sie lebt nur für den Tanz und hat sich noch nie im Lehrerzimmer blicken lassen. Sie ist gut, das sind sie alle, das muss man sagen. Ich wünschte, ich würde mich hier mehr zu Hause fühlen.»

«Nimm dir am Wochenende eine Auszeit», riet Zuleika, sammelte ihre Papiere ein und streckte sich wie eine Katze. «Mach einen Ausflug in die wirkliche Welt.»

✤ ✤ ✤

Zuleika erkundigte sich bei Margo, wie sie mit dieser Mrs. Joram Kontakt aufnehmen konnte, die Nicholas Beauregard ihr empfohlen hatte.

«Sie ist immer donnerstags an der Schule, aber da hat sie einen vollen Terminplan», sagte Margo. «Günstiger ist es, sie im Dorf zu treffen. Ich gebe dir ihre Nummer.»

«Ist sie hier Lehrerin?»

«Sie macht Alexandertechnik und unterrichtet einen vollen Tag die Woche im Fachbereich Musik. Melde dich doch bei ihr, sie hat mir gesagt, dass sie auf deinen Anruf wartet.»

«Wahrscheinlich steckt wieder einmal Nicholas Beauregard dahinter.»

«Kann sein, obwohl die Leute im Dorf sagen, dass Alice das zweite Gesicht hat und solche Sachen aus ihren Teeblättern oder Löwenzahnblüten herauslesen kann.»

«Anscheinend eine exzentrische Person.»

«Exzentrisch?» Margo überlegte. «Nein, das ist sie sicher nicht. Mach dir selbst ein Bild. Jedenfalls wirst du in der Gegend kaum jemanden finden, der einen schärferen Verstand hat als Alice. Auch wenn sie ihre Kräfte in Bereiche lenkt, von denen die meisten Leute lieber die Finger lassen.»

Einen Anruf später hatte Zuleika sich mit Mrs. Joram im Dorfgasthaus verabredet.

«Zu Fuß ist man fast schneller im Dorf als mit dem Auto», sagte Margo. «Es gibt einen Feldweg, der ist uralt, wahrscheinlich älter als die Abtei, und etwas zugewachsen, aber er führt direkt auf den Parkplatz hinter dem Lokal.»

Das soll ein Parkplatz sein?, dachte Zuleika. Aus den Rissen im Asphalt wucherten Gras und Dornengestrüpp. Kein einziges Auto stand hier. Offenbar zogen es die Gäste vor, auf der Straße zu parken. Weiter hinten gab es auch einen Garten, und unter einem Vordach stapelten sich Holztische und Bänke. Ob die in dieser Gegend, wo scheinbar nie Sommer war, je gebraucht wurden? Schwer vorstellbar, dass man draußen saß und ein kaltes Bier trank.

Musste sie ums Haus herum, oder konnte sie durch den Hintereingang rein? Laut Margo stammte der Gasthof aus dem 14. Jahrhundert, und so sah er auch aus. Er war aus Ziegeln und Naturstein erbaut und wirkte nicht besonders anheimelnd. Andererseits fror Zuleika wie ein Schneider, da durfte man nicht unbescheiden sein, wenn es um einen Ort ging, wo man sich aufwärmen konnte. Wahrscheinlich sah das die Dorfbevölkerung genauso. Im Vorraum stiegen ihr Biergeruch, der beißende Rauch eines Holzfeuers und etwas durch und durch Englisches in die Nase. Kohl? Alte Stiefel? Tabak, der aus uralten Tonpfeifen qualmt? Zweifellos war den Gästen der letzten vier-, fünfhundert Jahre genau derselbe Geruch entgegengeweht. Steinfliesen und eine Holztür. Zuleika trat ein und duckte sich unter dem niedrigen Querbalken. Ein Schwall warmer Luft schlug ihr entgegen. Sie stand vor einer Mahagonitheke, funkelnde Gläser und Schnapsflaschen waren auf den Wandregalen dahinter aufgereiht.

Ein stämmiger Mann mit buschigen Augenbrauen kam hinter den Zapfhähnen zum Vorschein, musterte Zuleika ungeniert und sagte: «Neu hier, was?»

«Ich bin hier mit einer Mrs. Joram verabredet.»

«Alice? Sie ist nebenan. Einen Tomatensaft? Bitte sehr. Mit Worcestershire Sauce, Zitrone und Eis? Hier ist die Karte, Alice hat schon bestellt. Heute gibt's hausgemachte Würstchen. Und eine Portion Wildpastete hätte ich auch noch, wenn Sie mögen.»

Nachdem sie bestellt hatte, ging sie durch den Schankraum ins Nebenzimmer und fühlte sich sofort wohl. Das hatte sicher mit dem unregelmäßigen Grundriss des Raums zu tun, mit den verschossenen Samtkissen auf den Bänken und mit der dunklen Holzverkleidung über dem großen offenen Kamin.

Mrs. Joram, die an einem runden Holztisch saß, war der einzige Gast. Sie hatte ein schmales Gesicht, kurzes, drahtiges, schwarzes Haar und trug zu ihrer Jeans einen weinroten Kaschmirpullover. Eine Öljacke hing über ihrer Stuhllehne. Wie alt sie wohl sein mochte? Vierzig, fünfzig? Schwer zu sagen.

«Hi. Ich bin Zuleika Rathbone.»

Mrs. Joram hatte gelbbraune Augen mit goldenen Tupfen, wie ein Raubvogel. Verstörende Augen, die einschätzten, urteilten, ihr Gegenüber durchschauten.

«Ich weiß, wer Sie sind. Nicholas hat Sie geschickt. Setzen Sie sich. Haben Sie Pastete bestellt? Die ist gut.»

Zuleika nickte. Die Wand hinter Mrs. Joram war mit Dutzenden Fotos bedeckt, und alle zeigten junge Leute in Reih und Glied oder kostümiert auf einer Bühne, in weißen Flanellhosen auf dem Cricketplatz oder in Badekleidung, Arm in Arm. Ein Mädchen, das Geige spielte …

«Schulfotos», erklärte Mrs. Joram. «Ein Platz an Bobs Wand ist eine Ehre.»

«Sie sehen alle so gesund und glücklich aus.»

«Wenn nicht, würden ihre Fotos nicht hier hängen. Im Großen und Ganzen fühlen sich die Schüler in Beauregard pudelwohl. Sie werden auf Trab gehalten, da bleibt keine Zeit für Pubertätskrisen.»

Bob servierte Zuleikas Pastete, und Mrs. Joram, die ihre Portion schon gegessen hatte, bestellte Käse.

«Ich würde gern eine Zigarette rauchen, aber das ist ja nicht mehr erlaubt. Also, was wollen Sie wissen?»

Gute Frage.

«Nicholas Beauregard hat mir empfohlen, mit Ihnen zu sprechen. Vielleicht können Sie mir weiterhelfen. In der Geschichte von Beauregard ist vieles ungeklärt.»

«Ja, das liegt an den Bränden. Für euch Historiker und Wissenschaftler ist das schwierig, denn ihr haltet euch gern an überprüfbare Fakten, aber die kann ich Ihnen nicht liefern. Ich weiß nur, was Ihnen jeder Alteingesessene sagen kann. Meine Familie hat schon vor der Normannischen Eroberung in der Gegend gelebt, und wir sind nicht die Einzigen. Denkwürdige Ereignisse werden von der Mutter an die Tochter weitergegeben.»

Nicht gerade eine verlässliche Quelle, nicht überprüfbar. «Nicholas sagt, dass die Hexerei hier in Beauregard eine lange Tradition hat.»

«Die Hexerei? O ja. Hexerei und Zauberei, es könnte am

Wasser liegen. Das wäre etwas, das Sie interessieren könnte. Bitten Sie Peter Goodram, Ihnen die Karten von den Quellen unter der Abtei zu zeigen. Er ist Rutengänger und …»

«Rutengänger?»

«Sie glauben nicht, dass es funktioniert?»

Zuleika glaubte es. Am Institut hatte ihre Freundin Caitlin über Wünschelrutengehen geforscht, ein kontroverses Thema nur für jene, die noch keinen Rutengänger in Aktion gesehen hatten.

«Peter kann Ihnen zeigen, wie er das macht. Bei der Arbeit setzt er ständig Ruten ein, damit findet er Wasseradern und Lecks in Rohren. Sein Vater war vor ihm Rutengänger und sein Großvater auch. Er hat die Quellen entdeckt, die unter der einstigen Hauptkirche zusammenfließen. Unterirdische Quellen werden immer mit Magie in Zusammenhang gebracht, aber das wissen Sie wahrscheinlich.»

Exzentrisch war diese Frau allerdings. «Und Sie glauben, das kann erklären, warum Beauregard im Ruf der Hexerei steht?» Ein Ruf, der ihr nur durch Nicholas Beauregard verbürgt war.

«Aber ja. Nicholas hat mir verraten, dass Hexerei Ihr Spezialgebiet ist. Können Sie dann mit dem Grimoire überhaupt etwas anfangen? Darin geht es sicher eher um Ritualzauberei und Schwarze Magie.»

«Gewiss. So ein Buch fällt einem nicht alle Tage in die Hände. Glauben Sie, der Grimoire ist in Beauregard entstanden?»

«Nein, nein. Der Grimoire gehörte den Mönchen, daran besteht kein Zweifel. Sie hatten sich der Zauberei verschrieben. Ritualmagie, wie gesagt. Nekromantie. Dafür waren sie berühmt. Forschen Sie nach, dann werden Sie Beweise finden. Sind Sie mit dem Essen fertig? Dann gehen wir, und ich zeige Ihnen etwas, was Sie interessieren wird.»

Zuleika bezahlte und wollte auch Mrs. Joram einladen, aber die ließ es nicht zu. «Bob schreibt für mich an, und wir regeln das Ende der Woche. Stimmt's, Bob?»

«Wie immer, Alice.»

«Lebt seine Familie auch schon seit Urzeiten hier?», fragte Zuleika, als sie hinausgingen.

«Bob ist vor fünf Jahren nach Beauregard gekommen. Er stammt aus London, hören Sie das nicht an seinem Akzent? Er und seine Frau haben den Gasthof von ihrem Onkel geerbt. Der war ein armseliger Wirt und hat das Lokal heruntergewirtschaftet. Bob hat die Sache richtig angepackt, und er versteht sich mit den Einheimischen.»

Sie traten vor das Haus, und erst jetzt sah Zuleika, wie das Gasthaus hieß: *The Silent Monk*. Und das Wirtshausschild, das leise quietschend im Wind schaukelte, zeigte einen enthaupteten Mönch, der seinen Kopf unterm Arm trug.

«Makaber», sagte Zuleika.

«Und falsch. Das Schild ist ziemlich neu, das ursprüngliche zeigte einen aufgeknüpften Mönch. Sie werden gleich sehen, weshalb.»

Der Gasthof stand am Dorfanger, einem dreieckigen Platz mit Ententeich und einer großen Eiche, deren Laub in herbstlichen Gelb- und Rottönen leuchtete – ein idyllisches Bild. Neben dem Wirtshaus waren die Post und der Dorfladen, gegenüber eine normannische Kirche mit einem rechteckigen Turm und einem überdachten Tor, das zum Friedhof führte. Auf dem Schild neben der Kirche stand: *St. Michael and All Angels, Pfarrkirche von Beauregard.* An der dritten Seite des Angers stand ein gediegenes georgianisches Haus mit einem schmiedeeisernen Torbogen.

Mrs. Joram marschierte mit ihren langen Beinen zügig eine Kopfsteinstraße entlang, die vom Dorfanger abging. Zwischen zwei Steinhäusern bog sie in eine schmale Gasse, die in einen hügelaufwärts führenden Wiesenpfad mündete. Schweigend strebte Mrs. Joram dem Gipfel zu, und Zuleika hatte Mühe, Schritt zu halten. Oben blieben sie stehen.

Schwer atmend ließ Zuleika den Blick über Moore und vom Laub purpurrot leuchtende Berghänge schweifen. Am Horizont bildete die See eine schmale Linie. Mrs. Joram verschwendete keine Zeit mit der Aussicht, sondern setzte sich auf einen Felsbrocken und deutete auf einen kleinen Baumkreis. «Da standen früher die Galgen. Das ist der Dancing Hill, und vor vierhundertfünfzig Jahren hätten Sie von hier den Rauch der brennenden Abtei da unten sehen und auf die Hinrichtungen warten können.»

«Wer wurde hingerichtet?»

«Drei Mönche. Abt Howard, Prior Walter de Malyns und ein einfacher Bruder, ein gewisser Richard Blunt. Sie wurden gehängt, ausgeweidet und gevierteilt. Alle aus dem Dorf sahen zu, nicht, weil sie wollten, obwohl manche es wohl unterhaltsam fanden, sondern auf Befehl des Königs.»

Drei aus der Abtei? Gehängt? «Noch während die Abtei brannte? Also praktisch sofort?»

«Am Tag, nachdem der Beauftragte des Königs und seine Leute eingetroffen waren, um das Kloster aufzulösen.»

«Es gab keinen Prozess?»

«Nicht dass ich wüsste.»

«Das ist merkwürdig.» Auch der Abt von Glastonbury war gehängt worden, aber erst Monate nach Auflösung seines Klosters. Das musste Zuleika überprüfen. Die Überlieferung, die die Hinrichtung des hiesigen Abts zu einer schaurigen Legende gebläht hatten. Schon allein, dass auch der Prior und ein Mönch exekutiert worden waren, war unwahrscheinlich.

«Genauso ist es gewesen, diese Geschichte ist im Lauf der

Jahre nicht ausgeschmückt worden.» Mrs. Joram schien Zuleikas Gedanken lesen zu können. «Das war gar nicht nötig, denn solche Gewaltakte prägen sich bei den Augenzeugen tief ein, und mindestens einer davon hat einen Bericht darüber verfasst.»

«Es gibt einen schriftlichen Bericht? Nicholas Beauregard hat gesagt, es gebe keine Zeugnisse aus der Zeit der Klosterauflösung.»

«Nicht in der Abtei, sondern in meinem Cottage, das weiß Nicholas ganz genau. Es ist der Brief eines meiner Urahnen an seine Tochter, in dem er die Ereignisse dieser finsteren Zeit beschreibt. Er war, anders als die Dorfleute sonst, ein gebildeter Mann, denn er war bei den Mönchen in die Schule gegangen. Ironie der Geschichte, finden Sie nicht?»

❖ ❖ ❖

Das kannst du nicht wegwerfen», sagte Caro, als Festy den rosa Zettel zerknüllte, den ihr ein Unterstufenschüler gegeben hatte. «Ein rosa Zettel bedeutet, dass dich ein Lehrer sehen will. Von wem ist der? Was hast du angestellt?»

«Warum sollte ich etwas angestellt haben?»

«Erfahrungswert», sagte Caro.

«Er ist von Miss Trevisan. Das ist ein Irrtum. Ich mach da nicht mit. Der ist für jemand anderen.» Sie warf den zusammengeknüllten Zettel auf den Boden.

«Lass mal sehen.» Caro hob die Mitteilung auf, glättete sie und las. Miss Trevisan bestellte *Sylvestra Beauregard* für zwei Uhr, also kurz vor dem Nachmittagsunterricht, zu sich. «Da steht dein Name drauf, klar ist der für dich. Hast du dich für das Stück eingetragen? Ich weiß schon, du spielst nicht, aber was ist mit dem Rest? Beleuchtung, Kostüme und so weiter?»

«Nö», maulte Festy. «Theater ist einfach nur langweilig.»

«Dann hat sie dich bei irgendwas erwischt und wird dir den Kopf abreißen. Komm, lass uns gehen, ich begleite dich ein Stück.»

«Echt?» Festy kratzte sich die Stirn. Sie hatte ihr weinrotes Haar mit braunroten Strähnchen aufgepeppt, und jetzt juckte ihre Kopfhaut.

«Mach dir keine Sorgen, rabiat wird sie nur, wenn es ums Theater geht. Aber Blut ist bis jetzt noch nicht geflossen.»

«Das ist ja beruhigend.»

«Deine Stirn ist ganz rot.» Caro musterte ihre Zimmergenossin kritisch. «Und deine Haare sehen grauenhaft aus.»

«Na und?»

«Wenn man einen rosa Zettel bekommt, sollte man in einem anständigen Aufzug erscheinen. Mein Gott, diese Socken!»

«Die sind gut, was?» Festy betrachtete voll Stolz ihre fluoreszierenden Socken, einer war hellgrün, der andere knallorange.

«In solchen Socken kannst du nicht rumlaufen, nicht mal, wenn sie zusammenpassen würden! Hat noch niemand was gesagt?»

«Unter der Hose sieht sie doch eh keiner», sagte Festy.

Caro sah auf die Uhr. «Zurückgehen und andere anziehen schaffst du nicht mehr. Hoffentlich bemerkt Miss Trevisan nichts. Noch mehr Ärger kannst du nicht gebrauchen, du hast doch schon Hausarrest bis Ende der Woche.»

«Ja.»

«Macht es eigentlich Spaß, ständig Ärger zu haben?»

«Guter Witz – ich mache doch gar nichts. Meine alte Schule hat dem Direktor gesteckt, dass es mit mir Probleme gibt, und der hat wahrscheinlich allen gesagt, sie sollen auf mir rumhacken.»

«Da könntest du recht haben», gab Caro zu. «Ich meine, manchmal legst du's ja drauf an, aber es gibt tatsächlich Lehrer, die es auf dich abgesehen haben. Und mit Miss Spinney hast du's dir echt verdorben. Sie wird dir das Leben zur Hölle machen.»

«Sportlehrerinnen hab ich schon immer genervt», erwiderte Festy ungerührt. «Die meisten sind doch Stinktiere, boshafte Mannweiber und noch dazu sadistisch veranlagt.»

«Worauf du einen lassen kannst. Du solltest aber jetzt langsam Miss Trevisan suchen.»

❖ ❖ ❖

Harry und die anderen fanden Festy im Aufenthaltsraum der Oberstufe, er lag im Erdgeschoss und blickte auf einen Innenhof. Sie lümmelte in einem uralten Sessel, las eine Teenie-Illustrierte und aß Chips.

«Igitt.» Caro nahm Festy die Zeitschrift aus der Hand. «Diese Chips stinken gotterbärmlich. Welche Geschmacksrichtung?»

«Käse und Knoblauch.» Festy betrachtete die Packung, als hätte sie sie noch nie zuvor gesehen. «Probiert ruhig, sie sind ekelhaft.»

«Danke.» Harry bediente sich und gab die Tüte an Lutz weiter, der entsetzt die Augen zusammenkniff. «Es geht das Gerücht, dass dich Miss Trevisan als Puck besetzen will.»

Festy stopfte sich eine Handvoll Chips in den Mund, dass die salzigen Krümel nur so stoben. «Sie will, dass ich für den Puck vorspreche. Kein Grund zur Aufregung, ich glaube sowieso, dass die Gute einen Vogel hat.»

«Ich bin sicher, du wärst super, aber ich kann mir einfach nicht vorstellen, dass es klappt», sagte Harry.

«Ich auch nicht.» Seine Skepsis ließ Festy kalt. «Keine Sorge, soviel ich weiß, spricht die halbe Schule für den Puck vor. Und die Idee ist schon deshalb schwachsinnig, weil der Puck eine Männerrolle ist.»

«Wieso?» Caro hockte sich auf die Armlehne von Festys klapprigem Sessel. «Ich meine, wieso du? Du siehst nicht aus wie Puck, und, nimm's mir nicht übel, du kannst keine fünf Schritte geradeaus gehen, außerdem bist du nicht in der Theater-AG. Es muss doch irgendeinen Grund geben.»

«Festy hat eine gute Stimme», stellte Lutz zum Erstaunen seiner Freunde fest.

«Scheiß drauf», sagte Festy.

«Du hast wirklich eine gute Stimme», wiederholte Lutz. «Du sagst zwar, du kannst nicht spielen, aber Miss Trevisan ist ein Profi. Ein Musiker erkennt schließlich auch, wenn ein Kind das absolute Gehör hat, und eine Schauspielerin merkt eben, wenn jemand eine gute Stimme hat.»

«Es ist aber leider kein Hörspiel», entgegnete Caro. «Man muss auch äußerlich irgendwie zu der Rolle passen.»

«Vielleicht packt sie diese Produktion anders an», sagte Lutz. «Wir alle glauben, Sandra macht die Titania, der Schläger Mallins den Puck, Silas den Oberon, Lucy die Helena oder Hermia und so weiter. Was ist, wenn Miss Trevisan denkt: *Nein, wir machen was Neues, wir wollen keine hübschen kleinen Elfen, wir wollen Sylvestra?»*

«Herzlichen Dank», sagte Festy. «Warum verpisst ihr euch nicht alle und lasst mich in Ruhe? Ich spreche nicht vor, okay? Wenn ihr es genau wissen wollt, mir ist das Theater unheimlich, und bei diesem Stück ist mir nicht wohl.»

«Nicht wohl?», fragte Caro. «Du meinst Lampenfieber?»

«Irgendwas ist da faul, das ist alles. Wenn ich an das Stück nur denke, läuft es mir kalt den Rücken runter, ich hab das Gefühl, als würde irgendwas Schreckliches passieren. Und damit will ich nichts zu tun haben. Ende der Durchsage.»

Lutz rückte seine Brille zurecht. «Mann, Mann, Mann, ist das eine miese Ausrede. Ich sag dir jetzt mal was: Wenn auch nur die geringste Chance besteht, dass du diese Rolle bekommst, dann holst du sie dir! Begreif doch: Wenn du den Puck spielst, dann spielt ihn Mallins nicht, und das wird mich und viele andere Leute sehr glücklich machen.»

«Was hat Jack Mallins dir denn getan?»

«Mallins ist ein brutaler Fiesling, der beinahe jeden hier schon mal zusammengeschlagen hat, der sich für supertoll hält und sich beim Direktor und allen Lehrern einschleimt, die blöd genug sind, ihn nicht zu durchschauen», erklärte Harry.

«Das kannst du laut sagen», pflichtete Caro ihm bei.

Festy zuckte mit den Schultern. «Kann sein, dass ich blöd bin, aber so blöd auch wieder nicht, dass ich mich unbeliebt mache, indem ich, als Neue, für die Traumrolle in diesem superwichtigen Stück vorspreche. Kapiert? Ich muss nicht unbedingt zur Ballkönigin gewählt werden, aber ich will keine Probleme, mit niemandem. Deswegen kriegen mich keine zehn Pferde zu diesem Vorsprechen. Notfalls sperre ich mich im Klo ein oder verziehe mich auf die Krankenstation. Und das ist mein letztes Wort zu diesem echt langweiligen Thema. Lasst mich jetzt bitte in Frieden, wenn's recht ist.»

Die drei tauschten einen Blick.

«In Ordnung», sagte Harry. «Wir halten dir beim Tee einen Platz frei.»

Caro sah aus, als hätte sie noch mehr zu sagen, aber Harry und Lutz nahmen sie rechts und links am Arm und führten sie ab.

«Wir müssen sie überreden», sagte sie draußen vor der Tür. «Da steckt nämlich mehr dahinter, Festy stellt sich nicht nur an. Wisst ihr, dass ihre Eltern sich scheiden lassen?»

«Hab davon gehört», sagte Harry.

«Was ihr aber vermutlich nicht wisst, ihre Mutter ist Olivia Penrose.»

«Die Opernsängerin?», fragte Lutz. «Das wusste ich wirklich nicht. Ist es ein Geheimnis?»

«Sozusagen. Festy redet nicht gern über sie, und für ihren Vater ist es schlimm. Es ging wohl darum, dass es für sie nichts gibt neben der Oper, also lehnt Festy alles ab, was mit der Bühne zu tun hat. Im letzten Schuljahr haben sie sich getrennt, deshalb hatte Festy solchen Ärger in Droitwich.»

«Die Stimme hat sie also von der Mutter», stellte Lutz fest. «Und vielleicht auch das Schauspieltalent, das Miss Trevisan erkennt. Olivia Penrose ist für die dramatische Größe ihrer Auftritte berühmt. Wir müssen uns also was überlegen. Es wird nicht leicht, aber wir schaffen das, da bin ich mir sicher.»

❖ ❖ ❖

Am Donnerstagmorgen bekam Sylvia einen Vorgeschmack von Mr. Fitzhowards Führungsstil. Direkt nach der Morgenversammlung der Oberstufe schlug er zu. «Ich habe heute Morgen Ihre Ankündigung für das Vorsprechen gelesen», sagte er und starrte angewidert auf die gelähmte Seite ihres Gesichts.

«Ja?»

«Es wäre angemessen gewesen, wenn Sie mich verständigt hätten, ehe Sie die Ankündigung herausgeben.»

«Tut mir leid, ich wusste nicht, dass Sie informiert werden müssen.»

«Wie dem auch sei, ich werde kommen. Um neunzehn Uhr, sagen Sie? Es ist höchste Zeit, dass die Besetzungslisten stehen. Die Hauptrollen sind begehrt, und es sollte möglichst bald geklärt werden, wer sie übernimmt.»

Sylvia blickte dem Direktor nach. Seine auf Hochglanz polierten Schuhe klickten auf dem makellosen Parkett. Kein Härchen tanzte aus der Reihe, der dunkelgraue Anzug saß 1A. Das musste man ihm lassen, er war die perfekte Besetzung für seine Rolle. Aber warum wollte er unbedingt zum Vorsprechen kommen? Sylvia tat die Frage mit einem Achselzucken ab und ging ihrer Wege.

«Ich hab's dir prophezeit», meinte Rosie beim Mittagessen.

«Was hast du mir prophezeit?», erkundigte sich Sylvia.

«Dass Mr. Fitzhoward dir bei der Besetzung für das Stück dazwischenfunkt.»

«Das tut er doch gar nicht. Er will nur zum Vorsprechen kommen.»

«Wart's ab.»

Sylvia war um zwanzig vor sieben im Theater, gerade rechtzeitig, um ein paar Schüler aus der Oberstufe dabei zu beobachten, wie sie Elemente der mobilen Bühne beiseiteschoben. Zwei andere trugen einen Tisch mitten ins Parkett, wo die Stühle bereits aufgereiht waren.

Sylvia stürzte auf sie zu. «Was geht hier vor?»

Die Jungs tauschten einen unsicheren Blick. «Das ist für das Vorsprechen, Miss Trevisan», sagte schließlich einer der beiden.

«Aber ich will es nicht so», erwiderte Sylvia. «Ich brauche alle diese Elemente, damit die Bühne weiter in den Raum ragt. Und wozu der Tisch?»

Der Junge hüstelte verlegen. «Der ist für Mr. Fitzhoward. Und für Sie natürlich auch», fügte er verbindlich hinzu.

«Hört mal, ihr wisst doch, wie ich es Anfang der Woche angeordnet habe. So möchte ich es haben.»

Sie wirkten bestürzt. «Mr. Fitzhoward hat uns gesagt ...»

«Das müsst ihr missverstanden haben», erklärte Sylvia in ungewohnt scharfem Ton. «Ich brauche die Bühnenaufbauten. Es wird nämlich kein herkömmliches Vorsprechen», fügte sie versöhnlicher hinzu. «Ich will nicht, dass da oben jemand rumsteht und deklamiert. Es wird mehr eine Gruppenarbeit.»

«Tja.» Den beiden waren ihre Zweifel anzusehen. «Wenn Sie meinen.»

«Ja, ich meine. Jetzt rückt die Elemente wieder an ihren Platz und verankert sie. Mr. Fitzhoward kann sich dort hinten hinsetzen, wenn er zuschauen will.»

Nach und nach trudelten die Schüler ein, manche allein, andere in Grüppchen, begleitet von Freunden und Anhängern, die sich auf die hinteren Plätze verzogen. Sylvia war in die Beleuchterkabine hochgegangen, um kurz mit ihren Technikern zu sprechen, als im Zuschauerraum plötzlich Schweigen einkehrte, bis schließlich eine befehlsgewohnte Stimme fragte, wo der Tisch sei und warum die Bühne nicht den Anweisungen entsprechend umgebaut worden sei.

Mr. Fitzhoward.

Zum Teufel mit ihm, dachte Sylvia, eilte die Treppe hinunter und trat ihm – ein Lächeln sparte sie sich – entgegen.

«Ah, Miss Trevisan. Ich hatte einige Schüler angewiesen, die Bühne für das Vorsprechen herzurichten, aber anscheinend haben sie meine Anordnung nicht befolgt.»

«Vielen Dank, Mr. Fitzhoward», sagte Sylvia. «Das war sehr aufmerksam von Ihnen, aber ich brauche die Bühne so, wie sie ist.»

Mr. Fitzhoward runzelte die Stirn. «Aha. Nun gut, aber ich benötige einen Tisch. Ich muss mir Notizen machen, und ich habe Unterlagen mitgebracht. Auch Sie brauchen einen Sitzplatz, damit Sie mich, wenn nötig, bei der Entscheidungsfindung beraten können.»

Entscheidungsfindung? Beraten? Das gefiel ihr nicht.

«Nein, ich bin mit der Gruppe auf der Bühne», entgegnete sie entschlossen. Dann drehte sie sich um und klatschte in die Hände. Ihre schöne, geschulte Stimme übertönte mühelos den Lärm. «Alle auf die Bühne, bitte, damit wir anfangen können.»

Die Möchtegern-Schauspieler strömten bereits auf die Bühne, als Mr. Fitzhoward sich noch einmal mit Kommandostimme zu Wort meldete: «Einen Augenblick, bitte. Wir müssen hier Ordnung reinbringen. Ich habe eine Liste mit Namen, die für Rollen in Frage kommen, und wir werden euch nacheinander hören, in alphabetischer Reihenfolge.»

Die Schüler erstarrten. *Wie die Kaninchen vor der Schlange*, dachte Sylvia amüsiert. Aus dem Dunkel drang ein Kichern. Ob das Rosie war? Und sicher wollten sich auch Petrus, Rory und Madame Ostrovska nicht entgehen lassen, wie sie vor dem Chef in die Knie ging.

Aber da täuschten sie sich. Warum sollte sie? Sie war der Profi, und das hier war ihr Job. Außerdem war das Theater ihr ureigenstes Territorium, sie arbeitete mit diesen jungen Leuten, die sie mochte und die sich darauf verlassen konnten, dass sie fair mit ihnen umging. Der Schulleiter war, was Sylvia anging, nichts weiter als ein Eindringling, ein Zuschauer.

Mr. Fitzhoward hielt es für selbstverständlich, dass er seinen Willen bekam. Er nahm ein Blatt Papier aus der schwarzen Ledermappe, die er in der Hand hielt, und reichte es Sylvia, wobei er schon wieder angeekelt die gelähmte Seite ihres Gesichts anstarrte. «Natürlich müssen wir alle hören, aber hier ist die Besetzungsliste, die ich zusammengestellt habe.»

Sylvia versuchte sich nicht anmerken zu lassen, dass seine Blicke sie verunsicherten und quälten, sie streckte den Rücken durch, warf einen Blick auf die Liste und legte sie auf einen Stuhl. Sie bot allen Hochmut ihrer Lady Macbeth auf – eine Rolle, mit der sie das Publikum der Welt in Bann geschlagen hatte –: «Vielen Dank, Mr. Fitzhoward, aber ich werde meine Entscheidungen erst am Ende des Abends treffen.» Wieder erhob sie die Stimme: «Auf die Bühne bitte, rasch, wir können anfangen.»

Zuleika hatte es sich in der fünften Reihe bequem gemacht und beobachtete amüsiert das Geschehen. Mein Gott, Sylvia war wirklich beeindruckend. Sie spielte tatsächlich in einer anderen Liga. Vielleicht konnte ihre Freundin ihr ja Tipps geben, wie sie es schaffte, die Aufmerksamkeit der Schüler zu fesseln.

Zwei Stunden lang saß der Direktor da und hüllte sich in eisiges Schweigen. Am Ende bedachte er Sylvia mit einem strengen Blick und sagte mit kalter Stimme, sie solle ihm die Liste mit ihren Vorschlägen vorlegen, ehe sie ans Schwarze Brett geheftet würde.

Das ließ sich Sylvia nicht bieten. «Natürlich sorge ich dafür, dass Sie die Namen bekommen», konterte sie aufgebracht. «Ich habe allen, die zum Vorsprechen erschienen sind, versprochen, dass die Liste morgen in aller Frühe aushängt. Ich mache eine Kopie für Sie.»

«Vorsprechen!», stieß der Schulleiter verächtlich hervor und ließ die Schwingtüren klappern, als er den Saal verließ.

Stürmischer Applaus brandete auf.

Zuleika ging zur Bühne, wo Sylvia ihre Unterlagen sortierte. «Heißt das, die Aufführung steht, oder setzt er dich vor die Tür?»

Sylvia grinste sie an. «Wer weiß?»

✤ ✤ ✤

Das hätte ich dir gar nicht zugetraut», sagte Caro, über ihre Schubladen gebeugt, zu Festy. Triumphierend zog sie das Oberteil eines sexy Pyjamas heraus und suchte weiter nach der Hose. Festy lag schon im Bett und las einen Horrorroman. Sie grunzte nur.

«Du warst super», erklärte Caro, schob die Schublade ein Stück zu und half mit einem Ruck nach. «Wer hat dir beigebracht, so zu lesen?»

«Meine Mum.» Festy sah nicht einmal von ihrem Buch auf. «Sie hat mir immer laut vorgelesen und mir beigebracht, wie man liest, ohne dass es todlangweilig ist. Das heißt noch lange nicht, dass ich schauspielern kann. Und es ist auch nicht wichtig, weil Jack Mallins die Rolle kriegt. Mein Gott, dieser verdammte Angeber.»

«Ein miserabler Schauspieler», stellte Caro fest. «Wir haben dir doch gesagt, alle freuen sich, wenn er die Rolle nicht bekommt.»

«Mach dir keine allzu großen Hoffnungen.» Festy gähnte und streckte die Hand nach dem Lichtschalter aus. Dann überlegte sie es sich anders, setzte sich auf, winkelte die Knie an und umfasste sie mit den Armen. «Ich hab dir doch gesagt, dass ich wegen dem Theater ein schlechtes Gefühl habe.»

«Ach, *der* Quatsch.» Caro massierte klopfend Feuchtigkeitscreme in ihre makellose Haut.

«Heute Abend war das Gefühl wieder da. Als wären außer uns noch andere Leute auf der Bühne.»

«Bühnenarbeiter?»

«Keine richtigen Menschen. Eher Schemen. Irgendwie unscharf. Als würde ich doppelt sehen.»

«Geh zum Augenarzt», riet Caro, tupfte sich das Gesicht mit einem Kleenex ab und machte die Mundgymnastik, die sie in einem Frauenmagazin gesehen hatte.

«Wart's nur ab.» Festy ließ sich wieder auf ihr Kissen sinken. «Du wirst schon sehen, dass ich recht habe.»

«Du liest zu viele Horrorgeschichten», sagte Caro gähnend, stieg ins Bett und knipste ihr Licht aus.

Sylvia wurde regelrecht belagert, als sie am nächsten Morgen ins Theater kam. Den Weg zum Schwarzen Brett musste sie sich durch die Schar der Frühaufsteher bahnen. Der Eifer ihrer Schüler amüsierte sie.

«Ist das die Liste für das Stück, Miss Trevisan?»

«Kriege ich eine Rolle?»

«Wer spielt den Puck?»

«Lieber Himmel, was macht ihr alle hier zu dieser unchristlichen Zeit?» Sylvia zog Pins für ihre Liste aus dem Brett. «Ich bin extra früh gekommen, damit ich die Besetzungsliste aufhängen kann, bevor einer von euch auftaucht.»

«Und wir sind superfrüh aufgestanden, Miss Trevisan.»

«Zurücktreten», befahl Sylvia, «oder ich ramme mir einen Pin in den Finger, und dann kriegt ihr richtig Ärger.» Sie befestigte die getippte Liste. Dann suchte sie das Weite.

«Ja!», brüllte Harry und stieß die Faust in die Luft. «Festy spielt den Puck!»

«Schaut euch mal die Namen an», sagte ein Oberstufenschüler ehrfürchtig. «Der Direktor wird toben.»

«Silas ist Zettel?», kicherte ein Mädchen. «Das akzeptiert der nie.»

«Wer ist Lorraine de Cruz?»

«Das ist die aus der Oberstufe, die so exotisch aussieht und aus einer stinkreichen Familie kommt.»

«Shaquib als Oberon, super. Und Melissa Sopwith ist Hermia.»

«Wer ist das?»

«Eine Neue, zehnte Klasse. Riesenbusen und dunkle Augen.»

«Sandra muss sich mit der Rolle der Helena begnügen, die dreht durch.»

«Da schau her, Jack Mallins als Bohnenblüte. Und Peter Severn als Senfsamen.»

«Hey, der ist doch erst in der Siebten.»

«Mallins findet sich nie damit ab.»

Caro und Harry, die Abgesandten ihrer Clique, traten den Rückzug an. Caro strahlte. «Ich hab dir doch gesagt, dass Sylvie T. anders ist.»

Harry war regelrecht aufgedreht. «Gehen wir frühstücken und verbreiten die frohe Botschaft.»

❖ ❖ ❖

Zuleika kam mit einem Kaffee für sich und einem Fläschchen Gin und einer Dose Tonic für Rosie aus dem Bordbistro zurück, die sich von ihrem Spurt zum Bahnhof noch nicht erholt hatte.

«Ein Gin um diese Tageszeit, herrlich», sagte Rosie. «Während des Schuljahres trinke ich vor sechs nie etwas. Das ist jetzt schon ein kleiner Luxus, den ich mir hier gönne. Ich liebe London! Wenn wir allerdings mit deiner Geige wieder in der Schule sind, fängt der Spaß erst so richtig an.»

«Wieso?»

«Der Stiftungsrat hat beschlossen, die Geige zu behalten, die du gefunden hast, und leihweise einem begabten Schüler zu überlassen.»

«Das ist doch ganz in deinem Sinn, oder?», fragte Zuleika.

Sie blickte auf die vorbeifliegende Landschaft, die in den satten Farben des Spätsommers leuchtete. Ein Bussard strich über ein Stoppelfeld, dann tauchte ein glitzernder Bach auf, der in einem Tunnel aus Bäumen verschwand.

Rosies Stimme klang gereizt. «Schon, wenn der Fachbereich Musik selbst entscheiden dürfte, wer das Instrument bekommen soll.»

«Wer sonst könnte diese Entscheidung treffen?»

«Oh, Mr. Fitzhoward natürlich.»

«Aber er ist doch gar kein Musiker. Und er hat sicher jede Menge anderer Sorgen. Die Leitung der Schule, der ganze Verwaltungskram, die Öffentlichkeitsarbeit, was weiß ich. Er kann sich schließlich nicht um alles kümmern.»

«Arabella und alles, was mit ihr zu tun hat, hat für ihn absolute Priorität. Er will einfach immer seinen Senf dazugeben, sonst hätte er sich auch beim *Sommernachtstraum* nicht so massiv eingemischt.»

«Vielleicht hat er ein Faible fürs Theater, hat englische Literatur studiert und über Shakespeare ganz eigene Vorstellungen.»

«Nein, er hat Wirtschaft studiert. Er traut Sylvia einfach nicht über den Weg. Im Grunde möchte er alles und jeden unter seiner Kontrolle haben. Und da sie von außen kommt, hat er noch weniger Skrupel als bei den anderen Fachbereichsleitern.»

«Sylvia gibt nicht so schnell klein bei, das wird er schon noch merken. Und er ist ja auch zurückgerudert. Sylvia sagt, sie hat kein Wort mehr von ihm gehört, seit sie die endgültige Besetzungsliste vorgelegt hat.»

Zuleika gähnte und streckte die Arme über den Kopf. Was für eine Befreiung, wieder einmal aus Beauregard herauszukommen, und sei es nur für einen Tag. Rosie musste die

Geige zu *Wolf & Co. An- und Verkauf guter Violinen. Reparatur und Gutachten* bringen. Sie selbst würde ein paar Stunden im Staatsarchiv recherchieren.

«Wir essen im *L'Artiste Assoiffée* eine Kleinigkeit, bevor wir mit dem letzten Zug zurückfahren», schlug Rosie vor. «Das Restaurant ist spektakulär.»

Zuleika hatte zwei zermürbende Stunden im Staatsarchiv verbracht, ohne etwas über Beauregard zu finden. Immerhin hatte der Bibiotheksangestellte versprochen, sich noch einmal für sie umzusehen, und hatte ihre Mailadresse notiert. Etwas erfolgreicher war ihre Shoppingtour verlaufen, sie hatte eine nachtblaue Seidenbluse erstanden.

Rosie riss die Restauranttür auf, den Geigenkasten fest an sich gepresst. Sie ließ den Blick durch den Raum schweifen, der jetzt, am frühen Abend, noch fast leer war. «Hundertfünfzigtausend», flüsterte sie Zuleika zu wie eine Gangsterbraut. «Mindestens! Sie stammt zwar nicht von einem berühmten Geigenbauer, für eine Amati oder eine Stradivari muss man über eine Million hinblättern. Aber immerhin ist sie 18. Jahrhundert, venezianisch, von einem gewissen Niccolò Archangeli, und der alte Mr. Wolf meinte, sie sei ein sehr hübsches Stück. Sonst lässt er sich ja nie blicken, aber diesmal kam er persönlich mit der Geige raus. Er sagte, es sei nicht viel dran zu machen gewesen, sie hätten nur die Saiten neu aufgezogen. Sie war in einem hervorragenden Zustand, obwohl sie jahrhundertelang eingemauert gewesen war. Luftdicht abgeschlossen, ideal für das Instrument.»

Sie strich über den nagelneuen Geigenkasten der Firma Wolf & Co. «Trotzdem ist es komisch, dass Roger, der Mitarbeiter, mit dem ich normalerweise zu tun habe, gar nicht scharf auf die Geige war. Er fand sie zwar auch schön anzusehen, aber als er beim Stimmen darauf gespielt hat, war er überhaupt nicht begeistert.»

«Ihr Klang gefällt ihm nicht?»

«Das hat er nicht gesagt. Tatsächlich hat sie einen schönen Klang, obwohl das über ihren Verkaufswert nicht viel aussagt.»

«Ich weiß», sagte Zuleika. «Ist das nicht irre: Die Leute zahlen ein Vermögen für alte Stühle, auf die sie sich nie im Leben setzen würden, und mit einer Geige ist es genau dasselbe. Heutzutage dreht sich alles nur noch ums Geld. Dieser Roger hat also kein Angebot für die Geige gemacht?»

Rosie lachte. «Nicht bei seinem Gehalt. Aber er meinte, er würde sie nicht mal geschenkt nehmen.»

Morgens hatte die Sonne geschienen, jetzt lief der Regen die Scheiben hinunter und bildete Rinnsale um die in das Glas eingeprägten Buchstaben: *L'Artiste Assoiffée*.

«Merkwürdig. Warum sagt er so etwas?»

❖ ❖ ❖

Zuleika, die im letzten Moment zum Wettbewerb um die Geige in den Saal gekommen war, fand das Spiel der Schüler lustlos und uninspiriert. Sie war enttäuscht, aber hatte sie wirklich erwartet, hier in Beauregard etwas Herausragendes zu hören?

Als Nächste war Georgia an der Reihe, auf die Rosie so große Stücke hielt. Zuleika reckte den Kopf, als das Mädchen das Podium bestieg. Auf dem Refektoriumstisch, den man an die Wand geschoben hatte, lag die Geige im üppig roten Samt des Instrumentenkastens.

Aber Georgia griff nicht danach, sondern stand einfach nur da.

«Lampenfieber?», fragte Mr. Fitzhoward. «Wenn du als Solistin auftreten willst, Georgia, musst du lernen, deine Nervosität zu überwinden.»

«Lass sie doch in Ruhe, du Idiot», murmelte Zuleika. «Als ob ihr das helfen würde.»

«Sie ist nicht nervös», flüsterte Caro hinter ihr, und Zuleika bereute sofort, dass sie sich in Anwesenheit der Schüler vergessen hatte. Caro beugte sich zu Zuleika vor, ganz nah an ihrem Ohr sagte sie: «Irgendetwas an der Geige ist ihr nicht geheuer. Miss Grier hat sie heute Nachmittag darauf spielen lassen – das sage ich Ihnen im Vertrauen –, und da meinte sie, das Instrument sei gruselig.»

«Gruselig? Wie kann eine Geige gruselig sein?»

Neben Caro saßen Harry und Lutz. «Irgendetwas an dem Instrument bringt sie aus dem Konzept», mischte sich Harry ein. «Eigentlich ist es völlig egal, sie wird die Geige sowieso nicht bekommen. Aber spielen muss sie, und sei es nur, um Fitzhoward dumm aussehen zu lassen, wenn er behauptet, Arabella sei besser. Miss Grier redet ihr gut zu, seht euch das an.»

Rosie war von ihrem Platz neben dem Direktor aufgestanden, hatte die Geige aus dem Kasten genommen und hielt sie Georgia hin. Mit angstvoll verzerrter Miene gab sich Georgia einen Ruck, schob sich die Geige unters Kinn und fing an, sie zu stimmen.

«Das hält zu sehr auf, Georgia. Deine Vorgängerin hat die Geige gestimmt, du kannst es dir also sparen», sagte Mr. Fitzhoward.

Der Mann hatte wirklich keine Ahnung. Wenn er sie doch bloß in Ruhe ließe.

«Jetzt fang endlich an zu spielen, sonst muss ich davon ausgehen, dass du an der Leihgabe gar nicht interessiert bist», sagte Mr. Fitzhoward.

Georgia fuhr sich mit der Zunge über die Lippen und legte den Bogen auf die Saiten. Alle hielten den Atem an. Dann ließ sie die Geige sinken, und ohne den Direktor auch nur eines Blickes zu würdigen, legte sie den Bogen auf den Tisch, bettete die Geige in den Kasten, sagte: «Ich kann darauf nicht spielen», und stürmte das Podium hinunter und aus dem Saal.

Caros Stuhl schrammte über den Fußboden, als sie aufstand und Georgia folgte. Fitzhowards ungerührte Stimme durchbrach das betretene Schweigen. «Da Georgia uns nicht die Ehre erweisen will, machen wir mit dem Nächsten weiter.» Er warf einen Blick auf seine Liste. «Kevin.»

Die Zuhörer schauten sich im Saal um.

«Kevin, wo bist du? Komm bitte nach vorn.»

Ein kurzhaariges Mädchen mit mürrischem Gesichtsausdruck stand auf. «Kevin ist auf die Krankenstation gegangen. Er hat sich nicht gut gefühlt. Die Krankenschwester hat ihn vermutlich dabehalten.»

«Darüber hat man mich nicht in Kenntnis gesetzt», beschwerte sich der Direktor. «Miss Grier, rufen Sie bitte an, und fragen Sie nach.»

Ein Flüstern brach los, als Rosie den Saal verließ. Im Korridor stand ein Haustelefon, aber selbst die feinsten Ohren konnten nicht verstehen, was sie sagte. Endlich kam sie zurück. «Kevin ist tatsächlich auf der Krankenstation. Er hat hohes Fieber, und die Krankenschwester hat ihm Bettruhe verordnet.»

«Er hätte sie bitten können, mir Bescheid zu sagen.»

Ein Minuspunkt für den armen Kevin, dachte Zuleika. Dieser Abend gestaltete sich definitiv nicht so, wie der Direktor sich das vorgestellt hatte. «Gut», sagte er. «Bleibt Arabella. Ist Arabella hier?»

Arabella stieg auf das Podium. In ihren sonst so ausdruckslosen Augen lag sehnsuchtsvolles Verlangen, als sie sich jetzt der Geige auf dem Tisch zuwandte.

Frisch gereinigt und poliert, glänzte die Geige unter der Bühnenbeleuchtung fast in der Farbe von Arabellas Haar. Sie zögerte einen Augenblick, dann nahm sie das Instrument behutsam aus dem Kasten.

Sie strich sich eine widerspenstige Strähne aus dem Gesicht und schob sich die Geige unters Kinn. Dann sammelte sie sich kurz, hob den Bogen und fing an zu spielen.

Rosie runzelte die Stirn.

Auch Rory am Klavier runzelte die Stirn.

Zuleika konnte gar nicht hinschauen. Arabella spielte wie in Trance, aber in ihren Augen lag ein fast anstößiger Glanz. Laszives Begehren und die Schamlosigkeit einer reifen Frau ihrem Liebhaber gegenüber, ein Blick, der nicht für die Öffentlichkeit bestimmt war und der zu einem so jungen Mädchen gar nicht passte.

Sie spielte nicht besonders gut und geriet öfter ins Stocken. Aber ihr Spiel hatte eine Kraft und Reife, die Zuleika völlig überraschten.

Und nicht nur sie. «Was ist bloß in sie gefahren?», flüsterte Lutz.

«Pst», machte Harry.

Lutz dachte nicht daran. «Sie hat noch nie so gespielt. Es muss an der Geige liegen, aber es ist unglaublich, dass ein Instrument so einen Unterschied macht.»

Als Arabella fertig war, verharrte sie lange mit geschlossenen Augen, bevor sie den Bogen sinken ließ.

Mitten in die gespenstische Stille hinein klatschte Mr. Fitzhoward laut und anhaltend Beifall. Jetzt kam auch aus dem Publikum zögerlicher Applaus, und Arabella legte die Geige in den Kasten zurück. *Wie eine Mutter, die ihr Kind zu Bett bringt,* dachte Zuleika schaudernd und angewidert zugleich.

✤ ✤ ✤

Caro kam traurig ins Zimmer, wickelte sich den langen Schal vom Hals und hängte ihn achtlos an einen Wandhaken.

Festy lag auf ihrem Bett, einen Notizblock auf den Knien, und lutschte Zitronenbonbons. Als sie Caros Miene sah, setzte sie sich auf. «Was ist?»

Caro ließ sich auf ihr Bett fallen, ohne die Schuhe auszuziehen. «Georgia hat es vermasselt.»

«Georgia? Wieso?»

«Beim Probespiel für die venezianische Geige.»

«Aber du warst dir so sicher, dass sie es schaffen würde, weil sie ein Profi ist.»

«Ein toller Profi, der nicht mal spielen konnte. Sie wollte die Geige gar nicht erst in die Hand nehmen. Das ärgert mich maßlos. Dabei hätte sie eine gute Geige wirklich gebrauchen können.»

«Die Arme. Wer hat die Geige bekommen?»

Caro kickte sich die Schuhe von den Füßen. «Arabella natürlich. Es war frappierend. Man hatte das Gefühl, als stünde da ein anderer Mensch auf der Bühne. Sie war wie verwandelt. Aber das beweist nur, was für eine phantastische Geige es ist.»

«Wenn Arabella wirklich so gut gespielt hat, ist es nur fair, dass sie die Geige bekommt.»

«Es ist nicht fair. Der Direktor hat das irgendwie manipuliert.»

«Er ist zwar ein Mistkerl, aber magische Kräfte hat er nicht. Das viele Üben hat sich für Arabella anscheinend ausgezahlt.»

«Das kann ich einfach nicht glauben.» Caro setzte sich auf und streifte sich ihr T-Shirt über den Kopf. «Die Sache stinkt zum Himmel. Von diesem süßen Zeug bekommst du bloß Pickel. Woran arbeitest du gerade?»

«Ich mach meine Hausaufgaben für die Spinnerin», sagte Festy. «Es geht um die Mönche von Beauregard und die Stundengebete. Weißt du, wann die Vesper gebetet wird?»

«Spinnerin klingt nicht besonders nett.»

«Sie ist aber eine Spinnerin – total verschroben, schon allein ihr Forschungsgebiet.»

«Vesper ist das Abendgebet. Schau nach. Oder nein, ich mache das für dich.» Caro klappte ihren Laptop auf. «Vesper ... Gebete, hier hab ich's. Vesper: das sechste liturgische Stundengebet der Mönche am Nachmittag oder späten Abend.»

«Und steht da auch was von Komplet?»

«Der Herr schenke uns eine gute Nacht und ein seliges Ende», rezitierte Caro feierlich.

«Wie bitte?» Festy sah fragend von ihrem Notizblock hoch, den Stift in der Luft.

«Das stammt aus der Komplet. Da stehen auch so herrliche Sätze drin wie: *Der Teufel geht umher wie ein brüllender Löwe und sucht, wen er verschlingen könnte.*»

«Herrlich? Ich würde eher sagen, unheimlich. Aber woher kennst du alle diese Sachen? Ich dachte, du gehst nicht in die Kirche.»

«Das haben wir im Englischunterricht gelernt. Da läuft es

einem kalt den Rücken runter, stimmt's? Mrs. Radcliffe hat uns eine Komplet vorgespielt, von Mönchen gesungen. Vielleicht sollte ich Dr. Rathbone davon erzählen, das wäre genau ihr Fall.»

Festy kaute auf ihrem Stift herum. «Es ist komisch, weißt du, die Rathbone mit ihren Mönchen. Sie stehen mir so lebendig vor Augen, als würden sie draußen vor dem Fenster durch die Klosterruine wandeln … Gibt's im Internet auch was zu Matutin?»

✣ ✣ ✣

Zuleika führte ihre Schüler von der düsteren Vorhalle der Kapelle in den vom durch das Ostfenster hereinflutenden Tageslicht erleuchteten Innenraum. «Weiß jemand von euch, wer die Abtei gegründet hat?»

«Alys de Froissart», rief Caro.

«1170», ergänzte Harry.

«Richtig, und wenn ihr nach oben schaut, seht ihr das Gewölbe, das aus jener Zeit datiert. Sehr viel mehr ist aus der Anfangszeit des Klosters nicht erhalten. Das Fenster stammt aus einer sehr viel späteren Epoche. Perpendikular-Stil. 16. Jahrhundert. Abt Howard hat es in Auftrag gegeben, kurz bevor er und seine Mönche vertrieben wurden. Harry!»

Harry stand staunend vor einer Marienstatue mit einem flackernden roten Licht, schnupperte dem Weihrauchduft nach, der noch von der Frühmesse in der Luft hing, und rätselte, was in dem Schränkchen sein mochte, das seitlich vom Altar hing.

«Mit dem letzten Abt von Beauregard werden wir uns noch genauer beschäftigen, Harry», sagte Zuleika. «Du versuchst bitte, so viel wie möglich über ihn herauszufinden.»

«Was?», murmelte Harry. «Der letzte Abt? Wer war das?»

«Pst», machte Lutz. «Ich sag's dir später.»

«Hier im Kapitelsaal haben sich die Mönche versammelt, um wichtige Fragen des Klosterlebens zu besprechen und die Aufgaben zu verteilen, die über den Tag zu erledigen waren. Hier empfing der Abt seine Besucher und beschäftigte sich mit rechtlichen Angelegenheiten, mit Fragen der Disziplin oder der klösterlichen Ländereien. Jack, wenn du dich von dem Martyrium des heiligen Sebastian losreißen kannst, wahrlich kein sehr erhebender Anblick, dann könntest du dir vielleicht notieren, dass du über die Ländereien recherchieren wirst, die das Kloster bis zu seiner Auflösung besaß.»

Auch Jack Mallins fragte: «Was?», aber so laut, dass Zuleika es nicht überhören konnte. Dazu verdrehte er die Augen.

«Du musst dich nur ein klein wenig anstrengen, Jack. Ein klein wenig, okay?»

Wie wenig sie diesen Jungen mit seiner spöttischen, verächtlichen Miene doch mochte. Zum Glück war sie keine Lehrerin und musste nicht jedem Schüler etwas Gutes abgewinnen.

«Könnten wir nicht die Heizung anmachen?», fragte Lutz. «Ich weiß, wo die Schalter sind.»

«Versuch's mal», sagte Zuleika. «Es ist tatsächlich kalt hier, obwohl Pfarrer Gregory mir versprochen hatte, tüchtig zu heizen. Wahrscheinlich ist die Anlage kaputt. Sylvestra, was hast du über die Stundengebete der Mönche herausgefunden?»

Festy holte ihr Notizheft heraus, hauchte ihre eiskalten Finger an und fing an, über Laudes, Matutin und Vesper zu referieren.

«Klingt ja noch tausendmal schlimmer als Schule», meinte Harry leise zu Caro. «Da haben scheinbar pausenlos die Glocken geläutet.»

«Entsetzlich», pflichtete sie ihm bei. «Diese Mönche werden für Festy allmählich zur Obsession. Sie sagt, sie hat Halluzinationen und sieht das Kloster in der Zeit, als hier noch Mönche lebten.»

Harry schnaubte verächtlich. «Da kann ich ihr nur empfehlen, Freud zu lesen.»

Caro sah ihn strafend an. «Sei doch nicht immer so letztes Jahrtausend.»

✣ ✣ ✣

Festy und Caro waren spät aufgestanden.

«Du hast im Schlaf geredet», sagte Caro, während Festy in ihre Klamotten schlüpfte.

«Na und? Hab ich dich geweckt? Entschuldige, von heute an werde ich mir einen Knebel in den Mund stecken.»

«Und schlafgewandelt bist du auch. Du hast am Fenster gestanden und rausgeschaut, als würde da draußen ein Film ablaufen. Mit weit aufgerissenen Augen, nur dass du gar nicht wach warst.»

Festy kämmte sich die Haare. «Schlafstörungen. Hatte ich schon als Kind.»

«Erinnerst du dich noch, was du gesehen hast?»

Festy schlüpfte in ihren Mantel. «Nichts natürlich. Was hätte ich denn sehen sollen?» Sie gehörte eindeutig nicht zu den Mädchen, die *ihre innersten Gefühle* alle naselang äußerten.

Caro ließ eine Doppelstunde Mathematik über sich ergehen, taub für das, was Mr. Zeal erzählte. Als er ihr eine Frage stellte, schaute sie ihn an, als käme er von einem anderen Stern.

«Alles in Ordnung, Caro?», fragte Harry, als sie in die frische warme Herbstluft hinaustraten.

«Ja. Ich mache mir nur Sorgen um Festy und ihre Halluzinationen. Sie schlafwandelt und schaut sich am Fenster irgendwelche Gespenster an.»

«Bei mir zu Hause spukt es wirklich», sagte Harry, und Caro erschrak. «Wo heute unser Haus steht, war früher ein Schlachtfeld. Cromwell oder so. Man hört die Soldaten wie wahnsinnig schreien. Und in dem einen Zimmer stürmen sie im Galopp durch die Wand.»

«Und wie reagieren die Leute, die da wohnen?», fragte Caro, die nicht umhinkam, sich vorzustellen, wie sie reagieren würde, wenn tote Soldaten durch ihr Zimmer stürmen würden.

«Das sind alles Idioten», sagte Harry verächtlich. «Sie brüllen zu ihrem Nachbarn rüber, dass er seinen Fernseher leiser stellen soll.»

«Glaubst du wirklich, man kann in die Vergangenheit sehen?»

Harry dachte kurz nach. Er verfügte über einen klaren, praktischen Verstand und hatte vor, später einmal mathematische Logik zu studieren. Seine Antwort kam für Caro überraschend. «Tja, wundern würde es mich nicht. Ich glaube schon. Vorausgesetzt, man ist zur rechten Zeit am rechten Ort. Unter ganz bestimmten Umständen.»

«Unter ganz bestimmten Umständen?»

«Wenn etwas Aufwühlendes passiert. Wenn ein Ereignis die Vergangenheit heraufbeschwört. Wenn zum Beispiel jetzt etwas passiert, was in der Vergangenheit schon einmal so ähnlich passiert ist. Das ist dann eine Art Katalysator, verstehst du?»

Caro hatte auf eine Antwort gehofft, die dem gesunden Menschenverstand zu seinem Recht verhalf und übernatürliche Ereignisse und Einflüsse mit Hohn und Spott bedachte. Jetzt stand sie dumm da mit all den Gespenstern und dem Übersinnlichen.

Harry bemerkte ihre Unruhe nicht, er ließ den Blick über die alte Abtei schweifen, die fest und unerschütterlich im herbstlichen Sonnenschein lag. «An einem Ort wie diesem spielt die Vergangenheit zwangsläufig in die Zukunft hinein.»

«Na großartig», sagte Caro.

✤ ✤ ✤

Der Gottesdienst zur Wiedereinweihung der restaurierten Kapelle fand am Sonntag der fünften Schulwoche statt.

Man hatte das Gerüst vollständig entfernt, jetzt starrte Zuleika auf das frischgereinigte Mauerwerk, als erwartete sie, dass im nächsten Moment mittelalterliche Maler und Vergolder auftauchten, um ihre leuchtenden Farben aufzutragen. Sie war frühzeitig gekommen und hatte die Kapelle noch ganz für sich allein. Sie stieg die Wendeltreppe zur Galerie hoch, ließ den Blick über die holzgeschnitzten Chorschranken aus dem 17. Jahrhundert mit dem frisch aufgetragenen Blattgold gleiten und schaute hoch zu Abt Howards Fenster mit dem strengen gotischen Maßwerk.

Bis vor ein paar Wochen hatte sie keine Ahnung gehabt, dass diese Abtei überhaupt existierte. Jetzt kannte sie sie genau. Aber ihrer wirklichen Geschichte war sie keinen Schritt näher gekommen. Der Katholizismus der Familie Beauregard gab ihr nach wie vor Rätsel auf. Sie hatten ihre Religion zuerst verteidigt, ihr dann abgeschworen und erst in einer späteren Generation wieder zu ihr zurückgefunden. Erstaunlich für eine Familie, die als wenig gottesfürchtig galt.

Nicholas Beauregard war ihr bei ihrer Suche keine Hilfe. Er murmelte etwas von religiösen Genen und Memen, hob sein Glas Rotwein ins Licht und wechselte das Thema. Die Gespräche mit ihm waren zum Verrücktwerden, sodass sie beschlossen hatte, seine Einladungen künftig auszuschlagen – schon um seine spöttischen Anspielungen nicht mehr hören zu müssen. Zweifellos wusste er sehr viel mehr, als er verriet – auch über sie selbst, was wohl der Hauptgrund dafür war, dass sie ihm aus dem Weg ging –, und kannte die Antwort auf viele ihrer Fragen. «Das Beste ist, Sie gehen ganz unvoreingenommen an die Sache heran», hatte er gesagt. «Unbeeinflusst von den Einschätzungen und Urteilen der Familie. Die Wahrheit ist eine unsichere Sache, finden Sie nicht auch? Deshalb hat sie mich nie wirklich interessiert.»

«Für einen Wissenschaftler hat die Wahrheit oberste Priorität.»

«Oh, das glaube ich nicht. Die Ergebnisse wissenschaftlicher Forschung bringen uns der menschlichen Existenz nicht näher als die Spitzfindigkeiten der Scholastiker im 12. Jahrhundert.»

«Mir geht es nicht um die menschliche Existenz.»

«Nein? Worum denn sonst? Sie erforschen das menschliche

Gehirn und den menschlichen Geist und erklären, das sei ein und dasselbe. Sie starren verzweifelt in die Windungen eines Organs, das uns Menschen so unverständlich bleiben muss wie die Ewigkeit.»

«Und wer kann es dann verstehen? Gott?», gab sie ärgerlich und gereizt zurück.

Das schien er amüsant zu finden. «Kann irgendetwas, das ich gesagt habe, Ihnen Anlass geben, mich für etwas anderes als einen Atheisten zu halten?»

«Ich habe keine Ahnung, was Sie sind, oder auch nur, ob Sie heute derselbe sind wie der, der Sie gestern waren.»

Wieder schmunzelte er wie über einen guten Witz. «Ich habe gehört, Sie werden morgen beim Gottesdienst zur Wiedereinweihung der Kapelle mit ein paar anderen singen. Schauen Sie sich ruhig einmal dort um. Ich suche Ihnen ein paar alte Drucke heraus, wenn ich Zeit finde. Die Kapelle wurde im 17. Jahrhundert schon einmal restauriert. Von einem katholischen Beauregard. Ein kühnes, ein tollkühnes Unterfangen, wenn man die Umstände berücksichtigt.»

«Also war dieser Beauregard ausnahmsweise kein Bösewicht.»

«Oh, ich glaube, sie waren alle Bösewichter, auch wenn einige versucht haben, dem Fluch ihres Geschlechts zu entkommen.»

❖ ❖ ❖

Beim ersten Schrillen ihres Weckers fuhr Caro schlaftrunken hoch. Im Zimmer war es stockdunkel, bestimmt hatte sie den Wecker falsch gestellt. Gähnend streckte sie den Arm aus und tastete nach der Uhr. Nein, es war zehn vor sieben. Sie stand auf, trat ans Fenster und schaute hinaus. Sie sah weder die wenige Meter entfernte Allee noch die Gebäude jenseits des Rasens. Nur das schwache Licht aus einigen Fenstern deutete darauf hin, dass hier Häuser waren.

Die gesamte Abtei war in dichten Nebel gehüllt. Es waren nicht die dünnen frühherbstlichen Nebelschleier, die einen sonnigen Tag versprachen, sondern schwerer, dunkler Nebel war vom Meer hergekommen und hatte mit seiner eisigen feuchten Salzluft eine Vorahnung des Winters gebracht.

Festy schlief zusammengerollt unter ihrer Decke, einen Fuß herausgestreckt. Caro stupste sie an. «Aufwachen! Zeit zum Aufstehen. Ach, übrigens, das Ende der Welt ist gekommen.»

Festy stöhnte. Dann stand sie gähnend auf, setzte wortlos ihre leuchtend grüne Badekappe auf, hüllte sich in ihren gelben Kimono und ging zum Duschraum.

Caro knipste sämtliche Lampen an, nahm das Handtuch vom Haken an der Tür und folgte Festy in den Duschraum.

Im Duschraum war es bitterkalt. «Im Klassenzimmer müssen es mindestens sechzehn Grad sein», rief Caro zu Festy in die Nachbardusche rüber. «Sonst können wir wieder gehen.»

«Vergiss nicht, Fitzo daran zu erinnern, wenn du ihn siehst.»

Caro schlüpfte missgelaunt in ihre Hose und zog zwei Pullis übereinander an. Sie durchwühlte ihre Schubladen nach einem Paar fingerloser Handschuhe, dann folgte sie Festy, die schon geschlagene zehn Minuten an der Tür stand und vor sich hin pfiff, aus dem Zimmer die Steintreppe hinunter. Die Gewölbedecke, der Steinfußboden und die Wendeltreppen an beiden Enden des langen Korridors versetzten Besucher regelmäßig in Begeisterungstaumel und waren im Sommer ein schöner Anblick. Jetzt aber wirkten die Mauern kalt und abweisend, und statt des altehrwürdigen historischen Flairs wären den Mädchen flauschige Teppiche und ein paar weitere Annehmlichkeiten lieber gewesen.

«Gestern war es noch dermaßen warm, und jetzt plötzlich diese Kälte», murrte Caro.

«Für dich ist es nicht so schlimm, du musst vor dem Frühstück nicht raus. Wie soll ich bloß den Mathetrakt finden? Hast du vielleicht eine Taschenlampe?»

Caro kramte aus ihrer Schultasche einen Taschenlampenfrosch. «Taugt nicht viel», sagte sie und schaltete die Lampe ein. «Eine richtige Funzel, aber was anderes hab ich nicht.»

«Im dichten Nebel verloren, hab ich mir 'nen Frosch zum Retter erkoren», deklamierte Festy, legte den Frosch auf ihre Handfläche und trat durch die schwere Eichentür hinaus in den frostigen Morgen.

Sie entschied sich für die verbotene Abkürzung durch den Musiktrakt, dadurch sparte sie fünf Minuten. Sie zuckte zusammen, als sich die Tür zum Aufenthaltsraum öffnete, aber es war nur Linda, die selbst gerade erst das College abgeschlossen hatte. Sie rügte Festy nicht, sondern lächelte ihr nur zu und ging zum Anschlagbrett, um den Zeitplan für den Musikunterricht und den Belegungsplan für die Übungsräume auszuhängen.

Festy lief den kurzen Korridor entlang zum Musiksaal, der

jetzt nur noch als Klassenzimmer genutzt wurde und sich erst füllte, wenn die Schulglocke läutete.

Zwei Frühaufsteherinnern aus der siebten Klasse, die eine hatte ihre Jacke falsch geknöpft, bei der anderen hingen die Kniestrümpfe auf Halbmast, saßen auf einem Tisch am Fenster und ließen die Beine baumeln. Ein anderes Mädchen klimperte auf einem Keyboard herum. Festy würdigte die drei keines Blickes und ging geradewegs auf die Tür zu, die ins Freie führte.

Von irgendwoher hörte sie eine Geige. Jemand spielte mit halsbrecherischer Geschwindigkeit Tonleitern und Arpeggi.

«Hör dir das an», sagte eine der beiden, die auf dem Tisch saßen. «Sie spielt immer schneller und höher. So weit werde ich es nie bringen.»

«Sei froh. Oder willst du so ein Zombie werden wie Arabella?», gab die andere zurück.

Festy hielt inne, die Hand am Türgriff. «Ist das Arabella?»

«Exakt», sagte das Mädchen am Keyboard und drückte die Percussion-Taste. Sofort erfüllte wildes Getrommel den Raum.

«Mach das aus», sagte Festy.

Das Mädchen strich sich eine Strähne aus der Stirn, schaute Festy prüfend an und drehte leiser. «Ja», sagte sie schließlich. «Das ist Arabella. Sie fängt jeden Morgen um sechs an und übt, bis es zur ersten Unterrichtsstunde läutet.»

«Zweieinhalb Stunden? Bestimmt nicht. Sie muss doch frühstücken.»

«Das Frühstück lässt sie ausfallen», sagte eins der Mädchen auf dem Tisch. «Uns macht man die Hölle heiß, wenn wir nicht frühstücken, aber die großartige Arabella Mort kann tun und lassen, was sie will.»

«Stimmt», sagte das Mädchen am Keyboard, «mittags und nach der Schule übt *Arabella Tod* wieder.»

«Ich war gestern Abend nach den Hausaufgaben hier»,

sagte eines der Mädchen, machte die Beine lang und besah sich ihre baumelnden Schnürsenkel. «Da war sie schon wieder am Üben.»

«Was hattest du so spät noch hier zu suchen? Den Schülern der Unterstufe ist das nicht gestattet.»

«Mir schon. Ich hatte meinen Mantel vergessen.»

Festy glaubte ihr kein Wort. Diese Kids hingen einfach gern hier rum, bei den Keyboards und dem Schlagzeug. «Woher weißt du, dass es Arabella war?»

Das Mädchen schnaubte verächtlich. «So wie sie spielt sonst niemand.»

«Es hätte auch Georgia sein können.»

«Nein. Georgia würde gern so spielen, aber das schafft sie nicht.»

Nachdenklich machte Festy sich auf den Weg zum Mathetrakt.

❖ ❖ ❖

Das Internat erwachte langsam zum Leben. Getrappel auf den Gängen, Türenschlagen, Klagen über die Kälte und die Dunkelheit. Ein Junge sang unter der Dusche Falsett, und seine Freunde schrien, er solle die Klappe halten.

Caro stand an der Tür und überlegte, ob sie lieber frühstücken oder zuerst in die Schulbibliothek in einem Seitentrakt des Hauptgebäudes gehen sollte, um die letzten Hausaufgaben zu erledigen. Unsanft schob jemand sie aus dem Weg.

Caro wollte sich schon entschuldigen, da bemerkte sie, dass

es Arabella war, die dunkelroten Haare zu einem dicken Zopf geflochten, den Geigenkasten unterm Arm. Woher nahm sie die Zeit, sich jeden Morgen so aufwendig zu frisieren? Dann fiel ihr auf, dass Arabella nur Rock und Bluse trug. «Du warst doch so nicht draußen, oder?», fragte sie. «Es ist eisig kalt.»

Arabella blickte Caro mit ausdruckslosen Augen an, als wäre sie durchsichtig. «Ich spüre die Kälte gar nicht.»

«Selbst ein Polarbär friert bei diesem Wetter. Und die Heizung scheint nicht richtig zu funktionieren.»

«Ich weiß. Aber das stört mich nicht. Wenn ich spiele, wird mir warm.»

«Hast du denn gar nicht gefrühstückt?»

Arabella errötete – vor Wut, nicht vor Verlegenheit. «Das geht dich gar nichts an.»

Peng, weg war sie.

«Dumme Ziege», murmelte Caro vor sich hin.

✤ ✤ ✤

Gestern war das Wetter so schön klar und frisch gewesen, dass Zuleika sich den ganzen Tag lang nicht nach Hause gesehnt hatte. Aber heute war alles beim Alten. Das Gemäuer war ebenso grau und feucht wie das Wetter und atmete Wehmut und Verfall.

Zuleika war froh, in das Getümmel des Speisesaals einzutauchen, wo immerhin die Kochplatten und die Menschen Wärme abstrahlten. Rosie winkte, und Zuleika setzte sich zu ihr. «Du bist aber früh dran heute», sagte sie. Rosie kam oft ganz verschlafen an, wenn schon die Schulglocke zur ersten Stunde läutete.

Rosie unterdrückte ein Gähnen. «Ich sag dir, warum. Einige Lehrer können wegen des Nebels nicht rechtzeitig hier sein. Margo, vorbildlich wie immer, hat es natürlich geschafft. Sie hat mich in aller Herrgottsfrühe aus dem Bett geklingelt, um mir zu sagen, dass alle Lehrer, die im Internat wohnen, heute zur ersten Stunde antreten müssen, *und zwar rechtzeitig*.» Sie gähnte wieder und griff nach ihrer Kaffeetasse. «Da bin ich also, *rechtzeitig*, aber noch gar nicht richtig wach. Ich muss gleich rüber zum Musiktrakt, falls ich den Weg finde, um für Rory einzuspringen.»

«Rory wohnt doch gar nicht so weit weg.»

«Nein, und er ist auch früh genug aufgebrochen. Aber die Straße vor seinem Haus ist blockiert, weil der Milchmann in die Hecke gefahren ist.»

«Mit anderen Worten: ein totales Chaos.»

«Genau.»

✤ ✤ ✤

Die Stunde mit Rorys Bläserquintett war die reinste Qual. Die Klarinette und die Flöte fanden es unter ihrer Würde, von einer Geigerin unterrichtet zu werden, und waren Rosie gegenüber so pampig, dass sie ihnen einen Verweis gab.

Nach einer halben Stunde ließ sie die Schüler gehen und machte sich erleichtert auf zum Geigenunterricht. In einem Übungsraum spielte sich Georgia bereits warm.

«Wieso denn hier?», fragte Rosie und steckte den Kopf durch die Tür. «Wir sind doch in Raum 7 a.»

Georgia ließ die Geige sinken und sah Rosie niedergeschlagen an. «Dort übt Arabella, und sie möchte nicht gestört werden.»

«Das wollen wir doch mal sehen», sagte Rosie, stürmte hinaus und riss entschlossen die Tür zu Raum 7 a auf.

Arabella stand mitten im Raum, vor sich auf dem Notenständer ein Stück von Fritz Kreisler. Sie nahm keine Notiz von Rosie, sondern spielte einfach weiter.

«Du wirst leider umziehen müssen, Arabella», sagte Rosie. «Ich habe hier Unterricht.»

Arabella spielte weiter.

«Arabella!», sagte Rosie, jetzt in schärferem Ton. «Ich rede mit dir.»

Der Notenfluss verebbte. Arabella funkelte Rosie wütend an. «Wie können Sie es wagen, mich derart zu unterbrechen?»

Rosie war wie vom Donner gerührt. «Was hast du gesagt?»

«Ich sagte, Sie haben mich unterbrochen.»

«Und ich sagte, ich habe jetzt hier Unterricht.»

«Ich bin mit meinen Übungen noch nicht durch.»

«Was für ein Pech. Gleich gegenüber ist ein Übungsraum frei.»

«Wenn Sie diese Abstellkammer meinen, nein, danke.»

«Wenn es dir nicht passt, dann musst du eben warten, bis ein anderer Raum frei ist. Ich muss jedenfalls hier rein.»

Arabella warf Georgia einen verächtlichen Blick zu. «Wegen Georgia Unbegabt werde ich meine Übungen wirklich nicht unterbrechen.»

Arabella war zu weit gegangen. Rosie hatte zwar kein rotes Haar, aber sie hatte das wilde keltische Temperament ihrer irischen Vorfahren. Zwei Minuten später stand Arabella draußen im Gang, Geige und Bogen in der einen und einen Verweis in der anderen Hand. Mit zusammengekniffenen Augen starrte sie auf die Tür, die plötzlich noch einmal aufging, als Rosie den Notenständer mit dem Blatt darauf vor Arabella hinknallte.

Die Tür wurde lautstark geschlossen, und jetzt war Rosies Stimme zu hören: «Gut, Georgia, wir haben genug Zeit verplempert. Wo sind deine Noten? Beginnen wir mit Mozart.»

Georgia studierte den zweiten Satz von Mozarts Es-Dur-Konzert ein, das sie bei dem Schulkonzert am Tag der heiligen Cäcilie vortragen sollte – ein großes Ereignis im Musikkalender der Schule. Georgia hob den Bogen und begann.

Minuten später erklang wie ein Echo eine andere Geige mit demselben Stück. Allerdings war es ein flüssiges, sicheres Spiel ohne einen einzigen falschen Ton.

Georgia stockte und hörte auf zu spielen. Sie und Rosie sahen einander an. Dann lief Rosie hinaus. Arabella stand in der weitgeöffneten Tür des kleinen Übungsraums und spielte.

«Auswendig», sagte Georgia bitter.

«Sei so freundlich und mach die Tür zu, Arabella», sagte Rosie. «Und da nicht du diesen Mozart einstudierst, möchte ich dich bitten, dich auf die Stücke zu konzentrieren, die ich dir aufgegeben habe.»

Arabella schob sich erneut die Geige unters Kinn. «Hat Mr. Fitzhoward es Ihnen denn nicht gesagt? Er möchte, dass ich am Cäcilientag spiele. Und zwar den Mozart. Selbstverständlich das ganze Konzert, nicht nur einen Satz. Er meint, das würde einen besseren Eindruck machen, als wenn nur ein Satz von jemandem gespielt wird, der nicht besonders gut spielt», fügte sie unfreundlich hinzu.

«Und wer begleitet dich?»

«Das Kammerorchester», erwiderte Arabella. «Besser als ein Klavier, finden Sie nicht auch?»

Inzwischen streckten aus allen Türen entlang des Korridors Lehrer und Schüler die Köpfe heraus.

«Ach so, es ist nur Arabella, die wieder mal ausflippt», sagte ein koreanischer Pianist zwei Türen weiter. «Wenn sie sich doch endlich an die Menuhin School, das Moskauer Konservatorium oder sonst wohin verziehen und uns hier in Frieden lassen würde.»

«Dein Benehmen ist unerträglich, Arabella», sagte Rosie. «Du machst augenblicklich die Tür zu und hörst auf, die anderen zu stören. In diesem Beruf ist kein Platz für eine egoistische Solistin, das wirst du schon noch merken.»

«In dem Beruf, den ich anstrebe, werden Sie sich wohl kaum auskennen», gab Arabella zurück. Doch ihr entging nicht das Funkeln in Rosies Augen, und sie schloss hastig die Tür.

Mutlos und verzagt ging Rosie zurück in Raum 7a und kümmerte sich um die leichenblasse Georgia.

❖ ❖ ❖

Dieses kleine Biest», sagte Rosie, als sie in der Pause ins Lehrerzimmer stürmte.

«Unschwer zu erraten, von wem du sprichst», sagte Rory und schenkte ihr einen Kaffee ein. Er war rechtzeitig zur zweiten Pause angekommen.

Rosie berichtete von ihrer Auseinandersetzung mit Arabella.

«Das musst du dem Direktor sagen», riet Jeremy Zeals. «Eine Schülerin, die sich so aufführt, demoralisiert die ganze Gruppe. Ich habe dieses Schuljahr ein Mathe-Genie dazugekriegt, aber solche Sachen lasse ich ihm nicht durchgehen.»

Rosie seufzte. «Mit Fitzhoward habe ich schon gesprochen. Und wisst ihr was? Arabella, sagt er, muss den größten und besten Raum im ganzen Musiktrakt zum Üben haben. Sie braucht einen Raum mit guter Akustik. Wir Lehrer und die anderen Schüler sollen uns mit den kleineren Räumen begnügen. Kein unfreundliches Wort zu Arabella und schon gar keinen Verweis. Sie sei außerordentlich begabt und verdiene daher eine Vorzugsbehandlung.»

Rory seufzte. «Das wird ja immer schöner.»

Rosie schnaubte verächtlich. «Wenn noch mehr Leute es wagen würden, ihm zu widersprechen, wäre es gar nicht so weit gekommen, nicht wahr, Rory?»

Rory überhörte die Bemerkung. «Verdammt noch mal», fuhr er fort, «sie kann doch nicht jeden Morgen Raum 7a haben. Das geht einfach nicht. Ich würde mir wünschen, dass der Direktor sich auf die Leitung der Schule konzentriert.»

«Sag ihm das doch mal.»

Rory überlegte kurz. «Nein, die Mühe kann ich mir sparen, er hört sowieso nicht zu. Weißt du was, Rosie? Ich werde ein paar Tische aus dem Theorieraum in 7a stellen lassen. Das engt Arabellas Spielraum ein wenig ein und verschafft uns im Theorieraum mehr Platz. Dort steht ja ein gutes Klavier, wir könnten unseren Unterricht dorthin verlegen.»

«Aber der Raum ist noch größer und besser, und ehe du dich's versiehst, wird Madame Mort ihn für sich reklamieren.»

«Die anderen Schüler nennen sie Arabella Tod, wusstet ihr das?», warf die Fachbereichsleiterin für Biologie ein und hob den Blick von ihrer Zeitung.

Caro war spät dran zum Unterricht. Sie hatte den Mathetrakt gerade erreicht, als sie eine Gestalt bemerkte, die zwischen den nebelverhangenen Bäumen des kleinen Wäldchens neben dem Gebäude herumlungerte. Ein Fremder. Was hatte der hier verloren? Sie blieb stehen und starrte dem Mann entgegen, der jetzt auf sie zukam.

«Guten Morgen», sagte er ungezwungen. «Können Sie mir sagen, wo das Sekretariat ist?»

Er war wohl doch kein Mörder, der mit dem Beil in der Hand seinem Opfer auflauert. Vielleicht ein exzentrischer Vater, zur dunkelgrünen Hose trug er ein elegantes hellbraunes Jackett – und eine Fliege –, aber für einen Vater war er fast noch zu jung.

So ein Mist, dachte sie. Die Schuletikette verlangte, dass sie ihn zum Sekretariat begleitete. Aber dann käme sie noch später zum Unterricht, und Mr. Zeals hätte noch mehr Grund, sich über sie zu ärgern. Da sah sie einen jüngeren Schüler das Foyer durchqueren. Sie riss die Tür auf und rief ihm zu: «Hey du, komm mal her.»

«Warum?», fragte der Junge.

«Weil ich es sage.»

Widerstrebend trat er ins Freie, die Schultasche in der Hand.

«Hast du jetzt Matheunterricht?»

«Ja, deswegen bin ich hier im Mathetrakt.»

«Werd bloß nicht frech. Du bringst den Besucher da ins Sekretariat.»

Der Junge wollte schon widersprechen, doch dann besann

er sich eines Besseren. Er nickte, ließ seine Schultasche unter einem Hinweisschild fallen, auf dem stand, dass alles, was im Foyer liegenblieb, im Fundbüro für fünfzig Pence auszulösen war. Dann lief er los.

Peter Severn fühlte sich nicht verpflichtet, Konversation zu machen, sondern rannte voraus, so schnell ihn seine kurzen Beine trugen. In der Großen Halle musste er stehenbleiben und trat von einem Bein aufs andere, da der Mann sich in aller Seelenruhe die Porträts an den Wänden anschaute. Als es ihm zu bunt wurde, räusperte er sich und sagte: «Hier lang.»

Der stattliche Mann sah zu ihm hinunter und lächelte. «Sag bloß, du hast es eilig.»

«Ein wenig schon», knurrte Peter, riss die Brandschutztür auf und lief voraus. «Ein Besucher», sagte er atemlos, als er im Sekretariat angelangt war.

Der vorige Direktor hatte eine mütterliche, humorvolle und tüchtige Sekretärin gehabt, die sämtliche Schüler mit Namen gekannt und sich für ihre Kümmernisse und Probleme zuständig gefühlt hatte. Als Ivo Fitzhoward seine Stelle antrat, hatte sie ihn scharf gemustert und dann erklärt, sie werde in Pension gehen. An ihrer Stelle war die perfekt gestylte, stets lächelnde siebenundzwanzigjährige Lynne Doncaster gekommen.

Sie taxierte den Mann, den Peter Severn bei ihr abgeliefert hatte, warf dem Jungen einen vernichtenden Blick zu und wies ihn an, sofort in sein Klassenzimmer zurückzukehren. Dann wandte sie sich mit routiniertem Lächeln dem Besucher zu. Tadelloser Haarschnitt – er ging also zu einem ordentlichen Friseur –, aber entsetzliche Klamotten, obwohl sie den Verdacht hatte, dass er teure Schuhe trug. Lynne Doncaster bildete sich viel darauf ein, reiche Eltern auf Anhieb zu erkennen. Der Mann, der jetzt vor ihr stand, sah nicht aus wie der

Vater eines Schülers. Ganz sicher war er kein Schulinspektor und auch nicht vom Gesundheitsamt oder vom Sicherheitsdienst. Vielleicht jemand von der Presse, das war am wahrscheinlichsten.

Peter bedachte sie mit einem unfreundlichen Blick und machte sich davon, zurück in den Mathetrakt und zur Wahrscheinlichkeitsrechnung, nicht ohne den Dank des Mannes mit einem kurzen Winken zu erwidern.

«Und Sie sind?», wollte Lynne Doncaster wissen.

«Wyndham Tilbury. Mr. Fitzhoward erwartet mich.»

Ihr Lächeln erstarb. Sie hatte sich von seinem Äußeren verleiten lassen zu glauben, er sei jemand.

«Vom Denkmalschutzamt?», fragte sie.

«Nein», gab der Mann zurück. «Sagen Sie doch Mr. Fitzhoward, dass ich da bin.»

Sie fuhr hoch. Er sollte sich nicht unterstehen, ihr vorzuschreiben, was sie zu tun hatte. Wütend stöckelte sie aus dem Raum.

Er ließ sich in einem der dickgepolsterten Ledersessel nieder, die um einen Marmortisch gruppiert waren. Lynne Doncaster griff zum Telefon. Dann sah sie ihn triumphierend an. «Mr. Fitzhoward ist jetzt leider in einer Sitzung. Sie sind ziemlich spät dran.»

«Ja», sagte er, ohne das geringste Zeichen von Zerknirschung.

«Ich habe die Schatzmeisterin, Mrs. Campbell, gebeten, sich um Sie zu kümmern.»

«Danke.»

«Sie wird gleich hier sein.»

Er nickte und griff nach einer Zeitschrift, nur um sich ihrem eisigen Blick zu entziehen. Es war ein Hochglanzmagazin über das Internat, gedacht für die Eltern künftiger Schüler, und er betrachtete mit Grauen Fotos vom Gerangel bei einem Rugbyspiel und mit noch größerem Grauen die kräftigen Muskeln und panzerbewehrten Oberkörper der Lacrosse-Mannschaft, die in drei Grafschaften den Sieg errungen hatte. Ein höfliches Hüsteln riss ihn aus diesem Albtraum, und er sprang auf.

«Mr. Tilbury? Ich bin Margo Campbell. Mr. Fitzhoward hat mich gebeten, Sie zu dem Deckengemälde zu begleiten.»

Wyndham Tilbury atmete erleichtert auf. Endlich ein angenehmer Mensch. «Danke», sagte er.

«Sie sind sicher gespannt auf das Gemälde. Allerdings gibt es noch gar nicht viel zu sehen. Die Handwerker haben bisher nur ein kleines Stück vom Putz abtragen dürfen, die Denkmalschutzbehörde hat alle weiteren Arbeiten gestoppt. Zuerst müsse ein Experte zu Rate gezogen werden, meinten sie.»

«Tja, und dieser Experte bin ich. Die Denkmalschützer wollen wissen, was auf dem Fragment dargestellt ist, das bisher freigelegt wurde. Sie gehen außerdem – fälschlicherweise – davon aus, dass ich ihnen sagen kann, was das Gemälde insgesamt darstellt, wann es gemalt wurde und von wem.»

«Ist das so kompliziert?»

«Überhaupt nicht. Frühere Generationen hätten sich einfach mit Pinsel und einem Eimer heißes Wasser ans Werk gemacht.»

«Und es dabei beschädigt?»

«Wahrscheinlich nicht, aber ich nehme an, dass der Putz ebenfalls unter Denkmalschutz steht.»

«Der Putz kommt mir absolut uninteressant vor. Aber sagen Sie mir doch: Was hat man auf dieser winzigen Fläche entdeckt, dass man Sie geholt hat?»

«Einen gespaltenen Huf.»

«Eine Hirtenszene also. Wie reizend.»

«Hoffen wir's», gab Wyndham höflich zurück, als Margo

die Tür öffnete und durch das Vestibül zur venezianischen Galerie vorausging.

«Ich glaube, Mr. Goodram ist da, er wird Ihnen alles erklären. Sie finden doch später allein ins Sekretariat zurück?»

«Wird man mich festnehmen, wenn ich mich ein bisschen umschaue? Ich würde gern mehr von dem Klosterkomplex sehen.»

«Hat man Ihnen am Empfang denn keinen Besucherausweis gegeben?»

«Doch, doch.» Wyndham holte ein in Plastik eingeschweißtes Ansteckschildchen aus der Jackentasche.

«Wenn Sie es sichtbar tragen, wird niemand Sie behelligen. Geben Sie es einfach wieder ab, wenn Sie gehen, dann wissen wir, dass man Sie nicht in der Kapelle oder in der Turnhalle eingeschlossen hat.»

«Die Turnhalle werde ich auf meinem Rundgang lieber auslassen», sagte er grinsend. «Auf Sport war ich nie versessen.»

❖ ❖ ❖

Wyndham untersuchte das winzige Stück Malerei, erklärte Peter Goodram, was der bereits wusste, nämlich dass er erst mehr sagen könne, wenn mehr von dem Gemälde freigelegt wäre, und spazierte anschließend eine ganze Stunde lang gemächlich auf dem Gelände herum. Er umrundete das Hauptgebäude, das er sich genauer besah, und ging dann über den federnden Rasen zurück, um einen Überblick zu gewinnen.

Vor dem venezianischen Flügel ging er auf und ab und fragte sich, wessen Idee es wohl gewesen sein mochte, hier im hintersten Winkel des ländlichen Yorkshire dieses kleine Abbild der Serenissima zu erschaffen.

Er musste Mrs. Campbell fragen, ob die Geschichte der hier ansässigen Familie dokumentiert war.

Als er seinen Rundgang beendet hatte, lag es nahe, ins Sekretariat und dann zu seinem Auto zurückzukehren. Aber er hatte noch ein wenig Zeit. Er wohnte bei einem alten Freund, der etwa dreißig Meilen von der Schule entfernt sein Haus hatte. Es war nicht so wichtig, wann er dort wieder eintraf, also beschloss er, sich noch ein wenig länger umzuschauen.

Niemand hielt ihn auf, als er das Foyer des Gebäudes betrat, in dem die geisteswissenschaftlichen Fächer unterrichtet wurden. Junge Leute kamen und gingen, einige saßen auf den breiten Holzsimsen der hohen Fenster, schauten hinaus oder plauderten mit Freunden.

Wyndham fing ein paar anerkennende Blicke auf, aber dann sahen die Schüler das Besucherschildchen und wandten sich wieder ihren eigenen Angelegenheiten zu. Jetzt kühner geworden, ging er auf eine Doppeltür mit der Aufschrift *Vortragssaal* zu und schlüpfte leise hinein.

Nicht leise genug, denn in der plötzlichen Dunkelheit stolperte er über eine Schultasche, die jemand im Gang hatte stehenlassen.

Vorne auf der Leinwand war ein Foto mit Leuten zu sehen, die eine Kirche einrissen. Eine schattenhafte Gestalt bewegte einen Laserpointer über das Bild. Eine weibliche Stimme rief: «Ruhe dort hinten! Das ist ein Unterrichtsraum und kein Biergarten. Außerdem haben wir längst angefangen.»

«Ich bitte um Entschuldigung», sagte Wyndham und rieb sich das Schienbein.

Zuleika schirmte die Augen mit der Hand ab und blickte in den Raum. «Oh, ein Besucher. Bleiben Sie nur, wenn Sie wollen, aber machen Sie bitte nicht solchen Lärm.»

Wyndham setzte sich brav und hörte zu.

❖ ❖ ❖

Es war die kurze Nachmittagspause. Harry saß auf einem Holztisch auf der Terrasse vor dem Schulkiosk. Bei dem kalten herbstlichen Wetter hatten sie die Tische und Bänke für sich allein. Lutz hatte sich auf einer Bank ausgestreckt, Caro lehnte an einem Mäuerchen, und Festy hüpfte zwischen den Pflastersteinen der Terrasse über die mit Kreide gemalten Markierungen und tat, als spielte sie Himmel und Hölle.

«Ich hab dich heute Morgen mit diesem komischen Kerl gesehen», sagte Harry zu Caro. «Mit dem, der bei der Rathbone ins Seminar reingeplatzt ist.»

«Ein Besucher», sagte Caro. «Er ist ganz verloren da rumgetappt, und ich musste ihm das Sekretariat zeigen. Ein Glück für mich, denn damit hatte ich eine Entschuldigung für die Verspätung bei Zeals. Ich wäre zwar auch so zu spät gekommen, aber das wusste er ja nicht.»

«Wer ist der Typ?», fragte Festy. «Seine Fliege! Un-glaublich.»

«Ich hab keine Ahnung», sagte Caro.

«Vermutlich ein Reporter.» Festy hielt auf einem Bein inne und stellte dann schnell das andere Bein auf den Boden, um nicht hinzufallen. «Der Direktor hat ihm eine Nacht mit

Sandra versprochen, wenn er in seinem Artikel die Schule lobt.»

«Du hast vielleicht eine schmutzige Phantasie», warf Harry ein.

Lutz schwang die Füße auf den Boden und streckte sich wohlig. «Er ist Kunsthistoriker», verkündete er. «Er heißt Wyndham Tilbury und lehrt an den Universitäten Oxford und Tübingen. Er war mal bei uns, um sich ein paar Gemälde in unserem Haus anzuschauen, und ist ein paar Tage geblieben. Ein kluger Typ, der über irgendeinen obskuren Künstler, den kein Schwein kennt, ein Buch geschrieben hat.»

Die anderen starrten ihn an. Festy brach das Schweigen. «In eurem Haus?», sagte sie vorwurfsvoll. «Gemälde? In was für einem Haus wohnst du da eigentlich in Deutschland, Lutz?»

«In verschiedenen», gab er gleichmütig zurück. «Und meine Mutter sammelt Gemälde, das ist ihr Hobby. Vorzugsweise deutsche Kunst, sehr dunkel, sehr düster. Das ist Wyndham Tilburys Forschungsbereich.»

Nachdenkliches Schweigen.

«Cool», sagte Festy. «Ein Kunsthistoriker ist okay. Und schaurige Gemälde sind auch in Ordnung.»

«Komischer Name», meinte Harry. «Braucht man einen ausgefallenen Namen, um Kunsthistoriker zu werden?»

«Er heißt nach den Docks von London», erklärte Lutz. «Das hat er meiner Mutter erzählt. Sein Großvater kam 1933 nach England, als Flüchtling aus Polen. Er ist in Tilbury hängengeblieben und hat sich den Ort als englischen Namen ausgesucht. Sein polnischer Name ist für Engländer zu schwierig.»

«Und es macht ihm nichts aus, Deutschland zu besuchen?», fragte Festy.

«Halt die Klappe, Festy», sagte Harry.

Lutz zuckte mit den Schultern. «Das mit seinem Großvater ist lange her. Der Mann spricht ausgezeichnet Deutsch, er interessiert sich für die deutsche Kunst und Kultur.»

«Und hierher kam er wegen dieses geheimnisvollen Deckengemäldes», sagte Caro.

«Ich würde es mir auch gern mal ansehen», sagte Festy. «Was ist so geheimnisvoll daran?»

«Ich habe mit einem der Handwerker gesprochen, die dort oben zugange sind», sagte Lutz. «Die Sache behagt ihm gar nicht. Er meint, der Wandschrank mit Arabellas Geige drin hätte verschlossen bleiben sollen, und die Decke sollte man lieber unter Putz lassen. Seiner Meinung nach werden schreckliche Dinge passieren, wenn die Arbeiten weitergehen.»

Die Schulglocke verkündete das Ende der Pause, und die vier rannten los wie angestochen.

«Wir kommen schon wieder zu spät», rief Caro, «und noch dazu bei Mr. Zeals», sagte Harry und überholte sie mit seinen langen Beinen. «So ein Mist, schon wieder nachsitzen.»

❖ ❖ ❖

Sylvia liebte diese langen Nachmittage im Theater.

Das war die Welt, die ihr vertraut war, auch wenn sie auf der falschen Seite des Rampenlichts stand. Doch Regie zu führen war anregend, und sie spürte, wie ihr alter Elan allmählich zurückkehrte und ihre gequälte Seele mit neuem Lebensmut erfüllte.

Als Regisseurin musste sie aus der Distanz arbeiten, nicht

vom Inneren einer Figur her. Das war ihr anfangs nicht leichtgefallen.

Erschwert wurde ihr Job durch die Tatsache, dass sie es mit Amateuren zu tun hatte, denen sie die Grundelemente ihres Fachs erst noch beibringen musste. Der Trick bestand darin, ihnen die nötige Hilfestellung zu geben, ohne sie herumzukommandieren. Autoritäres Verhalten kam bei dieser Schülergeneration gar nicht gut an.

Von außen gesehen, lief alles bestens. Die Schauspieler gaben sich alle Mühe, und die Gruppe formierte sich allmählich zu einem richtigen Ensemble. Sie lernten brav ihren Text, und der intensive tägliche Unterricht begann sich auszuzahlen.

Nicht nur die Schüler, auch die Leute im Dorf hatten sich an sie gewöhnt, nachdem sie sich bereits öfter in die Welt außerhalb des Klosters gewagt hatte. Und als sie jetzt gemeinsam mit Zuleika, die Lust auf Kuchen hatte, eintrat, begrüßte Ellie, die den Teeladen betrieb, sie beiläufig, ohne Sylvias gelähmte Wange zu beachten.

«Schön, Sie zu sehen», sagte sie mit einem Lächeln. «Harry und seine Freunde waren gerade da. Sie haben Glück, dass sie noch etwas Essbares übrig gelassen haben. Ich muss geahnt haben, dass Sie heute kommen, Zuleika, denn ich habe einen zusätzlichen Schokoladenkuchen gebacken.»

Sie führte die beiden Frauen ans Fenster und kehrte mit einem Tischbesen und einem silbernen Schäufelchen imaginäre Krümel vom Tisch.

«Lutz ist dein Beleuchter», sagte Zuleika, als Ellie in die Küche verschwand. «Und Harry? Er ist kein Schauspieler, oder?»

Sylvia lachte. «Harry ist der Koordinator. Zuerst wollte ein Mädchen die ganze Öffentlichkeitsarbeit machen, aber es war schnell klar, das würde ein Kuddelmuddel geben. Und dann kam Harry zu mir, überaus charmant, überaus kompetent, und sagte, ich solle mir keine Sorgen machen, er würde sich der Sache annehmen. Es komme vor allem darauf an, die Aufgaben zu delegieren und alles effizient zu managen. Ich musste mir das Lachen verkneifen, wie er so vor mir stand und dozierte. Harry muss man einfach mögen.»

Zuleika grinste. «Ja, der Junge wird es noch weit bringen.»

«Wenn ich mir meiner Sache doch auch so sicher wäre. Der Grundton der Inszenierung scheint mir noch nicht zu stimmen. Seit Wochen schlafe ich schlecht. Ich hab regelrechte Albträume.»

Zuleika goss ihnen Tee ein und machte sich über ihren Kuchen her. «Du hast nicht dieses hübsche Mädchen als Titania genommen, sondern die exotische Lorraine, und du hast einen eher finsteren Puck ausgewählt. Stellt sich jetzt vielleicht heraus, dass die Inszenierung im Vergleich zur Rollenbesetzung zu konventionell ist?»

«Schon möglich.»

«Und was ist mit den Elfen? Auch bei denen wolltest du keine substanzlose Oberflächlichkeit. Womit du völlig recht hast. Die englischen Elfen sind keine dienstbaren guten Geister, sondern im Gegenteil meistens ziemlich böse und gemein, und treiben allerhand Schabernack.»

«Komisch, dass du das sagst. In einem früheren Stück, aus dem Shakespeare den Plot geklaut hat, treten statt Oberon und Titania der König und die Königin der Unterwelt auf.»

«Kannst du das nicht einbauen? Das würde doch zu der düsteren Vergangenheit von Beauregard passen.»

«Du hast da einen wichtigen Punkt getroffen.» Sylvia nickte. «Gefährliche Elfen, Geschöpfe der Dunkelheit, Besucher aus einer anderen Welt. Das gefällt mir. Aber wie passt das zu der venezianischen Szenerie?»

«Venedig im 18. Jahrhundert, das war eine ziemlich unheilvolle Epoche, würde ich sagen.»

«Lass dem Bösen freien Lauf», sagte Sylvia leise.

✤ ✤ ✤

In den Schulferien fuhr Zuleika für eine Woche nach London. Am Anfang hatte sie schönes Wetter, und sie unternahm lange Spaziergänge. Sie besuchte den Tower und machte auf der Themse eine Bootsfahrt nach Greenwich. Meilenweit lief sie den Fluss entlang und nahm den Zug hinaus nach Kew Gardens, wo sie die feuchte Wärme der Treibhäuser und den exotischen Anblick der Palmen und tropischen Pflanzen genoss.

Dann schlug das Wetter um. Ein kalter Wind brachte Regen, und London war plötzlich grau und trübe. Zeit für Museumsbesuche. Zuleika fuhr mit der U-Bahn zum Trafalgar Square und lief im strömenden Regen zur National Gallery. Dort hing ein Gemälde, das sie in einer Zeitschrift gesehen und das sie sehr beeindruckt hatte: eine Szene aus dem *Sommernachtstraum* von einem deutschen Maler. Das wollte sie sich anschauen.

Wyndham Tilbury ging mit forschen Schritten durch das Foyer der National Gallery, als ihm eine strenge Stimme einen wohligen Schauer über den Rücken jagte. Er runzelte die Stirn. Woher kannte er sie bloß?

Da fiel es ihm ein: die Frau, die in Beauregard einen Vortrag gehalten hatte, in diesem abgedunkelten Saal, wo er nur die schattenhaften Umrisse ihrer Gestalt wahrgenommen hatte. Er hatte sich bei Mrs. Campbell nach ihr erkundigt, als er sein Besucherschildchen zurückgab. Ihr Name sei Zuleika. Zuleika Rathbone. Kein Name, den man so schnell wieder vergisst.

Und da stand sie nun am Informationsschalter im Pulk mit einem Dutzend anderer Besucher und erkundigte sich bei einem phlegmatisch wirkenden Bediensteten nach dem Weg.

Drei Schritte, und er war neben ihr. «Dr. Rathbone? Zuleika Rathbone?»

Sie wirbelte herum und sah ihn ausgesprochen unfreundlich an. «Wer sind Sie?»

Er wich einen Schritt zurück, um nicht aufdringlich zu erscheinen. «Mein Name ist Wyndham Tilbury. Ich war neulich in Beauregard und habe Ihren Vortrag gehört. Hab beim Eintreten ziemlich viel Krach gemacht.»

Sie entspannte sich. «Ach, Sie waren das.»

«Das Gemälde, das Sie interessiert, ist von Gotha. Ich könnte Sie hinführen, das ist das Mindeste als Ausgleich für den Schrecken, den ich Ihnen eingejagt habe, indem ich Sie angequatscht habe.»

«Ich finde es sicher auch allein», sagte Zuleika.

«Zweifellos. Aber es wäre mir ein Vergnügen, es Ihnen zu zeigen. Ich freue mich, dass sich jemand für Gotha interessiert, einen derart unbekannten Maler.»

Ein wenig widerwillig ließ sie sich von ihm durch die Säle führen. Aber bald entspannte sie sich und genoss seine Gegenwart und die vielen Geschichten, die er zu den Gemälden, an denen sie vorübergingen, zu erzählen wusste. In einem Raum, weit entfernt vom Eingangsbereich und den Sälen mit den berühmten Malern, war außer ihnen nur noch ein Mädchen mit traurigen Augen und strähnigen Haaren. Sie saß auf der roten Sitzbank in der Mitte des Saals und betrachtete wehmütig ein großformatiges düsteres Landschaftsgemälde mit grauem Felsgestein, grauem Regen, einem grauen Fluss und an dessen grauem Ufer ein paar spillerigen grauen Bäumen. Ab und zu machte sie halbherzig ein paar Notizen in einen Schreibblock auf ihrem Schoß.

«Vermutlich eine Kunststudentin», sagte Zuleika leise. «Wirkt nicht gerade überschäumend vor Begeisterung.»

«Nein, nein», gab Wyndham mit gespieltem Entsetzen zurück. «Kein Kunststudent würde seine Zeit damit vergeuden, sich hier Bilder anzuschauen. Das ist heutzutage absolut tabu, Gemälde gelten nicht mehr als Kunst. Nein, sie wird von der BBC sein und nach Farbinspirationen für irgendeine neue Serie suchen. Hier haben wir den Gotha.»

Er war kaum zu übersehen mit seinen gewaltigen Ausmaßen. Und anders als die windgepeitschten Landschaften in diesem Saal zeigte das Bild eine lebendige und farbenfrohe Szenerie.

«Es ist schauderhaft», sagte Zuleika schließlich. «Ich meine, es ist bestimmt ein gutes Gemälde, aber es wirkt total abstoßend.»

«Stimmt», sagte Wyndham gutgelaunt. «Gothas Gemälde sind nicht schön. Aber das hier ist keineswegs sein schlechtestes.»

Es stellte eine Szene aus dem *Sommernachtstraum* mit Titania und Zettel dar. Dieser Zettel hatte keinen realistischen Eselskopf und auch nicht die übliche Bühnenmaske. Er war ein muskulöser, gutgebauter und weitgehend nackter Mann mit der stilisierten Papiermaske eines Eselskopfs auf der Stirn. Das Gesicht unter der Maske war menschlich, bösartig im Ausdruck, und die glühenden, lasziven Augen waren auf Titanias entblößte Brust gerichtet. Titania lag in Ekstase auf einer grünen Bank, komplett nackt. Er begrapschte ihren Busen, beobachtet von anzüglich grinsenden Elfen. Puck, winzige Hörner auf dem Kopf, saß in einem Baum und schien mit sich selbst zu spielen.

Zuleika betrachtete das Gemälde lange, dann schüttelte sie den Kopf. «Sylvia Trevisan, die in Beauregard den *Sommernachtstraum* inszeniert, hat dieses Gemälde in einem Band mit Abbildungen zur Shakespeare-Rezeption gesehen und mich gebeten, es mir anzuschauen und eine Postkarte davon zu kaufen. Aber in Schwarzweiß und dem kleinen Format sah es nicht halb so widerwärtig aus.»

«Gotha hat eine ganz Serie mit Szenen aus Shakespeare-Dramen gemalt. Die meisten haben einen übersinnlichen Touch, das war seine Spezialität. Bei seinem *Richard III.* suchen die Geister der Erschlagenen den Ärmsten vor der Schlacht von Bosworth heim. Wenn Richard vor der Schlacht ein solches Erlebnis hatte, ist es kein Wunder, dass er sie verlor.»

«Gotha. Ich habe den Namen noch nie gehört», sagte Zuleika. «Was aber nicht viel heißt. Ich kenne mich mit Kunst nicht besonders gut aus.»

«Der Maler ist kaum bekannt. Er war englisch-französischer Abstammung und wuchs in Deutschland auf.»

Zuleika betrachtete das Bild erneut. «Sylvia möchte keinen harmlosen *Sommernachtstraum*, sondern einen, der die Abgründe des Gefährlichen und Bösen erahnen lässt. Das hier trifft es nicht.»

Jetzt fiel ihr ein Detail auf, das ihr bisher entgangen war, und sie trat näher heran. «Warum haben alle diese Elfen eine Art Zwilling im Wald?»

«Es sind ihre Doppelgänger, die dort ihr Unwesen treiben», sagte Wyndham. Er sah auf die Uhr. «Mittagszeit. Falls Sie noch nichts gegessen haben, würde ich Sie gern einladen. Hier in der Nähe ist ein spanisches Lokal, in dem ich oft bin.»

«Danke, aber ich bin etwas in Eile.»

«Schade. Ich hätte Ihnen gern alles über Gothas merkwürdiges Leben erzählt. Ach ja, und über das Deckengemälde in Beauregard. Wissen Sie schon das Neueste?»

Zuleika grinste. «Wenn Sie solche Köder auslegen, kann ich nicht widerstehen.»

«Wunderbar.»

Er führte sie zurück ins Foyer, geschickt den durchnässten Touristengruppen und Einzelbesuchern ausweichend, die mehr oder weniger begeistert vor den Gemälden herumstanden. «Warten Sie hier. Ich flitze nur schnell rein, einen Schirm holen. Auch wenn es für den Moment aufgehört hat, es wird wieder anfangen.»

«Arbeiten Sie hier?», fragte Zuleika, während sie die nassen Stufen hinuntergingen. Landseers bronzene Löwen am Fuß der Nelsonsäule auf dem Trafalgar Square glänzten vom Regen, und die Fontäne des Brunnens hatte an diesem grauen Tag ihren ganzen Reiz verloren.

«Ab und zu», erwiderte Wyndham. «Wenn mein Rat gefragt ist oder ich etwas recherchieren muss. Gehen wir über die Straße.»

✤ ✤ ✤

In dem in einer Seitenstraße gelegenen Restaurant herrschte Hochbetrieb. Die meisten Gäste, ob Londoner oder Touristen, unterhielten sich angeregt auf Spanisch. Verlockende Essensdüfte lagen in der Luft. Jetzt erst merkte Zuleika, wie hungrig sie war, und Wyndhams faszinierende Schilderung von

Gothas Leben trug das Ihrige dazu bei, dass Zuleika sich so unbeschwert fühlte wie schon lange nicht mehr.

«Er wurde 1727 geboren. Ein in sich gekehrtes, schwieriges Kind, wenn man den zeitgenössischen Schilderungen glauben will. Ihm fehlte die ausgelassene Fröhlichkeit seiner älteren Geschwister. Aber er hatte ein außergewöhnliches Talent zum Zeichnen, und als der Junge zwölf Jahre alt war, wurde er ins bayerische Wessobrunn geschickt, um dort eine Lehre als Stuckateur zu machen. Anschließend lernte und arbeitete er bei den Brüdern Zimmermann, einer damals berühmten Dynastie von Architekten, Stuckateuren und Malern. Seine Lehr- und Wanderjahre führten den jungen Gotha auch in andere Teile Deutschlands, und später ging er nach Frankreich, um die Familie seiner Mutter kennenzulernen und mit einem seiner französischen Cousins religiöse Fresken zu malen.»

Wyndham lehnte sich zurück und schnupperte anerkennend, als ihm der Kellner einen Teller *calamares fritos* servierte. «Sein künstlerisches Talent hat er vermutlich von der mütterlichen Seite. Jedenfalls ging er anschließend nach England. Ein Empfehlungsschreiben öffnete ihm die Türen zum Hof der Hannoveraner, und von einer Gesellschaft, die stets nach Neuem und Unbekanntem gierte, wurde er mit offenen Armen aufgenommen. Er schloss sich einer Theatergruppe an, entwarf und malte Bühnenbilder und begeisterte sich für die Sprache und die Dramen Shakespeares.»

Wyndham kannte sich wirklich gut aus und war sichtlich fasziniert vom Leben dieses Malers. Hingerissen schaute Zuleika zu, wie er mit leuchtenden Augen und wild gestikulierend erzählte.

«Er fühlte sich zur immer breiter werdenden Strömung derer hingezogen, die die klassische Malerei ablehnten und sich der sehr viel exotischeren Schauerromantik zuwandten. Von nun an wurden seine Arbeiten erheblich düsterer. Er beschäftigte sich mit dem Übersinnlichen, was damals ebenfalls groß in Mode war.»

«Ist es das nicht immer? In der einen oder anderen Form?»

«Da kennen Sie sich bestimmt besser aus als ich. Nicholas sagte mir, das sei Ihr Spezialgebiet.»

«Nicholas? Nicholas Beauregard? Sie kennen ihn?»

Wyndham zögerte. «Ich bin mit ihm bekannt, mehr nicht. Jedenfalls ging Gotha nach Paris zurück, wo er den geheimnisvollen Abbé Bonhomme kennenlernte, einen Geistlichen, der, wie sich herausstellte, gar kein Geistlicher war, sondern ein aus einem Gefängnis in Südfrankreich entflohener Häftling. Unter dem Deckmantel der Soutane lieferte er einer reichen Klientel den gewünschten religiösen Rahmen, was ihm sehr viel Geld einbrachte.»

Zuleika lachte. «Das wird ja immer schöner. Sind Sie sicher, dass Sie sich das alles nicht ausgedacht haben?»

«Wie könnte ich? Gotha kam schon bald dahinter, dass der Abbé nicht der war, für den er sich ausgab, aber er entlockte ihm viele esoterische Informationen, die er in seinen Gemälden verarbeitete. Einige, wie die Shakespeare-Szenen, malte er zu seinem eigenen Vergnügen, sein Geld jedoch verdiente er mit Fresken für die Privathäuser und Kapellen der Anhänger des Abbé. Als er nach London zurückkehrte, eilte ihm ein Ruf als Adept der Schwarzen Magie voraus, und er fand einen neuen Kreis reicher und beflissener Gönner – Auftraggeber für seine Bilder mit Darstellungen von allerhand Teufeleien und Satansbeschwörungen.»

Zuleika vertilgte die letzten Bissen der frittierten Tintenfischringe, die auf ihrem Teller kalt geworden waren. Wyndhams Geschichten hatten sie so in Bann geschlagen, dass sie fast vergessen hatte zu essen.

«Und weiter?», fragte sie. «Wird er von der Erde verschlungen wie Don Giovanni?»

«Ganz und gar nicht», sagte Wyndham. «Er wurde steinreich, ging nach Deutschland zurück, heiratete ein pummeliges Mädchen, das nicht einmal halb so alt war wie er, und führte das Leben eines achtbaren kleinen Grundbesitzers. Er fand Aufnahme in die katholische Kirche, war eine Säule der Gemeinde und führte ein untadeliges Leben.»

«Wie enttäuschend.»

«Warten Sie's ab. Nach seinem Tod entdeckte man die Kapelle, die er neben seinem Haus hatte erbauen lassen, und darin Dutzende unappetitlicher Gemälde.»

«Ah, das hört sich schon besser an. Was hat man mit den Bildern gemacht? Verbrannt?»

«Allerdings. Und seine Frau, die auf vielen dieser Bilder in anstößigen Posen dargestellt ist, floh mit ihrer Familie überstürzt in einen anderen Teil Deutschlands.»

«Das wird bestimmt ein spannendes Buch.»

Wyndham grinste. «Ach, glauben Sie wirklich? Ein verruchter Bestseller? Mein Verleger wäre hocherfreut.»

«Geschichte, betrügerische Geistliche, Schwarze Magie, Sex, Kunst. Das kann nicht schiefgehen. Vor allem, wenn es packend und anschaulich geschrieben ist.»

«Ich werde mich anstrengen. Kein Passiv und keine Bandwurmsätze.»

«Und wie steht's mit Abbildungen? Wenn alle so grotesk sind wie das Gemälde in der National Gallery, könnten sich potenzielle Käufer eher abgeschreckt fühlen.»

«Stimmt. Aber es ist ziemlich schwierig, seine Gemälde ausfindig zu machen. Von seinen übersinnlich angehauchten Fresken hat offenbar kein einziges überlebt. So was wollten die Leute nicht an der Wand hängen haben, schon gar nicht in viktorianischer Zeit. Bis 1942 existierte ein Fresko von ihm in Winsley Castle. Aber es wurde bei einem Brand zerstört, als eine verirrte Bombe in der Kapelle einschlug. Ich habe mehrere seiner Gemälde in Deutschland ausfindig gemacht, zwei in Frankreich, und auch in amerikanischen Sammlungen sind noch welche. Dazu kommen die hier in der National Gallery, eines in Manchester und zwei in Privatbesitz in Yorkshire. Das war's.»

Wyndham zahlte, und sie verließen das Lokal. Es hatte aufgehört zu regnen, und eine bleiche Sonne wagte sich zaghaft zwischen den Wolken hervor.

«Ich werde bald wieder in Ihrer Gegend sein», sagte Wyndham auf dem Weg zur U-Bahn. «Auf Gothas Spuren. Diese Gemälde in Yorkshire, die ich erwähnt habe – eines befindet sich ganz in der Nähe von Beauregard. Und ich werde in der Abtei vorbeischauen, Ihretwegen und wegen des Deckengemäldes.»

Zuleika lächelte und sagte mit gespieltem Entsetzen: «Das Deckengemälde! Das habe ich vor lauter Gotha völlig vergessen. Sie wollten mir doch erzählen, wie die Arbeiten vorangehen. Vielleicht stellt sich ja heraus, dass das Gemälde in Beauregard von Gotha stammt.»

Wyndham lachte. «Das wäre grandios, ist aber nicht sehr wahrscheinlich. Mit Schwarzen Messen und Ähnlichem hatten die Beauregards doch sicher nichts am Hut ...»

Zuleika schaute ihn eindringlich an. «Warum sagen Sie das so zögerlich?»

«Weil Nicholas Beauregard etwas in der Art erwähnt hat. Gotha als Maler des Deckenfreskos wäre für den Schulbeirat ein schlimmer Schock, und für die Schüler sicher erst recht.»

«Ich weiß nicht», sagte Zuleika nachdenklich. «Keiner von diesen jungen Leuten glaubt an Hexerei oder an den Teufel.

Sie behandeln das Thema wohl in der Grundschule und verbuchen es in derselben Schublade wie die Gefährlichkeit von fettreicher Ernährung und die Notwendigkeit, Kondome zu benutzen.»

«Wie traurig ist doch eine Kindheit ohne Magie, egal welcher Art», sagte Wyndham.

«Sie wollen doch wohl nicht, dass die Jugendlichen mit schwarzem Sabbat und Teufelsanbetung aufwachsen? Und Sie selbst glauben sicherlich auch nicht an Magie.»

«Magie? Oder sogar Schwarze Magie? Nun, ich bin ein erwachsener Mensch. Das ist doch alles Humbug. Ich habe nie etwas gesehen oder gehört, das mir auch nur den geringsten Anlass gegeben hätte, an das Übernatürliche zu glauben. Und daran wird sich so schnell nichts ändern.»

Zuleika genoss ihren London-Aufenthalt in vollen Zügen. Sie hatte sich Wintersachen gekauft, Bücher für die bevorstehenden langen Abende und ein paar Meter herrlichen schwarzen Samt. Genau das, was Sylvia für Titanias Kostüm brauchte.

Trotzdem hielt ihre gute Stimmung nicht lange an. Als sie die lange, von Bäumen gesäumte Auffahrt hochfuhr, kreisten krächzend vor einem dunkelgrauen Himmel Krähen in der Luft. Die Abtei lag düster und geheimnisvoll in diesem Licht, alles andere als einladend. Später, wenn die Internatsschüler zurückgekehrt wären, würde alles viel lebendiger und nicht mehr so trostlos sein.

Sie hörte die Nachrichten auf ihrem Anrufbeantworter ab. Margos fröhliche Stimme sagte, Zuleika habe hoffentlich eine gute Zeit in London gehabt, und lud sie zum Abendessen zu sich und ihrer Familie ein. Sie habe interessante Neuigkeiten über die Geige. «Komm einfach vorbei», sagte sie und legte auf.

Die Geige? Zuleika war einen kurzen Moment verdutzt. Ach ja, natürlich. *Diese* Geige. Er schien lange her zu sein, dieser Tag im Sommer, als sie das Instrument in der staubigen kleinen Kammer entdeckt hatte.

✣ ✣ ✣

Tobys und Margos Wohnzimmer war warm und behaglich.

Im Kamin flackerte ein Holzfeuer. Ein vertrautes Ambiente, in dem sie sich entspannen konnte, ohne das Bedürfnis zu haben, von diesen Flammen abzurücken. Samtvorhänge grenzten die kalte Oktobernacht aus, an den Wänden reihten sich Regale mit Büchern, unterbrochen von Seestücken, Tobys ganzer Leidenschaft, und zahllosen kleinen Spiegeln. Flauschige Teppiche bedeckten den versiegelten grauen Steinfliesenboden, der im Sommer so angenehm kühl war.

Toby drückte Zuleika zur Begrüßung einen Kuss auf die Wange, dann ging er in die Küche, um Gläser und eine Flasche Wein zu holen, während Margo den Scottish Terrier vom Sofa scheuchte. Er landete neben der seidig glänzenden grauen Katze, die sich vor dem Kamin zusammengerollt hatte und jetzt fauchend ihre gelbgrünen Augen aufriss. Der Terrier trat bellend den Rückzug an.

«Ruhe», befahl Margo und setzte sich aufs Sofa. Margo nahm eine blaue Mappe von der Rückenlehne des Sofas, legte sie auf ihren Schoß, schlug sie auf und blätterte darin.

«Wie war's in London?», fragte Toby, die gefüllten Gläser in der Hand.

«Sehr schön. Ziemlich regnerisch in den letzten Tagen, aber das hat mich nicht weiter gestört. Es war eine richtige Bildungs- und Kulturorgie. Ach ja, ich habe deinen Freund Wyndham getroffen, Margo. Am Donnerstag, in der National Gallery. Wir haben zusammen zu Mittag gegessen. Er meinte, er würde bald mal wieder in Beauregard vorbeischauen, da er ohnehin hier in der Gegend zu tun hat.»

«Er wird kommen müssen», sagte Margo. «Diese selbsternannten Experten, die im venezianischen Saal herumwerkeln, haben ein großes Stück von der Decke freigelegt. Wenn man zwischen den Zeilen liest, wird klar, dass der Putz auf einen Schlag heruntergebrochen ist. Erst einmal werden die Baubehörde und der Denkmalschutz alles begutachten, aber wenn die fertig sind, wird Wyndham hier gebraucht.»

Zuleika freute sich auf das Wiedersehen mit Wyndham. Aber warum eigentlich? Er war gar nicht ihr Typ, viel zu englisch und die Sorte Mann, der seine Abgründe mit Selbstironie und Sarkasmus zu überspielen versuchte. Und doch war ihr das Mittagessen mit ihm in guter Erinnerung. Er war amüsant und kultiviert, außerdem stand er außerhalb der geschlossenen Welt von Beauregard, und auch über diesen merkwürdigen Gotha hätte sie gern noch mehr erfahren.

Toby setzte sich neben Margo auf das Sofa und streckte behaglich die Beine aus. «Mit diesen Kunstexperten möchte ich auch lieber nichts zu tun haben. Ich habe ein paar von ihnen im Pub kennengelernt. Komische Typen – und dermaßen unfreundlich.»

«Vielleicht haben sie was gegen Anwälte», gab Margo zurück und nahm einen Brief aus dem Ordner auf ihrem Schoß.

«Rosie hat ihn Samstag früh bekommen, kurz bevor sie losfuhr», sagte Margo. «Du warst schon weg, also hat sie ihn bei mir hinterlegt.»

«Von wem ist er?»

«Wolf und Co.», sagte Margo und reichte das Schreiben Zuleika, die sich den eingeprägten Briefkopf besah.

Sie runzelte die Stirn. «Geigenbauer? ... Ach ja, jetzt erinnere ich mich. Das ist die Werkstatt, zu der Rosie die Geige gebracht hat. In London.»

«Der Brief ist von jemandem, der dort arbeitet, Roger Moffat. Er hat im Firmenarchiv nachgesehen. Offenbar haben sie im 19. Jahrhundert eine andere Geigenbauwerkstatt übernommen und besitzen noch deren Wirtschaftsbücher und Aufzeichnungen. Dort hat er den Hinweis auf eine Beauregard-Geige gefunden. Er sagt, von der Beschreibung her ist es dieselbe, die Rosie ihm gebracht hat. Deine Geige.»

Zuleika überflog den Brief. «Was für ein Zufall.»

«Nicht wirklich. Es wundert eigentlich nicht, dass die Geige einem Beauregard gehörte», mischte sich Toby ein. «Schließlich wurde sie in der Abtei gefunden.»

«Nein, ich meine, dass diese Philadelphia Beauregard – was für ein wunderbarer Name übrigens – sie ausgerechnet zu diesem Geigenbauer gebracht hat, um den Steg erneuern zu lassen», sagte Zuleika. «Es hat in London doch bestimmt Dutzende von Geigenbauern und Reparaturwerkstätten gegeben, von denen die meisten längst nicht mehr existieren.»

«Dutzende nicht», sagte Toby. «Aber du hast recht, es ist wirklich ein Zufall. Ein glücklicher Zufall.»

«Wie können wir sicher sein, dass es sich um dieselbe Geige handelt?»

«Aus der Beschreibung der Schnecke in den Dokumenten», sagte Margo. Viele Fragen stürmten auf Zuleika ein. Wer war diese Philadelphia Beauregard? Woher hatte sie die Geige? Hatte sie darauf gespielt? Hatte sie sie einmauern lassen?

Caro kam herein und mit ihr Festy, die die Ferienwoche bei den Campbells verbracht hatte. Die beiden begrüßten Zuleika beiläufig. Caro setzte sich auf einen Stuhl, während Festy es sich auf dem Teppich vor dem Kamin bequem machte.

«Ihr redet von der Teufelsgeige dieser entsetzlichen Arabella?», fragte Festy und gähnte herzhaft. «Sie behandelt diese Geige, als wäre sie ein Baby. Und sie blafft einen an, wenn man das Instrument auch nur ansieht.»

«Musiker achten eben auf ihr Instrument», sagte Toby nachsichtig.

«Aber doch nicht so», mischte sich Caro ein. «Das ist abartig.»

«Arabella ist abartig, extrem abartig. Irgendwann wird sie überschnappen, und dann wird Fitzhoward dumm aus der Wäsche schauen.»

«Ihr solltet Arabella gegenüber toleranter sein», mahnte Toby. «Genialität ist eine schwere Bürde.»

«Genialität?», wiederholte Festy höhnisch. «Sie ist kein Genie. Sie kommt mir eher vor wie jemand, der unter Drogen steht. Wie ein gedopter Spitzensportler.»

«Nur dass es keine Medikamente gibt, die einen zu einem erstklassigen Musiker machen.»

«Wenn man Arabella spielen hört, könnte man schon auf die Idee kommen», sagte Caro.

❖ ❖ ❖

Nur ein Wort, bevor es läutet.» Sylvia stellte sich mitten im Lehrerzimmer vor ihren Kollegen auf. «Ich möchte bei der Inszenierung des *Sommernachtstraums* neue Akzente setzen, und weil das auch Auswirkungen auf eure Arbeit haben könnte, möchte ich gern mit euch darüber reden, bevor ich mit den Schauspielern und der ganzen Theatergruppe spreche.»

Die versammelte Lehrerschaft war überrascht, wie souverän Sylvia auftrat. Sie wussten nicht, dass sie von Zuleika und Rosie bestärkt worden war, sich die Inszenierung auf keinen Fall aus der Hand nehmen zu lassen.

«Neue Akzente?» Petrus legte die Stirn in Falten. «Etwas schwierig in diesem Stadium, meinst du nicht?»

Sylvia überhörte die Bemerkung und lehnte sich seelenruhig gegen die Tischkante. «Wir werden die dunkleren Seiten des Stücks noch deutlicher herausarbeiten», erklärte sie. «Das betrifft hauptsächlich die Szenen mit den Elfen. Oberon und Titania werden als König und Königin der Unterwelt in Erscheinung treten, und ihr Gefolge wird daher eine Spur boshafter und hinterhältiger sein als gewohnt.»

«Ah», rief Madame Ostrovska, «das kann ich nur befürworten.»

«Etwas ungewöhnlich, nicht?», wandte Rory ein. «Widerspricht das nicht dem Text?»

«Überhaupt nicht», antwortete Sylvia mit unbeirrter Freundlichkeit. «Die venezianische Kulisse bleibt, nur eben mit schärferen Akzenten. Die Masken müssten etwas düsterer sein, Petrus, wenn du das mit deinen Schülern hinkriegst.»

Petrus fühlte sich angegriffen. «Das ist nicht die Frage», fing er an, aber Sylvia schnitt ihm das Wort ab. «Das ist ja wunderbar», sagte sie mit einem Lächeln.

«Das mit den Tänzen krieg ich schon hin.» Madame Ostrovska stand auf. «Es ist eine Herausforderung und viel spannender als bloß harmloses Geplänkel. Rory wird allerdings der Musik mehr Power geben müssen.»

Mit diesen provokativen Worten verschwand sie.

«Ich muss auch los», sagte Rory. «Ich schau später mal bei der Probe vorbei, Sylvia», fügte er hinzu. «Interessiert mich, was du da vorhast. Klingt spannend.»

«Ich möchte dir natürlich nicht zusätzlich Arbeit machen», sagte Sylvia.

Er grinste sie an, meinte, da sei nichts zu befürchten, und ließ sie mit Petrus allein.

«Ich hoffe nur, du weißt, was du tust», sagte der düster. «So wie die Stimmung hier ist, glaube ich nicht, dass wir noch böse Geister beschwören müssen.»

Harry und Lutz hatten sich für diesen Abend kurz nach sieben mit den anderen vor dem Mathetrakt verabredet. Caro wartete bereits, die Arme vor der Brust verschränkt, um sich gegen die Kälte zu wappnen.

«Wo ist Festy?», fragte Harry.

«Da ist sie ja», sagte Caro, als der dünne Strahl einer Taschenlampe im Zickzack auf ihnen herumflatterte.

«Woher weißt du, dass sie es ist?»

«Wer sonst bewegt sich wie ein Krebs auf Koks?»

«Stimmt. Festy?»

«Hi.»

«Meine Güte, was ist denn mit deinem Gesicht?»

Festy richtete die Lampe auf ihr geschwärztes Gesicht. «Ich habe mich maskiert», sagte sie. «Hat doch was von 'ner Hexe, findet ihr nicht? Die kleinen Hexen hab ich mit Gelstift aufgemalt. Ich hoffe, das geht wieder ab.»

«Du spinnst ja, Festy. Und dieses Schwarz? Das ist doch wohl keine Erde, so verrückt kannst du nicht sein.»

«So was Ähnliches, es ist eine Gesichtspackung. Eine Freundin meines Vaters hat 'nen ganzen Pott dagelassen. Ich wusste, dass ich das Zeug noch mal würde gebrauchen können», sagte sie zufrieden.

«Mein Gott, du siehst ja zum Fürchten aus», sagte Harry. «Hoffentlich leuchtet dir niemand mit 'ner Laterne ins Gesicht.»

«Ihr seid ja nur neidisch.» Festy grinste. «Also los, worauf warten wir?»

Zügig überquerten sie den verlassenen Lehrerparkplatz, passierten das Tor und waren bald auf der Straße. Nach fünfzig Metern kamen sie zu einem Zaunübertritt und gelangten auf einen Fußweg. Auf einem grünen Schild stand: *Beauregard, 1 Meile*.

Sie waren diesen Weg schon Dutzende Male gegangen, aber noch nie im Dunkeln. «Nachts ist es irgendwie anders», sagte Festy nach einer Weile. «Es kommt mir länger vor.»

«Und gruselig», ergänzte Caro und schüttelte sich.

Sie lauschten den Geräuschen der Nacht: dem Ruf der Nachtvögel, dem heiseren Bellen eines Fuchses, einem plötzlichen Flügelschlag, als eine Fledermaus vor ihnen aufflatterte. Dann ging es leicht bergab, ein alter, von hohen Hecken gesäumter Weg. Hinter den Hecken die Umrisse großer Bäume, kahle Schemen vor einem dunklen Himmel. Aus einem Baum flogen krächzend Krähen auf, und die vier zuckten erschrocken zusammen.

Caro fiel ein Stein vom Herzen, als sie bei den Cottages angelangt waren. Hier begann das Dorf, und sie kamen auf eine asphaltierte Straße, die den Hügel hoch zur Dorfmitte führte.

«Was passiert eigentlich heute Abend?», fragte Festy, um das Schweigen zu brechen. «Ich meine, hüpfen die rum und schwenken Besen oder was?»

In dem Moment tauchte eine hochgewachsene Frau aus dem dunklen Garten vor einem der Cottages auf. Das Licht aus den Fenstern im Erdgeschoss fiel auf die akkurat angelegten Blumenbeete, den gepflegten Rasen, die sorgfältig gepflanzten Büsche und einen alten Apfelbaum. Ein Bild der Harmonie und Ordnung. Die Frau beäugte sie. «Ihr seid doch welche aus der Schule», sagte sie. «Das ganze Dorf ist heute Abend außer Rand und Band, das kann ich euch versichern. Und du offensichtlich auch, Caro. Deine Mum hat doch bestimmt keine Ahnung, dass du hier bist.»

Die anderen zögerten kurz und überlegten, ob sie sich verziehen sollten, aber Caro hielt sie zurück. «Wir wollten uns den Spaß nicht entgehen lassen. Sie werden uns doch nicht beim Direktor melden, Mrs. Joram?»

«Nein, aber es sind noch andere Leute aus der Schule hier. Wenn ihr vorsichtig seid, wird man euch in Ruhe lassen. Ich werde jedenfalls nicht petzen, das widerspricht dem Geist von Halloween. Kommt einfach mit. Der Laternenumzug fängt jeden Augenblick an.»

Die Frau trat auf die Straße, eine seltsame Erscheinung in einem Männerregenmantel, der ihr bis zu den Knöcheln reichte.

Auf dem Dorfanger drängten sich die Menschen. Sie trugen warme Steppjacken, Schals und Mützen, rieben sich die Hände und stampften mit den Füßen auf. Ein Mann verkaufte Leuchtstäbe, und die Hot-Dog-Bude an der Ecke machte das Geschäft des Jahres. Ein Stück weiter Zwiebelduft und das verführerische Aroma von Spanferkel. Um eine Frau, die Zuckerwatte verkaufte, drängten sich Kinder. Die meisten trugen Halloweenkostüme mit dünnen schwarzen Umhängen und spitzen Hüten, die hier überall angeboten wurden. Festy lachte über einen alten Mann mit Kinderbesen, dann verstummte sie und riss die Augen auf. Inmitten der Menge meinte sie auf einmal dunkle Gestalten zu sehen. Und Augen, blicklose Augen. Festy schüttelte sich. Schuld daran hatte allein Harrys abstruses Gerede über Halloween.

«Hier geht es ja zu wie auf dem Jahrmarkt», staunte Harry. «So viele Leute, das hatte ich nicht erwartet.»

«Sie sind berühmt, die Laternen und Halloweenfeuer von Beauregard», erklärte Caro. «Die Leute kommen von weit her, um das mitzuerleben. Die von der Pagan Society sagen, es sei ein uraltes Ritual, die Leute hier in der Gegend haben schon immer an Hexen geglaubt. Um diese Zeit im Jahr soll die Grenze zwischen dieser und der übernatürlichen Welt aufgehoben sein, sodass alles mögliche Unheil geschehen kann.»

«Aberglaube», sagte Festy leise, als wäre sie sich da nicht so sicher.

«In Nordeuropa ist es überall so», sagte Lutz. «Das Jahr geht dem Ende entgegen, jetzt beginnen die langen, dunklen Nächte. Auch bei uns sind die Leute überzeugt, dass nun die bösen Geister ihr Unwesen treiben.»

«Wann geht's hier endlich los?», fragte Festy, die sich jetzt lange genug die Beine in den Bauch gestanden hatte.

«Jetzt», sagte eine Stimme hinter ihnen. Mrs. Joram war wiederaufgetaucht.

Sie hatte recht. In der Dunkelheit am Fuß des Hügels flackerten Kerzen auf, und innerhalb weniger Minuten setzte sich eine Lichterprozession in Bewegung, ein Zug, der sich die Hauptstraße hinunterbewegte. Es waren vielleicht fünfzig Teilnehmer, und beinahe jeder trug eine Kürbislaterne, in die raffinierte Fratzen und Muster hineingeschnitzt waren.

Festy war froh über die Lichter, die die Augen verblassen ließen, die sie gesehen hatte. *Konzentriere dich auf das Licht,* sagte sie sich. *Es ist die Dunkelheit, die dir Angst macht, blicke ins Licht, und alles ist gut.*

«Es kostet unendliche Mühe, eine solche Laterne herzustellen», sagte Caro. «Unsere Nachbarin macht jedes Jahr eine. Letztes Jahr hat sie sogar einen Preis gewonnen. Sie ziehen die Straße entlang und umrunden den Anger, und dann gehen sie ins Rathaus zur Preisverleihung.»

«Stimmt», sagte Mrs. Joram. «Und anschließend geht es zum Dancing Hill, um die Feuer anzuzünden.»

«Tanzen die Leute um das Feuer herum?», erkundigte sich Lutz.

«Und gibt's auch ein Feuerwerk?», fragte Harry.

«Das Feuer soll die Dunkelheit erhellen», sagte Mrs. Joram. «Es sind Samhain-Feuer, um Hexen, Elfen und böse Geister abzuwehren.»

«Da hast du's, Festy», sagte Caro. «Genau das hat Sylvie T. gemeint: kein fröhlicher Puck mehr, nur noch heimtückische Geister.»

Mrs. Joram griff das Wort auf. «Puck? Hier gab es früher einen Zauberspruch, um ihn fernzuhalten. Dazu wurden Feuer, Eisen und Salz verwendet.»

«Klingt nicht sehr nett», sagte Festy.

«Auch die Elfen waren nicht nett», sagte Mrs. Joram. «Natürlich glauben wir heutzutage nicht mehr an diese Dinge, aber ihr solltet trotzdem eine Kerze für fünfzig Pence kaufen und den Hügel rauftragen.»

«Eine Kerze?»

«Jeder hat eine Kerze. Sie darf nicht ausgehen, sonst kriegen euch die Hexen.»

Plötzlich machte Caro «Pst» und duckte sich. «Da drüben sind Mum und Dad.»

«Hast du nicht gewusst, dass sie kommen?»

«Sie wollten dieses Jahr zu Hause bleiben. Mist, sie werden wütend sein, wenn sie mitkriegen, dass ich hier bin.»

«Werden sie dich verpfeifen?»

«Nein, natürlich nicht.» Da war sich Caro sicher. «Aber sie werden mich in die Schule zurückschicken, und zwar postwendend. Wahrscheinlich werden sie mich sogar mit dem Auto hinbringen, um ganz sicherzugehen.»

«Shit», sagte Harry. «Aber wenn wir uns weiter nach hinten verziehen, werden sie uns nicht sehen.»

«Da drüben ist Zeals», sagte Festy mit einem Blick über die Menge hinweg. «Ich sag euch was: Ich glaube, die halbe Lehrerschaft ist hier.»

«Wenn wir so tun, als würden wir sie nicht sehen, reagieren sie vielleicht genauso. Das wäre anständig.»

«Mit dem Anstand ist es spätestens morgen früh um Viertel vor neun vorbei, wenn wir vor dem Direktor stehen», meinte Caro sarkastisch.

«Glaubt mir», sagte Lutz. «Ich kenne die Lehrer. Sie wollen auch bloß ihre Ruhe haben und sich einen schönen Abend machen. Und wir tun doch nichts Schlimmes. Wir stellen keinen Unfug an.»

«Hey», sagte Caro zu Festy, die mit aufgerissenen Augen

ein Stück abseitsstand, «bleib nah bei mir, dann wird dir nichts passieren.»

«Was sollte mir passieren?», gab Festy herausfordernd zurück. «Das hier sind doch nur ein paar Leute, die mit Kerzen und Laternen unterwegs sind. Was soll daran beunruhigend sein?»

«Das hätte ich um keinen Preis verpassen mögen», flüsterte Caro, als sie und Festy auf Zehenspitzen den Flur entlangschlichen und in ihr Zimmer schlüpften. Sie waren mit einem Schlüssel ins Haus gekommen, den Festy vorsorglich und auf unerklärliche Weise irgendwoher besorgt hatte.

«Ich schon», sagte Festy mit Nachdruck, zog sich aus, warf ihre Sachen über einen Stuhl und streifte ein knallgrünes Nachthemd über. «Wie spät ist es?»

«Fast zwölf», gab die erschöpfte Caro zurück und ließ sich ins Bett fallen.

«Hörst du diese Glocke?» Festy zog sich die Decke über den Kopf.

«Klingt wie die Glocke der Kapelle», sagte Caro. «Komisch, mitten in der Nacht.»

«Diese Feuer.» Festy wälzte sich auf die andere Seite und rückte das Kissen unter ihrem Kopf zurecht. «Diese ganzen Feuerchen auf dem Hügel. Und überall Schatten. Dazu die vielen Kerzen. Irre viele Kerzen, als wollte man damit wirklich die Dunkelheit abwehren.»

«Wir haben nicht viel dazu beigetragen, unsere sind ja ständig ausgegangen.»

«Mrs. Joram würde sagen, jetzt kommen die bösen Geister und holen uns.»

«Es war ja nur der Wind», sagte Caro. «Gute Nacht.»

Über die Herbstwochen hinweg hatten die Mitarbeiter der Hausverwaltung unter Mithilfe einiger Schüler den riesigen Scheiterhaufen für die Bonfire Night errichtet. Für die Organisation des Abends waren die Oberstufenschüler zuständig gewesen. Jetzt tauschten die Eltern anerkennende Bemerkungen aus, und der Direktor strahlte vor Zufriedenheit über die gelungene PR-Aktion.

In den letzten beiden Jahren hatte bei dem Feuer die Strohpuppe gefehlt. Diesmal war sie wieder dabei, obwohl Mr. Fitzhoward dagegen war, dass ein Guy Fawkes in Gestalt einer Strohpuppe verbrannt wurde. Schließlich war Guy Fawkes Katholik gewesen, und es gab katholische Schüler an der Schule.

Pfarrer Gregory hatte nichts dagegen, eine Strohpuppe zu verbrennen. «Früher verbrannte man Puppen, die den Papst darstellten», sagte er. «Oder den Teufel. Einmal wurde in London die Strohpuppe des Premierministers ins Feuer geworfen, und hier im Dorf wurden Strohpuppen der Honoratioren verbrannt. Die Brauchtumsforscher sagen, das sei ein Relikt der Menschenopfer, und Sozialhistoriker behaupten, die Gemeinde habe sich mit dieser Geste gegen die Unterdrückung durch die Landbesitzer und die lokalen Arbeitgeber zur Wehr gesetzt. Sucht euch einen aus. Für ein gutes Feuerchen bin ich immer zu haben.»

«Die Schüler würden sicher gern eine Puppe des Direktors verbrennen», entgegnete Margo. «Sagt jedenfalls Caro.»

Pfarrer Gregory schüttelte den Kopf. «Das wäre nicht sehr taktvoll, aber ich muss schon sagen, er ist ein Meister im Verhindern all dessen, was junge Leute gut finden. Und damit macht er sich natürlich unbeliebt.»

Er saß mit Margo, Zuleika und Jeremy Zeals in Margos Büro bei Tee und Toast, bevor der eigentliche Abend begann. Margo war dazu verdonnert worden, an der Cocktailparty teilzunehmen, zu der der Schulbeirat traditionell vor dem Entzünden des Feuers einlud.

«Wie läuft's übrigens in deinem Kurs? Ich höre nur Gutes», fragte Jeremy und bestrich einen Toast großzügig mit Butter.

«Die Schüler legen sich mächtig ins Zeug. Und mir macht es auch großen Spaß», sagte Zuleika.

«Ich bin schon gespannt auf eure Ausstellung zum Jubiläum im Sommer. Das wird auch die Eltern interessieren. Und was die dunkle Seite deiner Recherchen angeht: Nicholas nimmt regen Anteil daran und wird einen dankbaren Zuhörer abgeben.»

«Die dunkle Seite?», fragte Margo.

«Die Schattenseiten der Familiengeschichte», erklärte Pfarrer Gregory. «Für eine Schulausstellung nicht sonderlich geeignet.»

«Die Geschichte der Abtei selbst ist unproblematisch», sagte Zuleika. «Und was die Familiengeschichte betrifft, da gibt es viele Lücken. Einerseits, weil ich das Material noch nicht richtig im Griff habe. Andererseits aber auch, weil es nichts gibt, was in den Griff zu bekommen wäre.»

Pfarrer Gregory legte die Stirn in Falten. «Vielleicht kann ich ein bisschen zur Klärung beitragen. Ich habe mich nämlich oft und ausführlich mit Rhoda Beauregard unterhalten. Sie war über die Geschichte ihrer Familie bestens informiert, und einiges davon hat ihr ganz schön zu schaffen gemacht. *Zu schaffen gemacht* ist vielleicht zu milde für das Entsetzen, das sie überfiel, als sie erfuhr, was ihre Vorfahren alles getrieben haben. Sie wurde fromm auf ihre alten Tage, nachdem sie ein eher ausschweifendes Leben geführt hatte. Als sie die Abtei erbte und von den Umtrieben ihrer Ahnen erfuhr, fragte sie sich, ob der sündhafte Lebenswandel in ihren Genen angelegt war und ob sie mit dem Namen und dem Haus auch die Zügellosigkeit ihrer Vorfahren geerbt hatte.»

«Waren die denn alle sooo schlimm?», fragte Jeremy, belustigt von der Vorstellung, dass die eigene Ahnenlinie eine solche Belastung darstellen konnte.

«Allerdings. Zuleika kennt sicher jede Menge Details. Das Verblüffende ist, dass ihnen ganz normales, gesittetes Verhalten fremd zu sein schien.»

«Erzählen Sie», forderte Zuleika ihn auf und ärgerte sich über sich selbst, weil sie sich auf die schriftlichen Dokumente konzentriert und dabei die Menschen, eine Informationsquelle von unschätzbarem Wert, völlig außer Acht gelassen hatte.

Pfarrer Gregory liebte Klatsch und Tratsch, obwohl er sich bewusst war, dass dies eine seiner Schwächen war – eine Schwäche, die sehr viel Unheil anrichten konnte. Im Laufe der Jahre hatte sich der Seelsorger jedoch so weit in den Griff bekommen, dass er über seine Schäflein, die noch am Leben waren, kein Wort verlor. Mit den Toten verhielt es sich anders, und die Ahnen der Beauregards, die schon vor Jahrhunderten das Zeitliche gesegnet hatten, waren quasi zum Abschuss freigegeben.

«Das einzig Beständige in ihrer Familiengeschichte», begann er, «war, dass sie stets auf der Seite der Sieger standen. Lange bevor sie in den Besitz der Abtei gelangten, hatten sie überall ihre Finger im Spiel und wussten immer, auf wessen Seite sie sich zu schlagen hatten. Sie hängten ihr Mäntelchen nach dem Wind und waren zu allem bereit, wenn sie dadurch ihren Besitz, ihre Sippe und ihre Haut retten konnten. Die Suprematsakte? Kein Problem. Sie hatten die Reformation kommen sehen und wären bereit gewesen, den Lieblingshund Heinrichs VIII. als Oberhaupt der Kirche von England anzuerkennen, wenn das gewünscht gewesen wäre.»

Margo erhob Einspruch. «Das ist ein schwerwiegender Vorwurf, Pfarrer Gregory. Vielleicht waren sie ja überzeugte Protestanten.»

«Vielleicht. Ebenso, wie sie überzeugte Katholiken waren, als Maria Stuart auf den Thron kam. Und als Elisabeth gekrönt wurde, erkannten sie erneut die Vorzüge der anglikanischen Kirche. Sie stellten sich 1630 auf die Seite des Königs, kämpften in den 1640er Jahren im Bürgerkrieg des Parlaments gegen Karl I., zollten nach 1650 Cromwell ihren Tribut und setzten sich rechtzeitig vor 1660 für die Übertragung der Königswürde auf Karl II. ein. In der Großen Halle hängt Karls Wappen aus der Zeit, als er den Beauregards, seinen getreuen Anhängern, einen Besuch abstattete.»

«Die waren wirklich clever.» Jeremy schob einen Papierstapel zur Seite, um es sich bequemer zu machen.

«Und was sie auch taten, sie betrieben es exzessiv – und sie müssen wirklich unangenehme Nachbarn gewesen sein. Interessant ist, dass die Dorfbewohner die kollektive Erinnerung an die schlimmsten Exzesse der Beauregards bis zum heutigen Tag bewahren.»

«Hat Rhoda Beauregard Ihnen auch etwas über den venezianischen Flügel erzählt?», erkundigte sich Zuleika. «Es ist eigenartig, wie wenig man darüber findet. Ich weiß weder, wann er erbaut wurde, noch von wem oder aus welchem Grund.»

Pfarrer Gregory dachte nach. «Nicht dass ich wüsste. Aber es muss doch Dokumente aus der Zeit geben. Rechnungsbücher, in denen verzeichnet ist, was den Maurern und Handwerkern bezahlt wurde. Und wurde denn nicht istrischer Marmor verwendet? Er muss also importiert worden sein, das war eine kostspielige Sache.»

«Rechnungs- und Haushaltsbücher sind die beste Quelle», stimmte Zuleika zu. «Und für Beauregard gibt es eine ganze Menge davon. Ich weiß, wie viel die zehn Meter Seide für Miss Alicia Beauregards Kleid im Jahr 1639 gekostet haben und wie viel sie zehn Jahre später für einfaches Tuch bezahlte, als sie Wert darauf legte, sich puritanisch schlicht zu kleiden. Ich kenne die Dienstbotengehälter im Jahr 1700 und in jedem einzelnen der nachfolgenden dreißig Jahre. Ich weiß, welche Gemälde die Familie gekauft hat und wie viel es sie gekostet hat, eine junge Frau in Oxford zum Schweigen zu bringen, die wegen eines gebrochenen Heiratsversprechens gegen den ältesten Sohn der Beauregards geklagt hatte.» Sie nahm eine weitere Scheibe Brot aus dem Toaster und strich Butter darauf. «Danach gibt es praktisch nichts mehr. Ein paar Briefe an Henry von einem Freund in London, der in einem Rechtsstreit um Landbesitz für ihn aktiv wurde. Aber bis 1770 gibt es keine Rechnungen und keine Aufzeichnungen über den Haushalt oder das Anwesen mehr. Als hätte jemand sie verschwinden lassen oder vernichtet. Aber warum?»

«Was geschah im Jahr 1770?»

«Da hat ein gewisser Zachary Beauregard die Abtei geerbt. Er muss ein richtiger Geizkragen gewesen sein. Er zahlte die niedrigsten Löhne im Umkreis, und die wenigen Bediensteten, die er hatte, haben sich den Buckel krummgeschuftet.»

«Vielleicht hat Henry sein Vermögen verspielt», mutmaßte Margo.

«Nein», entgegnete Pfarrer Gregory. «Das glaube ich nicht. Andere Beauregards waren Spieler, Henry nicht. Rhoda meinte, Henrys Schwächen waren das Reisen und die Frauen. Henry hat zwar nie geheiratet, aber er hatte mehrere Geliebte und zahllose Affären. In ganz Europa.»

«Hört sich gut an», fand Margo.

«Kostspielig», sagte Zuleika.

«Und gefährlich», ergänzte Pfarrer Gregory. «Rhoda zufolge starb Henry an den Pocken.» Er machte ein nachdenkliches Gesicht. «Er ist in der Familiengruft in der Kirche beigesetzt, wie die meisten Beauregards. Ich glaube, er starb 1765.»

«Dann könnte also er der Erbauer des venezianischen Flügels gewesen sein?»

«Nein», sagte Zuleika. «Henry interessierte sich für Parkanlagen und Landschaftsgärtnerei, aber weder baute er etwas, noch baute er etwas um. Der erste Hinweis auf den venezianischen Flügel stammt aus einem Brief Zacharys an seine Tante aus dem Jahr 1771. Er nennt den Anbau verächtlich *ein depraviertes Zeugnis italienischer Exzentrik* und kündigt an, er werde den Kanal zuschütten lassen, damit seine Frau einen französischen Garten anlegen könne. Sie war es, die alle diese Eiben pflanzen ließ. Zachary ließ den venezianischen Flügel absperren, sodass ihn vom Haus aus niemand mehr betreten konnte. Ein gewisser Simon Gunner erhielt einen Betrag für Verputz- und Malerarbeiten. Und ein Thomas Gunner wurde für Zimmermannsarbeiten in der Kapelle bezahlt.»

«Was für Malerarbeiten?», fragte Jeremy.

«Keine Gemälde», sagte Zuleika. «In den Rechnungen ist Temperafarbe erwähnt.»

Pfarrer Gregorys Augen leuchteten. «Die Gunners stammen hier aus der Gegend.»

«Die Familie lebt bis heute im Dorf», fügte Margo hinzu. «Len Gunner betreibt die Kfz-Werkstatt und erledigt die verschiedensten Handwerkerarbeiten.»

«Der Hinweis auf die Kapelle ist interessant», fuhr Pfarrer

Gregory fort. «Zachary Beauregard war ein fanatischer Protestant. Ich glaube, er war es, der den Marmoraltar und die Schnitzereien in der Kapelle hat verdecken lassen.»

«Immerhin hat er sie nicht zerstört.»

«Es war billiger, sie hinter einem Bretterverschlag verschwinden zu lassen», erklärte Zuleika. «Wenn Zachary so religiös war, wo lag dann seine Schwäche?»

Pfarrer Gregory seufzte. «Junge Mädchen, fürchte ich. Am Ende beging er den Fehler, der Tochter des Schmieds nachzustellen, die erst zehn war. Der Schmied war ein kräftiger Kerl, wie man sich vorstellen kann, und Zachary widerfuhr offenbar ein Unglück. Eines Tages fand man ihn tot in einem Graben.»

«Könnte es nicht sein, dass Simon Gunner das Deckengemälde in der venezianischen Galerie unter Putz legen sollte?», fragte Jeremy.

«Gut möglich», sagte Zuleika. «Später gibt es keine Hinweise mehr auf ein Deckengemälde. Es werden zwar Verputzarbeiten an der Decke im oberen Saal und im Korridor erwähnt, aber kein Deckengemälde.»

«Wenn Henry 1765 starb und Zachary 1770 die Abtei übernahm, was geschah dann in den fünf Jahren dazwischen?», fragte Jeremy. «War Henry wirklich nicht verheiratet?»

«Keine Ehefrau, keine direkten Erben», sagte Zuleika.

«Er hatte eine Schwester», sagte Pfarrer Gregory. «Philadelphia Beauregard.»

«Philadelphia Beauregard», wiederholte Zuleika. «Die mit der Geige. Vielleicht hatte sie Kinder, und vielleicht war sie Zacharys Mutter. Mal sehen, ob ich dazu fündig werde.»

«Philadelphia ist eine rätselhafte Figur», meinte Pfarrer Gregory. «Rhoda hat ihren Namen nur ein einziges Mal erwähnt, anschließend hat sie sich bekreuzigt und gesagt: *Gott sei ihrer armen Seele gnädig.*»

❖ ❖ ❖

Vor seiner Abreise zu einer Rektorenkonferenz in Harrogate hatte Mr. Fitzhoward ein paar unpopuläre Anweisungen erteilt.

Unter anderem hatte er angeordnet, beim großen Schulkonzert am Tag der heiligen Cäcilie, der Schutzpatronin der Musiker, dürften neben Arabella keine anderen Solisten und auch nicht wie geplant das Kammerorchester auftreten.

Im Lehrerzimmer war die Empörung groß.

Und selbst Rory regte sich auf. «Was sagt der Wetterbericht? Subarktische Temperaturen im Norden? Hoffentlich friert er sich da oben die Eier ab. Jetzt muss ich den ganzen Konzertplan neu zusammenstellen», schimpfte er, «das Programm ändern, die Besetzung ändern. Und was erzähle ich den Eltern, die mir die Hölle heiß machen, weil ihr kleiner Crispin oder ihre reizende Petronella nicht wie versprochen die Ophikleide solo spielen darf.»

«Die was?», fragte Sylvia, kurzzeitig von ihrem eigenen Ärger abgelenkt.

«Ein lächerliches französisches Blasinstrument, aber darum geht es gar nicht. Oh, verdammt, dieser Mistkerl hat mich wirklich in die Scheiße geritten. Eiskalt lächelnd hat er mir versichert, wie sehr er sich darauf verlässt, dass ich das alles in seiner Abwesenheit manage.»

«Reg dich bloß nicht so auf», beschwichtigte ihn Tessa Tonkin und versenkte sich wieder in ihr Kreuzworträtsel. «Davon bekommst du nur hohen Blutdruck.»

Als Rosie hereinkam, wurde sie sofort von Rory bestürmt. «Rosie, hast du schon gehört?»

«Die ganze Schule redet von nichts anderem», sagte Rosie. «Das mit deinen Konzerten weiß ich schon, weil er mir auch eine Notiz dazu geschickt hat. Aber das Theaterstück! Sylvia, ist das wahr?»

Sylvia nickte. «Er hat mich gebeten – nein, mir befohlen –, das ganze Konzept zu ändern.»

«Kein Venedig?»

«Jede Menge Venedig. Ein Bilderbuch-Venedig.»

«Meine Konzeption sei zu wenig schülergerecht, mehr für Erwachsene. Es habe Beschwerden gegeben, mein Ansatz sei viel zu psychologisch, und überhaupt sollten Schulaufführungen grundsätzlich nicht kontrovers oder schwierig sein.»

«Das Konzert, der Sommernachtstraum, die Prüfungsergebnisse, die Siege unserer Hockeymannschaft oder das Orchester – das alles ist ihm scheißegal», ereiferte sich Rosie. «Ihm geht es einzig und allein um Arabella. Er wittert einen Star, nein, einen Megastar. Und dessen Werbeeffekt wäre sehr viel größer als alles andere zusammengenommen.»

«Und was soll ich jetzt machen?», fragte Sylvia. «Am besten werfe ich das Handtuch. Es hat keinen Sinn, hier noch weiterzumachen.»

Inzwischen war auch Petrus ins Lehrerzimmer gekommen. «Auf keinen Fall», mischte er sich jetzt ein. «Du machst einfach weiter wie bisher. Unserem hochverehrten Direktor wird gar nicht auffallen, dass du seine Anweisungen nicht befolgt hast. Und wenn er dahinterkommt, ist es zu spät.»

❖ ❖ ❖

Die Vertrauensschülerin fand Georgia bei den Gewächshäusern ins Gespräch mit Alistair vertieft. «Georgia», sagte sie, «Miss Grier möchte dich sprechen, fünf Minuten vor dem Ende der Pause. Drüben im Musiktrakt.»

«Mist», sagte Georgia. «Ich muss mich beeilen, meine Noten sind noch in meinem Zimmer.»

«Hast du Unterricht?», fragte Alistair. Sein verträumter Blick täuschte über seinen scharfen Verstand hinweg. Seine Mitschüler waren erstaunt gewesen über seine Freundschaft mit Georgia, denn sie hatten ihn für einen Einzelgänger gehalten. Er war beliebt, aber auch wegen seiner scharfen Zunge gefürchtet, während Georgia seiner sarkastischen Ader mit Freundlichkeit und Phantasie begegnete. Jetzt lächelte sie ihn an und gab ihm einen Kuss auf die Wange. «Quartett», sagte sie. «Ich muss gehen. Wir sehen uns nach der Schule.»

Für beide verstand es sich von selbst, dass sie die Pausen und die Abende möglichst zusammen verbrachten.

Georgia eilte den Korridor entlang zu Miss Griers Zimmer, den Geigenkasten schief über der Schulter. Noten, Stifte und ihr Metronom fielen ihr aus der Hand und schlitterten über den Boden. Sie sammelte die Sachen hastig auf und verstaute sie notdürftig im Arm. Keuchend und mit hochrotem Kopf war sie in dem Moment an der Tür, als Miss Grier herauskam.

«Georgia. Gut. Also, ich habe die Kammermusikgruppen nun zusammengestellt und möchte, dass du mit Meija und Xian spielst. Sie studieren ein Klaviertrio von Dvořák ein.»

Georgia riss die Augen auf. «Aber da spielt doch Arabella mit.»

«Nicht mehr», erwiderte Miss Grier knapp. Georgia sah sie ungläubig und ein wenig misstrauisch an.

«Und warum nicht?», fragte Georgia unverblümt. «Warum spielt Arabella nicht mehr mit? Sie kann doch nicht mit mir tauschen, mein Quartett wäre ihr nicht gut genug. Und wer wird dort die erste Geige spielen? Beides schaffe ich nicht.»

«Nein. Dein altes Quartett wird jetzt ein Trio mit Violine, Viola und Cello. Sie sind ganz glücklich damit. Arabella wird vorerst keine Kammermusik spielen. Es ...» Rosie zögerte. «Im Moment ist es für Arabella ungünstig, im Klaviertrio mitzuspielen. Sie muss üben und hat auch andere Verpflichtungen», fügte sie wenig überzeugend hinzu.

Zu ihrer Überraschung nahm Georgia diese Erklärung hin. «Es ist vermutlich wegen des Violinkonzerts», sagte sie.

«Arabella hat die Partitur. Sie übt in Raum 7 a. Sie soll sie dir geben, dann gehst du ins Puccini-Zimmer, Meija und Xian sind, glaube ich, schon da.»

«Ist gut», sagte Georgia.

Sie lud ihre Sachen auf einem Stuhl ab und ging zu Raum 7 a. Eine Kaskade von Arpeggios und halsbrecherische Saitenwechsel drangen auf den Flur heraus. Georgia drückte die Türklinke und trat ein.

«Verschwinde», sagte Arabella, ohne ihr rasantes Spiel zu unterbrechen.

«Miss Grier hat gesagt, du sollst mir die Geigenpartitur für das Trio mit Meija und Xian geben.»

Jetzt hörte Arabella auf zu spielen. Sie ließ den Bogen sinken und schaute Georgia aus boshaften grünen Augen erstaunt an. «Warum?»

Was für eine dumme Frage. «Weil Miss Grier will, dass ich mitspiele.»

«Du!» In ihrer Stimme lag etwas Verächtliches. «Ich habe

Miss Grier gesagt, sie soll das Trio auflösen. Oder Meija und Xian im Duo spielen lassen. Niemand ist gut genug, um mich zu ersetzen.»

Georgia hätte fast angefangen zu lachen, aber ihre Wut gewann die Oberhand. «Jetzt mach aber mal halblang! Willst du damit sagen, du bist die Einzige, die im Trio spielen darf?»

«Meija und Xian sind zwar nicht überragend, aber schlecht sind sie auch nicht», erklärte Arabella und ließ Georgia nicht aus den Augen.

«Kann ich jetzt die Noten haben?»

Langes Schweigen, während Arabella ihren Blick unverwandt auf Georgia gerichtet hielt. «Ich hatte das Gefühl, dass sie sich gleich in den bösen Wolf aus dem Märchen verwandelt und mich frisst», würde Georgia später ihren Freunden erzählen.

«Sie hat angefangen weiterzuspielen, sehr schnell und sehr laut. Sie machte eine Kopfbewegung zu ihrer Notenmappe, jedenfalls habe ich mir das eingebildet. Ich habe die Noten durchgesucht und die Partitur gefunden, habe mich sehr leise bedankt und bin abgehauen. Ihr solltet sehen, was sie übt.»

«Schwer?»

«O ja, teuflisch. Selbst wenn ich so viel üben würde, wie Rosie es will, würde es eine Ewigkeit dauern, bis ich diese Stücke so spielen könnte.»

Während Georgia langsam zum Puccini-Zimmer ging, überlegte sie, wie Meija und Xian wohl reagieren würden, wenn sie anstelle der brillanten Arabella kam. Sie kannte die beiden nicht besonders gut. Sie waren in der Zwölften und seit der siebten Klasse in Beauregard.

Doch ihre Bedenken waren unbegründet. Die beiden begrüßten sie mit johlendem Beifall.

«Jetzt können wir endlich anfangen, Musik zu machen»,

verkündete Xian und beugte sich vor, um eine Cellosaite zu stimmen.

Meija spielte einen Tusch auf dem Klavier. «Arabella geht», sagte sie. Dann spielte sie ein paar warme Klänge die Tastatur rauf und runter. «Und Georgia kommt.»

Georgia sah die Koreanerin fragend an, während sie Geige und Bogen aus dem Kasten nahm. «Und ihr habt wirklich nichts dagegen?», fragte sie. «Ich bin nicht halb so gut wie Arabella.»

«Arabella mag die beste Geigerin sein, seit es Käsetoast gibt», sagte Xian. «Aber wenn es um Kammermusik geht, ist sie ein Haufen Pferdemist. Sie hört nicht auf die Musik, sie hört nicht auf das Klavier oder auf das Cello, und es interessiert sie auch nicht, über verschiedene Ansätze oder Interpretationen zu sprechen. Das Einzige, was sie will, ist, besser zu spielen als alle anderen.»

«Außerdem hat sie spitzgekriegt, dass es in diesem Stück in Wirklichkeit drei Stimmen gibt», fügte Meija hinzu, «und eine von dreien zu sein – das ist Arabella zu wenig.»

Am Abend des zweiundzwanzigsten November lag eine erwartungsvolle Spannung in der Luft, denn das Konzert zu Ehren der heiligen Cäcilie stand bevor. Auch wer nur aus Pflichtgefühl zu einer vermeintlich normalen Schulaufführung erschienen war, merkte bald, dass dieser Abend etwas ganz Besonderes war.

Die Schule präsentierte sich von ihrer besten Seite, ein nicht abreißender Strom junger Leute in Schuluniform bewegte sich die Treppe zur Galerie hinauf. Sie war mit zwanzig Stuhlreihen bestückt, weitere Sitzplätze gab es entlang der Seitenwände, dahinter war noch Platz zum Stehen. Früh Angekommene, die die guten Plätze besetzt hatten, beugten sich über die glänzende Holzbalustrade und winkten Eltern und Freunden unten im Parkett zu.

Die Bühne war für das Orchesterstück hergerichtet, das als Erstes auf dem Programm stand. Ganz hinten prüfte ein Perkussionist die straffgespannten Trommeln seines Schlagzeugs mit leichten Schlägen. Caro, von Kopf bis Fuß in Schwarz, ging zwischen den Notenständern umher, schlug hier eine Mappe auf, rückte dort einen Stuhl zurecht.

Festy, in Lila, das perfekt zu ihren magentaroten Haarsträhnchen passte, verkaufte Programmhefte und beantwortete die Fragen nach den Sitzplätzen mit professionellem Ernst.

«Guter Gott, der Chef hat seine Netze weit ausgeworfen», sagte Rosie, als sie sah, wen Lutz in die erste Reihe dirigierte. «Jeder zweite Konzertagent von London hat sich herbemüht. Sogar Ludmilla Pinkerton.»

«Die im roten Kostüm mit den roten Schuhen?» Sylvia rümpfte die Nase.

«Genau die», bestätigte Rosie. «Wirklich ein großer Fisch.»

«Stiehlt ihr der Chef nicht ihre Zeit?»

«Leider nein. Wenn Arabella heute Abend auch nur halb so gut spielt wie bei den Proben, werden sie sich um das Mädchen raufen.»

Rosie schaute auf die Uhr. Noch fünf Minuten. Sie war aufgeregter, als wenn sie selbst auf der Bühne stünde. Nicht dass sie Arabella besonders gemocht hätte, aber hier ging es um

Musik. *Ein Wunderkind spielt das Werk eines anderen Wunderkinds,* dachte sie gequält. *Das eine ganz Seele und Magie, das andere fast unmenschlich in seiner zwanghaften Perfektion.*

«Es wird Zeit, dass sie rauskommen», sagte Rory, der im Knopfloch seines Fracks als Farbtupfer eine Rose trug. Mit seinem recht langen schwarzen Haar, das heute halbwegs ordentlich aussah, und seinem eleganten Anzug war er eine stattliche Erscheinung.

Harry wartete im Hintergrund auf das Startsignal von Rosie. Als es kam, gab er den beiden Trompetern oben auf der Galerie das Zeichen für die Fanfare zur Eröffnung des Konzerts. Die Fanfare erklang, das Publikum verstummte. Im Zuschauerraum wurden die letzten Lampen gedimmt, während Rory seinen Platz am Dirigentenpult einnahm.

Für ein Schulorchester hatten sie ein hohes Niveau, obwohl das Stück, das sie spielten, die *Akademische Festouvertüre* von Brahms, öfter hätte geprobt werden müssen. Rory war froh, dass es ohne Pannen über die Bühne ging. Eigentlich war das Stück für den Anfang des nächsten Trimesters geplant gewesen. Die zusätzlichen Proben hätten dem Orchester gutgetan, doch der Chef hatte es anders verfügt. Trotzdem hatten sie ihre Sache nicht schlecht gemacht, fand Rory, als er sich mit einem großen Seidentaschentuch den Schweiß von der Stirn wischte.

Das Umbauteam, in schwarzen Hosen und Polohemden, räumte nun Stühle und Notenständer weg, um die Bühne für das Kammerorchester vorzubereiten. Eben rückte ein schlaksiger Jugendlicher ein Podest für die Solistin zurecht. Rory nickte Arabella zu, holte tief Luft und folgte ihr hinaus in den Konzertsaal.

❖ ❖ ❖

Zuleika musste Arabellas Auftreten bewundern. Sie sah viel älter aus als ihre fünfzehn Jahre, eine betörende rothaarige Schönheit in einem hautengen schwarzen Kleid. Arme und Schultern waren nackt, ihre wilde Lockenpracht trug sie offen, ihre grünen Augen wirkten riesengroß, und ihre Haut schimmerte weiß. Als sie die glänzende Geige zum Stimmen ansetzte, bot sie ein atemberaubendes Bild.

Noch bevor sie eine Note gespielt hatte, stand das Publikum in ihrem Bann. Vollkommen reglos wartete sie auf ihren Einsatz. Als Rory sich ihr zuwandte, hob sie den Bogen und begann mit der Souveränität des erfahrenen Profis zu spielen.

Zuleika war baff. Margo neben ihr schien hingerissen, und fast alle Zuhörer lauschten hingebungsvoll. Nur Wyndham, der rechts von Margo saß, zeigte weder staunende Bewunderung noch verzücktes Wohlgefallen. Er spürte Zuleikas Blick und zwinkerte ihr zu.

Bald hatte Arabellas Magie ihre Wirkung auf Zuleika verloren. Sie spielte vorzüglich, zweifellos. Aber wenn man genauer hinschaute, war es Show. Die Extravaganz ihrer Erscheinung, ihre beim Spielen geschlossenen Augen, das leichte Wiegen im Takt der Musik, Arabella schauspielerte. Was die Frage aufwarf, ob das alle Solisten taten. Oder gab es welche, womöglich die besten, die wirklich ganz im Bann der Musik standen, die sie spielten?

Das Konzert ging so atemberaubend weiter, wie es begonnen hatte, während Zuleika über Kunst und Wirklichkeit sinnierte. Sie hatte jedes Zeitgefühl verloren und schreckte erst auf, als plötzlich vollkommene Stille herrschte – ehe stürmischer Applaus aufbrandete.

«Es reicht», sagte Rosie, als Arabella nach der sechsten Verbeugung hinter die Bühne kam. «Lass es gut sein.»

«Eifersüchtig?», zischte Arabella, setzte ein strahlendes Lächeln auf und kehrte majestätisch schwebend zu einer siebten Verbeugung in den Saal zurück. Als sie diesmal abtrat, stand neben Rosie auch Rory bereit, und jeder hielt Arabella an einem Arm fest.

«Sie wollen mich», rief sie. «Sie applaudieren immer noch. Lassen Sie mich los.»

«Besser, sie wollen mehr, als sie kriegen», sagte Rory listig. «Das macht viel mehr Eindruck.»

Zwar traf ihn ein glühender Blick dieser harten grünen Augen, aber er hatte sein Ziel erreicht.

«Und im Übrigen» – Rosie setzte noch eins drauf – «solltest du die Pause nicht zu sehr verkürzen. Der Chef hat wichtige Leute aus der Musikszene – Presseleute, Agenten und so weiter – eingeladen, die dich kennenlernen wollen.»

«Wo?», fragte Arabella.

Als sie auf die kleine Bar an der Seite des Saals zugingen, die der Schulleiter für seine persönlichen Gäste reserviert hatte, hallten Celloklänge aus einem der Garderobenräume. «Wer ist das?», fragte sie gleichgültig. «Es ist doch wohl übertrieben, wenn sich ein Orchestermusiker jetzt schon einspielt?»

«Das ist Xian», erwiderte Rosie, ohne nachzudenken. «Er spielt das Cello-Solo aus Händels *Jubal's Lyre*.»

Arabella blieb wie angewurzelt stehen und sah Rosie und Rory mit funkelnden Augen an. «Solo? Sagten Sie Solo? Welches Solo? Heute Abend sollte nur ich ein Solo spielen.»

«Jetzt hast du's geschafft», murmelte Rory Rosie zu. Mit

erhobener Stimme sagte er: «Es ist ein kurzes Stück für ein Cello, das zwei Gesangspartien verbindet, mehr nicht.»

«Das ist zu viel. Nehmen Sie es raus. Weg damit. Die Gesangspartien brauchen keine Überleitung. Ich warne Sie, lassen Sie Xian dieses Solo nicht spielen!»

Damit rauschte sie den Korridor entlang und verschwand um die Ecke.

«Miststück», fauchte Rory erbost.

«Aber wirklich», pflichtete Rosie ihm bei. «Und was machen wir jetzt? Der Chef wird in drei Minuten hier auftauchen und Anweisung geben, den Händel zu verstümmeln.»

Rory stieß einen Schreckenslaut aus. «Das können wir unmöglich machen.» Er spähte den Gang rauf und runter. Niemand in Sicht. «Schnell, Rosie. Hol Xian. Ich nehme sein Cello. Er soll irgendwo untertauchen, bis die Pause rum ist, du und ich müssen uns ebenfalls rar machen. Auf geht's!»

✤ ✤ ✤

Als das Stück von Händel seinen Abschluss gefunden hatte, war Rosie vollkommen entnervt.

Arabella hatte prompt einen hysterischen Anfall bekommen, als Xians Solo begann. Rosie war versucht gewesen, ihr das Wasser einer in Reichweite befindlichen Blumenvase ins Gesicht zu schütten, hatte sich aber beherrscht und die junge Virtuosin nach draußen befördert, wo sie sie erleichtert ihren Eltern übergab, die sich den Händel geschenkt hatten und ihre Tochter gern in Empfang nahmen.

«Sie hat sich überanstrengt», sagte ihre hohlwangige Mutter nach einem Blick auf ihr Kind. «Künstlertemperament eben.»

«Kein Wunder nach ihrem Triumph heute Abend», ergänzte ihr Vater, ein rundlicher, schmallippiger Mann.

«Sie sind sicher sehr stolz auf Arabella», sagte Rosie mit einem gezwungenen Lächeln.

«Selbstverständlich sind wir stolz, aber es überrascht uns nicht, was, Jim? Wenn man so begabt ist und so hart gearbeitet hat wie unsere Tochter, dann ist der Erfolg vorprogrammiert. Arabella hat täglich mindestens drei Stunden geübt, seit sie ein kleines Mädchen war, Miss Grier, ist Ihnen das klar? Sogar an Weihnachten. Jim hat sie jeden Morgen um sechs aus dem Bett geholt, damit sie üben kann. Das nenne ich Hingabe.»

Rosie überließ das selbstzufriedene Trio sich selbst und kehrte auf ihren Posten hinter der Bühne zurück. Immer noch rätselte sie, wie Arabella, die bei ihrer Ankunft in Beauregard völlig uninspiriert gespielt hatte, sich unversehens in einen Star hatte verwandeln können. Dann wandte sie ihre Aufmerksamkeit wieder dem Chor zu und genoss Händels elektrisierende Tonkunst. Händel war ein Genie, ohne dass seine Eltern ihn täglich zu stundenlangem Üben gezwungen hätten. Sie setzte sich auf einen Stuhl und lauschte.

Der Chor schöpfte Luft für den letzten Einsatz, als sie merkte, dass jemand neben ihr stand. Sie blinzelte ins Dunkel, konnte aber nicht erkennen, wer es war.

Dann flüsterte ihr eine vertraute, liebe Stimme «Guten Abend, Rosie» ins Ohr, und sie sprang mit einem unterdrückten Freudenschrei auf und manövrierte den Besucher außer Hörweite in einen Garderobenraum. Da stand sie und musterte den dunkelhaarigen, fremdländisch wirkenden Mann, der vor ihr stand und sie schelmisch ansah. Er umarmte sie ungestüm, was sie sich gern gefallen ließ.

«Hector, warum hast du nicht gesagt, dass du kommst?»

«Eine kleine Überraschung, die Entscheidung hab ich erst in allerletzter Minute getroffen. Aber ich bin froh, dass ich hier bin.» Er sprach mit einem leichten ungarischen Akzent, und seine Stimme weckte bei Rosie Erinnerungen an glückliche Tage.

«Du hast ja einen Schnurrbart», stellte sie mit einem Lächeln fest. «Steht dir.»

«Die Kunden erwarten einen exzentrischen Touch, das ist gut fürs Geschäft. Warum hast du denn deinem alten Freund nicht von dieser erstaunlichen Geigerin erzählt, die wir heute Abend gehört haben?»

«Ach, die hat nichts mit mir zu tun. Ich vermute, der Direktor hat dich eingeladen.»

«Mr. Fitzhoward? Ein ziemlich zupackender Mann für einen Lehrer. Ich kann nicht glauben, dass du mit diesem Kind nichts zu tun hast. Deine Schüler erkennt man schon daran, wie sie auf der Bühne stehen.»

«Ich habe sie eine Weile unterrichtet, aber jetzt nicht mehr. Sie ist bei Deidre Minolta.»

«Aha, die Zerstörerin des seelenvollen Spiels, ja, das ist wohl unvermeidlich.»

«Hast du schon mit dem Chef über Geschäftliches gesprochen? Wirst du sie vertreten?»

«Nein, nein, in der Liga spiele ich nicht. Ludmilla wird sie unter Vertrag nehmen. Aber ich freue mich, dass ich sie gehört habe, hin und wieder höre ich gerne Missgeburten.»

«Missgeburten?»

«Wunderkinder sind Monster, und dieses Mädchen ist eins. Sie wird eine steile Karriere machen, und dann, peng, ist nichts mehr übrig als ein bisschen Sternenstaub, der auf die Erde rieselt.»

Rosie lachte. «Sehr poetisch, aber falsch. Ich bin mir sicher, dass Arabella es bis ganz nach oben schafft.»

«Ja, bei dem Aussehen und dieser erstaunlichen Technik bestimmt. Aber du weißt selber, die Welt ist komisch. Also, wenn ich als Agent mir hier jemanden aussuchen dürfte, dann würde ich die mollige Kleine nehmen, die die erste Geige gespielt hat.»

«Georgia?» Rosie freute sich. «Sie ist eine von meinen. Und weißt du was? Als die beiden zu Schuljahresbeginn kamen, war sie die weitaus bessere Geigerin. Nur ist dann mit Arabella irgendwas passiert, und wie du gehört hast ... Georgia fängt gerade erst an, aber ich bin froh, dass sie dir aufgefallen ist.»

«Du nimmst sie ran, und in ein paar Jahren werden wir sehen, wie weit sie's bringt. Unterdessen wird sie im Schatten dieser Kreatur stehen, die wir heute spielen hörten. Pass auf sie auf. Und noch ein warnendes Wort. Beschütze sie vor dem Wunderkind, versprichst du mir das?»

«Beschützen? Hector, das klingt merkwürdig.»

«Beschützen. Sie wird Schutz brauchen, hör auf mich. Ich kenne mich da aus. Du bist in solchen Dingen manchmal ein bisschen naiv.» Er nahm den dunklen Mantel, den er über dem Arm trug, schüttelte ihn aus und schlüpfte hinein. «Euer Dirigent, ist das dieser Rory Moorlynch? Der aufstrebende Komponist? Ah, ja, das dachte ich mir. Ein Rat an ihn von einem Fachmann. Kein Mozart mehr für die junge Dame.»

«Hector, die Nachwuchstalente spielen alle Mozart.»

«Sie braucht ein bombastisches Repertoire. Chatschaturjan zum Beispiel. Und natürlich Bruch.»

«Auf mich hört doch keiner.»

«Versuch's. Jetzt ein Kuss um der alten Zeiten willen, dann muss ich los. Der Weg nach London ist weit.»

Wyndham erwachte mit dem Gefühl, dass ein guter Tag vor ihm lag. Die Decke im venezianischen Saal der Abtei. Heute war es endlich so weit.

Mr. Goodram hatte ihn am Vortag in London angerufen und ihm mitgeteilt, er habe den Staub und Schutt beseitigt, der Denkmalschutzbeauftragte habe bei einer ersten Inspektion die Baustelle für sicher erklärt, und er habe vor, seine Leute am nächsten Morgen auf das Gerüst zu schicken, um die letzten Reste des Putzes zu entfernen.

Wyndham seufzte, glücklich, dass er nun endlich die Decke in Augenschein nehmen konnte. Rasch stand er auf. Die Betten im Silent Monk waren solide, aber altmodisch: hoch, mit dicken Matratzen. Die Dielen unter seinen nackten Füßen waren aus Holz – breite Bretter mit einer Patina, die sich erst nach jahrzehntelangem Bohnern einstellt. Das Bettzeug war weiß, die Vorhänge hatten ein blaues Muster auf weißem Grund, die Möbel waren wie der Fußboden alt und gediegen. An der Wand hingen verblichene Drucke mit Jagdszenen, dazwischen ein kupferner Bettwärmer und ein fleckiger Spiegel im Goldrahmen. Wyndham fand es für ein Hotelzimmer ausnehmend schön.

Gestern Abend war er wieder hier eingekehrt und hatte vor, mindestens eine Woche zu bleiben. Warum auch nicht? Er hatte seinen Laptop, seine Aufzeichnungen, sein Handy dabei – das hier oben allerdings nicht funktionierte, wie er feststellen musste. Und einen Tisch zum Arbeiten gab es auch. Er hatte es warm und gemütlich, das Essen im Gasthof war gut, und im Internat fand man angenehme Gesellschaft, zum

Beispiel Zuleika, die es ihm angetan hatte. Was wollte er mehr?

Er duschte, rasierte sich und ging über die ausgetretenen Stufen in die Gaststube hinunter, wo er sich Eier mit Speck, Toast und Kaffee schmecken ließ. Über Cholesterin machte sich Wyndham keine Sorgen, er war nämlich überzeugt, dass gute Laune und eine positive Lebenseinstellung jede Krankheit in Schach halten konnten.

In der Schule herrschte schon rege Betriebsamkeit. Die Fenster waren erleuchtet, und Schüler, in Schals und Mäntel gepackt, gingen in Grüppchen zum Frühstück in den Speisesaal, ihr Atem hing wie Rauch in der Luft.

Wyndham stellte seinen Wagen auf dem Besucherparkplatz ab, nahm seine Aktentasche vom Rücksitz und stapfte zielstrebig zum venezianischen Flügel. Unterwegs kam ihm allerdings Margo in die Quere. «Eine Nachricht von Mr. Goodram», sagte sie. «Er ist erst um elf so weit, nicht früher. Der Statiker will um zehn noch eine Kontrolle machen, und die Denkmalschützer werden dann auch hier sein.»

Wyndham war enttäuscht. «Nach so vielen Wochen kommt es auf ein paar Stunden zwar nicht an, aber ärgerlich ist es trotzdem.»

«Sie können es sich gern in meinem Büro gemütlich machen», bot sie an. «Oder im Lehrerzimmer, da gibt es immerhin Zeitungen. Bis später, Mr. Wyndham, ich halte Ihnen die Daumen, dass große Entdeckungen auf Sie warten.»

Um zehn vor elf war Wyndham wieder in Beauregard. Zehn Minuten früher oder später, das spielte doch gewiss keine Rolle. In seiner Ungeduld nahm er zwei Marmorstufen auf einmal.

Da oben schien ein Tohuwabohu zu herrschen, hatte er etwas verpasst? War schon vor seinem Eintreffen irgendeine

Entdeckung gemacht worden? Zum Teufel mit Mr. Goodram und seiner Vorsicht! Wahrscheinlich begafften diese Denkmalschützer bereits, ratlos wie immer, die Decke.

Ratlosigkeit herrschte tatsächlich, aber aus einem anderen Grund, wie Wyndham feststellte, als er eintrat und einen Mann in einem schmutzigen weißen Overall bewusstlos auf dem Boden liegen sah. Eine Frau, offenbar die Krankenschwester der Schule, kümmerte sich um ihn, umringt von mehreren hilflos wirkenden Männern.

«Wir warten auf die Ambulanz», verkündete ein aufgeregter kleiner Glatzkopf, in dem Wyndham einen Mitarbeiter der Denkmalschutzbehörde erkannte. «Der Ärmste ist vom Gerüst gefallen. Wirklich eigenartig, er flog hoch in die Luft, als hätte die Hand eines Riesen ihn gepackt, und stürzte ab. Ein Glück, dass überall diese dicken Planen liegen, das hat den Aufprall gemildert, sagt die Schwester.»

«Will hat irgendwas gesehen, was ihm einen Heidenschreck eingejagt hat, und dann ist er runter», sagte ein anderer Mann. «Ich mach hier jedenfalls keinen Handstreich mehr. In dem Haus stimmt was nicht, so viel steht fest.»

«Wissen Sie was, ich steige da eben rauf und schau mir das an. Soviel ich sehe ...», sagte Wyndham zu dem Denkmalschützer.

«Das tun Sie nicht», entgegnete der. «Niemand geht da rauf. Das Gerüst muss überprüft werden und ...» Er wurde durch die Ankunft der Sanitäter unterbrochen. Schweigend beobachteten die Anwesenden, wie der Bewusstlose eine Injektion erhielt und, durch Luftkissen gesichert, auf eine Rolltrage gepackt wurde.

Wyndham glaubte zu sehen, dass die Lider des Mannes flatterten und seine Lippen Worte formten, als er an ihm vorbeirollte. Einem Impuls folgend, schloss er sich der kleinen

Prozession an und holte oben an der Treppe die Schulkranken-schwester ein. «Steht es schlimm um ihn?», fragte er.

«Ich glaube nicht, dass er schwer verletzt ist. Aber er hat einen Schock erlitten, und das kann sehr gefährlich sein.»

«Einen Schock durch den Sturz?»

Die Frau zögerte mit ihrer Antwort. «Könnte sein. Oder es war etwas, was er da oben gesehen hat. Etwas so Verstörendes, dass er das Gleichgewicht verloren hat und abgestürzt ist.»

«Ein Schreck und ein Schock sind ja nicht dasselbe.»

«Kommt drauf an, was er gesehen hat.»

Der gefrorene Boden knisterte unter ihren Füßen, als Margo auf das Tor zuging. Es war Heiligabend, und die Abtei, die jetzt still und verlassen dalag, war in Nebelschleier gehüllt.

Margo war ein eher nüchterner Mensch, aber sie erschauerte angesichts des mächtigen grauen Baus, der vor ihr aufragte. Hastig tippte sie den Türcode ein, und sobald sie drinnen war, drückte sie die Lichtschalter, sodass die Eingangshalle hell erleuchtet war. Rasch ging sie in ihr Büro und trat an den hohen Schrank in der Ecke.

Unter dem Vorwand, Besorgungen im Dorf zu machen, hatte sie sich davongestohlen. In Wirklichkeit wollte sie das Weihnachtsgeschenk für Toby holen, den gerahmten Druck eines Seestücks. Sie hatte es in der Schule aufbewahrt, weil Toby ein unverbesserlicher Schnüffler war und auf der Suche nach seinen Geschenken regelmäßig das Haus auf den Kopf stellte. Sie hatte ihm deshalb ein Buch gekauft, das verpackt zu Hause in einer Schublade lag. Zweifellos würde er es finden und wäre zufrieden.

Jetzt nahm sie das flache, in braunes Papier gewickelte Paket heraus. Sie würde es im Kofferraum lassen, wenn sie nach Hause kam, es dann heimlich hereinholen und in Weihnachtspapier verpacken, während Toby das Festessen kochte. Sie konnte es unter dem Ehebett verstecken. Da hatte er bestimmt schon gesucht.

Sie verstaute das Bild in ihrem Wagen und ließ den Motor an. Sie wendete, aber noch bevor sie die Scheinwerfer anmachte, sah sie Licht im venezianischen Flügel.

Fassungslos starrte sie hinauf. Offenbar hatten die Arbeiter ihre Lampen angelassen, als sie gingen. Die kamen doch frühestens nach Neujahr zurück, zum Teufel mit ihnen. Was sollte sie tun? Es einfach ignorieren? Wer weiß, was die noch alles nicht abgeschaltet oder unverschlossen gelassen hatten. Das konnte sie nicht riskieren, noch dazu, wo der Zutritt zum venezianischen Saal aus Sicherheitsgründen verboten war, obwohl die Arbeiter behaupteten, das sei Unsinn. Und Wyndham, der jetzt schon zum zweiten Mal unverrichteter Dinge hatte abreisen müssen, war stinksauer gewesen.

Den Hausmeister hatte sie wegfahren sehen, als sie angekommen war. Er hatte noch sein Wagenfenster geöffnet, vom Beifahrersitz hatte seine Frau herausgelächelt. «Wir kaufen nur noch rasch was ein», hatte er gesagt. «Alle Sicherheitssysteme sind in Betrieb, um sechs bin ich wieder da.»

Das Licht hatte bis sechs Uhr Zeit, aber sie musste wenigstens nachsehen, ob der Flügel abgeschlossen und die Alarmanlage an war. Fluchend fuhr sie an der Vorderfront der Abtei entlang und hielt vor dem Eingang zum venezianischen Flügel.

Sie drehte den Knauf, drückte gegen die Tür und wartete darauf, dass oberhalb des Tastenfelds ein Licht aufleuchtete, um Eindringlinge zu warnen, dass bei weiteren Versuchen, die Tür zu öffnen, der Alarm losgehen würde.

Empört stellte sie fest, dass kein Lämpchen aufleuchtete, dafür aber die Tür nachgab und die Lampe oberhalb des Eingangs einen gespenstischen Lichtstrahl auf das Schachbrettmuster des Fußbodens warf.

Es war schlimm. Wie konnten die Leute nur so verantwortungslos sein? Und dieser Dummkopf von Hausmeister, der behauptete, dass alle Alarmsysteme liefen ... Wenigstens konnte sie die Anlage vorläufig einschalten und später dem Hausmeister Bescheid sagen, er solle alles kontrollieren. Und wenn sie schon mal hier war, konnte sie ebenso gut hochgehen und das Licht ausmachen. Es war aus dem venezianischen Saal gekommen. Erstaunlich. Da oben durfte doch vorläufig gar nicht mehr gearbeitet werden.

Wütend stapfte sie die Treppe hinauf, nur um dort festzustellen, dass der Raum dunkel war. Im matten Licht, das durch das Fenster fiel, erkannte sie die Umrisse des Gerüsts, aber sonst war es stockdunkel. Das war doch wirklich merkwürdig. Anscheinend war ein Strahl der untergehenden Sonne durch den Nebel gedrungen und hatte sich in den Fenstern gespiegelt.

Einem Impuls folgend, betätigte sie den nächstbesten Lichtschalter. Die Lampe war nicht sehr hell, und das Gerüst warf seltsame Schatten. Margo blickte zur Decke hoch, wo der weiße Putz teilweise abgefallen war und einen starken Kontrast zu den jetzt sichtbaren, fast schwarzen Stellen bildete.

Jäh und ohne Vorwarnung überfiel sie lähmendes Entsetzen. Von tausend Augen fühlte sie sich gemustert, beäugt, abgetastet. Panisch tastete sie nach dem Lichtschalter, stürzte aus dem Raum, schlug die Tür zu und kämpfte verzweifelt gegen die Absperrbänder, dic sich wie klebrige Spinnweben um sie schlangen.

«Reiß dich zusammen», sagte sie laut und versuchte das schreckliche Zittern zu unterdrücken. Dann stürmte sie die Treppe hinunter, rannte hinaus und ließ die Eingangstür krachend ins Schloss fallen.

Sie atmete schwer, und ihr war schwindlig. Dann holten die eisige Luft und der absurd gewohnte Anblick ihres Autos sie wieder in eine Art Normalität zurück.

«Wenigstens hatte ich noch so viel Verstand beisammen, dass ich die Alarmanlage eingeschaltet habe», erzählte sie ihrem Mann, nachdem sie ihren Wagen mit zittrigen Händen nach Hause gelenkt hatte.

«Was hattest du auch an Heiligabend in Beauregard Abbey zu tun», beschwerte sich Toby. «Wundert mich nicht, dass du einen Schreck gekriegt hast. Mir ginge es genauso, wenn ich an einem düsteren Winternachmittag auch nur fünf Minuten allein dort oben verbringen müsste. Selbst am helllichten Tage ist die Abtei recht stimmungsvoll, das musst du zugeben.» Er reichte ihr ein großes Glas Brandy. «Trink das, iss einen Mince Pie, und dann kannst du dich im Wohnzimmer erholen, während ich das Essen fertig mache.»

Stimmungsvoll? Was sie in der venezianischen Galerie aus der Bahn geworfen hatte, konnte man kaum als stimmungsvoll bezeichnen.

Nein, was da die Hand nach ihr ausgestreckt hatte, war das Böse selbst.

Teil zwei

❖ ❖ ❖

Am ersten Tag des Frühjahrstrimesters war Beauregard wieder von Stimmengewirr, dem Klappern eiliger Schritte, Türenknallen und dem Scharren von Stuhlbeinen erfüllt. Und doch war es kein normaler Tag, der sich in Unterrichtsstunden und Pausen gliederte. Heute ging nur die Hälfte der Schule zur Tagesordnung über. Die andere Hälfte überflog Listen, hatte das Schreibzeug griffbereit, pilgerte zu den diversen Hallen und Turnsälen, die über das Gelände verstreut waren, Bücher, Ordner und Aufzeichnungen unterm Arm, zufrieden summend oder seufzend.

«Sieht aus, als würden sie ein merkwürdiges Ritual absolvieren», meinte Sylvia, die an einem Fensterplatz in dem für diese Tageszeit ungewöhnlich vollen Lehrerzimmer saß.

«Probeklausuren *sind* ein merkwürdiges Ritual», sagte Tessa Tonkin, ernst wie immer, ein Bündel Prüfungsangaben in der Hand. «Alle Zehntklässler und alle Wiederholer aus der Elften schwitzen zwei Stunden lang in den Prüfungssälen. Dieser himmlische Frieden!»

«Und sogar die unteren Klassen lassen sich von den Bitte-Ruhe-Schildern einschüchtern und schreien nicht mehr ganz so gellend.»

Sylvia klagte, für sie würden die Probeklausuren hauptsächlich Unterbrechungen und Mehrarbeit und ausgefallene Proben für den *Sommernachtstraum* bedeuten. «Ich kann mich nicht erinnern, dass an unserer Schule so ein Theater gemacht wurde.»

«Wahrscheinlich hat man wegen Prüfungen generell kein Theater gemacht», meinte Jeremy Zeals. «Damals gab es kein Ranking, Sylvia. Die Eltern konnten die Ergebnisse der verschiedenen Schulen nicht vergleichen. Das waren gemütliche Zeiten.»

«Und außerdem haben heutzutage beinahe alle Schüler wahnsinnig viele Fächer belegt, das kommt noch dazu. Wie herrlich faul waren wir doch dagegen in der Elften!»

«Die Jugend darf nicht mehr faul sein», erklärte Rory, der gerade mit einem Plakat zur Tür hereinkam. «Da könnten sie doch Zeit zum Nachdenken haben oder kreativ werden, und das muss um jeden Preis verhindert werden.»

Jeremy Zeals stand auf und ging zum Schwarzen Brett, wo Rory sein Plakat aufhängte.

«Schon wieder ein Konzert?»

«Ein Violinkonzert sogar. Ratet mal, wer spielt!»

Allgemeines Stöhnen. «Bald ist Elternabend für die Elfte», sagte Jeremy Zeals. «Bedauernswerte Tutoren wie ich werden von den Eltern, deren musikalische Kinder vernachlässigt werden, einiges zu hören bekommen.»

«Quatsch», entgegnete Rory fröhlich. «Es gibt keine musikalischen Kinder neben Arabella. Immerhin treten an dem Abend ja einige Kammermusikensembles auf, aber nur als Hintergrundgeräusch für unseren Superstar, und sie hat schon ihr Missfallen geäußert, dass sie die Bühne überhaupt mit jemandem teilen muss.»

«Rory, so darfst du nicht über Arabella sprechen», rügte Tessa Tonkin. «Meine Güte, sie ist doch noch ein halbes Kind! Wenn ihre Klassenkameraden hören, dass du so redest, lehnen sie sie womöglich ab. Das könnte sehr verletzend für sie sein.»

Rory sah die stellvertretende Direktorin an, als wäre sie irre. «Hast du schon mal versucht, die Gefühle einer Natter zu verletzen, Tessa? Glaub mir, die Biester sind empfindsamer als unser dickfelliges Genie.»

«Ich habe den Eindruck, dass sie sehr sensibel ist. Gib's doch zu, Rory, sonst könnte sie nicht eine so großartige Musikerin sein.»

«Frag die Natter», gab Rory zurück und räumte das Feld.

An der Tür stieß er auf Petrus, der ihm wie ein Matador auswich und dann lässig hereinschlenderte. «So leicht erregbar, der gute Rory.» Als er Sylvia entdeckte, sagte er: «Meine Liebe, dich suche ich. Du wirst nie erraten, wo ich in den Ferien war. Einer Laune, einer Eingebung folgend, und ich sage dir, es war mehr Pflicht als Vergnügen, so ein schrecklicher Flug. Und dieser Regen! Wasser von oben und von unten. Ja, ganz recht. Venedig, wolltest du sagen, und es war Venedig. Eine ertragreiche Reise. Ich habe einen großartigen jungen Mann kennengelernt, einen versierten Kostümbildner, ein wahrer Steinbruch des Wissens, und völlig fasziniert von unserem Stück. Wie gern würde er uns hier besuchen.»

Er holte Luft und musterte Sylvia prüfend.

«Aha», sagte er. «Meine Liebe, sehe ich in deinem Gesicht eine leichte, aber klare Verbesserung? Oder hast du etwa die Kunst der Maskenbildnerei zur Vollendung gebracht?»

Sylvia verkniff sich eine Bemerkung über die aufgefrischten Strähnchen in Petrus' blondem Haar und sagte stattdessen betont freundlich: «Aber das ist ja wunderbar. Hast du denn Fotos mitgebracht?»

«Von den Kostümen? Dutzende, und von den Masken auch. Einige Schüler aus meinen Kursen werden noch einmal intensiv an ihren Entwürfen arbeiten müssen, wenn sie meine Fotos sehen. Außerdem habe ich Bücher gekauft, auch welche über Gebäude und Interieurs, sehr informativ. Komm nach dem Unterricht rüber in den Kunsttrakt, Sylvia, dann zeige ich dir alles.»

«Gegen fünf», versprach Sylvia. «Wenn ich mit meinen Prüfungen fertig bin.»

«Selbstverständlich. Ich muss jetzt eilen, auf mich wartet eine hoffnungslose kleine Gruppe, die trübsinnig auf einen Plastikhummer und eine Blumenvase blickt. Wie altmodisch diese Prüfer teilweise sind ... Ah, und hier kommt unsere kluge Universalgelehrte, Zuleika, meine Liebe, es geht um den venezianischen Flügel, der dich so sehr fasziniert.»

Überwältigt durch die Fülle der Worte und Gesten, machte Zuleika, die eben eingetreten war, einen Schritt rückwärts.

«Ich war in Venedig, wo ich einen wirklich bezaubernden Menschen kennengelernt habe, der sich als Architekturhistoriker auswies. Er war völlig fasziniert, als er von unserem Flügel hörte, und meinte, es könnte sich durchaus um das Werk eines venezianischen Baumeisters handeln. Er zeigte sich sehr hilfsbereit und betonte, wenn hier tatsächlich istrischer Marmor verbaut wurde, dann sei er gewiss von einer venezianischen Firma geliefert worden. Das sind offensichtlich Familienbetriebe, die meisten seit Jahrhunderten auf dem Sektor tätig. Und sie haben Archive. Du als eifrige historische Detektivin hast doch bestimmt schon in die Richtung gedacht? Nein? Na bitte. Muss los, ciao, Sylvia, ciao alle.»

«Narziss», sagte Tessa unwirsch.

«Der Mann ist halt ein Genie», meinte Jeremy Zeals mit einem Achselzucken.

Zuleika kündigte an, ihren Geschichtskurs in drei Gruppen aufzuteilen. «Mr. Zeals hat uns gebeten, Material für eine Ausstellung im Sommer zu liefern. Eine Gruppe wird Fakten und Bildmaterial über die Abtei vorbereiten, als sie noch Kloster war, die zweite Gruppe befasst sich mit Beauregard, seit es Schule wurde, und die dritte Gruppe forscht über Beauregard im 18. Jahrhundert und die Erbauung des venezianischen Flügels.»

Harry schrieb sofort sich und seine Freunde fürs 18. Jahrhundert ein.

Festy zog eine Schnute. «Das Klosterzeugs ist doch weitgehend erledigt, das muss man nur noch zusammenstellen. Und die Internatsgeschichte ist auch ein Kinderspiel. Warum drückst du uns die Epoche aufs Auge, die am meisten Arbeit macht?»

«Weil es interessant ist, und weil Dr. Rathbone sagt, wenn wir was rausfinden, ist das ein echter Beitrag, weil es im Archiv eine Lücke gibt.»

«Und wie sollen wir es anstellen, die Lücke zu füllen?»

«Durch Einsatz unserer grauen Zellen und ein bisschen Forschergeist. Mein Gott, Festy, das sind deine Vorfahren. Bist du denn nicht neugierig?»

«Nein», entgegnete Festy. «Alles, was über die Beauregards bekannt wird, beweist nur, was für ein schrecklicher Haufen die waren.»

Harry und Lutz enterten den kleinen Nebenraum des Vortragssaals im Geschichtstrakt und schoben vier Tische zusammen, um eine anständige Arbeitsfläche für das Projekt zu haben. «Wir greifen hier, hier und hier an.» Harry legte den Zeigefinger auf die Karte der Abtei, die ihm ein Freund aus dem Kunstfachbereich vergrößert hatte.

«Halt den Mund, Harry», sagte Caro streng. «Das ist eine ernste Sache, verkneif dir die Sandkastenspiele, okay?»

Zuleika hatte ihnen eine Kopie von Nicholas' Familienstammbaum mitgebracht. «Fällt euch etwas auf?»

Die vier betrachteten nachdenklich das Diagramm vor ihnen auf dem Tisch.

Nach wenigen Sekunden blickte Lutz auf. Er runzelte die Stirn. «Nicht ein einziges Mal erbt ein ältester Sohn vom Vater. Hier ist es ein zweitältester, hier erbt eine Tochter, hier geht die Abtei an einen Neffen, einen Großneffen, einen Cousin.»

«Was ist mit denen hier?» Festy deutete auf zwei Namen.

«Zwillinge», stellte Lutz fest. «Einer ist bei der Geburt gestorben, und wenn das keine ganz große Ausnahme ist, dann war es der Erstgeborene, der nicht überlebt hat.»

Harry bekam glänzende Augen. «Sehr seltsame Sache. Ich finde was darüber raus. Darf ich mir den Stammbaum borgen, Dr. Rathbone?»

«Gern. Nicholas Beauregard hat mich auf diesen merkwürdigen Umstand in seiner Familiengeschichte hingewiesen.»

«Er ist auch kein ältester Sohn», sagte Festy. «Sein Vater war der Cousin der alten Emily Beauregard.»

«Hat er Kinder?» Caro sah Zuleika besorgt an. «Wie schrecklich muss es sein, einen Sohn zu haben und zu wissen, dass er nicht lange genug leben wird, um zu erben.»

«Ich weiß nicht viel über Nicholas Beauregard», sagte Zuleika.

«Er war verheiratet, keine Kinder», klärte Festy sie auf.

«Mein Dad soll eines Tages das Dower House erben, und ich bin ein Einzelkind, keine Brüder, okay?»

«Setz lieber keine Söhne in die Welt, Festy», riet Harry.

«Das sieht ja aus, als läge ein Fluch auf der Familie, das wusste ich gar nicht», sagte Caro nachdenklich.

Zeit, das Thema zu wechseln. «Der Familienstammbaum», sagte Zuleika, «ist ein guter Ausgangspunkt, seht zu, wie ihr ihn ergänzen und vervollständigen könnt.»

«Wir könnten mit den Porträts anfangen», schlug Caro vor. «Die sind über die ganze Schule verteilt. Wir fotografieren sie und fügen sie in das Diagramm ein.»

Sie hatten sich an Reverend Angus Portway gewandt, den Pfarrer von St. Michael and All Angels in Beauregard, und fragten, ob sie die Kirchenbücher einsehen dürften. Widerstrebend hatte der Geistliche eingewilligt, aber nur unter der Bedingung, dass ein Erwachsener dabei sein und die Verantwortung übernehmen würde.

«Was glaubt der eigentlich? Dass wir Seiten rausreißen oder unsere Namen ins Gebälk schnitzen?», empörte Harry sich. Aber Zuleika begleitete sie gern. «Das spart euch Zeit, weil ich weiß, wie alte Kirchenregister aufgebaut sind.»

Hustend arbeiteten sie sich durch staubige Kirchenbücher, bis sie triumphierend auf einen Eintrag für die Geburt Henry Beauregards stießen, der 1732 als Sohn von Titus Beauregard und dessen Frau Eliza zur Welt gekommen war. Drei weitere Kinder überlebten das Säuglingsalter nicht. Das jüngste, ein Junge, starb gemeinsam mit seiner Mutter eine Woche, nachdem es das Licht der Welt erblickt hatte.

Caro, die sich zwar als *die Coolness selbst* bezeichnete, war nah am Wasser gebaut, und das Ganze nahm sie ziemlich mit. «Das ist so traurig», sagte sie immer wieder. «Sie war bestimmt noch keine dreißig, hat all ihre Kinder verloren und ist dann selbst gestorben.»

«Heute wäre sie ohnehin tot», meinte Festy trocken. «Sei froh, dass du im Zeitalter von Kondom und Pille lebst und dass es im Notfall tüchtige Hebammen gibt, die einen durchbringen.»

«Titus hat noch mal geheiratet», sagte Harry. «Susannah, im Jahr 1738.»

«Die ist auch im Kindbett gestorben!», rief Caro, die ihm über die Schulter schaute. «Ich halt das einfach nicht aus. Sieh mal, sie bekommt 1739 eine Tochter, Philadelphia, gerade mal ein Jahr nach der Heirat mit Titus. Und sie ist nur sechs Wochen nach der Geburt des Babys gestorben.»

«Danach hatte Titus mit Heiraten nichts mehr am Hut», stellte Lutz fest, der gerade die zittrige Handschrift eines ältlichen oder durchgefrorenen Küsters entzifferte. «Er starb 1744, also nur ein paar Jahre nach seiner Frau.»

Harry schrieb jeden die Beauregards betreffenden Eintrag minutiös ab. «Hör auf, Caro», sagte er, ohne von seiner Arbeit aufzublicken. «Hier geht es um Fakten, nicht um Menschen aus Fleisch und Blut. Da ist Sorgfalt gefragt, keine Sentimentalität. Übrigens hat Philadelphia jung geheiratet.» Er deutete mit dem Bleistift auf einen Eintrag. «Sie wurde 1739 geboren und trat 1755 in den Stand der Ehe. Da war sie erst sechzehn.»

«Genauer gesagt fünfzehn», stellte Festy richtig. «Sie wurde erst im November sechzehn, hat aber schon im April geheiratet.»

«Fünfzehn!», rief Caro. «Heutzutage würde sie noch zur Schule gehen.»

«Wahrscheinlich war sie froh, von zu Hause wegzukommen», meinte Festy. «Seht euch mal an, wen sie sich ausgesucht hat: Marcus Beauregard of Gryersdon. Das muss ihr Cousin gewesen sein.»

Lutz ließ den Finger das Register entlanggleiten. «Henry starb 1764 und Philadelphia fünf Jahre später – 1769.»

«Wer ist das denn?», fragte Festy. «Seht mal, nur ein Jahr zuvor, 1768, ist eine gewisse Henrietta Beauregard gestorben. Sie war siebzehn. Ach, Caro, reg dich nicht schon wieder auf, damals sind die Leute eben jung gestorben.»

«Vielleicht war sie die Tochter von Philadelphia und Marcus», meinte Harry, der immer noch eifrig schrieb. Er blätterte im Register zurück. «Kein Eintrag für ihre Geburt, sie ist anscheinend anderswo zur Welt gekommen. Vielleicht hat sie Henry geheiratet, womöglich waren alle Beauregards geile alte Böcke, die sich blutjunge Bräute gesucht haben.»

«Ziemlich verwirrend, dass diese Philadelphia durch Geburt und Ehe eine Beauregard ist», meinte Harry.

Lutz hatte unterdessen nachgedacht. «Warum ist Philadelphia in Beauregard gestorben? Warum hat sie ihr Leben nicht in Gryersdon ausgehaucht, wo immer das sein mag? Damals gehörte eine Frau nach der Heirat zur Familie des Mannes. Ich bin mir sicher, dass das in England genauso war. Warum ist sie nach Beauregard zurückgekehrt?»

«Gute Frage», sagte Harry. «Ich vermute, dass sie und ihr Angetrauter hierhergezogen sind, nachdem sie die Abtei geerbt hatte. Damals war das schließlich eine gefragte Immobilie.»

Sie polterten die Steinstufen der Wendeltreppe hinunter in die leere Kirche. Zuleika schloss die Eichentür hinter ihnen ab. Sie traten in das düstere Kirchenschiff, wo jene für alte Kirchen typische unheimliche Stille herrschte.

«Seltsam, so eine menschenleere Kirche.» Festy sah sich neugierig um.

«Das zeigt, wie oft du in Kirchen gehst», sagte Caro verächtlich. «So sehen sie nämlich meistens aus.»

Der Chor wurde durch das Dämmerlicht erhellt, das durch das Buntglasfenster über dem Altar fiel. Die Glühbirne über der Tür zur Sakristei schaukelte sachte im Luftzug. Die fünf warfen lange, tänzelnde Schatten über die flachen Stufen bis an die Sockel der soliden normannischen Pfeiler im Ostteil des Kirchenschiffs.

Ein freudloser Ort an einem düsteren Winternachmittag. Caro erschauerte und wünschte, sie hätte einen wärmeren Mantel angezogen. «Los», sagte sie zu den anderen. «Gehen wir zurück und machen uns was Heißes zu trinken. Ich erfriere gleich.»

Quietschend öffnete sich die Kirchentür am anderen Ende und fiel mit einem dumpfen Geräusch wieder zu. Eine schemenhafte Gestalt kam mit entschlossenen Schritten den Mittelgang herauf.

«Ein Geist», zischte Harry.

«Die Frau von Halloween», sagte Festy.

«Das ist Mrs. Joram vom Kirchenvorstand», erklärte Caro. «Sie will uns kontrollieren.»

«Ihr seid also die Schüler aus dem Internat, die sich das Kirchenregister angesehen haben», sagte Mrs. Joram. «Guten Abend, Dr. Rathbone. Hallo, Caro. Habt ihr denn gefunden, wonach ihr gesucht habt?»

Mrs. Jorams Verhalten kam Zuleika merkwürdig vor. Sie schien genau zu wissen, was die Gruppe vorhatte. «Ja und nein», erwiderte sie. «Manche Fragen wurden beantwortet, aber auch einige Rätsel neu aufgeworfen.»

«Das ist in der historischen Forschung immer so», sagte Lutz ernst.

Mrs. Jorams Augen funkelten belustigt. «Das glaube ich gern.

Soviel ich weiß, stellt ihr Nachforschungen über die Familie Beauregard an. Die sind übrigens fast alle in der Familiengruft dort drüben in der Beauregard-Kapelle beigesetzt. Haben Sie den jungen Leuten schon die Gruft gezeigt, Dr. Rathbone?»

Ohne eine Antwort abzuwarten, verschwand Mrs. Joram in der Sakristei, und nach einigen lauten Klickgeräuschen war die ganze Kirche hell erleuchtet. Zuleika war dankbar. Alter und Düsternis, Stille und Kälte hatten sich ihr schon aufs Gemüt gelegt. Nun waren die Schatten gebannt, und alle fünf folgten Mrs. Joram durch das Kirchenschiff, als würden sie durch ihren Elan magnetisch angezogen.

Die Familiengruft der Beauregards lag in der kleinen Seitenkapelle links vom Altarraum und war durch ein Gitter abgegrenzt. Das Messingtor schwang lautlos auf. «Wir schließen hier nie ab.» Mrs. Joram machte einen Schritt zur Seite, damit alle eintreten konnten. «Heutzutage hat jeder überall Zugang, obwohl ich nicht wüsste, was jemand, der nicht zur Familie gehört, hier wollen könnte.» Sie sah gewitzt von einem zum anderen, dann verweilte ihr Blick auf Festy. «Du gehörst natürlich dazu. Unverkennbar, du hast die Beauregard-Augen. Sylvestra, nicht wahr?»

Festy war viel zu überrascht, um ihren Namen zu verleugnen, und Mrs. Joram fuhr fort: «Genau wie Nicholas. Was dein Vater sich bloß dabei gedacht hat, dich ausgerechnet auf das Abtei-Internat zu geben. Er ist Naturwissenschaftler, nicht wahr?»

«Ja.»

«Eben. Intelligent, aber ohne Verstand. Hier sind einige deiner frühesten Vorfahren dargestellt, unterwegs nach Jerusalem. Um ihre Sünden zu sühnen, würde ich sagen. Die Beauregards waren von jeher der Sünde zugeneigt.» Sie wies auf ein Triptychon mit Rittern zu Pferde, die auf eine Stadt, möglicherweise Jerusalem, zustrebten. Es war gegenüber dem Eingang in die Wand eingelassen, davor stand ein schlichter schwarzer Steinaltar mit Kruzifix und neben dem Kreuz eine Vase mit frischen Blumen.

«Emily Beauregard hat uns, das heißt der Kirche von St. Michael and All Angels, testamentarisch Geld für Blumenschmuck hinterlassen. Nicht dass es ihnen viel nützen würde, aber man muss solche Wünsche respektieren.»

In der Mitte der Kapelle erhob sich das Grabmal der Familie Beauregard, ein wuchtiges Monument aus schwarz-weißem Marmor.

«Mann, ist das hässlich», flüsterte Caro ehrfürchtig.

«Irgendwie kalt», bemerkte Festy. «Sieht nicht gerade nach *Ruhet in Frieden* aus.»

«Wirklich ziemlich scheußlich.» Lutz betrachtete den glänzenden Klotz voll Abscheu.

«Das Grabmal wurde 1690 errichtet», sagte Mrs. Joram. «Namen und Daten stehen auf den Tafeln an den Wänden.»

«Keine Henrietta, keine Philadelphia», stellte Harry mit einem kurzen Blick fest.

Mrs. Joram ließ energisch den Finger über die Namen gleiten, die seitlich in das Grabmal eingraviert waren. Sie schaute ihn scharf an. «Diese beiden? Nein, diese Damen liegen nicht in der Familiengruft, haben auch nie dort gelegen. Sie wurden draußen hinter den Eiben begraben. Kommt mit, ich zeige es euch.»

Erleichtert verließ Zuleika die finstere Kapelle, die nach Tod und Verwesung zu riechen schien. Sie ging voran nach draußen, und die Kirchentür schloss sich mit knarrenden Scharnieren. Ein feuchtkalter Wind schlug ihnen entgegen, als sie Mrs. Joram auf dem Weg durch den Friedhof folgten, der seit vielen Jahren nicht mehr genutzt worden war. Die alten

Grabsteine waren brüchig und schief, obwohl der Rasen kurzgeschnitten und das Herbstlaub säuberlich auf einen Haufen gerecht worden war.

«Wir wollen ihn sauberhalten», erklärte Mrs. Joram. «Schließlich kommen immer wieder Touristen hierher, vor allem im Sommer. Die Kirche ist in den Reiseführern verzeichnet. Der heute genutzte Friedhof liegt auf der anderen Seite der Kirche auf halber Höhe den Hang hinunter.»

Harry und Lutz traten an einige Grabsteine näher heran und versuchten die Namen zu entziffern. «Die Todesjahre stimmen», sagte Harry. «Hier, 1765.»

Festy stand vor einem anderen Stein, dessen Inschrift schwer zu lesen war. «Da ist noch einer, 1769, Thomas Goodram.»

«Hier findet ihr keine Beauregards», sagte Mrs. Joram und ging durch das überdachte Tor zu einer Reihe stattlicher Eiben, die jetzt im fahlen Licht des Winternachmittags unheimlich wirkten. Zwischen zwei Bäumen hindurch gelangte sie an zwei Gräber neben einer niedrigen Mauer. «Da sind eure beiden», sagte sie.

Die Inschrift auf den schlichten, ziemlich kleinen Steinen war verwittert, aber lesbar. Die erste lautete:

PHILADELPHIA BEAUREGARD, 1739–1769

Zuleika ging in die Hocke, um zu entziffern, was unter dem Namen in blassen, bemoosten Lettern stand.

«Was steht da?», fragte Festy.

«Möge der Herr ihrer Seele gnädig sein.»

«Auf dem hier ist kein Gebet», sagte Lutz, der vor dem anderen Stein in die Hocke gegangen war. «Nur: *Hier ruht Henrietta Beauregard, Tochter von Henry Beauregard, Esq. Geboren in Venedig 1750. Gestorben in Beauregard 1768.*»

«So jung gestorben, das arme Ding», stellte Mrs. Joram

gleichgültig fest. «Aber in Wirklichkeit liegt sie gar nicht hier.»

Zuleika spürte, dass Mrs. Joram auf dem Friedhof zwischen den Gräbern in ihrem Element war. Warum?

«Sie liegt nicht hier?», fragte Harry verwundert.

«Aber nein. Im vergangenen Jahrhundert haben ein paar Burschen aus dem Dorf diese Gräber geöffnet und festgestellt, dass Henriettas Sarg nur Tierknochen und schwarze Federn enthielt, vermutlich von einer Krähe. Erstaunlich, wie sie sich gehalten haben.»

Schwarze Federn. «Sind Sie sicher?», fragte Zuleika. «Warum …?» Sie brachte ihre Frage nicht zu Ende.

«Warum das leere Grab? Oder warum sie es geöffnet haben? Die erste Frage kann ich nicht beantworten, weil ich es nicht weiß, jedenfalls nicht mit letzter Sicherheit. Warum man das Grab geöffnet hat, kann ich Ihnen aber verraten. Diese Henrietta spukte angeblich im Dorf herum. Die Legende berichtet, dass sie als weiße Gestalt klagend und schluchzend durchs Dorf geisterte. Da beschlossen ein paar mutige Kerle, der Sache auf den Grund zu gehen. Was die Federn betrifft, muss ich Ihnen wohl keine Erklärung liefern, Dr. Rathbone.» Sie musterte Zuleika amüsiert.

«Spukte sie auch dann noch, als man gemerkt hatte, dass keine Leiche im Grab liegt?»

«Fragen Sie mich nicht.» Mrs. Joram ließ ein meckerndes Lachen hören.

«Seht ihr, noch mehr Rätsel», meinte Lutz, der sich weniger für Geister als für Tatsachen interessierte. «Wir wussten gar nicht, dass Henry Beauregard verheiratet war, und trotzdem hatte er diese Tochter. Und warum wurde sie in Venedig geboren?»

«Das wird schon seinen Grund haben», erwiderte Mrs. Joram,

«obwohl ich bezweifle, dass wir ihn je erfahren werden. Vielleicht hat er ja in Italien geheiratet.»

«Das könnten wir rausfinden, glaube ich», sagte Lutz. «Über die Eheschließung eines so vermögenden Mannes wie Henry Beauregard gibt es bestimmt Aufzeichnungen.»

Mrs. Joram nickte gnädig. Dann deutete sie mit einer ausladenden Geste hangabwärts. «Fällt euch hier nichts auf?»

Sie schauten sich um, aber alles wirkte ganz normal. Festy wanderte noch ein wenig zwischen den Grabsteinen umher und versuchte, die Inschriften zu lesen. Dann kam sie zurück und schaute Mrs. Joram ratlos an. «Die sind alle später, viel später. Ich sehe kein zweites Grab, das vor 1816 angelegt worden wäre.»

«Aha, du hast es erfasst. Wenn ihr euch ältere Pläne des Friedhofs anschaut, werdet ihr feststellen, dass dieses Gelände erst im Jahr 1816 geweiht wurde.»

Sie starrten Mrs. Joram an.

«Sie wurden also in ungeweihter Erde bestattet?», rief Festy entsetzt. Sie war anglikanisch erzogen worden, hätte jedoch ebenso gut eine Heidin sein können, so wenig hatten die Lehren der Kirche sie bisher interessiert. Doch über ein paar grundlegende Dinge wusste sogar sie Bescheid.

«Die eine, die andere nicht», antwortete Mrs. Joram mit Nachdruck. «Gott allein weiß, was mit Henrietta geschehen ist. Nein, Philadelphia Beauregard wurde ein Platz in der Familiengruft verwehrt, sie wurde außerhalb des Friedhofs in ungeweihter Erde bestattet.»

«Wissen Sie auch, warum?», fragte Harry. «War es Selbstmord? Bei beiden? Nicht gerade wahrscheinlich.»

«Möglich», gab Mrs. Joram zurück. «Aber die schwarzen Federn verweisen wohl eher darauf, dass sie und Henrietta als Hexen galten.»

Das war nicht anders zu erwarten», sagte Pfarrer Gregory sachlich und bot Zuleika, die, eine Tasse Tee auf den Knien, in einem durchgesessenen Sessel hockte, noch ein Stück Kuchen an.

«Nicht anders zu erwarten?» Nach allem, was sie inzwischen über die Familie Beauregard wusste, war Zuleika nicht gerade erstaunt über die Entdeckungen, die sie in der Kirche gemacht hatten. Aber dass der Priester das Auftauchen von Hexen in der Geschichte der Abtei so beiläufig hinnahm, fand sie schon bemerkenswert. «Sie meinen, das war in gewissen Kreisen zu der Zeit Mode?»

Pfarrer Gregory nickte. «Das kommt immer wieder vor. Den Leuten ist nicht klar, auf welchen Unfug sie sich da einlassen. Es hat etwas Verruchtes, Verbotenes, Grenzüberschreitendes, und davon fühlen sich manche eben angezogen. Wenn man reich und gelangweilt ist und religiöse Neigungen hat, sich aber für die etablierten Kirchen und ihre strengen Lebensregeln nicht begeistern kann, dann wirkt so etwas durchaus attraktiv.»

«Das scheint mir eine sehr zynische Sicht auf die Dinge zu sein», entgegnete Zuleika.

«Keineswegs. Ich finde es eher traurig. Aber dieser Fall liegt ja lange zurück, man kann ihn also mit dem kühlen Blick des Historikers betrachten. Anscheinend kam niemand zu Schaden. Die Familie Beauregard gibt es heute noch, und größere Skandale sind mir nicht bekannt. Was mit den Seelen derer geschah, die dieser Torheit frönten, das mussten diese selbst mit ihrem Schöpfer ausmachen.»

«Sie haben nicht das Gefühl, dass durch solches Treiben

etwas Böses in die Welt gesetzt wurde?», fragte Zuleika und umschloss ihre Tasse mit beiden Händen.

«Es schadet denen, die es praktizieren, sonst niemandem», sagte Pfarrer Gregory bestimmt.

«Das wissen wir nicht so genau», entgegnete Zuleika. «Es bleibt eine Vermutung. Im Dorf», fügte sie nach einer kurzen Pause hinzu, «wurde ja traditionell Hexerei betrieben.»

Pfarrer Gregorys Mund wurde schmal. «Dem dürfen Sie nicht zu viel Bedeutung beimessen, Zuleika, auch wenn Sie die Ursprünge dunkler Legenden erforschen. Die Leute im Dorf, insbesondere Frauen, reden viel törichtes Zeug.»

«Natürlich ist das wirklich Interessante an unserer Expedition in die Kirche aus historischer Sicht die Verbindung nach Venedig.»

«Ja», sagte Pfarrer Gregory. «Ihre jungen Historiker wollen sicher mehr über Henrietta herausfinden.»

«Harry und seine Freunde werden zweifellos etwas Skandalöses zutage fördern.»

«Da es sich um die Beauregards handelt, darf man damit rechnen.»

«Ob dem Schulleiter all das gefallen wird, wage ich aber zu bezweifeln.»

«Hexen? Damit hat er sicher wenig am Hut. Dem Übernatürlichen in jeglicher Erscheinungsform steht er nicht gerade aufgeschlossen gegenüber», sagte Pfarrer Gregory mit einem schelmischen Funkeln in den Augen. «Sei es orthodox oder unorthodox.»

«Obwohl es ja mit dem Internat an sich gar nichts zu tun hat.»

«Stimmt. Und es ist lange her. Aus und vorbei.»

«Hoffen wir's.» Zuleika stand auf und suchte nach einem Platz, wo sie ihre Tasse abstellen konnte.

Pfarrer Gregory nahm sie ihr ab. «Halten Sie mich auf dem Laufenden, Zuleika? Sagen Sie mir Bescheid, wenn Ihre Schüler auf etwas stoßen. Und das werden sie bestimmt.»

❖ ❖ ❖

Nicholas Beauregard rief Zuleika noch am selben Abend an. «Ich habe gehört, dass Ihre Elftklässler einige interessante Entdeckungen gemacht haben.»

Woher wusste er das? Von Mrs. Joram? Oder von Pfarrer Gregory?

«Vielleicht wären Sie so nett, später zu mir ins Dower House zu kommen? Sagen wir neun Uhr? Ich fände es höchst interessant, die Geschichte aus erster Hand zu hören.»

Zuleika geriet in Versuchung, Harry mitzunehmen, entschied sich aber dann dagegen. Allerdings ging sie ins Klassenzimmer und holte den Familienstammbaum, der bereits mit Namen, Notizen und Fotos versehen worden war. Den sollte sich Nicholas Beauregard ansehen, statt sie mit seinen verstörenden Augen zu mustern.

«Ordentlich», sagte er mit einem flüchtigen Blick auf das Diagramm, kam aber sofort auf Philadelphia und Henrietta zu sprechen.

Wieder saßen sie in seinem Studierzimmer, Peake hatte Portwein und einen Teller mit Nüssen und Stilton-Käse serviert. Neben der Karaffe stand eine Glasschale mit dunkler Schokolade.

Zuleika nahm ein Stück und ließ es auf der Zunge zergehen. «Ich weiß wenig über Philadelphia Beauregard, abgesehen davon, dass sie vermutlich den Grimoire besaß. Der Brief, den Sie gefunden haben …»

«Genau. Ihre Mutter vermachte ihr den Grimoire, als sie noch ein Säugling war.»

Eine kurze Mitteilung war das eher gewesen. Zuleika hatte sie Wort für Wort in Erinnerung.

Liebste Tochter,
beherzige, was in diesem kleinen Buch geschrieben steht, dann wird es Dir gute Dienste leisten und Dir Wohlstand und die Erfüllung aller Wünsche und Sehnsüchte bescheren.
Deine Dich liebende Mutter
Sarah Beauregard.

«Sie hatte zwei Brüder, der eine starb als Säugling, der andere, Sir Henry, erbte die Abtei», erklärte Nicholas Beauregard. «Er starb jung und unverheiratet, also beerbte Philadelphia ihn. Für die Abtei war nicht die männliche Erblinie festgelegt, deshalb ging sie oft an Erbinnen. Wenn eine verheiratete Frau erbte, nahm sie den Namen Beauregard an, das war Familientradition. Dass Philadelphia in ungeweihter Erde bestattet wurde, ist hochinteressant. Wollen Sie sich mit ihren Hexenkünsten noch weiter beschäftigen? Auch das ist eine Familientradition, wie Sie sicher schon bemerkt haben. Ihrer Mutter, Sarah Beauregard, wurden erstaunliche Heilkräfte nachgesagt, angeblich konnte sie auch einen gesunden Menschen früh ins Grab bringen.»

«Gibt es dazu irgendwelche Dokumente?»

«Leider nein. Ich habe es von Mrs. Joram gehört. Auf halber Höhe des Dancing Hill entspringt eine Quelle, die bis heute

Sarah's Spring heißt. Dort soll man Erdlichter sehen können, obwohl ich persönlich das noch nicht beobachten konnte. Ein seltsames Phänomen, finden Sie nicht auch?»

Erdlichter? Wovon redete er eigentlich? Sie kannte keinen Menschen, der weniger nach esoterischen Spinnereien aussah als dieser Mann. Von Sylvia wusste sie, dass er als Investor ein Vermögen gemacht hatte, und trotzdem ließ er so eine lächerliche Bemerkung vom Stapel. «Ich muss gehen», erklärte sie abrupt. «Die Arbeit wartet auf mich.»

«So früh.» Er stand auf. «Wenn Sie darauf bestehen.» Er drückte einen Knopf auf seinem Schreibtisch, und sofort erschien Peake. «Dr. Rathbones Mantel, Peake.»

❖ ❖ ❖

Jeremy Zeals kam aus dem Abtshaus, wo er eine Unterredung mit dem Direktor gehabt hatte, und geriet mitten ins Chaos. Schüler rannten hin und her, gestikulierten, schrien und erteilten einander widersprüchliche Befehle. Er packte den nächstbesten Jungen am Arm.

«Sir!», rief der Junge erschrocken.

«Wer bist du? Ah, ja, Lew, nicht wahr? Was ist hier los?»

Zeals' ruhige Stimme brachte den Schüler zur Besinnung. «Sir, im Mathetrakt gibt's keinen Strom. Alle Lichter sind ausgegangen, und die Türen gehen nicht auf, die Fenster auch nicht. Und es sind eine Menge Leute da drin, die Hausaufgaben machen oder Matheworkshops. Die sitzen da fest, im Dunkeln, Sir!», fügte er sicherheitshalber hinzu.

«Danke, Lew.» Jeremy Zeals ließ den Jungen los. «Und jetzt geh schon. Nein, nicht zurück zum Mathetrakt, die brauchen deine Hilfe nicht.»

«Sir!»

Aber Jeremy Zeals war schon weg. Im Laufschritt erreichte er den Mathetrakt, wo noch mehr Schüler kopflos durcheinanderrannten. *Wirklich typisch*, dachte er.

Er musste seine Stimme nur ein wenig erheben, und urplötzlich kehrte Stille ein. «Schön. Hat jemand dem Hausmeister Bescheid gesagt?»

Leises Gemurmel. «Ich glaube, Sam ist ihn holen gegangen», sagte jemand.

«Verstehe. Sind Vertrauensschüler hier?»

Zwei Jungen und ein Mädchen traten vor und machten ein betretenes Gesicht.

«Gut gemacht, hier mit den anderen herumzutollen», sagte Jeremy Zeals mit schneidender Stimme. «Sind die da drin in Panik, oder haben sie mehr Verstand als ihr?»

«Die haben zuerst versucht, die Fenster aufzumachen und so», berichtete das Mädchen, «aber inzwischen haben sie sich beruhigt.»

«Wir haben ihnen zugerufen, sie sollen im Erdgeschoss ein Fenster einschlagen und rausklettern, aber Fergus ist da drin und hat es verhindert.»

«Na, Gott sei Dank! Was für eine hirnlose Bande ihr doch seid. Was soll ihnen schon passieren, wenn sie ein paar Minuten eingeschlossen sind?»

Schweigen.

Dann meldete sich ein kleines Mädchen zu Wort. «Feuer», sagte es aufmüpfig. «Es könnte ein Feuer ausbrechen.»

«Tut es aber nicht. Anscheinend hat Sam nicht gleich jemanden von der Hausverwaltung gefunden. Da wäre es gescheiter, einer von euch Vertrauensschülern gibt im Sekretariat Bescheid.» Er musterte das glücklose Trio. «Gerry, nicht wahr?», sagte er zu einem schlaksigen Jungen mit Brille. «Du machst das, kümmere dich drum.»

«Das Telefon ist im Mathetrakt», sagte Gerry hilflos.

«Dann lauf, in Gottes Namen. Wenn diese Idioten da drinnen einen Funken Verstand hätten, dann würden sie selbst die Hausverwaltung anrufen.»

«Das geht nicht, Sir», sagte eine helle Stimme neben ihm. «Das Telefon ist auch tot. Ich kann das Winkeralphabet, und Freddie auch, er steht oben am Fenster, wir haben uns mit Signalen verständigt.»

«Winkeralphabet? Signale?» Jeremy Zeals explodierte. «Wo sind wir hier eigentlich? In einem alten Kriegsfilm? Jetzt fort mit euch, und zwar alle außer den beiden Vertrauensschülern. Ich möchte noch ein Wörtchen mit euch reden.»

«So ein Mist», flüsterte das Mädchen. Sie wusste, was *ein Wörtchen* mit Mr. Zeals bedeutete.

✤ ✤ ✤

Rosie hatte ein unerfreuliches Gespräch mit dem Direktor. «Ich tue, was ich kann, Mr. Fitzhoward», sagte sie schließlich, «aber ich kann Sylvestra nicht grundlos beschuldigen. Wenn sie die Verantwortung übernimmt, schön, aber ich glaube, Sie ziehen voreilige Schlüsse.»

«Ich habe Sie nicht nach Ihrer Meinung gefragt, ich habe Sie nur gebeten, die Sache zu klären. Als Sylvestra an die

Schule kam, habe ich Sie alle gewarnt, dass sie als Unruhestifterin bekannt ist. Und ich habe nicht den Eindruck, dass Sie die Schülerin besonders streng überwacht haben.»

«Wir sind hier doch nicht bei der Stasi», entgegnete Rosie gereizt.

«Diese Bemerkung ist vollkommen unnötig. Sprechen Sie mit ihr, verwarnen Sie sie, holen Sie die Wahrheit aus ihr heraus, und dann erstatten Sie mir Bericht. Sie erhält zwei Wochen Arrest, und wenn sie weiterhin ein solches Verhalten an den Tag legt, wird sie vom Unterricht ausgeschlossen. Ist das klar?»

«Ich spreche mit ihr.» Rosie stand auf und verließ fluchtartig den Raum.

Wutentbrannt eilte sie durch den Kreuzgang, wo zwei Achtklässler hinter einer Säule herumlungerten. «Geht bitte und sucht Sylvestra Beauregard – ihr kennt sie doch?», trug Rosie ihnen auf. «Sagt ihr, sie soll sofort in mein Büro in den Musiktrakt kommen.»

Fünf Minuten später traf Festy außer Atem bei ihr ein. «Miss Grier? Sie wollten mich sprechen?»

«Ja. Setz dich, Sylvestra, wir müssen uns unterhalten.»

Festy war alarmiert. «Ich weiß, was los ist. Es geht um die Sicherungen im Mathetrakt. Sie glauben, dass ich es war.»

Rosie war wütend. Wütend auf den Direktor und wütend auf Festy, die so stur war, dass sie zwangsläufig immer wieder in Schwierigkeiten geriet. Warum war dieses anstrengende Mädchen in ihre Tutorengruppe geraten, warum bekam immer sie die schwierigen Schüler?

«Nein, Sylvestra, ich glaube gar nichts. Leider denkt aber der Direktor, du wärst es gewesen.»

Festy ließ sich auf einen Stuhl fallen, verschränkte die Arme und sah Rosie trotzig an. «Gut, dann klären wir das. Ich hab nichts damit zu tun! Absolut nichts. Ich habe zwar in meiner früheren Schule mal an den Sicherungen rumgemacht, und ich nehme an, Fitzo, der Schreckliche, weiß davon, aber hiermit habe ich nichts zu tun.»

Rosie staunte. «Du hast schon mal Sicherungen rausgeschraubt? In deiner früheren Schule? Mehr brauche ich nicht zu wissen.» Kein Wunder, dass der Chef so sicher gewesen war.

«Ja, und es hat unheimlich Spaß gemacht. Aber das war etwas ganz anderes», fuhr sie mit einem Seufzer fort, als sie Rosies Miene sah. «Ehrlich, Miss Grier, wir mussten in der Schulbibliothek nachsitzen. Das war ungerecht, wir wurden alle für etwas bestraft, was wir nicht getan hatten. Also hab ich mich davongestohlen und die Sicherung rausgedreht. Die anderen wussten, was ich vorhatte, und sobald die Lichter ausgingen, haben sie sich aus dem Staub gemacht. Als das Licht wieder anging, waren alle verschwunden.»

«Sicherungen sind Sicherungen.» Warum hatte das Mädchen nur so einen dummen Streich ausgeheckt? Wie kam es bloß, dass manche Kinder, wo sie auch hinkamen, Chaos verbreiteten?

«Nein, nein. Hier könnte ich das gar nicht. Die Bibliothek dort war in einem alten Gebäude, in dem sie den Sicherungskasten noch nicht erneuert hatten. Aber wie hätte ich das hier anstellen sollen? Erzählen Sie mir nicht, die Stromversorgung im Mathetrakt wäre nicht auf der Höhe der Zeit, computergesteuert, störungssicher und so weiter. Wie hätte ich da was ausrichten können? Außerdem hätte eigentlich gar nicht passieren dürfen, dass alle Fenster und Türen verriegelt sind und das Licht ausgeht, der ganze Strom ausfällt und gleichzeitig auch noch die Telefonleitungen tot sind. Das sind doch total verschiedene Systeme.»

Rosie stöhnte auf. «Dann habe ich also dein Wort, dass du nichts mit dem Vorfall neulich Abend zu tun hast?»

«Absolut nichts.»

«Ich werde das so an den Direktor weitergeben.»

«Der mir sowieso nicht glauben wird», sagte Festy verbittert. «Er hat seine Lieblinge und seine Sündenböcke, und ich weiß, zu welcher Kategorie ich gehöre.»

«Die Bemerkung hab ich nicht gehört, Festy. Ich denke, du musst dich auf vierzehn Tage Arrest einstellen.»

Festy warf ihr einen wütenden Blick zu. «Danke. Das wird scheißlangweilig werden.» Sie ging hinaus und knallte die Tür hinter sich zu.

✤ ✤ ✤

Die Vertreter der Arbeitsschutzbehörde hatten ihre Untersuchungen zum Unfall in der venezianischen Galerie abgeschlossen, ihren Bericht geschrieben und eine letzte Inspektion des neuen Gerüsts durchgeführt. Die Denkmalschutzbehörde hatte die Ergebnisse akzeptiert und entsprechende Weisungen an Mr. Goodram herausgegeben.

All diese Vorgänge hatten sich naturgemäß durch die Weihnachtszeit verzögert, und erst in der dritten Schulwoche nach den Ferien konnte Wyndham an einem eiskalten Tag Ende Januar nach Beauregard zurückkehren, um die Decke ungestört in Augenschein zu nehmen.

Mr. Goodram hatte ihn am Vortag in London angerufen und ihm mitgeteilt, alles sei bereit, und er könne jederzeit anreisen.

Wyndham war noch am selben Abend aufgebrochen und auf vereisten Straßen durch eine schneebedeckte Landschaft nach Norden gefahren.

Mr. Goodram erwartete ihn in aller Frühe vor dem Eingang zum venezianischen Flügel. «Jetzt ist alles in Ordnung», versicherte er ihm, als er ihn die Treppe hinaufführte. «Nicht dass vorher etwas zu beanstanden gewesen wäre, aber es hat keinen Sinn, mit diesen Leuten zu streiten.»

Er schloss die Tür zur Galerie auf. «Ein Großteil des Gemäldes ist inzwischen freigelegt.»

«Da oben gibt es Licht, oder?»

«Ja.» Mr. Goodram ging zu einem Schaltkasten in einer Ecke des Saals. «Ich mache die Scheinwerfer an, dann können Sie problemlos raufsteigen.»

Wyndham kletterte flink die Leiter zum ersten Boden hinauf, dann weiter bis zu der Etage des Gerüsts, auf der die Handwerker gearbeitet hatten. Überrascht stellte er fest, wie dick die Putzreste waren, viel zu dick für den leichten Putzträger aus Fasern und Stäben, der auf dem Gemälde angebracht worden war. Kein Wunder, dass der Putz runtergekommen war.

Die Baulampen warfen ein grelles Licht auf Wände und Fußboden, ließen die Decke jedoch im Dunkeln. Wyndham griff nach dem nächstgelegenen Scheinwerfer und drehte ihn, sodass groteske Schatten über Wände und Fenster huschten. Dann richtete er ihn ein und betrachtete das Segment direkt über seinem Kopf. Die Putzreste leuchteten unnatürlich hell vor dem dunklen Hintergrund der zutage getretenen Malerei.

Dann richtete er die Lampe auf den Bereich über dem Gerüstboden, von dem der Arbeiter abgestürzt war. Erstaunt betrachtete er das Fresko. Nicht dass das Gemälde maltechnisch besonders originell gewesen wäre. Nein, obwohl er nur einen Teil des Bildes sah, war ihm sofort klar, was es darstellte.

Eine Schäferszene war das keinesfalls. Der Direktor konnte sich von der Idee verabschieden, entzückten Eltern und wichtigen Besuchern rosige Nymphen zu präsentieren, die zu Flötenklängen tanzten.

Der Putz hatte sich sauber von der großen Figur gelöst, die im Mittelpunkt des Gemäldes stand. Deshalb traf diese einen auch mit solcher Wucht. Vielleicht wäre sie weniger schockierend gewesen, wenn auch der Rest des Gemäldes sichtbar gewesen wäre, aber Wyndham hatte da seine Zweifel. Gotha hatte ein Händchen für Gesichter, er interessierte sich nicht für die Darstellung alltäglicher Emotionen wie Freude, Glückseligkeit, Gram und Kummer. Sein Geschick lag auf einem anderen Gebiet menschlicher Erfahrung.

Natürlich war es diese zentrale Figur gewesen, die dem armen Mann einen solchen Schock versetzt hatte, dass er vom Gerüst gefallen war. Wyndham blickte noch einmal hoch, dann rief er dem geduldig wartenden Mr. Goodram zu: «Ich verstehe jetzt, warum er das Gleichgewicht verloren hat. Sehen Sie sich das bloß an.»

Für einen Mann seiner Statur war Mr. Goodram erstaunlich flink. Es dauerte keine zwei Minuten, da stand er neben Wyndham auf dem Gerüstboden. Er schaute und schaute, dann seufzte er aus tiefster Brust. «Das würde Wills Unfall erklären, und vielleicht auch andere Dinge, die sich in früheren Zeiten in der Abtei zugetragen haben sollen.» Wieder richtete er den Blick nach oben. «Ich habe schon alles Mögliche gesehen, das bleibt in meinem Gewerbe nicht aus, aber das hier ist ohne Beispiel.»

Schweigend stiegen die beiden Männer hinunter. Wyndham klopfte mechanisch grauen Putz und weiße Farbe von seinem Anzug.

«Der Künstler, der das gemalt hat, muss völlig verkommen

gewesen sein», sagte Mr. Goodram schließlich. «Kein schlechter Maler, soviel ich gesehen habe, aber was bringt einen Menschen dazu, so etwas zu malen?»

«Der freie Wille», sagte Wyndham. «Den Maler kenne ich, sein Stil ist unverwechselbar und das Thema ganz typisch. Ich verwette meinen guten Ruf, dass es ein gewisser Gotha war. 18. Jahrhundert.» Wyndham sah auf die Uhr. «Wo ist Julian?»

«Mr. Etheredge vom Denkmalschutzamt? Der kommt erst heute Nachmittag, er wollte noch einige Details wegen der Restaurierung klären. Die Mühe hätte er sich sparen können, wer sollte so was restaurieren wollen?»

«Da sprechen Sie ein heikles Problem an, Mr. Goodram. Wer kann das wollen? Vernünftige Leute wie Sie und ich würden die Decke wieder verputzen und die ganze scheußliche Angelegenheit vergessen. Aber das ist natürlich nicht erlaubt. Das Gemälde muss in all seiner grausigen Pracht freigelegt werden, und keiner darf es anrühren.»

Mr. Goodram sah aus, als würde er sich ausnahmsweise einmal köstlich amüsieren. «Ich nehme nicht an, dass Mr. Fitzhoward besonders erfreut sein wird. Er ist mal wieder unterwegs, sein halbes Leben verbringt er damit, wie ein verrückter Vogel in der Weltgeschichte herumzuhopsen, aber er wird wiederkommen, und dann wartet ein Riesenschock auf ihn.»

«Wissen Sie was?», sagte Wyndham. «Ich hole die Schatzmeisterin, ich finde, sie sollte sich das ansehen.»

Mr. Goodram schnalzte missbilligend mit der Zunge. «Niemand sollte sich das ansehen.»

Wyndham sagte es zwar nicht, aber er wusste, dass Margo fasziniert sein würde. Außerdem brannte er darauf, Zuleika davon zu erzählen. Sie hatte sich lebhaft für Antoine Gotha interessiert, da war es nur fair, sie einzuweihen.

✣ ✣ ✣

Bestürzt eilten Margo und Zuleika in das Büro der Schatzmeisterin, Wyndham folgte ihnen auf den Fersen.

«Was sollen wir nur tun?», sagte Margo.

«Nichts. Es liegt nicht mehr in Ihrer Hand. Dafür ist jetzt der Denkmalschutz zuständig. Ihr Stiftungsrat muss informiert werden, denn es geht um Versicherungsfragen und Ähnliches.»

«Ich meine nicht das Gemälde. Ich meine das, was es darstellt, was sollen wir damit machen? Die Medien werden sich auf uns stürzen, wenn das bekannt wird! Oder wenn Fotos davon in der Zeitung erscheinen, was der Himmel verhüten möge.»

«Gibt es denn schlechte Publicity?», fragte Zuleika, ohne eine Antwort zu erwarten.

Wyndham grinste sie an. «Schlecht kann man so und so sehen. Immerhin ist Gotha hier auf der Höhe seiner Schaffenskraft. Keine Fotos ohne Genehmigung», sagte er zu Margo. «In dem Punkt können Sie hart bleiben, und die Denkmalschützer werden Sie unterstützen. Kein Blitzlicht, das Gemälde ist zu empfindlich, Sie wissen schon.»

Margos Gedanken kreisten um die Schule. «Mein Gott, nächste Woche ist so ein leidiges Konzert. Der Chef hat alle möglichen Leute eingeladen. Das Interesse ist groß seit den Medienberichten über Arabellas letztes Konzert. Die Presse wird auch wieder erwartet.»

«Leute vom Feuilleton», bemerkte Zuleika. «Die werden die Geschichte an die Redaktionen weiterleiten, sobald sie einen Telefonhörer in die Hand kriegen.»

Verity Turnbull, eine zierliche Frau, die als PR- und Marketing-Expertin für das Internat arbeitete, war derselben Meinung wie Zuleika. Bei einer rasch einberufenen Krisensitzung schrie sie angesichts der Neuigkeit entsetzt auf. «All die Mühe, die ich in diese grässliche Geigerin investiert habe, und jetzt das. Da gibt's nur eins: eine lapidare, sachliche Presseerklärung, die so umfassend ist, dass sich alle weiteren Fragen erübrigen.»

Sie blickte Wyndham aus leicht hervortretenden, aber sehr intelligenten hellblauen Augen an. «Sie sind Kunstexperte, hab ich das recht verstanden? Und Sie wissen über diesen Maler gut Bescheid? Sie hat uns der Himmel geschickt!»

Wyndham nickte ernst.

Es war alles vergebens. Der Direktor, den man aus einer wichtigen Besprechung im Bildungsministerium geholt hatte, war außer sich, dass man ihn behelligte. *Ein Riesentheater wegen nichts,* schimpfte er. In diesen aufgeklärten Zeiten, meinte er, werde sich niemand durch ein Gemälde verstören lassen, schon gar nicht durch ein altes. Ob es voll sexueller Anspielungen stecke? Ja und nein? Was sei das für eine Antwort? Nein, eine Presseerklärung werde es nicht geben. Verity müsse sich wieder ihrer dringenden, wichtigen Arbeit für Arabella und das Konzert widmen, und die Schatzmeisterin solle sich um ihre eigenen Angelegenheiten kümmern.

«Das hat er nicht gesagt, Margo.»

«Nicht wortwörtlich», erwiderte Margo. «Aber das hat er gemeint. Mein Gott, ich kann ihn nicht ausstehen. Nein, vergessen Sie, dass ich das gesagt habe.»

Wyndham reichte ihr eine Tasse Kaffee. «Hier, bitte. Und heute Abend genehmigen wir uns einen Brandy, ich bin sicher, dass wir bis dahin alle etwas Hochprozentiges vertragen können.»

❖ ❖ ❖

Hast du schon von dem Bild gehört?», fragte Festy, als sie Caro in der Mittagspause vor dem Kiosk traf.

«Welches Bild?»

«Im venezianischen Saal. Anscheinend ist es richtig widerlich. Abstoßend. Irgendwie pornographisch, bloß alt.»

«Nein!»

«Doch. Niemand darf sich dem Todesstreifen rund um den venezianischen Flügel nähern, aber Lutz will die dänische Austauschstudentin überreden, ihn reinzulassen.»

«Inge? Was hat die damit zu tun?»

«Nichts, nur dass sie abgestellt wurde, Wache zu schieben gegen die Horden der Gottlosen, also uns. Sie steht auf Lutz, deshalb glaubt er, sie lässt ihn. Er will sich reinschleichen und Fotos machen.»

«Super», sagte Caro. «Nur dass er fliegt, wenn sie ihn erwischen.»

«Lutz doch nicht. Sein Dad ist viel zu reich und mächtig. Deshalb will er es ja auch machen. Harry hat sich auch angeboten, aber Lutz ist dagegen, weil Harry doch ein volles Stipendium kriegt. Das können die ihm jederzeit wegnehmen.»

«Ein feiner Zug von Lutz. Will er die Fotos ins Internet stellen?»

Festy warf Caro einen warnenden Blick zu, als schnatternde Neuntklässlerinnen nahten. Sie packte ihren Schokoriegel aus und biss ab. Als ahnten sie, dass hier Staatsgeheimnisse verhandelt wurden, blieben die Neuntklässlerinnen stehen. Ziemlich laut sagte Caro: «Die zweite Physikaufgabe kann ich nicht, ich werde Harry fragen, ob er mir sein Heft leiht.»

Gelangweilt zogen die Mädchen weiter. Leise sagte sie: «Inge wird Lutz doch nicht verpfeifen?»

«Auf keinen Fall. Sie ist in Ordnung. Ich werde ein paar Zeitungen anrufen, Journalisten, die ich kenne. Denen wird das Wasser im Mund zusammenlaufen. Vornehmes Internat, Koedukation, sexy Gemälde in der Bibliothek, wow!»

«Mach das nicht, um Gottes willen. Diese Art von Publicity ist schlecht für die Schule.»

Festy zuckte mit den knochigen Schultern. «Ist mir doch egal. Außerdem wird es der Schule nicht wirklich schaden. Es ist nur ein Gemälde, das ist ein Fünf-Minuten-Gag. Sorry, Caro, aber das ist meine Chance, mich bei Fitzo für den ganzen Ärger zu rächen, den er mir gemacht hat.»

«Fitzhoward wird toben. Er möchte, dass die Presse anrückt und über seine Arabella sabbelt, nicht über unanständige Bilder.»

«Das kann er sich aber so was von abschminken.»

❖ ❖ ❖

Zuleika trat hinaus in die kalte, klare Luft, um ein bisschen zu verschnaufen. Ihre Schritte waren auf dem weichen Rasen nicht zu hören, und das Mädchen, das aus dem Wäldchen kam, bemerkte sie nicht. Um den Hals trug sie einen Schulschal, der ihr Gesicht halb verbarg, wie es diesen Winter Mode war, aber Zuleika erkannte sie sofort, das feuerrote Haar war nicht zu verwechseln.

Hinter ihr raschelte es, Zuleika drehte sich um, und da stand

Rosie in ihrer roten Jacke. Die Arme hatte sie fest verschränkt, und die Wut war ihr deutlich anzusehen. Auch sie beobachtete Arabella. «Ich frage mich, wo sie war, aber das liegt ja auf der Hand», sagte sie.

«Wo war sie denn?»

«Im Sommerhaus. Warte einen Moment, dann werden wir sehen, mit wem.»

Sekunden später kam ein Junge zwischen den Bäumen hervor. Er trug eine Schultasche über der Schulter. Wie Arabella strebte er auf das Hauptgebäude zu, ohne die beiden Lehrerinnen zu sehen.

«Mein Gott», flüsterte Rosie. «Die kleine Schlampe. Das ist Fergus.»

«Schlampe? Was hat sie denn im Sommerhaus getrieben? Nein, du brauchst es mir nicht zu erzählen. Ich dachte, Arabella hätte für Jungs nichts übrig.»

«Früher nicht. Jetzt schon.» Rosie seufzte genervt. «Im Sommerhaus hat sie nichts verloren. Schon gar nicht mit einem Jungen. Also müsste ich sie eigentlich melden, nur ...»

«Nur dass du nicht kannst», sagte Zuleika. «Der Direktor würde bloß abwinken.»

Rosie lächelte gequält. «Du hast es erfasst.» Sie sah Zuleika an. «Bist du irgendwohin unterwegs, oder drückst du dich rein zufällig vor der Arbeit?»

«Ich drücke mich. Wollte nur kurz frische Luft schnappen.»

«Beauregard macht einen fertig, oder?»

«Jedenfalls ist es komplizierter, als ich mir das vorgestellt habe. Ich dachte, das wird eine glatte Sache, all das wunderbare Material, Originalquellen, mündliche Überlieferung, bisher undokumentierte magische Riten – ein Traum für jeden Forscher.» Sie schob die Hände in die Manteltaschen und sah zu den Hügeln hinüber.

«Fällt die Deckenmalerei auch in deinen Aufgabenbereich?», fragte Rosie, während sie zum See gingen, dessen trübes Wasser unter einer dünnen Eisschicht lag. Eine Ente flatterte aus dem Schilf auf. «Hört sich faszinierend an.»

«Faszinierend?», murmelte Zuleika. «So würde ich es nicht nennen.»

Für Zuleika war es eine Erleichterung, mit Rosie über das Deckengemälde zu sprechen, denn die Musikerin interessierte sich nicht sonderlich für die Bildmotive und ihre Hintergründe und konnte die Sache ganz unvoreingenommen betrachten. «Obwohl es mein Forschungsgebiet ist, glaube ich natürlich keinen Augenblick an das Okkulte», sagte Zuleika, und das stimmte auch. Aber wie erklärte sich dann die Panik, die sie jedes Mal überfiel, wenn ihr das Deckenbild in den Sinn kam?

«Das ist ein bisschen, als würdest du sagen, du glaubst nicht an Samstage», sagte Rosie. «Kunst hat meist etwas Magisches, ist doch klar. Sieh dir an, wie alle von Sylvia schwärmen und wie sie ihr Publikum als Schauspielerin in Bann geschlagen hat. Musik kann Menschen in eine andere Welt versetzen, manche geraten sogar in Ekstase. Lies ein packendes Buch, und plötzlich erscheinen dir Menschen, die es nie gegeben hat, so real wie deine Freunde und Bekannten. Und die Malerei versteht es ganz besonders, den Betrachter in eine andere Dimension zu entführen und ihm eine neue Sicht auf die Wirklichkeit zu eröffnen. Nein, du machst es dir zu leicht, wenn du sagst, du glaubst nicht an das Okkulte.»

«Ich glaube nicht an das Böse als eine Kraft, die unabhängig vom Menschen existiert und uns nachstellen kann. Ich erforsche von einem wissenschaftlichen Standpunkt aus Schwarze Magie, Hexerei und Geistererscheinungen. Warum glauben Menschen daran? Was spielt sich in ihrem Gehirn ab, wenn sie glauben, Geister zu sehen, oder sich vorstellen, dass sie jemanden mit einem Zauberbann belegen?»

«Und warum geht dir das Gemälde dann so unter die Haut?»

«Es ist verdammt düster und bedrohlich», sagte Zuleika. «Warte ab, bis du es zu sehen bekommst. Oder nein, schau's dir lieber nicht an. Augen, die dich ansehen. Das Gemälde ist voller schrecklicher, wissender, alles durchdringender Augen.»

Schweigend gingen sie weiter. Zuleika fröstelte im kalten Wind. An der Brücke, die sich über den in den See mündenden Bach wölbte, blieben sie stehen, und Zuleika kickte einen Zweig mit ein paar Herbstblättern daran ins Wasser. Sie beobachtete, wie er davontrieb, dann sagte sie zu Rosie: «Genug von Gothas unbedeutendem Werk, erzähl mir mehr von Arabella.»

«Sie ist darauf aus, anderen Mädchen den Freund auszuspannen», empörte sich Rosie. «Arabella wird flügge, sie probiert aus, wie weit sie gehen, was sie sich leisten kann. Grauenhafte Aussichten.»

«Aber sicher nur für die Jungs der Oberstufe.»

«Nein», erwiderte Rosie düster. «Für uns alle.»

✣ ✣ ✣

An diesem Abend wollte Zuleika nicht allein zu Hause sitzen. Sie ging ins Dorf hinunter, um zu sehen, ob jemand im Silent Monk war. Wärme, Stimmen und Küchendüfte begrüßten sie, als sie die Gaststube betrat.

Toby, der mit Wyndham und Petrus am Tresen stand, hinter ihnen saß Silvia in Gedanken versunken am Kamin, war gerade richtig in Fahrt. «Hexerei und Teufelsanbetung?», rief er. «Genau das Richtige für diese sensationslüsternen Reporter. Die werden im Dorf herumschleichen und nach Hinweisen auf Hexenzirkel suchen.»

Zuleika stellte sich zu den dreien, nahm das Bier in Empfang, das Bob ihr über den Tresen zuschob, und behielt ihre Meinung für sich.

«Dann werden sie Andeutungen machen, an der Schule würde Schwarze Magie betrieben», fuhr Toby fort. «Dem Ruf eines Internats nicht gerade förderlich.» Er prostete Zuleika zu. «Cheers.»

«Ein Gutes hat die Sache aber», meinte Wyndham, den Blick auf den Korken gerichtet, den er auf dem Tresen hin und her rollen ließ.

«Ah, ja, eine Aufgabe für den Experten», sagte Petrus. «Mein Lieber, Sie werden noch richtiggehend berühmt, Sie waren bei der Entdeckung dabei und sind praktisch der Einzige, der etwas über diesen glücklicherweise unbekannten Künstler weiß. Ich habe noch nie von ihm gehört, muss ich gestehen.»

Was ihn wurmt, dachte Zuleika, *aber wenigstens gibt er es zu.*

«Danke, aber ich hatte nicht an meine Arbeit gedacht», sagte Wyndham. «Nein, wenn dieses Gemälde von Gotha stammt, wovon ich überzeugt bin, kann Zuleika den venezianischen Flügel leichter datieren. Denn Gotha hat dieses Werk wohl gemalt, als er 1768 oder 1769 in Yorkshire war.»

«Terminus ad quem, meinst du?» Zuleika ließ sich die Jahreszahlen durch den Kopf gehen. «Das würde zu unserem Kenntnisstand passen. Lebte Philadelphia damals in der Abtei? Sie wurde 1769 hier in der Kirche begraben, aber ich bin noch nicht dahintergekommen, in wessen Besitz sich die Abtei da befand.»

«Dann hatte sie ja nicht viel Zeit, um sich an dem Gemälde zu erfreuen», stellte Petrus fest.

«Philadelphia war 1764 in der Abtei. Das wissen wir, weil sie wegen der Violine aus Beauregard an Wolf geschrieben hat.»

Sylvia hatte vor dem Feuer sitzend ihren Gedanken nachgehangen. Jetzt blickte sie auf. «Wenn sie ihn erbaut hat, wozu? Warum im venezianischen Stil? Und warum hat sie oder wer auch immer Gotha beauftragt, diesen schönen Raum mit einer so grauenhaften Szene zu entstellen?»

«Du sprichst mit Leidenschaft, meine Liebe», sagte Petrus mit einem lässigen Schulterzucken. «Es war bestimmt eine Laune, sozusagen ein modisches Statement.»

«Das glaube ich kaum», widersprach Sylvia.

«Ich denke, wenn Philadelphia die Erbauerin ist, dann war sie wohl in Venedig, und dort ist etwas geschehen, was enormen Eindruck auf sie gemacht hat», sinnierte Zuleika.

Wyndham hob die Hände und lächelte sie liebevoll an. «Philadelphia geht dir wirklich an die Nieren, stimmt's?»

❖ ❖ ❖

Zuleika erwachte am Sonntagmorgen schweißgebadet und mit der vagen Vorstellung qualvoller Bilder, auf die sie nicht zugreifen konnte. Und das war wohl auch gut so. Sie war zu unruhig, um es sich mit einem Kaffee und der Sonntagszeitung gemütlich zu machen, also beschloss sie, in die Bibliothek zu gehen. Arbeit war immer noch das beste Mittel, um die dunklen Schatten der Nacht zu vertreiben.

Dann hörte sie das feierliche Läuten der Glocken und beschloss, über sich selbst erstaunt, in die Kirche zu gehen. Sie zog einen warmen Mantel an, schlug im eisigen Januarwind den Weg zur Kapelle ein und nahm, kurz bevor die Messe begann, in der letzten Reihe Platz.

Nach dem Gottesdienst traf man sich wie gewohnt im oberen Saal auf ein Glas Sherry: Pfarrer Gregory, einige Lehrer, Schüler und Eltern. Die meisten, so vermutete Zuleika, unterhielten sich wohl über das jüngst entdeckte Deckengemälde im venezianischen Saal.

«Wie kommt es, dass es Sie heute hierher verschlagen hat?», erkundigte sich Pfarrer Gregory. «Soviel ich weiß, sind Sie nicht katholisch.»

«Ich war irgendwie unruhig», erwiderte Zuleika aufrichtig.

«Haben Sie Sorgen?»

«Nein, mir war nur nach Liturgie und unkomplizierter Religion zumute. Klingt das sehr unhöflich?»

«Keineswegs.» Nachdenklich, aber gründlich knackte Pfarrer Gregory ein paar Nüsse in der Hand.

«Hier stimmt etwas nicht», platzte Zuleika plötzlich heraus.

Pfarrer Gregory sah sich mit mildem Staunen um. «Hier?»

«Nicht hier und jetzt in diesem Raum. Ich meine im Internat. Oder in der Abtei. Es herrscht eine Atmosphäre des Unbehagens und der Dissonanz. Die Leute sind genervt, kriegen sich wegen Kleinigkeiten in die Haare, keiner traut dem andern. Das sind nicht die Ausbrüche und Diskussionen, die in einer so engen, quasi-klösterlichen Gemeinschaft gewöhnlich vorkommen. Es scheint, als könnten die Leute nicht anders.» Sie verstummte. «Tut mir leid», sagte sie dann peinlich berührt, «ich bin, glaube ich, einfach nur erschöpft. Ich habe nicht gut geschlafen.»

«Macht Ihnen das Deckengemälde Kopfzerbrechen? So eine Darstellung kann phantasiebegabten Menschen ganz schön zusetzen.»

«Bin ich besonders phantasiebegabt? Ich bilde mir etwas auf meinen Verstand ein, als Wissenschaftlerin wie als Historikerin. Aber man braucht nicht viel Phantasie, um zu sehen, dass es ein abgrundtief widerwärtiges Bild ist.»

Er musterte sie kühl. Vielleicht war er altersbedingt abgeklärt? «Schockiert das Bild Sie nicht?»

«Heutzutage schockiert mich nur noch wenig, und ganz bestimmt nicht ein solches Gemälde. Es ist auf seine Art faszinierend. Verschiedene Details der Zeremonie, die offenbar dargestellt ist ... Nein, nein, das Deckengemälde macht mir keine Sorgen. Es ist nur ein Hauch des Bösen aus einer anderen Zeit und wurde gemalt, um Unwissende oder Kinder zu ängstigen. In unserem aufgeklärten Zeitalter hat es keine Aussagekraft.»

«Trotzdem ...», begann Zuleika, aber Pfarrer Gregory ließ sie nicht zu Wort kommen.

«Denken und Vernunft sind mächtige und nützliche Werkzeuge. Sie verhindern, dass Emotionen und Gefühle sich aufheizen und uns überwältigen. Dennoch hat unsere emotionale Seite manchmal ein besseres Gespür dafür, was richtig und was falsch ist, als unser Intellekt. Einem Menschen in Ihrem Zustand empfehle ich das Gebet, aber vielleicht entspricht das nicht Ihren Gewohnheiten.»

«Nein», erwiderte Zuleika. «Für mich ist Arbeit das Gegengift für Zweifel und Ängste.»

«Natürlich.»

Am Montagmorgen wachte Margo früh auf. Im Dunkeln lauschte sie Tobys regelmäßigem Atem und dem leisen Rascheln eines ermatteten Windes draußen in den Bäumen. Es war eine stürmische Nacht gewesen.

Sie drückte den Beleuchtungsknopf ihres Weckers. Noch eine halbe Stunde, bis sie rausmusste. Einschlafen würde sie jetzt aber bestimmt nicht mehr, und es war sicher nicht verkehrt, heute zeitig im Büro zu sein. Sie hatte den Verdacht, dass ihr kein leichter Tag bevorstand. Fünfunddreißig Minuten später, als Toby sich brummend quer übers Bett warf, um den grellen Signalton des Weckers abzuschalten, bog Margo bereits in die Straße ein, die zur Schule hinaufführte.

Sie stellte ihren Wagen auf dem verlassenen Lehrerparkplatz ab und ging zügig um das Hauptgebäude herum zur Verwaltung. Die Alarmanlage war eingeschaltet und die Tür abgeschlossen. Offenbar hatte der Hausmeister noch nicht seine Runde gemacht. Sie tippte den Code in den Zahlenblock neben der Tür und stieß sie auf. Dann stand sie wie erstarrt und lauschte entsetzt den Geräuschen, die ihr entgegenschallten.

Sie wusste, was los war, ihre Befürchtungen hatten sich erfüllt. Die Schule hatte über ein Dutzend Durchwahlnummern für die verschiedenen Büros der Verwaltung. So wie es sich anhörte, klingelte jeder einzelne Apparat. Verzweifelt trat sie in ihr Büro und wünschte, das Telefon möge aufhören zu läuten. Dann setzte sie ein Lächeln auf und griff nach dem Hörer.

«Beauregard Abbey School. Hier spricht Margo Campbell.»

Verity Turnbull stolperte kurz nach acht ins Büro, legte hastig den Mantel ab und stieß dabei gedämpfte Wutschreie aus. «Ich hatte eine böse Vorahnung, dass das passiert. Bin ja lange genug im PR-Geschäft. Es war ein Fehler, nichts zu sagen. Ach, Margo, all die Telefone! War es sehr schlimm?»

«Jedenfalls anders als sonst», erwiderte Margo. «Ich hätte nicht übel Lust, den Stecker zu ziehen.»

«Hast du mit irgendwelchen Zeitungsfritzen gesprochen?», fragte Verity.

«Mit einigen schon.» Sie nahm ihr klingelndes Telefon ab und legte sofort wieder auf.

«Wie haben sie davon erfahren?»

Margo legte die beiden landesweiten Zeitungen vor Verity hin, die einen Bericht mit Foto gebracht hatten. «Natürlich mussten sie das veröffentlichen, sobald es im Internet war. Und heute Morgen kam es in den Fernsehnachrichten.»

Pfarrer Gregory steckte den Kopf zur Tür herein. «Guten Morgen, Margo, Verity. Ich habe gerade die Frühmesse gehalten und wollte mich auf eine Tasse Kaffee bei euch einladen. Lieber Himmel, ist ein Aufstand losgebrochen? Was für ein Lärm!»

«Das ist die Presse», erklärte Margo. «Heute Morgen ist ein Foto des Deckengemäldes in einigen Zeitungen erschienen.»

«Ah», Pfarrer Gregory nickte, «verstehe. Und, Verity? Haben Sie eine Erklärung vorbereitet?»

«Bin gerade dabei.»

«Schön. Dann werde ich ein, zwei Apparate übernehmen und sie jedem vorlesen, der anruft.»

«Ich würde einfach auflegen», sagte Margo.

«Nein, nein, das geht nicht. Bestimmt rufen auch Eltern und Schulbeiräte an. Da darf man nicht unhöflich sein. Auch bei der Presse empfiehlt sich das nicht, die haben ihre Methoden, sich zu revanchieren.»

Verity blickte von ihrem Bildschirm auf. «Da hat er recht.»

«Machen Sie die Erklärung fertig, ich koche uns unterdessen Kaffee. Ist Mr. Fitzhoward schon da?»

«Nein, heute kommt er erst später, er musste nach London zu einer Besprechung.»

«Und wie sieht es mit der restlichen Bürobelegschaft aus? Die Damen treffen doch sicher bald ein?»

«Das könnte noch eine Stunde dauern.»

Verity nickte. «Flexible Arbeitszeit, könnte sogar noch länger dauern. Mir war klar, dass es ein Mordsbrimborium wegen der Sache gibt, also bin ich so früh wie möglich reingekommen. Außerdem liegt ja für das Konzert nächste Woche noch so viel Arbeit an. Alles Überstunden, die ich nicht bezahlt kriege. Dafür habe ich die Ehre, der Kunst, das heißt Arabella, zu dienen.»

«O Gott, das Konzert!»

«Ach», sagte Pfarrer Gregory. «Euer Wunderkind.»

«Ein verdorbenes Luder», sagte Margo.

«Wie bitte?», rief Pfarrer Gregory erstaunt.

«Achten Sie nicht auf mich, ich bin nur schlecht gelaunt.»

«Das schaffen wir nie und nimmer.» Verity ließ die Maus übers Pad gleiten. «Wir sollten das Konzert verschieben.»

«Wir können das nicht entscheiden, und Fitzhoward hat einen Narren an diesem Mädchen gefressen.» Margo griff nach dem Hörer. «Beauregard Abbey …»

Da trat Petrus ein. «Guter Gott, was ist heute eigentlich los? Ich bin extra früh angetanzt, weil ich eine Menge vorzubereiten habe. Und ich muss euch sagen, im Lehrerzimmer ging ununterbrochen das Telefon, ich habe den Hörer danebengelegt. Und in den Häusern genau dasselbe. Die kleinen

Teufel gehen ran und sprechen mit den Reportern. Wusstet ihr, dass die auf dem Kriegspfad sind? Da steht uns noch gewaltiger Ärger ins Haus. Könnt ihr denn um Himmels willen nicht die Telefone abschalten?»

«Kinderschutzgesetz», sagte Verity. «Der Zugang zu einem Telefon muss jederzeit gewährleistet sein.»

Margo stöhnte. «Sie hat recht. Ihr wisst ja, wie die sind. Sobald sie dahinterkommen, dass die Leitung tot ist, wird ein kleiner Schlaumeier zur Telefonzelle ins Dorf rennen und den Kindernotruf anrufen.»

«Ich trommle alle Lehrer zusammen, die ihre Klassen eine Weile allein lassen können, und wir schieben Wache in den Häusern. Was meint ihr dazu? So kann sich die Presse nicht mit der Rasselbande unterhalten, aber wegen des Kinderschutzes kann man uns auch nicht an den Kragen.»

«Beauregard Abbey. Margo Campbell. Wir geben keinen Kommentar ab ...»

«Margo?» Der Tonfall am anderen Ende der Leitung war scharf. «Warum gehen Sie ran? Wo ist die Telefonistin?»

Margo holte tief Luft. «Guten Morgen, Mr. Fitzhoward. Heute Morgen ist einiges los, die Presse ruft ständig an.»

«Die Lokalpresse?»

«Nein.»

«Die überregionale? Das freut mich aber sehr. Verity hat ganze Arbeit geleistet. Ein gutes Presseecho ist genau das, was wir brauchen.»

Er ist verrückt, dachte Margo, nahm den Hörer vom Ohr und starrte ihn an. *Oder, Momentchen, war das möglich ...?*

«Mr. Fitzhoward, haben Sie heute Morgen schon Zeitung gelesen?»

«Ich habe den *Telegraph* durchgeblättert. Die haben aber nichts über das Konzert gebracht.»

«Mr. Fitzhoward, die rufen nicht wegen Arabella an. Sie sollten einen Blick in die anderen Zeitungen werfen.»

Eins musste man Fitzhoward lassen, in einer schwierigen Situation wuchs er über sich selbst hinaus und bekam alles in den Griff.

Als er – ziemlich schlecht gelaunt – in der Schule eintraf, machte er sich sofort an die Arbeit. Zuerst nahm er im venezianischen Flügel das Gemälde in Augenschein. Als er wieder herauskam, runzelte er nachdenklich die Stirn.

«So etwas kann man nicht herunterspielen», sagte er zu Tessa Tonkin, die ihn draußen erwartete. «Es ist obszön, und soweit ich es beurteilen kann, künstlerisch vollkommen wertlos. Wenn es auf dieser Welt vernünftig zuginge, würde man es einfach zerstören, aber das würde man als Vandalismus, als ein Verbrechen, brandmarken. Ein Museum würde es bestimmt gern nehmen. Aber ich befürchte, die Denkmalschutz-Deppen werden darauf bestehen, dass es bleibt, wo es ist. Das ist verdammt ärgerlich, denn man könnte den Raum gut nutzen. Aber so, wie er jetzt aussieht ...» Er ließ den Satz unvollendet und hielt Tessa die Tür auf.

«Die Reporter werden ihre Freude daran haben.» Tessa machte ein angewidertes Gesicht.

«Ich werde eine Pressekonferenz geben. Außerhalb des Internatsgeländes. Schließlich ist das hier Privatbesitz, und der Schulbetrieb läuft. Wir sind nicht verpflichtet, die Presse reinzulassen. Ich denke, der Tenor sollte sein, *wir freuen uns, dass ein Kunstwerk in so hervorragendem Zustand entdeckt wurde,* während wir die sensationsträchtigen Aspekte eher herunterspielen. Wir werden den Journalisten sagen, dass sich unserer Ansicht nach nur ganz einfältige Menschen über eine als Ziegen, Teufel und Hexen verkleidete Horde aufregen.»

Tessa hatte ihre Zweifel. «Ob das funktioniert?»

«Wahrscheinlich nicht. Ist nicht dieser Tilbury ein Experte für diesen Maler? Vielleicht kann man ihn überreden, mitzukommen und die Reporter mit einem weitschweifigen Vortrag zu Tode zu langweilen?»

«Wenn er Humor hat, macht er's vielleicht.»

«Diese Art der Publicity ist für eine Schule nicht gut, und jetzt, kurz vor Arabellas Konzert, ist es doppelt unangenehm. Beauftragen Sie bitte einen Wachdienst, Posten an den Toren aufzustellen und jeden Fremden zu kontrollieren, der sich hier herumtreibt.»

«Sie können aber nicht verhindern, dass die Schüler mit den Journalisten sprechen.»

«Das werde ich sehr wohl zu verhindern wissen. Diese Woche verlässt niemand das Schulgelände. Wir können zwar die Telefonate nicht überwachen, aber ich werde die Reporter warnen, mit Schülern Kontakt aufzunehmen. Und ich werde bekanntgeben, dass jeder von der Schule fliegt, der ein Interview gibt und dessen Name in der Presse auftaucht. Ohne Pardon. Die Zeitungen stützen sich nicht gern auf anonyme Quellen.»

✤ ✤ ✤

Die Reporter rückten mit Fotografen an, TV-Teams mit ihrer Ausrüstung, Kunstkritiker und Kunsthistoriker reisten im Auftrag von Zeitungen und Illustrierten mit der Bahn an und fuhren von York aus mit Mietautos und Taxis weiter nach Beauregard. Im Nachrichtengeschäft war Saure-Gurken-Zeit, und die Kombination von Elite-Internat und bislang übertünchtem Deckengemälde, das zweifellos ein Vermögen wert war, und dazu noch die Sache mit der Hexerei waren ein gefundenes Fressen.

Der Londoner Presse folgten die Reporter aus Übersee, deren Leser nur allzu gern einen Blick in die abgeschiedene Welt einer englischen Privatschule warfen.

Sie alle rückten zu der abendlichen, vom Internat organisierten Pressekonferenz an. Wyndham war der Bitte des Direktors nachgekommen. Er selbst hatte sich noch keine Meinung über den Schulleiter gebildet, was er aber von seinen Freunden in Beauregard gehört hatte, nahm ihn nicht gerade für Fitzhoward ein. Trotzdem fühlte er sich verpflichtet, sich schützend vor das Internat und seine jungen Bewohner zu stellen. Und die Presse ein wenig an der Nase herumzuführen machte immer Spaß.

Sein Vortrag war lang und langatmig, gespickt mit Fachausdrücken, und die meisten Zuhörer hatten das Gefühl, wertvolle Informationen und Details erhalten zu haben. Erst später, als sie ihre Aufzeichnungen durchsahen und mit anderen besprachen, erkannten sie, dass sie nicht viel schlauer waren als vorher.

Wyndham behauptete sich wacker gegen ein Sperrfeuer aus Fragen, unterstützte Fitzhowards Linie, es gebe keinen Grund zur Aufregung, und spielte die Größe des Gemäldes herunter. Ein kleines Bild war schließlich weniger aufsehenerregend als ein ganzes Deckenfresko. Dann nahm er Ivo Fitzhowards kühlen Dank entgegen und entfloh in den Silent Monk, wo der Wirt das Nebenzimmer nach besten Kräften reporterfrei gehalten hatte.

«Im Schankraum haben die genug Platz. Den Umsatz

kann ich zwar gut gebrauchen, aber nicht auf Kosten meiner Stammgäste.»

Nach und nach fanden sich Lehrer ein, die es gar nicht erwarten konnten, über die Ereignisse des Tages zu sprechen, aber vor der Presse auf der Hut waren. Sie fanden, Fitzhoward habe seine Sache gut gemacht, das Schlimmste sei überstanden, das Gemälde müsse durch ein Gerüst vor neugierigen Blicken geschützt werden, damit sich die Wogen erst einmal glätteten. Unterdessen konnte der Schulbetrieb ganz normal weitergehen.

✣ ✣ ✣

Wie hat Arabella die Sache mit dem Konzert aufgenommen?», fragte Zuleika. Sie hatte Rosie allein im Lehrerzimmer sitzen sehen. Mit geschlossenen Augen lümmelte sie in einem Sessel, einen unerlaubten Gin in der einen, eine Zigarette in der anderen Hand.

«Ziemlich übel. Anscheinend ist sie leichenblass geworden. Tessa dachte schon, sie fällt gleich in Ohnmacht. Ist sie aber nicht. Sie hat wohl noch einen Rest Respekt vor Leuten wie Tessa. Aber sie wollte wissen, wer entschieden hat, das Konzert abzusagen, und warum?»

«Hat Tessa es ihr gesagt?»

«Tessa hält es nicht für angebracht, Schülern Entscheidungen zu erklären. Mir hat sie versichert, sie habe Arabella in scharfem Ton gesagt, dass der gesamte Lehrkörper, sämtliche Beiräte und Fitzhoward sich einig seien, dass das Konzert angesichts der ungünstigen Presse zurzeit nicht stattfinden könne.»

Wer hätte gedacht, dass sie, Zuleika, je so viel Interesse für die Tragödien des Schulalltags aufbringen würde? Im Augenblick aber waren sie eine willkommene Ablenkung von den oft ziemlich schmutzigen Details aus dem Leben der verblichenen Beauregards, die im Rahmen ihrer Forschungen ans Licht kamen. «Musste es denn gestrichen werden? Die Presse hat doch längst wieder den Rückzug angetreten.»

«Für den Moment. Aber du weißt ja, wie Reporter sind. Terrier. Die tauchen in null Komma nichts wieder auf, wenn sie hoffen, einen Blick auf das Deckengemälde erhaschen und Fotos von sexy Schülerinnen schießen zu können.»

«Arabella im eng anliegenden schwarzen Kleid zum Beispiel.»

«Genau, nicht gerade die Publicity, die Ivo sich vorstellt.»

«Dabei hat er Glück gehabt.»

«Das kannst du laut sagen. Ein Zugunglück und ein Regierungsskandal am selben Tag.»

«Ich verstehe, dass ihr die Aasgeier nicht wieder anlocken wollt, aber Arabella sieht das vermutlich anders.»

«Keine Chance. Tessa hat zugegeben, dass sie ziemlich geschockt war, als sie einen dieser Blicke geerntet hat, die einen in Schreckstarre versetzen.»

«Was hat Tessa gemacht? Reißaus genommen?»

«Natürlich nicht. Sie hat Arabella mit knappen Worten erklärt, eine normale Schulveranstaltung hätte ruhig stattfinden können. Das Problem bei ihrem Konzert sei aber, dass der Chef so viel Werbung gemacht hat. Daraufhin soll Arabella etwas höchst Merkwürdiges gesagt haben: *Es liegt also an dem Deckengemälde. Welche Ironie*. Dann hat sie gelacht.»

«Was meint sie mit *Ironie*?», fragte Zuleika.

«Keine Ahnung, was in ihrem Kopf vorgeht. Ich möchte nicht in Rorys Haut stecken. Arabella glaubt nämlich, er hätte den Chef überredet, das Konzert abzusetzen. Sie findet, Rory hätte sich für die Aufführung einsetzen sollen. Außerdem wirft sie ihm vor, ihr nicht die Unterstützung zu geben, die sie für ihre Musik braucht. Was ja auch stimmt, wenn man bedenkt, dass Rory es vorgezogen hat, sich krankzumelden, statt seiner Pflicht nachzukommen und Arabella zu informieren, dass das Konzert ausfällt. Aber Rory ist das egal. Für ihn ist das Schlimmste überstanden, wenn Arabella sich erst einmal abgeregt hat. Der Angsthase.» Rosie nahm einen tiefen Zug von ihrer Zigarette. «Und jetzt schädigt die kleine Schlange auch noch meine Lunge. Wie soll ich das Rauchen aufgeben, wenn ihretwegen das Leben täglich stressiger wird?»

«Ich finde, dass an dieser Schule Dinge vorgehen, die mehr Anlass zur Sorge geben als Arabella», sagte Zuleika.

«Du hast ja nicht viel mit ihr zu tun, du siehst sie nur als begabte Geigerin, aber das Mädchen macht mir Angst. Ja, und Tessa war nach dieser kleinen Unterhaltung auch nicht gerade glücklich. Sie kam ins Lehrerzimmer gestürmt und hat sich erst einmal einen Whisky eingeschenkt.»

«Nein!» Tessa trank in der Schule nie etwas, und soviel man wusste, auch nicht zu Hause.

«Das stimmt, so wahr ich hier stehe. Unser Hasenfuß Rory sollte umgehend wieder hier auftauchen, sich einfach so krankzumelden …, sonst fahre ich nach York und hole ihn persönlich.»

«Hört sich an, als wäre die Lage ernst.»

«Er muss unser Wunderkind nächste Woche bei der Meisterklasse am Klavier begleiten, außerdem bei dem Auftritt hier, wann immer er stattfindet, und beim Piatti-Wettbewerb ebenfalls. Dafür muss er mit ihr proben, und wenn er nicht da ist, müssen wir einen Profi engagieren. Der bekommt ein Honorar, die Reisekosten und so weiter, du hast ja keine Ahnung, was Musiker heutzutage verlangen. Und das müsste alles aus den leeren Kassen des Fachbereichs Musik bezahlt werden.»

«Ist Arabella eigentlich zufrieden, wenn sie von einem normalen Lehrer begleitet wird?»

Rosie lachte ehrlich amüsiert. «Damit sind ihre Eltern auch schon gekommen. Arabella braucht den Besten, ob die Schule nicht einen erstklassigen Pianisten engagieren könnte, bla, bla, bla.»

«Und warum hat ihnen der Chef den Gefallen nicht getan?»

«Weil Rory ein begnadeter Pianist und ein grandioser Begleiter ist. Die Morts haben versucht, Arabellas Londoner Lehrerin für ihre Sache zu gewinnen, aber die sagte zu ihnen: *Sie wollen den Besten. Rory Moorlynch ist der Beste.* Das hat ihnen den Wind aus den Segeln genommen.» Sie drückte ihre Zigarette in ihrem leeren Glas aus. «Aber das bedeutet, dass der Feigling seinen Arsch schleunigst hierherbewegen sollte.»

❖ ❖ ❖

Sylvia liebte das Theater bei Nacht.

Nicht nur an den Probenabenden, sondern auch, wenn es leer und still war, als würde es auf den Augenblick warten, bis eine Schar junger Leute hereinströmte, um es wieder zum Leben zu erwecken.

Es war neun Uhr, ein ruhiger, trockener Februarabend. Ein schneidender Wind war ihr entgegengeschlagen, als sie aus dem Haus trat, und zunächst hatte sie sich über sich selbst geärgert, weil sie ihre Notizen im Theater hatte liegenlassen, dann aber hatte sie sich gefreut, noch einmal in der staubigen Stille stehen zu können, die sie so liebte.

Was für eine Erlösung, nach dem Spurt durch die Kälte in das schützende Gebäude zu kommen. Sie blieb kurz stehen, um Atem zu schöpfen. An den Schrank zu gehen und die Lichtschalter zu betätigen, schenkte sie sich und stieß die Schwingtür zum Zuschauerraum auf.

Es war stockfinster.

Ihr erster Gedanke war, dass es so dunkel nicht sein dürfte. Was war mit den in den Fußboden eingelassenen Lämpchen für den Fluchtweg, die normalerweise angingen, sobald die Türen geöffnet wurden? Aus irgendeinem Grund leuchteten sie nicht, genauso wenig wie die Exit-Zeichen über den Ausgängen.

Wie ärgerlich. Wahrscheinlich eine Sicherung. Sylvia hatte eine Taschenlampe bei sich, ein schmales Ding, das ihr Margo zu Weihnachten geschenkt hatte. «Für die Abkürzungen quer übers Gelände», hatte sie gesagt.

Geleitet vom dünnen Lichtstrahl der Taschenlampe, fand Sylvia den Weg zur Beleuchterkabine. Auf dem Pult direkt neben der Tür fand sie den Schalter für die Lampen im Zuschauerraum und stellte ihn auf EIN. Nichts geschah.

Ungeduldig versuchte sie es mit dem Schalter für die Bühnenbeleuchtung. Nichts.

Probenlicht? Notbeleuchtung? Fehlanzeige.

Sylvia war ratlos. Dass in einem modernen Theater alle Lichter auf einmal ausgingen, war wenig wahrscheinlich; ihres Wissens war das noch nie vorgekommen. Anscheinend war der

Strom ausgefallen, aber selbst in diesem Fall hätte die Notbeleuchtung funktionieren müssen.

An der Rückwand der Beleuchterkabine war ein schmales Fenster. Sylvia hob das dicke schwarze Rollo an und sah die hellerleuchteten Fenster der Abtei, und auch in den über das Gelände verstreuten Schülerunterkünften und den Lehrerwohnungen war es nicht dunkel. Ein Stromausfall war es also nicht. Sie brauchte Stan, den Techniker. Zu dumm. Garantiert würde er sich ärgern, wenn er an seinem freien Abend herzitiert wurde. Wenn er überhaupt noch hier war und nicht längst mit seinen Freunden unten im Pub von Beauregard saß. Aber was blieb ihr übrig, von dem Telefon im Foyer aus würde sie ihn anrufen.

Sie drückte gegen die Schwingtür, aber die ging nicht auf. «Abgesperrt, so ein Mist», sagte sie laut. Klar, das war die Zentralverriegelung. Aber wie konnte die Tür verschlossen sein, durch die sie gerade hereingekommen war?

Sie versuchte es mit den anderen Schwingtüren, aber keine ließ sich öffnen. Wütend lief sie hinter die Bühne und weiter zum Green Room, von dem man zum Parkplatz neben dem Theater gelangte. Verriegelt.

Das war nun wirklich gefährlich. Notausgänge durften grundsätzlich nicht abgeschlossen sein, die Fluchtwege aus dem Zuschauerraum und aus den Garderoben mussten frei sein. Eine schöne Bescherung.

Den Weg nach draußen fand sie eher zufällig. Die Taschenlampe hatte keinen Saft mehr. Sylvia machte sie aus. Jetzt hieß es nachdenken. Wo hatte sie noch nicht nachgesehen? Die Toiletten? Eine schwache Hoffnung, aber den Versuch war es wert. Wahrscheinlich war auch diese Tür abgesperrt.

Sylvia hatte Glück. Eine nachlässige Putzfrau hatte die Tür zur Damentoilette einen Spalt breit offen gelassen, und als

Sylvia jetzt eintrat, wehte ihr frische Luft entgegen. Gott sei Dank hatte dieselbe achtlose Person auch vergessen, das Fenster zu schließen.

Das Fenster war klein, aber es reichte. Mit Müh und Not zwängte sie sich durch die Öffnung und landete mit den Händen voraus ziemlich unelegant auf dem Rasen.

Wütend und durcheinander klopfte sie sich ab und lief um das Gebäude herum bis zum Hauptweg, der zum Pförtnerhaus führte. Niemand ist gern eingeschlossen, und im stockfinsteren Theater war es doch irgendwie unheimlich gewesen. Sie blieb stehen und drehte sich um.

Das Theater strahlte wie ein Weihnachtsbaum.

Sylvia kehrte um und rannte zurück. Zu ihrer Erleichterung war der Techniker am Haupteingang.

«Was haben Sie hier bloß angerichtet?», fragte er erbost und stürmte durch die jetzt offenbar offene Tür ins Gebäude.

Im Foyer, hinter der Bar, in der Küche und im Zuschauerraum brannten sämtliche Lichter. Auch die Bühne war lichtdurchflutet. *Großer Gott*, dachte Sylvia, als sie Stan hinauf in die Beleuchterkabine folgte. Offenbar waren alle Scheinwerfer, ja die gesamte Bühnenbeleuchtung eingeschaltet. Mit leisem Knall brannten da und dort Glühbirnen durch.

Stan trat ans Schaltpult, drückte hastig Knöpfe, löschte Scheinwerfer, Bühnenlichter und all die anderen Lampen im Raum.

«Warum haben Sie das Theater in diesem Zustand verlassen? Auf keinen Fall darf die gesamte Beleuchtung eingeschaltet sein, sämtliche Sicherungen sind überlastet. Tut mir leid, Miss, ich weiß, Sie sind ein Profi, aber man sollte Sie nicht allein hier reinlassen, wenn Sie ein solches Chaos verursachen. Das werde ich auch Mr. Fitzhoward sagen.»

«Ich habe das Theater nicht in diesem Zustand verlassen.

Hören Sie, Stan, hier ist heute Abend etwas sehr Merkwürdiges passiert.»

Schweigend ließ er sie erzählen. «Und Sie sind sicher, dass Sie in der Panik nicht alle Schalter betätigt haben?»

«Ja.»

Er seufzte. «Normalerweise würde ich Ihnen das nicht abnehmen, aber in den letzten Tagen haben sich hier im Theater seltsame Dinge ereignet. Ich vermute mal, es hängt damit zusammen.»

«Seltsame Dinge? Warum haben Sie mir nichts davon gesagt?»

«Technische Störungen», gab Stan bedrückt zu. «Ich habe schon überlegt, ob die Jugendlichen hier Unfug getrieben haben, aber es kann einfach nicht sein. Nein, es muss am Computer oder an den Leitungen liegen. Nur gut, dass ich das Licht gesehen habe, als ich durchs Haupttor gefahren bin. Es hätte leicht ein Schaden von ein paar tausend Pfund entstehen können. Nein, wir müssen der Sache auf den Grund gehen. Ich werde gleich morgen früh mit den Elektrikern und Computerspezialisten reden. Und ich werde es auch beim Chef melden müssen, das verstehen Sie doch, Miss Trevisan. So einen Zwischenfall kann man nicht vertuschen.»

«Ist gut, und jetzt nichts wie raus hier. Ich hole nur noch rasch den Ordner, den ich auf der Bühne vergessen habe. Deshalb bin ich ja überhaupt hergekommen.»

«Machen Sie das, und dann bringen wir das Baby zu Bett und hoffen, dass es heute Nacht nicht wieder aufgeschreckt wird.»

Dich könnte ich für Viel Lärm um nichts *gebrauchen,* dachte Sylvia, erleichtert, dass sie nach dem Schreck ihren Humor nicht eingebüßt hatte.

❖ ❖ ❖

Harry fand Festy im Hallenbad. «Warst du's?», fragte er unverblümt.

Festy, die gerade aus dem Schwimmbecken gestiegen war und sich jetzt die Haare frottierte, schüttelte Wasser aus ihrem Ohr und starrte Harry an. «Was war ich?»

«Das Theater, gestern Abend.»

Einen Moment befürchtete Harry, Festy würde ihn in den Pool schubsen. «Hey, Festy, ich will's einfach nur wissen. Weil sonst Sylvie T. Ärger kriegt. Sie war dort, als es passiert ist, das weißt du doch.»

Festy holte tief Luft. «Du bist ein Trottel, Harry. Ich bin für den einen oder anderen Witz zu haben, das weißt du. Das Theater und der Mathetrakt, das war aber kein Witz, das war überhaupt nicht komisch. Es war unheimlich und bedrohlich.»

«Unheimlich?»

«Ist so was schon mal vorgekommen? Nein. Und jetzt zweimal innerhalb weniger Tage. Die müssen mal ihre Elektrik überprüfen lassen. Könnte Sabotage sein.»

«Klar, die Gordonstown School sorgt dafür, dass wir das Fußballturnier verlieren.»

Festy schlug mit dem nassen Handtuch nach ihm. «Du weißt genau, was ich meine. Ich bin jedenfalls unschuldig.»

Harry sah sie forschend an. «Ich wusste ja, dass so was nicht dein Stil ist.»

«Der Direktor wird sagen, dass ich es war. Er hat mich einbestellt.»

«Mein Gott, wo warst du, als es passiert ist? Es ist ja schön und gut, dass ich dir glaube, aber er wird ein Alibi verlangen. Und zwar ein wasserdichtes.»

Festy grinste breit. «Ich war bei der Schulkrankenschwester Ich hab mir doch gestern das Handgelenk verletzt, als ich über einen blöden Ziegel gestolpert und hingefallen bin.»

Harry nickte.

«Und als ich am Abend mit den Hausaufgaben fertig war, hat es echt wehgetan, also bin ich in die Krankenstation. Die Schulkrankenschwester hat mich da über eine Stunde lang verarztet und mein Handgelenk abwechselnd mit warmen und kalten Packungen umwickelt.»

Jetzt grinste auch Harry. «Hervorragend. Die Aussage der Schulkrankenschwester kann nicht mal der Direktor anzweifeln.»

✥ ✥ ✥

Ich kaufe dir ab, dass du nicht in der Nähe des Theaters warst, als dort alle Lichter angingen. Aber ich denke, das könnte schon eine ganze Weile vorher eingefädelt worden sein», sagte der Direktor.

Quatsch, dachte Festy, behielt das aber klugerweise für sich.

«Ich habe deine sofortige Entlassung erwogen», fuhr er fort.

Nur dass er dafür keine Handhabe hatte, so viel wusste Festy.

«Aber ich bin bereit, dir noch eine Chance zu geben. Von

heute an wirst du zwischen Abendessen und Frühstück das Haus nicht mehr verlassen.»

Sie explodierte. «Das können Sie nicht machen. Sie können einer Oberstufenschülerin keinen Hausarrest geben, das ist nicht üblich. Ich habe Workshops am Abend und Wahlfächer, und ich schwimme …»

«Finde dich damit ab oder fahr nach Hause, Sylvestra. Du kannst gehen.»

Sie schlug die Tür hinter sich zu. Er zuckte zusammen. Dann war vom Gang her sehr deutlich ihre Stimme zu vernehmen. «Fick dich ins Knie, Alter.»

Er zückte seinen dicken schwarzen Füller und machte sich einen Vermerk.

❖ ❖ ❖

Vom Fenster der Alten Bibliothek konnte Zuleika die Zufahrt zum Dower House überblicken. Sie hatte es sich zur Gewohnheit gemacht, Ausschau nach Nicholas Beauregards altem Bentley zu halten, und richtete ihre Besuche in seinem Dachbodenarchiv so ein, dass sie während seiner Abwesenheit stattfanden. Sie wollte tunlichst vermeiden, ihm in die Arme zu laufen. Er hatte etwas an sich, das sie zutiefst verstörte. Wenn sie seinen Einladungen zum Abendessen oder zu Kaffee und Portwein folgte, war sie halbwegs gewappnet. Bei Zufallsbegegnungen jedoch bewegte sie sich auf unsicherem Boden. Er schien eine Menge über sie zu wissen und schaffte es immer wieder, sie aus der Fassung zu bringen, also wich sie ihm aus.

An diesem Morgen hatte sie den Bentley nicht wegfahren sehen, aber das störte sie nicht, denn ein Besuch im Dower House war heute nicht vorgesehen. Sie wollte nur ein wenig frische Luft schnappen, am Seeufer und durch den Wald spazieren, um wieder einen klaren Kopf zu bekommen.

Da erkannte sie auf der Brücke, die über den in den See mündenden Bach führte, eine vertraute hochgewachsene Gestalt. Zum Teufel. Was machte er hier? Sie hatte ihn noch nie auf dem Schulgelände gesehen, schließlich war sein Anteil am Park groß genug. Zu spät, sie konnte nicht mehr umkehren, er hatte sie schon gesehen.

Er winkte ihr zu, und widerstrebend ging sie zu ihm.

«Fließendes Wasser hat etwas Friedliches, finde ich», sagte er. Seltsamerweise bückte er sich, hob ein paar Zweige auf und gab ihr einen. «Haben Sie als Kind Pu-Stöcke gespielt?»

Pu-Stöcke? Sie konnte an nichts anderes denken als an Poltergeister und die Unmengen an Information, die ihr Caitlin aus dem Institut geschickt hatte, und dieser Mann sprach von Pu, dem Bären?

«Ja, klar.»

«Eins, zwei, drei, fallen lassen.»

Er lief zum anderen Ende der Brücke und spähte über die niedrige Steinmauer. Unwillig folgte sie ihm und sah gerade noch, wie die Zweige gleichauf vorbeischwammen.

«Unentschieden, würde ich sagen.» Er wandte sich zu ihr um und wischte sich die Hände ab. «Mich würde interessieren, wie Sie die Vorfälle an der Schule sehen? Ivo Fitzhoward versichert mir, das seien Schülerstreiche. Anscheinend ausgeheckt von meiner kleinen Cousine Sylvestra.»

«Ich bezweifle, dass Festy etwas damit zu tun hat.»

«Dann treibt wohl jemand anders Unfug, was meinen Sie? Oder verdächtigen Sie einen Poltergeist?»

«Das wäre etwas weit hergeholt, wo es doch so viele rationale Erklärungen gibt.»

«Tatsächlich? Bestimmt haben Sie recht. Poltergeister konzentrieren ihre Aktivität häufig auf einen einzelnen jungen Menschen. Und hier haben wir siebenhundert Schüler. Wissen Sie über Poltergeister genauso viel wie über Hexen, Zuleika?»

Auf das förmliche Dr. Rathbone verzichtete er seit neuestem, aber ihr fiel es schwer, ihn Nicholas zu nennen, daher griff sie zu der Notlösung, seinen Namen gar nicht zu verwenden.

«Nein, die fallen nicht in mein Fachgebiet.»

«Aber in Salem wird dazu geforscht, soviel ich weiß. Bestimmt können Sie von Ihren Kollegen dort in kürzester Zeit fachkundigen Rat einholen.»

«Könnte ich, aber ich bin nicht hier, um mir über Poltergeister den Kopf zu zerbrechen.»

«Kopfzerbrechen, ein interessantes Wort in diesem Zusammenhang. Nicht Nachforschung, nicht Dokumentierung, sondern Kopfzerbrechen. Bereiten sie Ihnen Kopfzerbrechen?»

Warum hatte sie nur *Kopfzerbrechen* gesagt? «Nein, natürlich nicht. Ein paar technische Störungen, reiner Zufall, dass das alles auf einmal passiert.»

«Vielleicht haben Sie recht. Vielleicht aber auch nicht. Alles hängt davon ab, ob es noch weitere Zwischenfälle oder Störungen geben wird, was meinen Sie? Ich fände es ja höchst interessant, wenn es dazu käme.»

«Das glaube ich kaum.»

❖ ❖ ❖

Die Campbells nutzten das lange Wochenende für einen Ausflug, und Rosie, die das Haus für sie hatte hüten wollen, erhielt in letzter Minute eine Einladung von Freunden nach Paris. Also hatte Zuleika sich erboten einzuspringen. «Ich bin sowieso hier. Mein Brüderchen Hank hat im Moment Freunde zu Besuch, also fahre ich auch nicht nach York. Mit Hunden komme ich klar, und meine Katze fehlt mir ohnehin. Wenn du meinst, dass Margo nichts dagegen hat, verbringe ich das Wochenende in ihrem Cottage.»

Und sie war unendlich froh, ein paar Tage aus der düsteren Abtei wegzukommen, wo sie schon seit Wochen nicht mehr durchgeschlafen hatte. Immer diese Albträume, Brandgeruch und Schreie.

Außerdem lagen vier freie Tage ohne Zeremonialmagie vor ihr. Sie hatte alle Zaubersprüche durchgearbeitet und Entsprechungen für dreiundzwanzig gefunden, aber trotz intensiver Recherche konnte sie für die restlichen sieben keine Parallelen entdecken.

Vier Tage lang würde sie sich auch von den Beauregards erholen, obwohl sie zugeben musste, dass das quälende Geheimnis um die Beauregards des 18. Jahrhunderts für sie allmählich zur Obsession geworden war. Umso wichtiger war es einmal abzuschalten. Sie würde fernsehen, wenn etwas Vernünftiges lief, notfalls auf die DVD-Sammlung der Campbells zurückgreifen, die Sachen essen, die Margo im Kühlschrank und in der Gefriertruhe für Rosie deponiert hatte, und mit dem Hund spazieren gehen.

Am Sonntagabend lag sie müde, aber entspannt nach einer

verregneten Wanderung über Stock und Stein auf dem Sofa. Neben ihr auf dem Teppich hatte sich der erschöpfte Hund ausgestreckt, die Katze lag eingerollt auf ihrem Bauch, und sie hielt ein Glas Rotwein in der einen und einen dicken Thriller aus dem Campbell'schen Bücherregal in der anderen Hand, als es an der Tür klingelte. Die Katze fuhr empört ihre Krallen aus, der Hund hob die Schnauze, bellte halbherzig und schlief weiter. Missmutig stand Zuleika auf und ging zur Tür, um dem Besucher zu erklären, dass Margo und Toby weggefahren seien.

Auf der Schwelle stand Wyndham, Regentropfen funkelten auf seinen Schultern. «Tut mir leid, dass ich hier so reinplatze», sagte er. «Ich suche Rosie. Sie hat mir gesagt, sie sei übers Wochenende hier.»

«Das hatte sie vor, aber dann ist sie nach Paris gefahren, jetzt hüte ich das Haus.»

«Darf ich reinkommen? Oder störe ich?»

Allerdings.

«Ich bin im Silent Monk abgestiegen, morgen treffe ich mich mit Peter Goodram.»

«Wie wär's mit einem Glas Wein?»

Sie schenkte ihm ein, und er setzte sich. «Ich bleibe nicht lange, ich müsste eigentlich mit Rosie reden, wann kommt sie wieder?»

«Nicht vor morgen Abend.»

«Bis dahin bin ich wieder fort. Aber ich rufe sie an. Was macht ihr Schützling Arabella?»

«Ihr *Lebenswandel* macht allen in Beauregard ganz schön zu schaffen.»

«Oje.» Er sah Zuleika an. «Nenn mich naiv. Aber ein Freund wird ja wohl in Ordnung sein in ihrem Alter.»

«Es geht leider nicht um *einen* Freund.»

«Wie bitte?»

«Das Mädchen vögelt herum, als ob es kein Morgen gäbe.»

«Das kann doch nicht sein.»

Zuleika zuckte mit den Schultern. «Frag Rosie. Rory lieber nicht, der will nichts davon wissen. Margo weiß Bescheid und die anderen Oberstufenschüler und wahrscheinlich auch der Rest der Schule. Arabella macht nicht gerade ein Geheimnis daraus.»

«Was halten ihre Mitschüler davon?»

«Gar nichts. Bis auf die, die Arabellas Gunst genossen haben. Es schafft viel Unmut. Ihretwegen zerbrechen Freundschaften, sie spannt anderen Mädchen den Freund aus und so weiter.»

«War sie denn vorher beliebt?»

«Nein. Anfangs waren die Schüler bereit, sie zu akzeptieren, aber nachdem sie diese Geige bekommen hat und ihr Spiel so unvergleichlich wurde … Sie ist einfach ziemlich arrogant. Und um die Gefühle anderer schert sie sich einen Dreck.»

Wyndham blickte auf den leeren Kamin. «Warum hast du kein Feuer gemacht?»

«Warum sollte ich? Gas und Strom sind doch eine praktische Alternative.»

«Könnte es sein, dass du nicht weißt, wie man ein Feuer aufbaut? Der Hund sieht aus, als könnte er ein bisschen Kaminwärme vertragen. Soll ich es für dich machen? Zunder und Streichhölzer liegen ja schon bereit.» Er warf ihr einen liebevollen Blick zu. «Oder gehörst du zu den unromantischen Leuten, die keinen Wert auf lodernde Flammen legen?»

«Kann sein, bitte mach dir nicht die Mühe.»

Er lehnte sich zurück und grinste. «Schade, ich gebe immer gern mit meinen Fähigkeiten als Hausmann an. Ich bin in einem alten Haus aufgewachsen, wir hatten immer Kaminfeuer.»

«Keine Zentralheizung?» Zuleika sah vor ihrem geistigen Auge ein primitives Cottage mit Steinfliesen und qualmenden Feuerstellen. «Ein alter Bauernhof?»

Er wirkte amüsiert. «Tut mir leid, dass ich dich enttäuschen muss. Ein schönes, komfortables Haus, georgianisch.»

«Erzähl mir von deiner Familie. Hast du nicht polnische Vorfahren?»

Er lieferte ihr eine Kurzversion von der Ankunft seines Großvaters in England und vom Leben mit seinen Eltern in einem beschaulichen Dorf in Wiltshire.

Während er erzählte, dachte Zuleika über die Dinge nach, die er ausließ. Hatte er eine aktuelle Freundin? War er schon mal verheiratet gewesen? Wenn nicht, warum nicht? Alt genug war er. Schwul? Das glaubte sie nicht. Dann würde er sie nicht so anschauen … Oder irrte sie sich? Gut, sie mochte ihn, er war ein amüsanter Gesprächspartner, sie war das ganze Wochenende allein gewesen, und es störte sie nicht, wenn jemand einfach so hereinplatzte. Da war nichts, und da würde nie etwas sein. Komplikationen waren das Letzte, was sie brauchen konnte.

«Tut mir leid.» Er stellte sein Glas ab und stand auf. «Ich langweile dich.»

Zuleika wurde jäh aus ihren Gedanken gerissen. «Nein, ich muss mich entschuldigen», sagte sie. «Es ist nie langweilig, wenn andere aus ihrem Leben erzählen. Ich bin nur müde nach einem langen Spaziergang und deshalb ein bisschen abwesend.»

«Hast du nicht Lust, mitzukommen und im Gasthaus mit mir zu Abend zu essen?»

Sie zögerte kurz, dann schüttelte sie den Kopf. «Ich habe schon etwas vorbereitet.»

Den Bruchteil einer Sekunde sah sie die Enttäuschung in

seinem Blick, dann nickte er höflich und lächelte. «Ein andermal. Ich lasse dich jetzt in Frieden.»

An der Tür blieb er stehen. Er nahm Zuleikas Hand, lächelte wieder dieses Lächeln, das nichts preisgab, küsste sie flüchtig auf die Wange und ging in die Nacht hinaus.

Warum hatte sie nur seine Einladung nicht angenommen? Sie saß an einem dunklen Abend allein in einem trostlosen Zimmer und hatte nur einen nassen Hund als Gesellschaft.

Da klingelte das Telefon. Sie nahm ab und sagte dem Anrufer, dass Rosie verreist sei.

«Sagen Sie ihr, Roger hat angerufen, wegen der Geige. Ich habe ein zeitgenössisches Porträt gefunden, das sie interessieren könnte.»

Geige? Porträt? Das musste der Roger von der Geigenwerkstatt sein. Nun wurde sie neugierig. Rief er etwa wegen der venezianischen Violine an? Klar, weshalb sonst.

«Geht es um die Beauregard-Geige? Ich bin nämlich diejenige, die sie gefunden hat.»

«Was ich jetzt entdeckt habe, ist das Porträt einer jungen Frau, um 1760. Sie hält etwas in der Hand, was wie eure Violine aussieht.»

«Diejenige, welche?»

«Aufregend, nicht wahr? Ich habe natürlich nur ein Foto älteren Datums, eine Schwarz-Weiß-Aufnahme des Gemäldes. Man muss sich das Original ansehen, um sicherzugehen.»

«Wo ist das? In London?»

«O nein. Wenn es in London wäre, hätte ich es mir schon längst angesehen. *E. F. Briggs, Esq.*, steht drauf. *Of Gryersdon*, das muss ein großes Anwesen sein, in einem Ort namens Marlock in Yorkshire. Sie sind doch in Yorkshire, oder?»

«Ja. Von Marlock hab ich noch nie gehört, aber ich bin nicht von hier.»

«Glauben Sie, es könnte jemand hinfahren, sich das Gemälde ansehen und wenn möglich ein Foto machen? Ich würde gern einen Artikel für die *Strad* über eure Geige schreiben.»

«Einen Artikel?»

«Ja, das wäre eine gute Story, und es wäre doch toll, wenn wir das Mädchen auf dem Porträt identifizieren könnten. Sieht süß aus.»

Nein, dachte Zuleika, als sie auflegte. Keiner, der je diese Geige gespielt hatte, war süß.

Dann musste sie über sich selbst lachen, weil sie auf diese blöde Geige so emotional reagierte.

❖ ❖ ❖

Caro nahm die Abkürzung durch den Musiktrakt, als sie ein Schluchzen hörte. Sie machte die Tür auf und schaute hinein.

«Georgia? Was ist los?»

Leichenblass stand Georgia da, von Schluchzern geschüttelt. Caro schloss die Tür, ging zu ihr und legte ihr den Arm um die bebenden Schultern.

«Georgia? Was ist?»

Georgia stieß einen krampfhaften Seufzer aus und brach zusammen. Zum Glück konnte Caro den Sturz halbwegs abfangen. Sie legte die Freundin auf den Boden und rannte zur Tür. Kein Mensch weit und breit, warum war eigentlich nie jemand da, wenn man Hilfe brauchte? Da kam Gott sei Dank Festy durch die Tür. «Festy, hierher», rief Caro und lotste sie in den Übungsraum.

«Lieber Himmel, fehlt nur noch der Schaum vorm Mund, die ist ja völlig fertig», sagte Festy. «Ich geh und rufe die Schulkrankenschwester an. Was ist denn passiert?»

«Keine Ahnung.»

Kaum war Festy weg, klopfte es, und Meija streckte den Kopf herein. «Wie geht es ihr?», fragte sie. «Ach, arme Georgia.»

«Komm rein und mach die Tür zu. Weißt du, was sie hat?»

Meija nickte. «Aber es ist Privatsache. Ich kann also nichts sagen.» Sie kniete sich hin und nahm Georgias Hände. «Georgia, ist schon gut, wirklich.»

Georgia schob sich ein Stück hoch, sodass sie an der Wand lehnte, und sprach in abgehackten Sätzen. «Ich könnte sie umbringen. Wenn sie doch nur tot wäre. Und er auch. Nein, er nicht, er ist nicht schuld, sie hat ihn da reingezogen, ihn verhext, was sollte er machen? Aber wie konnte er das tun? Wie konnte er nur? Ausgerechnet mit *ihr*?» Ihr Schluchzen ging in hemmungsloses, qualvolles Weinen über.

Festy kam zurück. «Die Schulkrankenschwester ist unterwegs. Mist, sie ist ja völlig neben der Spur. Können wir da nichts machen?»

«Sie kriegt gleich einen hysterischen Anfall», meinte Meija, die so etwas schon gesehen zu haben schien, ruhig. Erleichtert hörten sie ein Auto vorfahren, kurz darauf preschte die Schulkrankenschwester herein. «Ich habe den Wagen genommen, das geht schneller. Helft mir, sie ins Auto zu setzen. Schwester Meadows erwartet uns in der Krankenstation, dann können wir ihr ein Beruhigungsmittel geben. Meine Güte, was ist mit dem Mädchen passiert! Nur keine Sorge, mein Schatz, so schlimm ist es nicht.»

«Ist es leider schon», sagte Meija mitfühlend, als sie es geschafft hatten, die jetzt völlig erstarrte Georgia in den Wagen zu manövrieren. «Für sie ist es sehr schlimm.»

Inzwischen waren alle Schüler im Musiktrakt aus ihren Klassenzimmern und Übungsräumen geströmt und erkundigten sich betroffen, was mit Georgia los sei.

Caro rief: «Das war's. Die Vorstellung ist vorbei, kein Grund zur Sorge. Georgia ist von einer Wespe gestochen worden.» Einer Eingebung folgend, fügte sie hinzu: «Der Stich hat eine allergische Reaktion ausgelöst. Und jetzt zurück zur Musik, Leute!»

Zu Meija sagte sie: «Kannst du uns erklären, warum sie so aufgewühlt ist?»

Meija sah von Caro zu Festy. «Versprecht ihr, dass ihr es niemandem verratet?»

«Versprochen.»

«Heute beim Frühstück sagte Georgia, sie habe Alistair wohl vergrault. Er hat sie über das verlängerte Wochenende nicht angerufen, und als sie sich bei ihm zu Hause gemeldet hat, hieß es, er sei nicht da. Sie vermutete ein Missverständnis, machte sich aber weiter keine Sorgen. Georgia ist keine, die wegen jeder Kleinigkeit ein Theater veranstaltet und rumjammert. Sie ist mit Alistair befreundet und vertraut ihm. Seit sie wieder hier ist, hat sie ihn nicht gesehen. Normalerweise treffen sie sich beim Frühstück, es war also ungewöhnlich. Aber sie meinte, sie würde ihn in der Pause sehen.»

Wütend verschränkte Festy die Arme. «Und weiter?»

«Als ich zum Üben rüberkam, haben Xian und Georgia gerade über den Piatti geredet. Der Wettbewerb ist an einem Wochenende, und Xian meinte, sie könnten hinterher ja zusammen ins Kino gehen. Georgia fand die Idee gut und sagte, Alistair könne ja auch mitkommen, zumal er gern zum Wettbewerb gehen würde. Seine Familie wohnt in London. Arabella stand am Schwarzen Brett und hörte anscheinend mit. Plötzlich dreht sie sich um und lacht Georgia ins Gesicht. Ein fieses, ein gemeines, gehässiges Lachen.»

Caro und Festy konnten es sich nur allzu gut vorstellen.

«Dann hat Arabella losgelegt: *Du bist ja nicht annähernd gut genug, um zum Piatti auch nur anzutreten. Das ist nicht deine Liga.* Georgia hat sie nur angestarrt. Es war so gehässig, und man merkte, dass Georgia überlegte, ob Arabella nicht vielleicht recht hatte. Sie ist inzwischen nicht mehr besonders selbstbewusst, was ihr Geigenspiel angeht. Und dann Arabellas Tonfall. Georgia stand also schweigend da und versuchte cool zu bleiben, aber Arabella machte weiter: *Übrigens kommt Alistair auch zum Piatti, aber er will mich dort sehen, nicht dich.*»

«Oh Gott.» Festy runzelte finster die Stirn.

«Zuerst dachte ich, Arabella wolle sie einfach nur ärgern», sagte Meija. «Georgia hat geflüstert: *Du lügst, das hast du erfunden, ich glaub dir kein Wort.* Arabella lachte wieder und sagte: *Warum wohl hat er dich in den Ferien nicht angerufen?* Dann ist sie davonstolziert.»

«Ich wünschte, Arabella wäre nie an diese Schule gekommen», seufzte Caro.

«Das wünscht sich jeder», sagte Meija. «Jedenfalls ist dieser unangenehme Junge aus der Elften aufgetaucht, Mallins heißt er.»

«Mallins?», rief Festy. «Der hatte gerade noch gefehlt.»

«Jetzt hat der losgelegt, und Georgia stand da wie ein in die Enge getriebenes Tier. Er sagte: *Das kannst du ruhig glauben. Arabella begnügt sich nicht mit Knutschen, die ist jetzt ein großes Mädchen.*»

Caro legte die Hand auf ihre Augen. «Das kann doch nicht wahr sein. Nicht Alistair.»

Meija zuckte mit den Schultern. «Arabella braucht nur mit den Fingern zu schnippen. Als hätte sie magische Kräfte.»

«Aber warum? Wie schafft sie das?», fragte Festy. «Sie braucht einen Jungen nur anzuschauen, und schon liegt er ihr zu Füßen.»

«Manche können auch widerstehen», stellte Meija fest. «Shaquib hält sich von ihr fern, er trägt ein Amulett, das ihn vor gefährlichen Frauen schützt, sagt er. Lorraine findet es furchtbar, aber er nimmt es nicht ab. Lutz meint, da könnte er sich ebenso gut mit einem Monster einlassen, das aus dem Wald gekrochen kommt. Harry ist offenbar immun, und ich glaube, er macht Arabella ein bisschen Angst. Sonst fahren alle auf sie ab.»

«Ja, sie langweilt sich schon, weil es so einfach ist», erklärte Festy. «Fehlt nur noch, dass sie sich jetzt auf Lehrer verlegt.»

✤ ✤ ✤

Festy schlurfte über den Kies und kickte Steine vor sich her. Sie war wütend, weil sie sich bei ihrer Hausmutter melden musste. Das war demütigend. Auf halbem Weg blieb sie stehen. Mist, sie hatte ihr Mathebuch im Umkleideraum der kleinen Sporthalle vergessen. Sie würde ein paar Minuten zu spät kommen, aber das konnte sie riskieren; Mrs. Henbury machte keinen Hehl daraus, dass sie die Entscheidung des Direktors nicht nachvollziehen konnte. Also rannte Festy hinüber zur Sporthalle, die verwaist und dunkel dalag. Die Mädchenumkleide war das Beste an der Halle, darüber waren sich alle einig. Sie befand sich in der ehemaligen Wäscherei, die zur Abtei gehört hatte, als sie ein großes Landgut mit viel Personal und oft Dutzenden von Gästen gewesen war, die Bettwäsche und saubere Kleidung benötigten. Originalfliesen bedeckten die Wände, gedrungene Säulen trugen die Decke, und die Fenster mit dem schweren Holzrahmen hätten auch in eine Kirche gepasst.

Hier hatte man ein halbes Dutzend Duschkabinen, mehrere große Waschbecken, drei Toiletten und einen Trinkbrunnen installiert. In der Dunkelheit, wenn von draußen spärliches Licht auf die glänzenden, weißen Fliesen fiel, hatte die Umkleide einen gewissen Charme.

Das konnte man heute Abend nicht behaupten.

Sobald Festy um die Ecke gebogen war und auf einen der beiden Eingänge zusteuerte, wusste sie, dass etwas nicht stimmte.

Schon dieses Geräusch. *Fast wie Meeresbrandung*, dachte sie. Sie blieb stehen und lauschte. Da floss Wasser, so viel stand fest. Es hörte sich an wie ein schwerer Regenguss. Unter der Tür kam ein Rinnsal hervor, das sich über die Schwelle und den Weg bis zum Rasen schlängelte.

Ein Wasserrohrbruch. Vielleicht die Hauptleitung.

Festy watete durch immer größere Pfützen zur Tür und öffnete sie. Entsetzt wich sie einen Schritt zurück. Der Umkleideraum stand knöcheltief unter Wasser, Dampfschwaden wallten ihr entgegen. Anscheinend waren sämtliche Wasserhähne aufgedreht, und es hörte sich an, als würde in den Toiletten unaufhörlich die Spülung laufen. Eine Szene wie in der Hölle. Festy stand ein paar Sekunden starr vor Schreck, ehe sie zum nächstgelegenen Waschbecken ging, um das Wasser abzudrehen. Auch alle anderen Hähne in der Reihe klemmten. Festy schaute hinüber zu den Duschen und verzichtete auf den Versuch, durch die Fluten zu waten und dort das Wasser abzudrehen.

Ein Blick auf die Tür, die über einen kleinen Flur in die Turnhalle führte, zeigte, dass auch dort Wasser floss und in kürzester Zeit den Schwingboden der Halle erreichen würde, wenn es nicht schon bis dorthin vorgedrungen war.

Sie musste Hilfe holen. Hastig watete sie zurück zum Eingang und durch den Sumpf, der sich vor dem Gebäude gebildet hatte. Dann rannte sie los, um im nächsten Haus dem aufsichtführenden Lehrer zu sagen, was los war.

Von Natur aus nicht für den Sprint begabt, konzentrierte sie sich so auf die Mobilisierung all ihrer Kräfte, dass sie die dunkle Gestalt, die ihr zielstrebig entgegenkam, übersah. Sie prallte mit dem Mann zusammen. *Der hat Muskeln,* dachte sie noch, als sie völlig außer Atem wieder loszulaufen versuchte, während der Mann zu Boden ging.

«Tut mir leid», sagte Festy, ohne darauf zu achten, wer es war. «Ich muss weiter. Ein Notfall. Hilfe holen.»

Aber eine eiserne Hand schloss sich um ihr Fußgelenk. «Nicht so schnell», sagte der Mann, um Luft ringend, aber sichtlich verärgert. «Wo willst du hin?»

Es war der Direktor.

Festy starrte ihn an, ihr Herz raste wegen der Anstrengung und der Panik, und jetzt kam noch der Schock dazu, dass sie Mr. Fitzhoward umgerannt hatte. Das war das Schlimmste, was ihr passieren konnte.

Er stand auf, klopfte sich mit einer Hand ab, mit der anderen umklammerte er Festys Arm.

«Lassen Sie mich los.» Festy versuchte, sich seinem Griff zu entwinden. «Ich will nur schnell rüber zum Jonson's House. Die Umkleide der kleinen Sporthalle steht unter Wasser, die Halle wird auch bald überschwemmt sein.»

Der Direktor fackelte nicht lange. Er ließ Festy los, nicht, ohne ihr schroff zu befehlen, sich ja nicht von der Stelle zu rühren. Dann holte er seinen Pager heraus und alarmierte die Hausverwaltung.

«Wehe, du erzählst mir Märchen», warnte er.

«Tu ich nicht», beharrte Festy. «Sehen Sie doch selber nach.»

«Du bleibst hier.»

Er lief um das Gebäude herum, und als er zwei Minuten später wiederkam, war seine Miene erboster denn je. «Jetzt hast du's geschafft», rief er drohend. «Du hast deine Chance bekommen, und du hast sie verspielt. Das ist schwere Sachbeschädigung, ist dir das klar? Was wohl dein Vater sagen wird, wenn er dafür die Rechnung präsentiert bekommt?»

Festy sah ihn um Fassung ringend an. «Einen Augenblick», schrie sie. «Ich habe nichts damit zu tun, außer dass ich es zufällig entdeckt habe. Und da können Sie von Glück reden, denn abends kommt niemand hier vorbei, wenn in der Sporthalle nichts los ist.»

«Und das wusstest du genau. Du hast damit gerechnet, nicht wahr?»

«Mein Gott!» Festy war außer sich.

Ein summendes Geräusch kündigte den Installateur in seinem Elektrofahrzeug an. Der Schulleiter begleitete ihn zur Turnhalle. «Ich tue, was ich kann, Mr. Fitzhoward», versprach er, als er mit hochrotem Gesicht wieder herauskam. «Mal sehen, ob wir die Hauptleitung abdrehen können. Aber womöglich muss die Feuerwehr anrücken. Man kommt momentan nicht an den Absperrhahn.»

«Veranlassen Sie das Nötige», sagte Mr. Fitzhoward. «Ich bin in fünf Minuten wieder da. Junge Dame, du kommst mit.»

Wütend folgte Festy dem Schulleiter, der sich mit erstaunlicher Geschwindigkeit auf den Flügel des Hauptgebäudes zu bewegte, in dem sie wohnte. Er läutete mehrmals gebieterisch, mühsam seine Ungeduld zügelnd und ohne Festy auch nur eines Blickes zu würdigen. Endlich erschien Mrs. Henbury an der Tür.

«Rein hier», sagte er zu Festy. «Mrs. Henbury, Sylvestra fährt nach Hause. Begleiten Sie sie mit den Sachen, die sie für die Nacht braucht, zur Krankenstation. Dort soll die Schulkrankenschwester sie in einem Einzelzimmer unterbringen. Mit anderen Schülern darf sie keinen Kontakt haben. Danach packen Sie ihre übrigen Sachen zusammen.»

«Sie können mich nicht suspendieren», protestierte Festy. «Ich habe nichts getan! Sie sind so dumm! Ich bin nicht schuld an der Überschwemmung in der Umkleide! Warum sollte ich so etwas tun?»

«In der Tat», erwiderte der Schulleiter. «Ich kann mir nicht vorstellen, warum. Ich werde deinem Vater sagen, dass du in psychiatrische Behandlung gehörst, das ist die einzige Hoffnung.»

Mit diesen Worten drehte er sich um und ging.

Mrs. Henbury sah Festy ratlos an. «Tja, jetzt sieht's düster aus», meinte sie und trat beiseite, um Festy einzulassen.

Die Schulkrankenschwester war empört. «Die Krankenstation ist kein Gefängnis, das werde ich Mr. Fitzhoward klar und deutlich sagen. Wie kann er es wagen, mir dieses Mädchen über Nacht quasi zur Aufbewahrung zu schicken? Sie ist nicht krank. Was geht eigentlich in seinem Kopf vor?»

«Er ist unerbittlich», sagte Mrs. Henbury, «einfach unerbittlich. Sobald er sich eine Meinung gebildet hat, weicht er kein Jota mehr davon ab. Er glaubt, Sylvestra sei für das ganze Chaos hier verantwortlich, also wird sie suspendiert. Noch lieber würde er sie von der Schule verweisen, aber da muss er vorsichtig sein, schließlich ist ihr Vater im Beirat.»

Die Schulkrankenschwester lachte verächtlich. «Der Direktor nimmt keinerlei Rücksicht auf die Beiräte, so sieht's doch aus. Lassen Sie das Kind hier, wenn's nicht anders geht. Ich werde mich um Sylvestra kümmern.»

«Sie darf nicht mit anderen Schülern sprechen.»

«Hier in der Krankenstation steht sie unter meiner Obhut, da bestimme ich, was sie darf und was nicht. Ich werde ihr eine schöne Tasse heiße Schokolade machen, das arme Ding ist ja bleich wie die Wand. Geh du ruhig, Dorothy, du hast schließlich auch deine Pflichten.»

Zuleika nieste heftig, als sie im Regal vor sich das kleine rote Buch entdeckte, das wahrscheinlich genauso lange nicht gelesen worden war wie die anderen Bücher in diesem Teil der Bibliothek, und es herauszog.

Sylvia, die sich zum Arbeiten in die Bibliothek zurückgezogen hatte, weil sie im Büro ständig gestört wurde, streckte genau in diesem Augenblick die Hand aus, um die Leselampe auf dem Tisch einzuschalten. Sie hatte noch nicht einmal die Finger am Schalter, als es vernehmlich knisterte, dann folgten ein Quietschen und ein fürchterlicher Knall.

Zuleika hob den Blick zur Holzbalkendecke aus dem 15. Jahrhundert und erstarrte vor Entsetzen. In dem mächtigen Balken über ihrem Kopf klaffte ein Riss, als wäre er mit einem Messer gespalten worden. Sie konnte beobachten, wie sich ein weiterer Riss bildete, wieder krachte es, und sie hörte ein leises, quietschendes Seufzen. «Sylvia», rief sie. «Raus hier, der Balken kommt runter.» Erneut krachte es, laut wie Gewehrschüsse, dann rumpelte es. Etwas stieß gegen Zuleikas Arm, erschüttert stand sie, in eine Staubwolke gehüllt, da und rieb sich den schmerzenden Arm. Nach Luft ringend, sah sie sich um, da flackerte das Licht und erlosch.

Endlich kam sie zu sich. «Die ganze Decke kommt runter!», rief sie, machte einen Satz auf ihre Freundin zu und zerrte sie hinter sich her. Halb blind von dem grauen Staub in der Luft ertastete sie die Tür, riss sie auf und stieß Sylvia nach draußen. Keuchend stolperten sie durch den holzgetäfelten Durchgang zur Wendeltreppe, die ins Erdgeschoss führte.

«Schnell! Gott weiß, wie viel da noch nachkommt.»

Sylvia hastete hinter Zuleika die Steinstufen hinunter. Sie rannten ins Freie, wo sie nach Luft schnappend stehenblieben.

«Wie konnte das passieren? Ein Balken kann doch nicht einfach so nachgeben», sagte Sylvia, sobald sie ihre Sprache wiedergefunden hatte.

«Dieser schon.»

«Du siehst aus wie ein Gespenst.»

Vergebens mühte sich Zuleika, den feinen grauen Puderstaub von ihren Kleidern zu wischen. «Wir müssen die Feuerwehr rufen.» Sie versuchte, den Staub aus ihrem Haar zu schütteln, und wischte sich mit dem Arm übers Gesicht. «Bleib hier, Sylvia, und lass niemanden in die Nähe dieses Gebäudeteils. Es könnten Steine runterfallen.»

Eine Stunde später saßen Sylvia und Zuleika, immer noch aufgewühlt, in Margos Büro. Pfarrer Gregory, stets begierig auf Neuigkeiten, hatte von dem Unfall gehört und war gekommen, um sich aus erster Hand zu informieren.

Margo konnte es nicht fassen. «Die Decke wurde doch erst

vor fünf Jahren restauriert. Es darf nicht sein, dass ein Balken einfach so runterkracht.»

«Das sollte ein Balken auf keinen Fall tun, egal, in welchem Zustand er ist», meinte Pfarrer Gregory nachdenklich. «Sie sagen, er ist mit einem lauten Knall ganz plötzlich geborsten?»

«Ja», entgegnete Zuleika. «Er hat einen Riss bekommen. Ich hatte gerade ein Buch aus dem Regal genommen, als …» Sie verstummte bestürzt. «In dem Chaos habe ich es komplett vergessen. Ich hielt ein Tagebuch in der Hand. Gerade hatte ich es aufgeschlagen, und auf dem Deckblatt stand in einer gestochen scharfen Handschrift *Philadelphia Beauregard*. Ich habe es wohl fallen lassen.» Zuleika ärgerte sich über sich selbst. «Wie dumm von mir, warum hab ich es nicht festgehalten? Aber nein, jetzt fällt es mir wieder ein, es wurde mir aus der Hand geschlagen.»

«Gut, dass Sie sich nicht danach gebückt haben», sagte Pfarrer Gregory. «Wenn Sie nicht so schnell reagiert hätten, wären Sie wohl verschüttet worden. Laut Mr. Goodram ist ein Großteil der Decke eingestürzt.»

«Das Buch muss noch da sein», tröstete Margo Zuleika. «Sobald man gefahrlos rein kann, sollten wir unbedingt die Bücher retten. Wahrscheinlich liegt es auf dem Boden.»

«Das hoffe ich. Wirklich ärgerlich, das erste Mal, dass ich an Philadelphia rankomme, und dann so etwas. Zu gern würde ich aus erster Hand erfahren, was sie alles verbrochen hat.»

❖ ❖ ❖

Harry und Lutz kamen aus dem Mathetrakt.

Sie stritten, und zwar nicht wie gewohnt spielerisch und scherzhaft. Harry war vor Zorn rot angelaufen, und Lutz gab sich ungewohnt kühl und förmlich.

Es ging um Alistair und Arabella. Harry ereiferte sich über Alistairs Verhalten und die Folgen für Georgia.

«Denk doch mal nach, Harry», sagte Lutz. «Gebrauch deinen Verstand. Alistair steht auf Arabella, warum auch nicht? Sie ist ein scharfes Schnittchen, wenn man's mag. Da greift er eben zu, okay? So was passiert ständig. Georgia hat den Kürzeren gezogen, aber sie hat ja auch nicht mit Alistair geschlafen, oder?»

Harry war verzweifelt. Lutz wollte einfach nicht begreifen, was er, Harry, sagen wollte. «Darum geht es doch gar nicht.»

«Nein, Romeo und Julia ist wunderbar, aber nur auf dem Papier. Im wirklichen Leben sieht die Sache anders aus. Von wegen innige Liebe zwischen Teenagern. Er hätte nein sagen können. Niemand hat ihn ins Sommerhaus verschleppt. Er ist auf seinen zwei Beinen hingelaufen, er wollte Arabella, und jetzt muss er dafür bezahlen.»

«Er erzählt überall rum, wie sehr er Arabella hasst.»

«Das ist nicht gerade ritterlich, aber vermutlich die Wahrheit. Ich nehme nicht an, dass Arabella einen festen Freund sucht. Das ist nicht ihr Stil, also dürfte es sie nicht weiter stören.»

«Da wäre ich mir nicht so sicher», entgegnete Harry. «Sie erteilt den Laufpass lieber selbst. Schau dir an, wie sie Fergus und Guy abserviert hat.» Harrys Wut war so schnell verflogen, wie sie aufgeflammt war. Jetzt ärgerte er sich, dass er die Beherrschung verloren hatte. «Wir haben uns sonst nie in die Haare gekriegt, Lutz, und jetzt gehen wir ständig wegen irgendeinem Unsinn aufeinander los. Bei den anderen ist es auch nicht besser, die Atmosphäre hier ist vergiftet.»

Lutz hob seinen Schirm und deutete damit auf das Abtshaus. «Den Direktor trifft eine Mitschuld an den Vorfällen. Wenn er endlich mal aufhören würde, Arabella wie eine Göttin zu verehren, könnte das Klima wieder besser werden.»

«Glaubst du, er ist scharf auf sie?»

«Der Direktor? Auf Arabella?» Lutz dachte nach. «Er ist dermaßen unterkühlt ..., ob der überhaupt auf irgendjemanden scharf ist?»

«Das geht ja gar nicht, ein Mann in seinem Alter und eine Fünfzehnjährige.»

«Arabella wird in ein paar Wochen sechzehn.»

«Sie ist gefährlich, egal, wie alt sie ist.»

«Da ist ja Alistair.» Lutz deutete mit seinem aufgerollten Schirm auf eine einsame Gestalt auf dem Rasen. «Besonders glücklich sieht er nicht aus.»

Mürrisch schlurfte Alistair über das Gras, den Blick gesenkt, die Hände in den Hosentaschen, die Schultern gebeugt.

In der Ferne lenkte ein Gärtner den brummenden Rasentraktor über das Frühlingsgras, das in den letzten Tagen hochgeschossen war. Die beiden Jungs beobachteten, wie der Minitraktor wendete, um die nächste Bahn zu mähen. Dann schlingerte er plötzlich, und der Mann, der daraufsaß, rollte mit einem Aufschrei ins Gras, während sich der Traktor selbständig machte.

«Mein Gott», rief Harry. «Er steuert direkt auf Alistair zu. Pass auf!»

«Alistair!», brüllte Lutz. «Weg da!»

Aber Alistair schien ihn nicht zu hören, und Sekunden später flog er, von dem Mäher erfasst, durch die Luft, während der Traktor auf den Weg zusteuerte, wo er umkippte und liegenblieb.

Harry und Lutz liefen zu Alistair, der reglos im Gras lag. Auch der Gärtner war wieder auf die Beine gekommen und humpelte auf sie zu.

«Hol Hilfe!», rief Lutz einem Mädchen zu, das die Szene schweigend beobachtet hatte.

Es war Arabella. Sie drehte sich um und ging weg.

✤ ✤ ✤

Gryersdon. Dem Reiseführer zufolge ein schönes Wasserschloss aus dem 15. Jahrhundert fünfundzwanzig Meilen südlich von Beauregard Abbey mit einer bedeutenden Sammlung von Gemälden und Mobiliar aus dem 18. Jahrhundert.

Zuleika hatte an Colonel Briggs geschrieben und von ihren Recherchen zur Familie Beauregard berichtet, worauf sie ein höfliches Antwortschreiben vom Colonel persönlich erhalten hatte, er freue sich auf ihren Besuch. Sie fuhr mit der Harley und genoss das Gefühl von Freiheit und Abenteuer. Wieder einmal stellte sie fest, dass sich ihre Laune schlagartig besserte, sobald sie Beauregard den Rücken kehrte.

Das Anwesen war ein Kleinod, makelloser Tudorstil, aber anders als Beauregard nach dem menschlichen Maß gebaut. Ein Haus, in dem es sich leben ließ.

Sie stellte ihr Motorrad ab und ging über einen zotteligen Rasen zu dem Holztor, wo Colonel Briggs, ein kleiner Mann mit blassem Gesicht und wachen Augen, auf sie wartete. «Ich weiß, Sie sind wegen des Gemäldes hier, aber es wäre eine Schande, so weit zu fahren und dann nichts vom Haus zu sehen.»

Colonel Briggs führte sie in die Halle, die Vordertreppe hinauf, die Hintertreppe wieder hinunter, durch kleine holzgetäfelte Empfangszimmer und größere Musikzimmer, durch Wohnräume und Salons. Ein skurriles Haus, in dem immer wieder exzentrische Akzente gesetzt worden waren.

Ihr Gastgeber freute sich über Zuleikas anerkennende Äußerungen. «Eine Sache, die Sie interessieren dürfte: 1698 heiratete die Tochter des Hauses einen James Beauregard, und da sie das einzige Kind war, ging das Gut samt den Ländereien in den Besitz der Beauregards über.»

Jetzt war sie gespannt. «Natürlich kennen wir Beauregard Abbey, also habe ich ein wenig nachgeforscht, wer dieser James Beauregard war. Offenbar handelt es sich um einen jüngeren Bruder von Robert Beauregard, der aus Beauregard Abbey stammt. Also besteht wohl eine Verbindung zwischen beiden Familien. Sein Enkel Marcus heiratete wieder eine Beauregard, ebenfalls aus Beauregard Abbey, nämlich …»

«1755, Philadelphia Beauregard.»

«Ich freue mich, dass Sie mit den Fakten vertraut sind, offensichtlich haben Sie gut recherchiert. Nun, dieser Marcus war ein interessanter Bursche, wenigstens hat er ein interessantes Leben geführt. Kommen Sie hier entlang, ich zeige Ihnen die Porträts.»

Er führte sie wieder treppauf, diesmal aber bis ins oberste Stockwerk. «Das ist die Long Gallery.» Er stieß die Tür zu einem Raum mit einer prächtigen Holzdecke und holzvertäfelten Wänden auf, der die gesamte Längsseite des Gebäudes einnahm. Hurtig führte Colonel Briggs Zuleika an den steifen Herren und Damen des 16. Jahrhunderts mit ihren Halskrausen und Juwelen vorbei, vorbei auch an den prahlerischen Kavalieren und vollbusigen Schönen aus der Zeit Karls I. und II., um dann unvermittelt vor einigen Gemälden stehenzubleiben.

«Das sind die Beauregards», erklärte er. «Der Dunkle hier ist Marcus. Diese beiden sind seine Eltern, und das da ist Philadelphia, seine Frau, die Ehe war jedoch zerrüttet. Eine Schönheit, nicht wahr?»

Zuleika betrachtete das makellose ovale Gesicht und die glänzenden, verträumten Augen. «Hübsch, aber schwierig, würde ich sagen.»

Colonel Briggs lachte. «Ein Gesicht, das einen nicht loslässt. Aber Sie haben vollkommen recht, sie war schwierig. Und dies ist das Porträt, nach dem Sie sich erkundigt haben.»

Das Gemälde, vor dem Colonel Briggs stand, war etwas kleiner als die anderen. Das Brustbild zeigte eine junge Frau, fast noch ein Kind. Sie trug ein gelbes Kleid aus changierender Seide und ein Schultertuch aus Spitze. Ungepuderte Locken von rötlich schimmerndem Braun fielen ihr auf die weißen Schultern. Aufrecht auf ihrem Schoß hielt sie eine Violine, die Hand fest um den Geigenhals geschlossen.

Zuleika fand das Bildnis verstörend. «Die Augen! Magnetisierend!»

«Die Leute äußern sich immer zu ihren Augen. Es soll ja das Kennzeichen eines guten Porträts sein, dass einem die Augen zu folgen scheinen, aber das wissen Sie bestimmt selbst. So wirkt das Bild lebendig, ein guter Trick. Aber bei ihr haben die Betrachter das Gefühl, ihr Blick sei böse.»

«Keine Signatur des Malers, kein Titel?»

«Nein. *Im Stil von Raeburn*, heißt es oft, und der Titel dazu:

Porträt eines Mädchens mit Violine. Interessant ist, dass wir unlängst Familiendokumente durchgesehen haben und dabei auf ein Verzeichnis der Gemälde im Haus aus dem Jahr 1816 gestoßen sind. Da ist ein Bild aufgelistet, das eine Henrietta Bellavista mit Violine zeigen soll. Wir glauben, das ist sie.»

Henrietta. Und Bellavista, die italienische Version des Namens Beauregard. War dies die Henrietta, deren Grab auf dem Friedhof angeblich leer war?

«Wir dachten zuerst, sie könnte eine Tochter von Philadelphia und Marcus sein, aber die beiden hatten keine Kinder, zumindest sind in der hiesigen Kirche keine Geburten dokumentiert. Und als Marcus starb, gingen Haus und Grundbesitz an einen Cousin mütterlicherseits, also einen Briggs. Er ist mein Urahn. Wir können nicht mit Sicherheit sagen, wer das Mädchen auf dem Porträt ist, aber wir wissen mittlerweile, dass sie Marcus' Geliebte war. So steht es in der Familienchronik, die ein Urahn von mir verfasst hat. Anscheinend gab es damals einen richtigen Skandal.»

Wenn Philadelphia ihren Mann verlassen hat, wäre das ein Grund gewesen, nach Beauregard, ihrem Familiensitz, zurückzukehren …

«Dürfte ich Fotos machen?», fragte Zuleika und deutete auf ein Schild an der Wand. «Normalerweise ist das ja nicht erlaubt, aber …»

Der Colonel war gekränkt. «Meine liebe Dr. Rathbone, machen Sie so viele Fotos, wie Sie wollen.» Nachdenklich betrachtete er das Bildnis. «Ja, die Ehe war nicht von Erfolg gekrönt, und am Ende zahlte Marcus Beauregard einen hohen Preis. Trinken Sie eine Tasse Tee mit uns, meine Frau möchte Sie gern kennenlernen, dann erzähle ich Ihnen die Geschichte.»

❖ ❖ ❖

Zuleika erwachte früh. Aus irgendeinem Grund hatte sich das Rollo aus der Halterung gelöst, war mit einem Surren hochgeschnellt, klickend gegen das Fenster geschlagen und hatte sie geweckt.

Gähnend räkelte sie sich und stand auf. Viertel nach sechs. Sie kniete sich auf das niedrige Fensterbrett, rieb sich die Augen und schaute hinaus.

Der Himmel im Osten hatte die durchsichtige Helligkeit der Morgendämmerung. Hinter den dünnen rosa und grauen Wolkenstreifen würde bald die Sonne hervorbrechen. Die Zweige der hohen Blutbuche, deren Laub im Sommer dunkel lodern würde, waren noch winterlich kahl und zeichneten sich mit verblüffender Klarheit gegen das Morgenlicht ab.

Zuleika gähnte noch einmal herzhaft, beschloss, das Rollo oben zu lassen, damit sie den sich verändernden Himmel beobachten konnte, und legte sich wieder ins Bett. Die Hände hinter dem Kopf gefaltet, dachte sie über die Beauregards nach. Wer hätte gedacht, dass Philadelphia eine solche Hexe gewesen war? Umwerfend schön, jedenfalls nach dem Gemälde zu urteilen. Und sie hatte so viel Unheil angerichtet. *Möge der Herr ihrer Seele gnädig sein …*

Zuleika griff nach ihrem Notizbuch, in dem sie am Vorabend geblättert hatte.

Philadelphia hatte mit fünfzehn geheiratet. Wahrscheinlich war die Ehe arrangiert worden, gut möglich, dass sie Marcus nicht mochte, der um einiges älter war als sie. Allerdings hatte sie in den ersten Jahren ihrer Ehe offenbar nichts Ungehöriges angestellt.

Dann hatte etwas oder jemand ihr Interesse für das Okkulte geweckt. Colonel Briggs hatte berichtet, dass sich bis heute einige ihrer Bücher in der Bibliothek befänden. Offenbar hatte man sie zeitweise versteckt, denn Marcus hatte später alles verbrennen lassen, was mit dem merkwürdigen Hobby seiner Gattin zusammenhing.

Philadelphia schritt von der Theorie zur Praxis und fand bald Gleichgesinnte. Vielleicht nicht gerade Nachbarn, eher Besucher aus London. Bestimmt fing sie um diese Zeit an, sich auf Liebschaften einzulassen. Teils hatte das wohl mit den Ritualen zu tun, teils war es reines Vergnügen.

Colonel Briggs konnte seine Missbilligung nicht verhehlen, als sie zu diesem Teil der Geschichte kamen. «Ehebrecherische Beziehungen», sagte er. Mrs. Briggs, eine Frau mit fröhlichen Augen und einem ausgeprägten Sinn für Humor, war anderer Ansicht. «Ich mache ihr nicht zum Vorwurf, dass sie den einen oder anderen Liebhaber hatte. Wenn eine Frau in eine Vernunftehe gezwungen wird und keine Kinder hat, warum soll sie da treu bleiben?»

Als sie Anfang zwanzig war, nahm Marcus sie schließlich mit nach London. Wie Colonel Briggs erklärte, verbrachten Familien der Oberschicht wie die Beauregards ganz selbstverständlich einen Teil des Jahres in der Hauptstadt. Und kaum in London angekommen, offenbar gierte sie nach Sensation und Aufregung, schloss sie sich einem üblen Zirkel an, der mit Schwarzer Magie experimentierte und mysteriöse Rituale praktizierte.

Colonel Briggs' Urahn erzählte diese Episode mit einer Mischung aus aufrichtiger Empörung und lüstern-genüsslicher Detailgenauigkeit.

In London hatte Philadelphia tüchtig über die Stränge geschlagen und wurde deswegen von ihrem Mann scharf zurechtgewiesen. Unter der Obhut eines Ehepaars, das sie bewachen und weitere Verstrickungen in die dunklen Künste verhindern sollte, schickte er sie nach Gryersdon zurück. Bald jedoch trug Philadelphias verderblicher Einfluss auf die beiden Früchte, und sie weihte ihre Aufpasser in die Mysterien ihres Kults ein. Ein Nachbar setzte Marcus in Kenntnis, der auf dem schnellsten Weg zurück nach Gryersdon fuhr und seine Frau heftig zurechtwies. Als der Nachbar, der Philadelphias Treiben ihrem Mann gemeldet hatte, unter ungeklärten Umständen starb, nachdem die Beauregards bei ihm diniert hatten, hatte Marcus genug von seiner jungen Gemahlin und schickte sie zu ihrer Familie zurück.

Während sie jetzt wieder einschlief, dachte Zuleika an die Decke im venezianischen Flügel. Bestimmt hatte Philadelphia das Deckengemälde in Auftrag gegeben – was bewies, dass sie nach der Rückkehr in den Familiensitz ihre schlechten Gewohnheiten nicht aufgab. Ihr Bruder Henry war zu bedauern. Kein Wunder, dass sie kein anständiges Begräbnis erhalten hatte. Sogar die Dorfleute, die ja selbst eigentümliche Bräuche pflegten, schienen von ihrem Lebenswandel schockiert gewesen zu sein.

❖ ❖ ❖

Zuleika war froh, dass Sylvestra wieder aufgenommen worden war; und das war allein Jeremy Zeals zu verdanken. Anders als Mr. Fitzhoward hatte er sich die Mühe gemacht, der Sache auf den Grund zu gehen, und er konnte beweisen, dass Sylvestra für die Überschwemmung in der Mädchenumkleide gar nicht verantwortlich sein konnte.

«Die Abflüsse der Duschen sind durch Steine verschlossen gewesen, die so groß sind, dass sie von der Dusche her gar nicht reingesteckt worden sein konnten. Wie die Wasserhähne klemmen konnten, ist nicht nachvollziehbar, und der Klempner sagt, so etwas wie die überfließenden Toiletten habe er noch nie gesehen.»

«Trotzdem bin ich sicher ...»

«Sylvestra hätte gar nicht die Zeit gehabt, es zu tun, selbst wenn es technisch möglich wäre. Fünf Minuten, bevor sie zur Turnhalle ging, war sie mit mehreren Leuten im Speisesaal gewesen. Eine Viertelstunde zuvor, als Sylvestra noch gegessen hat, war die Sportlehrerin in der Turnhalle und fand alles in bester Ordnung vor. Unter diesen Umständen müssen Sie Sylvestra wieder aufnehmen. Denn wenn Professor Beauregard erführe ...»

«Nun gut.»

Zuleika hatte die Fotos von dem Porträt auf dem Bildschirm und zeigte sie Harry, Lutz, Caro und Festy. «Die Violine auf dem Porträt ist unsere. Das Mädchen heißt Henrietta. Wir kommen der Lösung näher, was meint ihr? Marcus lernte sie in London kennen und nahm sie als seine Geliebte mit nach Gryersdon.»

«Obwohl Philadelphia noch dort war?»

«Nein, sie war schon einige Zeit vorher ausgezogen und hatte Henrietta sogar ihrem Ehemann vorgestellt. Vermutlich stand Marcus auf junge Mädchen, diese Henrietta war ja anscheinend noch ein Teenager. Sein Haushalt war empört, sie war Ausländerin und eine Hure, und sie hatte das Sagen.

Wahrscheinlich hätten sie sich mit der Zeit an sie gewöhnt, aber kaum war sie ein paar Wochen dort, starb Marcus.»

«Er starb? Wie alt war er denn?»

«Ziemlich jung, Anfang vierzig. Es ging das Gerücht, er sei keines natürlichen Todes gestorben. Allerdings konnte nichts nachgewiesen werden, und damals starben die Menschen oft an Lebensmittelvergiftung.»

«Früher musste man robust sein, um überhaupt die Kindheit zu überleben, und robuste Leute kippen nicht so leicht um», sagte Caro.

«Er ist aber umgekippt. Und die junge Geigerin wurde vor die Tür gesetzt, als der neue Besitzer das Anwesen übernahm. Er war Colonel Briggs' Vorfahr.»

«Sie sagen, Henrietta wurde vor die Tür gesetzt? Wo ist sie hingegangen?»

«Wer weiß?», sagte Zuleika. «Vielleicht zurück nach Italien? Oder nach London?»

«Irgendwann muss sie nach Beauregard gekommen sein, wenn sie hier begraben ist.»

«Oder auch nicht.»

Im Lehrerzimmer herrschte düstere Stimmung.

«Das waren zu viele Unfälle», stellte Petrus fest. «Viel zu viele Pannen. Habt ihr gehört, dass ein Elektriker bei der Arbeit in der Kapelle beinahe ums Leben gekommen wäre? Eine Leitung, die hätte tot sein müssen, stand unter Strom und hat ihm einen solchen Schlag versetzt, dass er rückwärts die Altarstufen runtergeflogen ist.»

«Und Xian», sagte Rosie matt.

«Was ist mit ihm passiert?»

«Ein Stein hat sich aus einer Mauer im Küchengarten gelöst, als er eine Abkürzung vorbei an den Gewächshäusern nahm. Er wurde an der Schulter verletzt und kann deshalb nicht spielen.»

«Und was ist mit dem Piatti-Wettbewerb?», fragte jemand.

Rosie, die am Fenster gestanden und auf die graue Landschaft im Nieselregen geblickt hatte, drehte sich um. «Keine Chance. Selbst wenn wir ihn mit Schmerzmitteln vollpumpen würden, könnte er nicht genug üben, um optimal vorbereitet zu sein. Der Arzt sagt, er muss sich zehn bis vierzehn Tage schonen.»

Jeremy Zeals machte ein besorgtes Gesicht. «Es ist nur eine Frage der Zeit, bis das in die Presse gelangt. Der Direktor hat bisher alles heruntergespielt. Schließlich kann ein Kurzschluss als ziemlich öde Angelegenheit hingestellt werden. Aber früher oder später dringt es nach draußen.»

«Schon passiert», rief Petrus und schwenkte eine Zeitung. «*Erneut rätselhafte Ereignisse an der Beauregard Abbey School.* Nur eine Randnotiz, aber sie haben schon Lunte gerochen.»

Tessa Tonkin trug ihre Tasse zur Spüle. «Wie geht es Alistair, weiß das jemand?»

«Er wird wieder», sagte Jeremy Zeals, der für Alistairs Haus zuständig war. «Er hat einen komplizierten Beinbruch, einige Rippen sind angeknackst, und sein blaues Auge sieht böse aus. Aber das Schlimmste ist, dass er sich so elend fühlt. Ich weiß nicht, was mit ihm los ist. Die Ärztin macht sich jedenfalls Sorgen. Sie spricht von Depressionen, und da muss mehr dahinterstecken als der Unfall.»

«Depressionen!», rief Petrus. «Ja, das kann ich mir vorstellen, darunter leiden wir alle, oder werden es demnächst, wenn sich hier nichts ändert.»

❖ ❖ ❖

Staunend inspizierte Wyndham den Schaden in der Alten Bibliothek. «Schöne Bescherung.»

Zuleika stand neben ihm, den Arm voller Bücher. «Ist das nicht ein Jammer?»

Wyndham fing einen Band auf, der von Zuleikas Stapel rutschte, und nahm ihr noch ein paar weitere ab. «Wenigstens ist dir nichts passiert. Ich wäre untröstlich gewesen. Wo willst du mit den Büchern hin?»

Zuleika gab ihm einen Klaps. «Die bringe ich runter. Ich helfe der Bibliothekarin. Wir haben ein Klassenzimmer requiriert, um die Bücher zu sortieren und den Schaden zu schätzen.»

«Die Bibliothek war wohl vollgestopft mit kostbaren Bänden?»

«Ja, Nicholas Beauregard ist nicht gerade begeistert, er meint, versicherungstechnisch sei es ein Albtraum. Aber glücklicherweise enthielten die Regale, die es am schlimmsten getroffen hat, vor allem juristische Texte und viktorianische Predigten. Im Übrigen haben die Einbände am stärksten gelitten, da ist einem Buchrestaurator für einige Jahre eine Vollzeitbeschäftigung garantiert.»

«Hier ist ja ein trauriger kleiner Kerl.» Wyndham hatte

einen Hauch von Rot unter einigen Regalbrettern entdeckt. «Och, von dir ist aber nicht mehr viel übrig.» Er betrachtete den Buchrücken, blies den Staub weg und betastete die Prägeschrift. «Ein Tagebuch. Traurige Vorstellung, dass uns die Gedanken des Tagebuchschreibers für immer verborgen bleiben werden.»

«Moment mal.» Zuleika legte ihre Bücher neben die von Wyndham auf den Boden und nahm ihm die Überreste des Tagebuchs ab. «Das habe ich gesucht. Dieses Buch habe ich aus dem Regal gezogen, als die Decke runterkam.»

«Waren da die Seiten noch intakt?»

«Aber ja. Auf dem Deckblatt stand Philadelphia Beauregards Name. Verdammt, dieses Tagebuch wäre so hilfreich gewesen. Da unten liegen nicht zufällig lose Seiten herum?»

Wyndham bückte sich. «Nur eine Büroklammer und eine Staubmaus. Nein, Moment, da ist ein Blatt Papier, sieht ziemlich mitgenommen aus.» Er hob es auf, pustete Putzreste von der schnörkeligen Handschrift. «Ob es wohl etwas mit dem Tagebuch zu tun hat?»

Zuleika sah sich das Blatt an. «Das ist ein Brief. Vielleicht steckte er zwischen den Seiten des Tagebuchs.»

«Und da ich den kostbaren Brief gefunden habe, lädst du mich jetzt zum Mittagessen ein.» Wyndham grinste und legte Zuleika ihren Bücherstapel in den Arm.

❖ ❖ ❖

Zuleika hatte gerade ihre Transkription des Briefes fertiggestellt, den Wyndham in der Bibliothek gefunden hatte. Es war ein Schreiben Henry Beauregards an seine Schwester Philadelphia aus dem Jahr 1767.

Madam –

zwar versucht Ihr die Sache zu verharmlosen, aber ich glaube, Euer Gewissen sagt Euch, wie schändlich und sündhaft Euer Betragen ist. Ihr beschuldigt Euren Gemahl der Härte, aber wer kann seinen Entschluss tadeln, sich von Euch loszusagen? Hättet Ihr mir in einer Haltung der Bußfertigkeit geschrieben, so hätte ich von Marcus Beauregard vielleicht einen Beschluss zu Euren Gunsten erwirken können. Aber die Zeit des Mitgefühls ist vorbei, und wo keine Besserung ist, kann es auch keine Versöhnung geben.

Gegenwärtig werde ich Euch nicht in Beauregard Abbey empfangen. Stattdessen werdet Ihr nach Venedig gehen, wo Eure Cousine Ormesini Euch aufnehmen und in die venezianische Gesellschaft einführen wird. Ich vertraue darauf, dass ihre Beständigkeit und ihr Gleichmut einen wohltätigen Einfluss auf Euer flatterhaftes Gemüt ausüben und Euch zeigen werden, wie weit Ihr von dem Wege abgeirrt seid, der einer Dame Eures Standes vorgezeichnet ist.

Ich möchte, dass Ihr während Eures Aufenthalts in Venedig ein junges Mädchen aufsucht, das seit kurzer Zeit im Waisenhaus lebt und, soviel ich weiß, zur Musikerin ausgebildet wurde. Ihre Mutter Francesca Baldi ist unlängst

gestorben. Henrietta, das Mädchen, ist meine leibliche Tochter und jetzt etwa dreizehn Jahre alt. Ihr sollt sie in Eure Obhut nehmen und zu gegebener Zeit mit ihr nach England zurückkehren. Das für die Reise notwendige Geld schicke ich Euch mit getrennter Post, obwohl ich von meinem Schwager Marcus mit Entsetzen vernehme, dass Ihr Euch im Besitz einer beträchtlichen Summe Geldes und zahlreicher wertvoller Schmuckstücke befinden sollt, die seiner Familie gehören.
Ich kann nur beten, dass dem nicht so ist. Es wird einen gehörigen Skandal geben, wenn Marcus Beauregard gezwungen sein sollte, sein Eigentum auf dem Rechtswege einzuklagen. Ich weiß, dass Ihr nichts gern aus der Hand gebt, worauf Ihr ein Besitzrecht zu haben glaubt, aber ich versichere Euch, Madam, dass Ihr in diesem Falle in den Augen des Gesetzes und, schlimmer noch, in den Augen Gottes alle Rechte verwirkt habt.

✤ ✤ ✤

Im Korridor zwischen dem Kreuzgang und der Großen Halle kam Zuleika Margo entgegen. Unter den gleichgültigen Blicken der Beauregards in der Porträtgalerie wurde sie auf den neuesten Stand der Ereignisse gebracht.

«Hier herrscht im Moment große Aufregung», sagte Margo. «Und der Direktor lässt seiner Wut freien Lauf.»

«Wieso denn?»

«Über den ganzen Ärger mit der Beleuchtung und der Überschwemmung weißt du ja schon Bescheid. Und bestimmt hast du auch gehört, dass es im Chemielabor diese Woche zweimal gebrannt hat. Das Feuer konnte schnell gelöscht werden. Zum Glück war kein Unterricht, sodass es nur die Lehrer mitbekommen haben. Und dann wurden mehrere Schüler verletzt, einer davon schwer. Das sind Fälle für die Versicherung. Und jetzt …»

Sie zögerte. Zuleika zählte strenggenommen nicht zur Lehrerschaft, und Margo wollte nicht überall herumerzählen, was heute geschehen war.

«Lass uns im Lehrerzimmer was trinken, nur zehn Minuten», schlug Zuleika vor. «Da ist jetzt keiner.»

«Erzähl», bat sie ein paar Minuten später, als sie sich in zwei der bequemeren Sessel fallen ließen. Tatsächlich waren sie hier ungestört.

«Ein Lehrer wird beschuldigt, ein Mädchen aus der Oberstufe sexuell belästigt zu haben. Allerdings entbehrt dieser Vorwurf jeder Grundlage. Der Lehrer ist seit Jahren hier an der Schule tätig und hat sich nie etwas zuschulden kommen lassen. Er ist glücklich verheiratet, hat selbst Kinder und bestreitet die Vorwürfe.»

«Oh, Gott», rief Zuleika bestürzt. «Kein Wunder, dass du so durcheinander bist.»

«Der Lehrer hat dieser Schülerin nie etwas durchgehen lassen, ganz im Gegensatz zu einigen seiner Kollegen. Er hat sie getadelt, weil ihre Arbeit zu wünschen übrig lässt, obwohl sie sich selbst für die Allerbeste hält.»

«Und deshalb versucht sie, ihm das anzuhängen?»

«Die Sache ist komplizierter. Er behauptet, das Mädchen wolle sich an ihm rächen, weil er ihre Annäherungsversuche zurückgewiesen hat.»

«Und wie verhält sich Fitzhoward in dieser Situation?»

«Er spricht mit dem Lehrer. Lässt Tessa Tonkin mit dem Mädchen sprechen. Hört sich beide Seiten an. Tessa befragt die Freundinnen des Mädchens und ihre Klassenkameraden.»

«Werden denn keine Sozialarbeiter hinzugezogen?»

«Nicht, wenn wir die Sache selbst klären können.»

Zuleika schaute Margo eindringlich an. «Da steckt mehr dahinter, stimmt's? Ja, es ist alles sehr bedauerlich und ein großes Problem. Aber da ist noch etwas anderes, hab ich recht?»

«Belassen wir es dabei», sagte Margo nach einer langen Pause.

Zuleika streckte die Beine aus, verschränkte die Hände im Nacken und schaute zur Decke hoch. «Nehmen wir mal an, rein theoretisch, das Mädchen ist ein Star und wird der Schule großes Ansehen einbringen. Sie verhält sich dieses Schuljahr wie eine kleine Hure und macht einigen ihrer Mitschüler das Leben zur Hölle. Die Behauptung des Lehrers, sie habe ihm sexuelle Avancen gemacht, ist also mehr als wahrscheinlich.»

«Zuleika, du weißt zu viel.»

«Ich wohne immerhin hier. Ich spreche mit den Lehrern. Und ich habe Augen im Kopf. Es geht um Arabella, und du hast ein Riesenproblem.»

«Du hast es auf den Punkt gebracht.»

«Und was hat Fitzhoward vor? Komm schon, wen hat Arabella beschuldigt?»

«Jeremy Zeals.»

Zuleika atmete hörbar aus. «Er ist einer der besten Lehrer, die mir jemals untergekommen sind. Nie im Leben würde er was mit einer Schülerin anfangen. Ich bin zwar keine Expertin auf diesem Gebiet, aber ich habe seinerzeit ein paar Semester Psychologie studiert. Und glaub mir, an dem Vorwurf ist gar nichts dran.»

«Ich bin ganz deiner Meinung. Aber der Direktor macht das,

was jeder Direktor einer Privatschule machen würde. Er suspendiert den Lehrer, aber diskret. Aus privaten Gründen ausgeschieden, so lautet dann die offizielle Erklärung. Unterdessen katzbuckelt er vor Arabella und fragt, was er tun kann, um sie für diese entsetzliche Erfahrung zu entschädigen.»

«Was ist bloß in dieses Mädchen gefahren?»

«Weiß der Himmel», sagte Margo bitter. «Ich wünsche mir nichts sehnlicher, als dass sie unsere Schule verlässt und nach London, nach Amerika oder sonst wohin geht. Aber nein, ihr gefällt es in Beauregard.»

«Ist es nicht komisch, dass sie unbedingt hierbleiben will?»

«Ja. Rosie sagt, ihr Agent und ihr Lehrer wollen beide, dass sie nach London geht, aber sie will davon nichts wissen.»

Zumindest diese Geschichte konnte nicht auf das Konto eines Poltergeistes verbucht werden. Caitlins Mails aus Salem ließen nichts Gutes ahnen. *Zunehmende Aktivitäten von Poltergeistern* – das klang bedrohlich. Sie war nur noch für ein paar Wochen hier, aber Caitlin hatte Einzelheiten wissen wollen und sie gewarnt.

Ich weiß, dass du etwas anderes zu tun hast, hatte Caitlin geschrieben. *Aber was du von Beauregard erzählst, verweist darauf, dass bei euch Poltergeister wirken, und Angriffe von Poltergeistern können gefährlich sein, vor allem, wenn die Opfer wehrlose junge Leute sind. Sieh dich vor.*

Mallins, lass Sylvestra in Frieden. Du wirst heute hier nicht mehr gebraucht, also geh bitte. Und zwar sofort!», rief Sylvia quer über die Bühne. Dann wandte sie sich an Caro, die Festy und Jack mit zusammengekniffenen Augen beobachtete. Jack Mallins wurde von Tag zu Tag aggressiver. Offenbar hatte er Festy vorhin beim Arm genommen und, sein Gesicht ganz dicht an ihrem, irgendeine Drohung ausgestoßen.

Während er jetzt vorbeischlenderte, pfeifend, die Hände in den Hosentaschen, warf er Sylvia einen unverschämten Blick zu. Sie zuckte zusammen, als hätte er ihr einen Schlag versetzt. Caro sprang von ihrem Hocker auf. «Hey, Miss Trevisan, alles in Ordnung?»

Sylvia brachte ein Lächeln zustande. «Alles in Ordnung.»

«Ich krieg richtig Gänsehaut, wenn ich ihn sehe», sagte Caro. «Mir wäre es lieber, wenn er überhaupt nicht mitspielen würde, schon gar nicht als Zweitbesetzung für Festy. Musste das wirklich sein?»

«Der Direktor hat darauf bestanden.»

Als die Probe zu Ende war, stand Sylvia an der Schwingtür und beobachtete, wie ihre Schauspielerinnen und Schauspieler ins Freie strömten und in ihren Wohntrakt oder in den Gemeinschaftsraum eilten, um noch eine Kleinigkeit zu essen, bevor die letzten Unterrichtsstunden an diesem Tag begannen.

Sie hörte Schritte hinter sich und fuhr herum.

«Ich bin's nur», sagte Margo. «Ich wollte dich nicht erschrecken. Kommst du heute Abend zum Probekonzert für den Piatti-Wettbewerb?»

«Mir bleibt wohl nichts anderes übrig. Die Schüler weigern sich, das Publikum für Arabella zu spielen, also hat der Direktor die gesamte Lehrerschaft zur Teilnahme verdonnert. Ich möchte relativ spät hingehen, damit man mich in der Pause sieht, und mich dann wieder verdrücken.» Sie unterbrach sich, als sie eine elegant gekleidete Gestalt über den Rasen gehen sah. «Wie ich sehe, wird auch Nicholas das Konzert mit seiner Anwesenheit beehren. Ob er die Geschichte mit Jeremy Zeals schon kennt?»

Margo beschattete ihre Augen gegen die untergehende Sonne, vor der sich Nicholas' Silhouette abzeichnete. «Er weiß ganz sicher Bescheid. In Beauregard geschieht nichts, was diesem Mann entgeht.»

❖ ❖ ❖

Und nun fand in London der Piatti-Wettbewerb statt.

Die Nachricht von Arabellas virtuosem Spiel hatte sich wie ein Lauffeuer verbreitet, ihr Name war in aller Munde. Ein als Favorit gehandelter Russe fragte ganz verzweifelt: «Aber wer ist sie? Woher kommt sie? Wo hat sie studiert? In einem so großen internationalen Wettbewerb kann doch unmöglich eine englische Geigerin gewinnen.»

Ein Spieler nach dem anderen trat auf. In diesem Jahr lag die Messlatte besonders hoch. Nachdem die sechs Finalisten gespielt hatten, unter ihnen auch Arabella, erhob sich Rosie von ihrem Platz, um sich eine Erfrischung zu gönnen. Ein junger Mann stand plötzlich neben ihr.

«Hallo, Roger. Was machen Sie denn hier?»

«Als ich gehört habe, dass jemand auf der Beauregard-Violine spielt, musste ich einfach kommen. Sie ist sensationell, nicht wahr?», fragte er mit einer Geste zur Bühne, wo Arabella stand und mit Rory redete.

«Kommen Sie, ich stelle sie Ihnen vor», bot Rosie an und ging voran.

Arabella sah Roger an, als wäre er eine lästige Fliege, und fuhr fort, in ihren Noten zu blättern.

«Darf ich?», fragte Roger und streckte die Hand nach der Geige aus.

Arabella entzog sie ihm. «Nein. Was bilden Sie sich ein? Niemand fasst meine Geige an.»

«Arabella», sagte Rosie mit einer Stimme, die selbst Arabella verunsichern musste. «Das ist Roger Moffat von Wolf & Co. Seine Werkstatt hat die Geige nach ihrer Entdeckung auf Vordermann gebracht. Und vielleicht darf ich dich auch daran erinnern, dass sie nicht dir, sondern dem Stiftungsrat gehört.»

«Nicht mehr lange», gab Arabella mit triumphierendem Grinsen zurück. «Mr. Fitzhoward wird dafür sorgen, dass ich sie bekomme.»

Rosie, die das zum ersten Mal hörte, war entsetzt. Aber hier war nicht der richtige Zeitpunkt, um darüber zu diskutieren.

«Wenn ich die Geige nur für einen Moment haben könnte», sagte Roger, jetzt sehr kühl. «Ich würde gern einen Blick darauf werfen. Sie möchten heute Abend doch sicher auf einem Instrument spielen, das vollkommen in Ordnung ist.»

«Die Geige ist in Ordnung», erwiderte Arabella. «Und wenn nicht, wäre das Ihre Schuld.»

«Wenn man ein Instrument einstellt, ohne zu wissen, wer es spielen wird, ist das etwas ganz anderes, als wenn man es individuell einstellen kann. Der Stimmstock ist zwar in der richtigen Position, doch wir könnten ihn um eine Winzigkeit verstellen, das würde den Klang erheblich verbessern. Aber eigentlich bräuchten Sie eine bessere Geige, bei der hier stoßen Sie schnell an Grenzen.»

«Nein», erwiderte Arabella entschlossen. «Ich werde niemals auf einer anderen Geige spielen. Sie hat keine Grenzen.»

Roger ist wirklich ein Schatz, dachte Rosie, als er die widerspenstige Arabella mit Engelsgeduld dazu gebracht hatte, ihm die Geige zu überlassen. Er inspizierte sie sehr genau, dann bot er ihr an, sein Werkzeug aus dem Wagen zu holen. «Ich nehme hier und da ein paar kleine Korrekturen vor, und Sie probieren sie aus. Es wird nicht lange dauern, aber der Effekt ist enorm.»

«Er hat recht», sagte Rosie. «Aber es ist deine Entscheidung, Arabella.»

«Nun ja, also dann.»

«Eine wunderbare Virtuosin», sagte Roger, als er mit Rosie den Saal verließ. «Aber ihr Benehmen ist haarsträubend. Sie ist eben nervös. Und für eine Finalistin ist sie wirklich noch sehr jung.»

«Nervös?» Rosie lachte kurz auf. «Ich fürchte, sie benimmt sich immer so. Es sei denn, sie möchte sich bei jemandem einschmeicheln, um ihn rumzukriegen, zu beeindrucken oder zu verführen.»

Roger musste lachen. «Und ich zähle zu keiner dieser Kategorien? Ich kann nicht sagen, dass ich darüber traurig bin. Wenn ich mich um diese Geige kümmere, dann nur meiner Firma zuliebe, denn mir persönlich ist es vollkommen gleichgültig, ob das Mädchen gewinnt oder nicht. Wollen wir zusammen eine Kleinigkeit essen, Rosie? Oder müssen Sie bei ihr bleiben? Ich habe etwas über den vorigen Besitzer der Geige herausgefunden. Ich hätte Ihren Schützling ja gern auch eingeladen, aber nachdem ich das Mädel kennengelernt habe, würde ich lieber darauf verzichten.»

«Kein Problem, sie wird mit ihrer Lehrerin und ein paar Journalisten zu Mittag essen.»

❖ ❖ ❖

Roger war sichtlich aufgeregt über seine Entdeckungen, und noch bevor er in sein Thunfischsandwich biss, zog er ein paar Schriftstücke aus der Tasche. «Ich wollte Sie schon anrufen, hatte mir aber bereits gedacht, dass ich Sie treffe. Eine Kollegin von Ihnen in Beauregard, Dr. Rathbone, hat mir ein Foto geschickt, das sie von dem Porträt des Mädchens mit der Geige in Gryersdon gemacht hat. Dafür bin ich dankbar, weil es eine viel bessere Aufnahme ist als die, die ich schon habe. Dr. Rathbone zufolge glaubt der Besitzer des Porträts, es handle sich um Henrietta Bellavista.»

«Ja», sagte Rosie. «Ich selbst war zwar nicht in Gryersdon, aber ich kenne die Geschichte.»

«Bei dem Namen haben bei mir sofort alle Alarmglocken geschrillt», fuhr Roger fort und biss in sein Sandwich. «Meine Güte, was haben die da bloß reingetan? Sagespäne?» Er legte das Sandwich auf seinen Teller zurück und sagte: «Also habe ich ein bisschen recherchiert und eine Menge über sie herausgefunden.»

«Erzählen Sie», forderte Rosie ihn auf, die Ellbogen auf den Tisch gestützt. Arabella, Rory und der Musikwettbewerb waren in weite Ferne gerückt.

«Um 1760 kamen Oratorien und die italienische Oper aus der Mode, und die Gönner entwickelten eine Vorliebe für kostspielige Konzerte, oft mit Interpreten aus dem Ausland. Es gab da eine venezianische Sängerin namens Theresa Cornelys, die zufällig eine von Casanovas zahlreichen Geliebten war und Konzerte für die bessere Gesellschaft in London veranstaltete.»

«Jetzt sagen Sie bloß nicht, dass diese Henrietta Bellavista bei einem dieser Konzerte gespielt hat?»

«Sogar bei mehreren. Ich habe Reklamezettel entdeckt, mit denen man adlige Abonnenten für die Konzerte warb. Darin wird Henrietta als eine junge venezianische Virtuosin angekündigt, deren Darbietung und Schönheit die Ohren und die Herzen der Zuhörer erobern werden. Sie hat die Musikwelt Londons im Sturm erobert. Die Kritiker schwärmten von ihr, alle wollten sie hören.» Er kramte in seinen Unterlagen. «Das hat ein ansonsten eher nüchterner Kritiker über sie geschrieben: *Sie muss ihre Seele dem Teufel verkauft haben, denn sie spielt so hinreißend und meistert auch die schwierigsten Passagen mit der Leichtigkeit einer doppelt so alten Virtuosin.*»

«Zuleika und die Schüler in ihrem Geschichtskurs werden sich freuen, das zu hören. Wir sind uns zwar nicht sicher, aber wir glauben, dass diese Henrietta Bellavista in Wirklichkeit eine Beauregard war. Ein uneheliches Kind, die Nichte jener Philadelphia, die Ihren Unterlagen nach die Geige zur Reparatur nach London geschickt hat.»

Roger ließ einen tiefen, zufriedenen Seufzer hören, dann schoss ihm etwas durch den Kopf. «Herrgott, mein Artikel! Da muss ich doch noch die neuen Informationen über Henrietta einfügen. Hoffentlich ist es nicht zu spät, er erscheint in der nächsten Nummer.»

«Rufen Sie am besten gleich an», empfahl Rosie. «Kommen Sie heute Abend?»

«Wird sie gewinnen?»

«Wahrscheinlich.»

«Ich glaube, ich recherchiere lieber noch ein bisschen zu Henrietta Bellavista und ihrer Geige.»

«Arabella hat den Piatti-Preis gewonnen», sagte Festy und schlug ihr weichgekochtes Ei mit dem Löffel auf.

Sie frühstückten in dem betriebsamen Speisesaal. Für Außenstehende herrschte hier ein Höllenlärm, aber die Schüler waren daran gewöhnt.

«Ich weiß», antwortete Harry. «Ich habe es gestern Abend im Radio gehört. Ein Genie, ein strahlendes neues Talent, technische Brillanz, bla, bla, bla.»

«Ich wette, Mr. Moorlynch und Miss Grier haben heute Morgen einen saumäßigen Kater», sagte Caro, die gerade hinzugekommen war und jetzt ihre randvolle Schale Müsli vorsichtig abstellte.

«Schütt mir bloß nicht dein Kaninchenfutter auf den Schoß», sagte Harry und zog seinen Stuhl mit einem lauten Quietschen zur Seite.

«Der Direktor wird sich nicht mehr einkriegen.»

«Reich mir mal die Milch rüber, Festy. Was stellst du bloß mit diesem Ei an?»

Festy hatte das ausgelöffelte Ei in ihrem Eierbecher umgedreht und bearbeitete es kräftig mit ihrem Löffel. «Man muss es kaputt machen, damit nicht eine Hexe sich darin einnistet.»

«Das muss aber eine sehr kleine Hexe sein», meinte Harry. «Du bist anscheinend in einer ausgesprochen vernünftigen Familie groß geworden. Was für ein Professor, hast du gesagt, ist dein Vater noch mal?»

«Quantenphysik. Und das ist weitaus seltsamer als Hexenkunst.»

Eine Stimme übertönte den Lärm im Speisesaal. «Arabella ist im Fernsehen. Aufnahmen von der Schule und dem Direktor.» Alle stürmten zur Tür hinaus.

Mit stürmischen Märzwinden ging das Trimester zu Ende, wie die meisten Lehrer war auch Zuleika erleichtert, dass endlich die Ferien begannen. Die Eltern holten ihre Sprösslinge mit dem Auto ab, Taxis fuhren vor, um Schüler zum Bahnhof oder zum Flughafen zu bringen. Dann senkte sich eine tiefe Stille über die Abtei.

Zuleika hatte beschlossen, die drei Wochen in Beauregard zu verbringen und die ruhige Zeit zu nutzen, um ihre Forschungsergebnisse auszuwerten und zusammenzufassen. Jetzt trat sie aus dem Gatehouse in den frischen, stürmischen Morgen. Weiße Wolken trieben über den tiefblauen Himmel, der Wind rüttelte am jungen Laub der Bäume, und die Vögel ließen sich von den Böen tragen. Frühling lag in der Luft. Zeit für einen ausführlichen Spaziergang. Sie war einfach beschwingten Schrittes losgegangen, ohne Ziel, und stand plötzlich am Rand der Arena mit ihren geschwungenen Steinsitzen, die sich schon bald mit Theaterzuschauern füllen würden.

Doch die Bühne war keineswegs leer. Hinter einer der Säulen, die bereits für den *Sommernachtstraum* aufgestellt worden waren, trat jetzt eine Frau hervor, die Zuleika noch nie gesehen hatte. Großgewachsen, mit olivbrauner Haut und schwarzem Lockenhaar, schien sie hier ganz in ihrem Element.

Sie schaute hoch, winkte und rief: «Hi. Seid ihr Besucher oder von hier?»

Wieso gebrauche die Frau den Plural? Zuleika wandte den Kopf und entdeckte Margo in einer der Sitzreihen ein Stück näher an der Bühne. Sie lief die Stufen hinunter zu ihr hin.

«Eine Touristin», sagte Margo. «In den Ferien wandern hier immer welche herum. Ich gehe mal runter und sage ihr, dass das Privatgelände ist.»

Welche Touristin verirrte sich nach Beauregard? Zuleika schloss sich Margo an.

«Gabriella Ducat», stellte die junge Frau sich vor. «Aus den USA. Ich bin in Europa auf Forschungsreise, und als ich von Spurwith kommend das Ortsschild Beauregard entdeckte, musste ich einfach anhalten.»

«Aus Amerika?», fragte Margo verdutzt. «Wieso interessieren Sie sich für Beauregard?»

«Im Rahmen meiner Forschungen bin ich auf einige Beauregards gestoßen und vermute einfach mal, dass es sich um ein und dieselbe Familie handelt. Was für ein Ort.»

Sie machte eine weit ausholende Armbewegung zur Abtei hin. «Es ist ein College oder eine Schule, nicht wahr? Gibt es die Familie noch?»

«Es ist eine Schule.»

«Sie sieht im Moment recht verlassen aus.»

«Über welche Beauregards forschen Sie denn?», fragte Margo. «Und warum?»

«Ich schreibe an meiner Doktorarbeit in den Musikwissenschaften. Venedig im 18. Jahrhundert. Es sind insbesondere Philadelphia Beauregard und ihre Nichte Henrietta, die mich faszinieren.»

«Sie haben etwas über Philadelphia und Henrietta herausgefunden?», fragte Zuleika. «Ich bin Zuleika Rathbone und erforsche die Geschichte der Familie Beauregard und der Abtei. Müssen Sie gleich weiter? Oder wollen wir uns ein bisschen unterhalten? Vielleicht könnten wir zusammen zu Mittag essen?»

❖ ❖ ❖

Zufrieden ließ Gabriella den Blick durch die Schankstube schweifen. «Das ist endlich mal was anderes. Und der Name gefällt mir: *The Silent Monk*. Obwohl es ein wenig makaber klingt, finden Sie nicht auch?»

«Dahinter steckt eine Geschichte», sagte Zuleika. «Ich erzähle sie Ihnen später.»

«So ein Zufall», sagte Wyndham, der ihnen auf dem Weg ins Dorf begegnet war, er hatte Zuleika zum Essen einladen wollen und war nun halb enttäuscht, halb begierig darauf, Neuigkeiten über Philadelphia zu hören.

«Zufall?», fragte Gabriella.

«Sie tauchen ausgerechnet in dem Moment auf, in dem wir uns besonders für diese beiden Beauregards interessieren», erklärte Zuleika.

«So zufällig ist das vielleicht gar nicht», sagte Gabriella. «Hören Sie zu.»

Aber in diesem Moment kam bereits das Essen.

«Das riecht ja köstlich. Was ist das?»

«*Hot pot*. Eine Spezialität der Region», sagte Wyndham.

Zuleika, die es gar nicht erwarten konnte, endlich etwas über Philadelphia zu hören, hoffte inständig, dass er nicht anfangen würde, das Rezept für diesen Auflauf aus schichtweise Fleisch, Kartoffeln und Zwiebeln ausführlich zu beschreiben. Er fing ihren Blick auf, zwinkerte ihr zu und schwieg.

«Ich habe mich für ein Stipendium beworben, habe meine Ersparnisse geplündert und bin nach Venedig aufgebrochen. Sie wissen ja, wie das ist bei so einer Doktorarbeit. Man ist ganz schön fixiert. Na ja, jedenfalls hatte ich ziemlich konkrete Vorstellungen, bevor ich losgefahren bin. Hauptsächlich faszinierten mich diese Waisenmädchen, die im Orchester des Ospedale della Pietà spielten. In Venedig dann wurde mein Blick weiter, plötzlich erschien mir vieles interessant. Mein Doktorvater war jenseits des Atlantiks, niemand hielt mich also an der kurzen Leine.

Ich stieß auf Spuren von Besuchern, die aus der ganzen Welt, auch aus England, nach Venedig gekommen waren. Und ich wollte wissen, wer sie waren, woher sie kamen, was sie in dieser Stadt machten, was für Menschen sie waren.

Und so trug ich die faszinierendsten, die verruchtesten und lustigsten Geschichten aus allen möglichen Quellen zusammen: aus Tagebüchern, Briefen, Memoiren. Es war ein klatschsüchtiger Haufen, diese Venedig-Besucher, und besonders ein Engländer namens Asa Crepall hat eine wahre Fundgrube an Informationen hinterlassen. Seine Aufzeichnungen sind zum Schreien komisch. Er war ein boshafter Kritiker und unglaublich neugierig. Er wusste, wer mit wem etwas hatte, kannte Gott und die Welt, war befreundet mit der Adligen Claudia Ormesini und schloss auch Freundschaft mit Philadelphia Beauregard, einer Cousine der Ormesini.»

Sie nahm einen Schluck Bier und schaute zufrieden auf ihren leeren Teller. «Ein köstliches Essen. Danke, dass Sie mich hierhergebracht haben. Ich liebe englische Pubs, besonders die auf dem Land.»

«Und warum haben Sie sich ausgerechnet mit Philadelphia so intensiv beschäftigt?», erkundigte sich Wyndham, der mit seinem Käseteller fertig war und sich jetzt mit verschränkten Armen und ausgestreckten Beinen zurücklehnte – eine Position, die Zuleika zu deuten gelernt hatte. Je entspannter und salopper Wyndham wirkte, desto konzentrierter war er und desto schneller arbeitete sein Gehirn.

«Zum einen war sie eine unnahbare Schönheit. So etwas fasziniert einen. Außerdem kam ich bald dahinter, dass sie sich mit dem Okkulten beschäftigte, was damals in bestimmten Kreisen große Mode war.»

Bob Inglis räumte die Teller ab, wischte den Tisch sauber und pries seinen frisch zubereiteten Bread-and-Butter-Pudding mit hausgemachter Eiscreme an. Gabriella bestellte, ohne zu zögern. «Was ist Bread-and-Butter-Pudding? Klingt gut. Ich weiß gar nicht, was die Leute gegen englisches Essen haben.»

«Erzählen Sie weiter von Philadelphia», bat Zuleika.

«Sie beschäftigte sich mit schwarzer Magie, schloss sich einem erlesenen Zirkel an, in dem sie die unglaublichsten Rituale durchführten, um Tote zum Leben zu erwecken und sich dem Fürsten der Finsternis anheimzugeben. *Fürst der Finsternis*, so nannten sie den Beelzebub. Beinahe noch spannender ist jedoch Philadelphias Nichte Henrietta. Sie interessiert mich wegen der Musik und weil sie in diesem Waisenhaus gewesen ist. Erstaunlich, denn ihr Vater war ein englischer Adliger. Aber sie wurde unehelich geboren, und daher wage ich die Behauptung, dass sie nach dem Tod ihrer Mutter ins Ospedale della Pietà kam. Sie war eine Geigenvirtuosin und schlug jeden in ihren Bann, der sie spielen hörte. Das fand ich interessant.»

«Dass sie so gut spielte?», fragte Zuleika.

«Dass sie *plötzlich* so gut spielte.»

«Dass sie *plötzlich* so gut spielte», wiederholte Wyndham genüsslich. «Soso.»

«Man hat behauptet, sie habe einen Pakt mit dem Teufel geschlossen. So etwas war damals weit verbreitet. Wenn jemand mit der Geige erstaunliche Dinge vollbrachte, dann hatte der Teufel seine Finger im Spiel.»

«Siehe Thomas Mann», murmelte Wyndham. «Aber warum brachte man das immer mit Musik in Verbindung? Ich habe noch nie gehört, dass jemand Shakespeare oder Rembrandt vorwarf, er stünde mit dem Teufel im Bunde.»

Gabriella warf ihm einen anerkennenden Blick zu und fuhr fort: «Auch dass Henrietta gemeinsam mit ihrer Tante an diesen Séancen und weiß der Himmel woran sonst noch teilnahm, gab Anlass zu allen möglichen Gerüchten. Trotzdem ist es bemerkenswert, dass sie Knall auf Fall eine so außerordentliche musikalische Karriere hinlegte.»

«Sie haben recht, so etwas kann es eigentlich gar nicht geben. Und doch gibt es das. Es geschah in Venedig vor ein paar hundert Jahren. Und es geschieht heute, hier und jetzt.»

«Hier? In Beauregard?»

«Wir haben an der Schule auch ein solches Wunderkind», sagte Zuleika.

«Ja, das stimmt, Arabella Mort. Sie spielt auf Henriettas Geige.» Als Gabriella merkte, wie sehr sie die beiden mit dieser Bemerkung überrascht hatte, lachte sie und sagte: «Ein Freund hat mir die Fahnen eines Artikels über diese Geige geschickt, der demnächst in der Zeitschrift *Strad* erscheint.»

«Rogers Artikel», sagte Zuleika.

«Es ist also erneut passiert. So, und jetzt sind Sie dran zu erzählen.»

Es folgte ein langes Schweigen, unterbrochen nur von Bob Inglis, der mit dem Nachtisch hereinkam.

«Worauf führen Sie Arabella Morts Virtuosität zurück?», wandte Gabriella sich an Zuleika. «Kennen Sie sie gut? Wie ist sie? Sind Sie ihre Lehrerin?»

Zuleika hob die Augenbrauen. «Zum Glück nicht. Ich gehöre nicht zum festen Kollegium. Durch jahrelanges beharrliches Üben hat sie sich eine solide Technik angeeignet. Aber sie hatte keinen Funken Inspiration. Sie spielte Noten, aber sie machte keine Musik. Bei ihr wurden wohl durch irgendetwas neue Energien freigesetzt.»

«Vielleicht auch nur eine erste sexuelle Beziehung», warf Wyndham ein.

«Nein», erwiderte Zuleika. «Arabella hatte mit Jungs nichts am Hut, bevor sie zum Genie wurde. Jetzt allerdings …»

Sie ließ den Satz unvollendet, aber Gabriella war Feuer und Flamme. «Sie fährt auf Sex ab? Das ist genau wie bei Henrietta. Obwohl erst vierzehn, war sie durch nichts zu bremsen. Aber auch bei ihr fing das alles erst an, nachdem dieser erstaunliche Qualitätssprung beim Geigenspiel stattgefunden hatte.»

«Es müssen ungeheure psychische Kräfte freigesetzt worden sein», meinte Wyndham stirnrunzelnd. «Irgendetwas hat eine Transformation angestoßen.»

«Die Frage ist aber doch: Warum geschieht so etwas nicht öfter?»

«Vielleicht geschieht es ja öfter, nur nicht so spektakulär.»

«Der Wandel von Saulus zu Paulus?», fragte Gabriella zweifelnd.

«Ich verstehe nicht, warum diese Freisetzung psychischer Kräfte – im Übrigen eine nicht sehr präzise und wenig hilfreiche Vorstellung – einerseits diese brillante Virtuosin und andererseits, und zwar gleichfalls über Nacht, ein solches Luder aus ihr gemacht hat.» Zuleika hatte sich regelrecht in Rage geredet und errötete jetzt. «Verzeihung. Ich kann ihr Verhalten einfach nicht ertragen. Das Problem ist, dass ihr Charakter, ihr Temperament oder was auch immer mit ihrer Begabung nicht Schritt halten kann. Ich würde mir wünschen, dass sich diese Verknüpfung zur Musik wieder löst und sie sich in die unscheinbare Arabella zurückverwandelt, die sie war, als sie nach Beauregard kam.»

«Ist die Musik denn einen solchen Preis nicht wert?», fragte Wyndham.

«Nein», gab Zuleika ohne Zögern zurück. «Hinzu kommt, dass diese negative Seite an Arabella, die immer deutlicher zum Vorschein tritt, früher oder später auch in ihrer Musik zum Tragen kommen wird. Dann wird man zwar noch die Virtuosität ihres Spiels bewundern, aber innerlich unberührt bleiben. Die Leute werden ein Konzert mit ihr besuchen wie eine Monstrositätenschau, aber kein zweites.»

«Glaubst du das wirklich?», fragte Wyndham.

«Leider nicht», sagte Zuleika. «Es ist reines Wunschdenken.»

✤ ✤ ✤

Als Zuleika aufwachte, war es stockdunkel. Kein Tageslicht drang durch die Vorhänge.

Sie gähnte und tastete nach ihrem Wecker. Zehn nach drei. Woher kam bloß dieser Höllenlärm? Draußen heulte der Wind wie ein wildes Tier, und sie zuckte zusammen, als sie direkt über ihrem Kopf ein kratzendes, schleifendes Geräusch hörte. Irgendetwas war auf dem Dach. Dann ein lauter Knall, als ein Schieferziegel zu Boden krachte und zerbrach, gefolgt von einem zweiten und einem dritten.

Sie drückte den Lichtschalter. Nichts. Der Strom war ausgefallen. Herrgott, das hatte gerade noch gefehlt. In so einer Nacht war das allerdings kein Wunder. Sie stand auf, trat ans Fenster und schob den Vorhang zurück. Eine mondlose, schwarze Nacht. Sie konnte nichts sehen, spürte aber die Gewalt des Sturms. Die Bäume knackten, und Regen peitschte gegen das Fenster und lief in breiten Rinnsalen die Scheiben hinunter. Auf dieser Seite des Hauses wuchs ein Rosenbusch, dessen Zweige vom Sturm hin und her geworfen wurden. Die jungen Triebe schlugen gegen das Fenster und machten kleine Kratzgeräusche, die vom tosenden Wind übertönt wurden.

Zuleika ging wieder ins Bett und zog sich die Decke über den Kopf, und als sie um acht Uhr erwachte, hatte sich der Sturm gelegt. Schnell zog sie sich an, schlüpfte in ihre Gummistiefel, streifte sich Hanks Parka über und lief zur Abtei hinüber. Dort war sie mit Margo und Gabriella verabredet, die bei Margo und Toby übernachtet hatte.

Margo wirkte müde und abgespannt. «Es ist einiges zu Bruch gegangen heute Nacht. Ich habe mich schon mit der Versicherung in Verbindung gesetzt», sagte sie. «In solchen Fällen kann man gar nicht schnell genug sein, sonst ist man der Letzte in der Schlange.»

«Ich werde Gabriella über das Schulgelände führen», bot Zuleika an, da Margo jetzt sicher anderes im Kopf hatte als die Besucherin aus Amerika.

«Ist das eine kostenlose Führung?», hörten sie eine vertraute Stimme. Wyndhams Stimme: lebhaft, neugierig, hellwach und voller Energie. «Das war ein Sturm heute Nacht! Es ist immer noch ziemlich windig. Guten Morgen, Gabriella, ich hoffe, Sie konnten trotzdem schlafen.»

«Da du schon mal hier bist, könntest du uns vielleicht die venezianische Galerie aufsperren. Gabriella würde sich gern dieses schreckliche Fresko ansehen.»

«Das mache ich», sagte Wyndham. «Wenn man allerdings sieht, mit welchem Affenzahn der sonst so gemächliche Mr. Goodram angestürmt kommt, könnte man glauben, dass es brennt.»

Schwer atmend hielt Mr. Goodram inne. «Haben Sie Mrs. Campbell gesehen?»

«Sie ist auf dem Gelände unterwegs», gab Wyndham zurück. «Was ist denn passiert?»

«Ein Skelett.»

Die drei starrten ihn verständnislos an.

Zuleika fand als Erste die Sprache wieder. «Was für ein Skelett? Ich meine, ist es tot?»

Wyndham lachte laut auf. Dadurch löste sich die Spannung, und sogar Mr. Goodram musste unwillkürlich grinsen. Doch rasch wurde seine Miene wieder ernst. «Ein Haufen Knochen, drüben im Senkgarten. Wer immer es ist, er ist nicht erst gestern gestorben. Kommen Sie mit, ich zeige es Ihnen.»

«Hat jemand es ausgebuddelt?»

«Ausgebuddelt? Nein, nein, das war der Wind», antwortete Mr. Goodram.

«Das muss ich mir anschauen», sagte Wyndham. «Oder ist es ein schauerlicher Anblick?»

«Es ist bei weitem nicht so schlimm wie dieses Gemälde von Gotha, das Ihnen so am Herzen liegt.»

«Dann führen Sie uns doch bitte hin. Sind Sie sicher, dass es sich um Menschenknochen handelt? In dem Fall müssen Sie nämlich die Polizei verständigen.»

«Das hat keine Eile, die liegen schon so lange da rum, dass es auf ein paar Stunden mehr oder weniger auch nicht ankommt.»

«Ein Skelett», sagte Gabriella erfreut. «Hier wird es ja immer gruseliger. Ich bin gespannt.»

Zuleika betrachtete die Bruchstücke der grauen Marmorurne im grünen Gras, zwischen denen verstreut die Knochen lagen.

«Der Wind hat die Urne heruntergerissen», sagte Mr. Goodram. «Regelrecht vom Sockel gehauen. Ich habe immer gesagt, dass die Urne recht wackelig steht, aber sie war dermaßen schwer, dass nur ein Sturm wie der heute Nacht sie bewegen konnte.»

«Diese Knochen sind uralt, würde ich sagen.» Gabriella beugte sich darüber. «Und sie sind ziemlich klein. Könnte das ein Kind gewesen sein?»

Zuleika starrte auf den blicklosen Schädel, und ein Schauder lief ihr den Rücken hinunter. «Nein», sagte sie langsam, aber bestimmt. «Kein Kind. Eine junge Frau. Ich glaube, wir haben Henrietta Beauregard gefunden.»

Teil drei

❖ ❖ ❖

Auf dem Weg zum Gatehouse bemerkte Zuleika Licht im Bernhardt-Flügel, wo Sylvia wohnte. Durch eine Seitentür trat sie ein und lief die Treppe hoch.

«Komm rein», sagte Sylvia. «Rosie ist auch da. Mädchenabend. Ich habe schon im Gatehouse angerufen, aber du bist nicht rangegangen.»

«Ich war im Dower House. Nicholas Beauregard hatte mich einbestellt.»

«Freundschaftlicher Verkehr mit dem Herrn und Meister?», fragte Rosie. Sie lag auf dem Sofa und ließ die Füße über die Lehne baumeln.

Zuleika ließ sich auf ein großes Kissen fallen. «Wohl kaum», sagte sie. «Ehemaliger Herr und Meister. Er verkriecht sich im Dower House, während die Meute im Anwesen seiner Ahnen randaliert.»

«Ach was», sagte Rosie und gähnte ausgiebig. «Willst du auch einen Gin Tonic? Er ist der Marionettenspieler, der die Fäden zieht.»

«Der Marionettenspieler?», frage Zuleika.

«Du bist hier in Beauregard, weil er es so will, stimmt's? Er hat nach Amerika telefoniert und deinem Institut Geld geschickt. Nachdem der alte Direktor in den Ruhestand gegangen war, hat Nicholas uns Ivo Fitzhoward eingebrockt.»

«Genau darüber hat er heute Abend gesprochen», sagte

Zuleika. «Er meinte, Sylvia habe ihm zu verdanken, dass sie an die Schule gekommen ist.»

«Tatsächlich? Quod erat demonstrandum. Ist das wahr, Sylvia?»

«Ja, vermutlich schon. Meine Schwester hat ihn bei einer Abendgesellschaft kennengelernt. Sie kam mit ihm ins Gespräch und erwähnte mich, und am nächsten Tag rief er mich an. Mein Gebet war erhört worden, so kam es mir jedenfalls vor, denn ich war ganz schön verzweifelt. Mit dem Gesicht hätte man mich nicht mal als Kellnerin eingestellt.»

«Aber es wird langsam besser.» Rosie stützte sich auf den Ellbogen und sah Sylvia prüfend an.

«Ja, Gott sei Dank.»

Rosie sank auf das Sofa zurück und tastete nach ihren Zigaretten in der Tasche neben sich auf dem Boden. «Stört's dich, Sylvia?»

«Nur zu, aber ich werde das Fenster aufmachen müssen. Sonst lösen wir am Ende noch Feueralarm aus.»

Rosie nahm einen tiefen Zug und entließ den Rauch durch die Nase. «Nicholas Beauregard ist auch verantwortlich dafür, dass mir Arabella Mort noch mal den Rest geben wird.»

«Arabella?», fragte Zuleika. «Wie das?»

«Er hat sie hergeholt, und er ist auch verantwortlich dafür, dass wir diesen Jack Mallins hier haben. Er wurde aus sehr nachvollziehbaren Gründen von seiner früheren Schule geschasst, und Nicholas hat Fitzhoward unter Druck gesetzt, ihn aufzunehmen und ihm eine zweite Chance zu geben.»

«Das hätte er lieber bleiben lassen sollen.» Sylvia musste lachen. «Komisch, wie alles mit allem zusammenhängt. Ich habe nämlich nicht nur Nicholas Beauregard zu verdanken, dass ich hier bin, sondern auch jemandem namens Mallins.»

«Was, diesem unangenehmen Kerl?», entrüstete sich Rosie.

«Nein, seinem Onkel. Jacob Mallins ist ein mächtiger und einflussreicher Theaterintendant. Er hat mich auf die Schwarze Liste gesetzt.»

«Auf die *Schwarze Liste*?» Zuleika schaute Sylvia fassungslos an. «Wegen deines Gesichts?»

«Nein. Das Gesicht ist wahrscheinlich die Folge dieses Boykotts. Die Bell'sche Parese wird oft durch Stress ausgelöst, meint der Arzt. Ich spielte damals im West End, in einer Wiederaufnahme der *Hornissen*. Gute Besprechungen, ein volles Haus. Mein Bühnenpartner war der Amerikaner Daly Gould, der hier in Europa nicht sonderlich bekannt ist. Jedenfalls hatten wir eine Affäre. Nichts Ernstes, aber wir waren eine Zeitlang ein Paar, ganz offen. Wir hatten ja nichts zu verbergen. Dachte ich zumindest. Doch dann stellte sich heraus, dass Daly gebunden war. Er hatte eine Frau in Amerika, die ihr erstes Kind von ihm erwartete.»

«Fies», sagte Rosie, ohne die Augen aufzumachen.

«Und du wusstest nicht, dass er verheiratet war?»

«Natürlich nicht. Sonst hätte ich mich gar nicht erst auf ihn eingelassen.»

«Und was hat Mallins' Onkel mit der Geschichte zu tun?»

«Er ist schwul und in punkto Heiligkeit der Ehe absolut puritanisch. Ich wurde gefeuert und fand kein Engagement mehr. Mach kein so erschrockenes Gesicht, Zulie. So etwas passiert. Nur hätte ich nie gedacht, dass es mir passieren könnte. Ich dachte, ich mit meiner Reputation würde nie Probleme kriegen. Aber ich bekam keine Arbeit, weder auf der Bühne noch im Film, weder im Fernsehen noch im Rundfunk. Bald ging mir das Geld aus, ich hatte furchtbare Angst, und eines Morgens wachte ich auf und konnte meine Gesichtsmuskeln nicht mehr bewegen.»

«Mein Gott», rief Rosie. «Kein Wunder, dass du Mallins nicht als Puck haben wolltest.»

«Es ging mir nicht darum, mich an dem Jungen zu rächen. Ich habe Jack Mallins deshalb nicht genommen, weil er nicht spielen kann.»

«Woher weißt du das alles über Nicholas Beauregard, Rosie?», fragte Zuleika.

«Ach, ich zähle nur eins und eins zusammen.» Sie gähnte wieder. «Aber bevor ich alkoholisiert ins Koma falle, möchte ich alles über diese Gebeine wissen, Zuleika.»

✤ ✤ ✤

Lutz kam mit Neuigkeiten aus den Ferien zurück, er hatte sich mit einem Freund seiner Mutter unterhalten, einem Experten auf dem Gebiet der Parapsychologie. «Der kennt sich zwar aus, sagt aber, er wisse auch nicht mehr als die Mitarbeiter des Goetischen Instituts, von dem Dr. Rathbone kommt. Seiner Ansicht nach ist die Situation gefährlich, und er meint, dass wird auch Dr. Rathbone wissen.»

«Gefährlich in welchem Sinn?», fragte Festy. Sie saß auf einem wackeligen Tisch und schaukelte mit den Beinen.

«Sitz endlich still, Festy», sagte Harry. «Bei dem Gekippel kann man unmöglich nachdenken.»

«Er ist der Ansicht, wir erleben Manifestationen des Übersinnlichen, wie er es nennt. Im Zentrum, meint er, steht eine Person oder ein Ereignis, von der oder dem eine Kraft des Bösen ausgeht.»

«Arabella», sagte Harry, ohne zu zögern. «Wenn es um die Kraft des Bösen geht, fällt mir sofort Arabella ein.»

«Sie ist ein Quälgeist, ein Biest und ein gemeines Miststück», sagte Caro nachdenklich. «Aber Kraft des Bösen? Das glaube ich nicht.»

«Und weiter, Lutz?», sagte Harry. «Was hat er noch gesagt?»

«Er sprach von der dionysischen Seite des Menschen, die im Namen des Rationalismus unterdrückt wird. Die Folge ist eine gewalttätige Gesellschaft, in der die Menschen durch Drogen, Alkohol und Lasterhaftigkeit ekstatische Erfahrungen zu machen hoffen. Wir im Westen glauben, alles sei wissenschaftlich erklärbar und genau so, wie wir es wahrnehmen. Deshalb haben wir alles Düstere in unser Unterbewusstsein verbannt, wo es immer stärker und letztlich unkontrollierbar wird. Unter bestimmten Umständen kann es in einer Form zum Ausbruch kommen, wie wir es hier gerade erleben.»

Nachdenkliches Schweigen.

«Mir gefällt das alles nicht», sagte Caro schließlich.

«Klingt jedenfalls aufregend», sagte Festy. «Und was wird als Nächstes passieren?»

«Ein Akt der Gewalt. Festys Erscheinungen haben ihn sehr interessiert. Er sagt, wenn sie für solche Eindrücke empfänglich ist, könnte ihr Unterbewusstsein eine Ahnung von dem haben, was vor sich geht.»

«Du hast vielleicht Nerven! Mit diesem Spinner über mein Unterbewusstsein zu reden! Parapsychologie ist doch totaler Schwachsinn.»

«Hört auf», sagte Caro. «Worüber faseln wir da eigentlich? Vielleicht ist jetzt ja alles ausgestanden. Könnte doch sein. Ich glaube, es hatte mit Henrietta zu tun, und wo sie letzte Woche endlich gefunden wurde und ein christliches Begräbnis bekommen hat, ist der Spuk bestimmt vorbei. Keine Turbulenzen und Störungen mehr. Arabella wird mit ihrer Geige oft unterwegs sein, und Festy wird nachts wieder gut schlafen. Das wird ein ganz normales Sommertrimester mit einer großartigen Theateraufführung.»

«Dazu Tennis und Gurkensandwiches», fügte Harry hinzu.

«Und schwimmen im Freiluftbecken.»

«Faul im Gras rumliegen und Eis essen.»

Fröhlichkeit machte sich breit. Die Überschwänglichkeit der Jugend vertrieb die dunklen Wolken. Es war Sommer, die schönste Zeit des Jahres. Caro hatte recht, das vergangene Trimester lag hinter ihnen, warum sollte es jetzt nicht besser werden?

Es waren noch drei Wochen bis zur Premiere.

Die Proben für den *Sommernachtstraum* erreichten nach der Kostümprobe eine neue Intensität. Jetzt hatten die Schauspieler ein ganz anderes Gefühl für ihre Rolle. Sie waren wacher und achteten aufmerksamer auf die anderen, die mit ihnen auf der Bühne standen, vor allem, nachdem sie erstmals mit den Tänzern und Musikern zusammen aufgetreten waren. Jetzt begannen sie zu begreifen, warum Sylvia so viel Wert auf die Präzision der Bewegungsabläufe gelegt hatte. Die Szenen waren etwas ganz anderes, wenn aus Kreidemarkierungen Säulen und Kulissen wurden und aus Büchern und Stühlen Elfen oder der Chor.

Sylvias Aktionsradius beschränkte sich jetzt auf das Theater und die Freilichtbühne und auf die gewaltige Aufgabe, alle Elemente der Inszenierung zu einem großen Ganzen zusammenzufügen. Alle kamen zu ihr – mit ihren Problemen und Fragen, ihrer Verzweiflung und ihren Triumphen und der Bitte: «Miss Trevisan, sehen Sie doch mal, ob das so geht.»

Ein Hochgefühl erfasste sie, als die Kulisse aufgestellt, wieder zerlegt und nachgebessert wurde. Petrus hatte sehr genaue Vorstellungen, wie alles auszusehen hatte, seine Bühnenbildner hatten eine einfache, aber wirkungsvolle Möglichkeit gefunden, die Kulisse von Szene zu Szene zu verändern. Voll Freude sah Sylvia, wie sich die Säulen, Teil der städtischen Szenerie, in Bäume verwandelten, sobald die Elfen die Blättergirlanden hinter den Pfeilern hervorholten und um die Säulen schlangen.

Als sie diesen Umbau das erste Mal probierten, endete die Aktion in hysterischem Gelächter, weil sich die weniger geschickten Elfen in den Blättergirlanden verhedderten, die Girlanden fallen ließen und sie über die halbe Bühne schleiften.

Emma, eine schmächtige, aber energiegeladene Oberstufenschülerin und eine von Olgas preisgekrönten Tänzerinnen, die wegen einer Knieverletzung ausfiel, hatte die Aufgabe übernommen, den Aufbau der Baumkulisse mit der Gruppe zu trainieren. «Eure Bewegungen müssen immer anmutig sein, egal, was ihr macht», mahnte sie. «Es darf nicht aussehen, als würdet ihr Wäsche aufhängen, ihr müsst die Sache interessant gestalten.»

«Ganz richtig», stimmte Sylvia ihr zu und rief quer über die Bühne: «Die Zuschauer werden euch beobachten, vor allem beim ersten Mal, denn sie wissen ja nicht, was ihr vorhabt. Ihr müsst eine Show abziehen. Und vergesst nicht: Einerseits lockt ihr die Zuschauer schelmisch in den Wald, andererseits spinnt ihr mit euren Aktionen einen bösen Zauber.»

«Ich dachte, wir sind gerissene, abgebrühte Elfen», grummelte ein rothaariger, sommersprossiger Siebtklässler. «Anmut ist nicht so mein Ding.»

«Gerissen und abgebrüht *ist* anmutig», gab Emma ohne Zögern zurück. «Wenn du das anders siehst, hast du dir die falschen Filme angeschaut. Also halt den Mund und tu, was man dir sagt.»

Lutz nahm es mit seinem Job als Beleuchter sehr genau. Mit Klemmbrett und Listen bewaffnet, passte er Sylvia ab, wenn sie aus dem Speisesaal oder dem Theater kam. «Miss Trevisan, wir haben das Stroboskop aufgestellt, könnten wir heute Abend nach Einbruch der Dunkelheit ein paar weißgeschminkte Tänzerinnen haben, um auszuprobieren, wie das wirkt?» Und die Lehrer der Fachbereiche Physik und Geographie nötigte er, für jeden Aufführungstag den genauen Zeitpunkt des Sonnenuntergangs zu errechnen. Auch Harry war ganz in seinem Element und überall gleichzeitig. Er machte der Druckerei Dampf, kontaktierte potenzielle Werbekunden und ging im Schulsekretariat ein und aus, Sitzpläne und Listen über den Verkauf von Eintrittskarten unterm Arm. Er schärfte den Platzanweisern und Kellnern ein, was sie zu tun hatten, und probte mit ihnen nach Einbruch der Dunkelheit, wie sie den Besuchern mit Taschenlampen den Weg weisen sollten.

«Bitte schick Guy Rawlinson fünf Freikarten. Hier ist die Adresse. Und bring mir den Brief an ihn noch mal, bevor du ihn abschickst, ich möchte einen Gruß dazuschreiben», bat ihn Sylvia.

Harry konnte sich gar nicht mehr beruhigen. «Der berühmte Schauspieler Guy Rawlinson?» Und als er sich wieder gefasst hatte, fügte er hinzu: «Sie kennen sicher jede Menge Stars, wo Sie doch selbst einer sind.»

Sylvia traten die Tränen in die Augen. Harry hatte nicht gesagt, sie sei ein Star *gewesen*, sondern sie *sei* einer ... Sie rief sich zur Ordnung und wandte sich Caro zu, die mit dem Regiebuch in der Hand schon geduldig wartete. «Miss Trevisan, gestern bei der Probe haben Sie mich gebeten zu notieren, dass Oberon und Puck mit den Tänzerinnen in Konflikt gekommen sind, die gleich danach auftreten. Wie wollen Sie das Problem lösen?»

Sylvia hatte sich schon fast damit abgefunden, schlecht zu schlafen. Jetzt fielen ihr immer die Augen zu, sobald sie sich hinlegte, aber sie wachte noch vor Tagesanbruch auf, bedrängt von unerledigten Kleinigkeiten und der Angst vor möglichen Katastrophen. Außerdem ließ irgendetwas wirklich Bedrohliches, das sie nicht benennen konnte, sie nicht zur Ruhe kommen, und solange dieses rätselhafte Problem nicht gelöst war, konnte und würde der *Sommernachtstraum* nicht erfolgreich über die Bühne gehen.

❖ ❖ ❖

Zuleika machte sich um Sylvia Sorgen. Ihre Freundin, dunkle Ringe unter den Augen, arbeitete bis tief in die Nacht. Noch mehr Sorgen aber machte ihr eine Art Verzweiflung, die von Sylvia auszugehen schien.

Als sie es endlich einmal schaffte, bei einem schnellen Mittagessen ein paar Minuten mit ihr allein zu sein, fragte sie Sylvia, ob die Inszenierung ihr Kopfzerbrechen bereite.

Nein, definitiv nicht, versicherte ihr Sylvia und erzählte begeistert von Olgas Umbau-Choreographie am Ende des dritten Akts und dass Harry mit Sicherheit dazu bestimmt sei, die Welt zu beherrschen oder zumindest den Teil der Welt, den er sich einmal aussuchen würde. Und doch gab es einen dunklen Schatten. War es das Bedauern darüber, nicht selbst auf der Bühne stehen zu können?

Auch Caro spürte Sylvias Verzweiflung. «Irgendetwas belastet sie, es muss so ähnlich wie bei Festy sein, die immer noch schlecht schläft und das Gefühl hat, die Nacht und die Dunkelheit bedrängten sie. Offenbar stecken uns die Vorkommnisse vom letzten Trimester noch in den Knochen», sagte sie in der Pause zu ihren Freunden.

«Hat Festy immer noch diese Traumbilder?», erkundigte sich Harry.

Caro stützte die Ellbogen auf das Mäuerchen des Kreuzgangs und blickte ins Leere. «Es ist schlimmer als je zuvor. Sie sagt, alles ergibt einen Sinn, es sind ganz konkrete Bilder. Sie sieht irgendwelche Personen, wenn auch nur verschwommen. Und dann ist da eine Figur, vermutlich Arabella, die Geige spielt, immer schneller und immer ungestümer, bis sie zusammenbricht und sich auflöst.»

«Das wäre ja sensationell», sagte Lutz.

«Der Fluch von Beauregard nagt an Festys Unterbewusstsein. Und wahrscheinlich ist auch Sylvia dafür empfänglich», konstatierte Harry düster.

❖ ❖ ❖

Wer stand da ganz am Ende des Kreuzgangs auf das Mäuerchen gestützt? Sylvestra. Festy. Die Verzweiflung stand ihr ins Gesicht geschrieben.

«Hi, Dr. Rathbone.»

Um die großen blassen Augen hatte sie dunkle Ringe, um den Mund einen bekümmerten Zug, und sie ließ die Schultern hängen.

«Alles in Ordnung?»

Festy zuckte mit den Schultern und starrte auf das Rasenstück in der Mitte des Kreuzgangs. «Sie sind doch Neurowissenschaftlerin, oder? Haben Sie sich auch mit Menschen beschäftigt, die verrückt geworden sind?»

Das Gehirn auf dem Bildschirm war das eine, das Gehirn im Schädel eines von Wahnvorstellungen gepeinigten Teenagers etwas ganz anderes. «Du wirst nicht verrückt, Festy. Keine Sorge.»

«Aber warum produziert mein Kopf dann all dieses Zeug?» Sie kratzte sich mit dem Fingernagel den Nasenrücken. «Lutz meint, hier treiben Geister ihr Unwesen. Nein, sagen Sie nicht, das sei Unsinn. Es ist kein Unsinn. Lutz ist ein rationaler Mensch, trotzdem glaubt er an Geister und all diese Sachen. Er denkt, diese Szenen sind gar keine Ausgeburten meiner Phantasie, sondern kommen aus der Vergangenheit.»

Festy zitterte, sie atmete schwer und hatte die Lippen fest aufeinandergepresst.

Ob ich die Schulkrankenschwester holen soll? Oder vielleicht Margo?, überlegte Zuleika.

«Ich muss mit irgendjemandem darüber reden», sagte Festy.

«Und am besten mit Ihnen. Denn Sie kommen auch vor. Sie und Sylvie T. und der Direktor. Und diese Visionen tauchen ganz unvermittelt auf, manchmal auch nachts. Zuerst waren es nur Traumbilder, aber jetzt sehe ich diese Dinge auch am Tag.»

«Was für Visionen? Eine Art Halluzinationen?»

Festy überlegte. «Es ist, als würde ich einen Film sehen, in dem ich selbst mitspiele. Heute, kurz nach dem Frühstück, waren die Bilder wieder da. Ich war oben auf dem Dancing Hill. Rauch lag in der Luft und Brandgeruch.» Sie unterbrach sich. «Ich wusste gar nicht, dass man auch von Geruch heimgesucht werden kann, aber ich konnte Pferde riechen – und Schweiß. Ich habe drei Galgen gesehen. Mit baumelnden Schlingen.»

Sie schluckte und schwieg.

«Festy …», setzte Zuleika an.

«Sie müssen mir zuhören, denn Sie waren irgendwie auch da, neben mir. Es ist wichtig, okay? Es waren drei Männer, und sie waren festgebunden. Ein vierter, ein muskulöser Kerl, stand mit verschränkten Armen neben dem Schafott. Einer der drei, er war ziemlich dick, flehte um sein Leben. Er rief, es sei ein Irrtum, man könne ihm das nicht antun.» Wieder schluckte sie. «Er hatte irgendwie Ähnlichkeit mit Miss Trevisan. Und der Erste, den man hängte, sah aus wie der Direktor. Der dritte war der Schlimmste. Er schaute zuerst Sie und dann mich an, und er hatte Mallins' Augen. Glühend vor Hass und Verachtung, und als man ihm die Schlinge um den Hals legte, redete er zu uns, ein Wortschwall, den ich nicht verstand. Und dann …»

Festy taumelte. «Entschuldigen Sie, Dr. Rathbone, ich glaube, ich muss mich übergeben.»

Sie stürzte den Kreuzgang entlang und ließ Zuleika stehen, die ihr nachstarrte, erschrocken und aufgewühlt.

Woher wusste Festy von den Hinrichtungen auf dem Dancing Hill? Woher nahm ihre Phantasie alle diese dramatischen Details: den um sein Leben flehenden Mönch, den Rauch und das Feuer, die Pferde? Und warum hatte sie sich selbst und Zuleika als Beobachterinnen ins Bild gebracht?

❖ ❖ ❖

Mit Beginn des neuen Trimesters kehrte Jeremy Zeals nach Beauregard zurück.

Gegen den Widerstand des Direktors hatte Jane Riever von der Gewerkschaft Arabella unter vier Augen befragt und stand danach voll und ganz auf Zeals' Seite. «Ich habe noch nie eine so arrogante Schülerin erlebt. Und obwohl ich unparteiisch sein muss, besitzt Mr. Zeals meine volle Sympathie», erklärte sie, «aber das Mädchen ist erst fünfzehn, obwohl ich das kaum glauben kann. Wenn es auch nur den Hauch eines Zweifels gibt, können wir es nicht riskieren.»

Sie befragten die anderen Mädchen in Arabellas Klasse und Jahrgang und auch die Jungen in ihrem Mathekurs. Alle sprachen voll Wärme und Begeisterung über Mr. Zeals, mit dem keiner jemals ernsthaft Probleme gehabt hatte.

Zu ihrer eigenen Überraschung erhielt Jane Riever am nächsten Tag ein ziemlich schmuddeliges liniertes Blatt Papier, in dem eine Schülerin ihr mitteilte, sie würde gern über Jeremy Zeals sprechen, allerdings nicht auf dem Gelände der Schule. Tessa Tonkin bat Margo zähneknirschend, ihr Haus als Ort der Begegnung zur Verfügung zu stellen.

«Kein Problem», sagte Margo und zog ihren Ersatzschlüssel aus der Tasche. «Ihr könnt euch Kaffee oder Tee machen, und im Kühlschrank ist Saft. Bedient euch.»

Das Mädchen hieß Sarah und besuchte die siebte Klasse. Sie war ein sehr von sich eingenommenes kleines Ding und wirkte ausgesprochen resolut. Sie erzählte ihre Geschichte klar und unverblümt. Mr. Zeals' Schilderung der Vorfälle entspreche voll und ganz der Wahrheit, versicherte sie.

Die Siebtklässlerin hatte nachsitzen und eine hingeschluderte Hausaufgabe noch einmal machen müssen. Sie saß an einem Tisch hinter der Tür, die zu dem Klassenzimmer führte. In das Kämmerchen war sie von der anderen Seite, vom Korridor her, gekommen. Weder Zeals noch Arabella ahnten, dass im Nebenraum jemand war.

«Und als ich hörte, was da vor sich ging, habe ich keinen Huster mehr gemacht.»

«Hattest du Angst, Mr. Zeals zu verärgern?»

«Mr. Zeals wäre bestimmt heilfroh gewesen, vor ihm hatte ich keine Angst. Gefürchtet hab ich mich vor Arabella.» Sie schüttelte sich. «Ich will mir gar nicht vorstellen, was sie mir angetan hätte oder was sie mir antun würde, wenn sie wüsste, dass ich hier bin.»

«Hast du deswegen damals geschwiegen? Als Gerüchte im Umlauf waren über das, was geschehen war?»

Das Mädchen nickte heftig.

«Was, glaubst du, würde dir Arabella antun? Würde sie unfreundlich zu dir sein? Gemeinheiten über dich rumerzählen?»

Sarah lachte. «Hören Sie, Arabella tut einem schreckliche Dinge an, wenn sie wütend auf einen ist. Sie sorgt dafür, dass man sich den Arm bricht oder dass sonst etwas Schlimmes passiert.»

Tessa Tonkin runzelte skeptisch die Stirn und fragte: «Und warum hast du dich jetzt gemeldet?»

«Wenn dieses Schuljahr zu Ende ist, gehe ich ohnehin weg. Mir ist es hier einfach zu gefährlich, ich habe meine Eltern gebeten, mich an einer anderen Schule anzumelden. Falls Arabella Wind von dem bekommen sollte, was ich gesagt habe, gehe ich sofort. Ich nehme mir ein Taxi, fahre zum Bahnhof und steige in den Zug, ohne mich umzudrehen. Ich werde nicht mal meine Sachen packen, das versichere ich Ihnen.»

«Jetzt übertreib aber nicht», gab Tessa Tonkin fast mechanisch zurück.

«Ich übertreibe nicht, Miss Tonkin. Wirklich nicht.»

Festy, kommst du nach der Mittagspause mit Tennis spielen? Wenn wir uns beeilen, schaffen wir vor Beginn der Theaterprobe noch ein Match», sagte Lutz.

Es war einer dieser Frühsommertage, an denen es zwar nicht kalt, aber die Luft so feucht war, dass man fröstelte und das Gefühl hatte, der Sommer sei noch in weiter Ferne.

«Ich kann nicht», sagte Festy und hievte ihren dicken Leitzordner von einem Arm auf den anderen. «Ich fahr nach York und lass mir die Haare färben.»

«Schon wieder?» Harry betrachtete ungläubig Festys Haar, das in ungleichmäßigen Strähnen bronze und grün gefärbt war. «Und du fährst nach York, unter der Woche?»

«Es ist für den Puck. Sylvie T. will weißblondes Haar. Stachelig. Ich habe gesagt, ich mache es selbst, aber sie meint, ich soll zu einem guten Friseur gehen. In York.»

Caro musterte sie. «Mit dem schwarzgrauen Kostüm muss das supertoll aussehen.»

«Ich kann es gar nicht erwarten», frohlockte Festy.

Lutz schnaubte. «Ausgerechnet platinblond – das ist ja ein eher trostloser Anblick.»

Und dann stellte er die Frage, die schon viele stellen wollten: «Ach, übrigens, welche Farbe hat dein Haar?»

«Ich habe meine eigene Haarfarbe schon so lange nicht mehr gesehen, dass ich es vergessen habe.»

Zuleika fand Sylvia in ihrem Arbeitszimmer.

Sie blieb einen Augenblick an der Tür stehen und beobachtete, wie ihre Freundin etwas notierte, den Kopf auf die Hand gestützt, die Hand in den Haaren vergraben. Sie musste eingreifen. «Es ist schon nach acht, jetzt schalte endlich deinen Computer aus und befördere diese ganzen Zettel in den Abfalleimer oder leg sie sonst wohin. Du kommst jetzt mit was trinken. Und ich wette, du hast noch nichts gegessen.»

«Ich kann nicht, Zuleika», protestierte Sylvia.

Aber Zuleika fing schon an, die Lichter zu löschen.

«Ich hab noch so viel zu erledigen.» Sylvia deutete auf den Papierstapel auf ihrem Schreibtisch.

«Morgen ist auch noch ein Tag. Du bist doch ohnehin immer schon in aller Frühe wach. Ich seh's an den dunklen Ringen unter deinen Augen. Hast du denn keine Jacke? Na gut, also los jetzt. Ich könnte ein Glas Wein vertragen und bin gespannt, wer heute Abend im Pub ist.»

Nach dem tagelangen Regen hatte sich am Spätnachmittag endlich die Sonne durch die Wolken gekämpft. Jetzt, am Abend, war es kalt, und in Bob Inglis' Pub brannte ein Feuer im Kamin.

«Wir können froh sein, wenn es jetzt regnet statt am Monatsende», sagte er mit einem Lächeln, als Sylvia und Zuleika hereinkamen. «Bis dahin wird es wärmer werden, und für Ihre Aufführung haben Sie bestimmt schönes Wetter.»

«Das hoffe ich.» Sylvia ließ sich mit einem herzhaften Gähnen in einen Sessel fallen. «Ein Glas Rotwein bitte, Mr. Inglis.»

«Ich habe schon Karten», sagte der Wirt, während er Sylvia großzügig einschenkte. «Am Theaterabend übernimmt Tim den Ausschank. Wir möchten die Aufführung keinesfalls verpassen. Alle im Dorf reden von der Inszenierung und meinen, es wird eine Aufführung wie auf einer Londoner Bühne, mit boshaften Elfen und so weiter. Und einer recht sonderbaren Musik, einer Komposition von Rory.»

«Ja, das stimmt», sagte Sylvia mit Blick auf die Speisekarte, die Zuleika ihr in die Hand gedrückt hatte. «Ich vermute, die Musik für Titania und Zettel ist direkt an Rorys Filmmusik angelehnt, an eine Verführungsszene Casanovas.»

«Wenn man vom Teufel spricht», sagte Zuleika, als die Tür aufging und Rory hereinkam, schäumend vor Wut. «Was ist denn los, Rory?»

«Dieses verdammte Schaf war schon wieder in meinem Garten und hat sich an der Mülltonne vergriffen.» Rory schlug mit der Faust auf die Theke und bat den Wirt um ein Bier.

«Ich bin gleich bei Ihnen», sagte Bob Inglis, und Rory ließ sich auf einen Stuhl fallen. «Ich werde Mr. Inglis sagen, er soll jeden Tag Lamm auf die Speisekarte setzen. Dann komme ich und vertilge diese Mistviecher, eins nach dem anderen.»

«War es wieder eins von Alice Jorams preisgekrönten Jakobschafen?», fragte der Wirt, als er Rory sein Bier brachte. «Die sind nicht zum Schlachten bestimmt, es sind ihre Haustiere.»

«Von wegen Haustiere», sagte Rory empört. «Warum gibt sie ihnen dann nichts Anständiges zu fressen?»

«Sie sind eben gierig, das ist quasi ihre Erbsünde. Eins war letztes Wochenende unten beim Markt und hat einen älteren Herrn zu Tode erschreckt, als es sich auf seinen Einkaufskorb gestürzt hat.»

«Da seht ihr's mal wieder. Wenn ich das getan hätte, hätte man mich verhaftet. Danke. Prost.» Er wandte sich zu Sylvia. «Trink aus, ich spendier dir noch einen, du siehst aus, als ob du's nötig hättest. Ich jedenfalls hab's nötig, nach dieser entsetzlichen Stunde mit Miss Mort, die sich musikalisch ständig steigert, aber total mies gelaunt ist.»

«Warum das?», fragte Zuleika.

«Der verzogene Fratz ist wütend, weil Mr. Zeals nicht gefeuert wurde. Jeremy ist wieder da, und das bedeutet, sie ist im Unrecht. Das schmeckt Madame ganz und gar nicht. Außerdem möchte er sie nicht in seinem Kurs haben, weshalb sie mit sehr viel schlechteren Schülern in der Klasse sitzen muss, was ihre Laune auch nicht gerade hebt. Hinzu kommt, dass sich jetzt, im Sommertrimester, alle für Tennisturniere, für ihre Prüfungen und die Theaterinszenierung interessieren und nicht für Arabella und ihre großartigen Leistungen. Sie spürt, dass sie nicht mehr im Mittelpunkt steht, und das ärgert sie maßlos.»

«Hör bitte auf», stöhnte Sylvia. «Mir reicht's.»

Bob Inglis stellte einen dampfenden Teller vor Sylvia auf den Tisch. «Überbackener Blumenkohl. Sie sehen aus, als hätten Sie eine Weile nichts gegessen. Frisch aus dem Ofen.»

«Sieht gut aus», sagte Rory. «Zerbrich dir wegen Arabella bloß nicht den Kopf, Sylvia», fügte er hinzu. «Der Direktor plant in diesem Schuljahr noch ein Galakonzert mit ihr. Außerdem hat sie die Solopartien für den *Sommernachtstraum* übernommen, hat also gar keine Zeit, auf dumme Gedanken zu kommen.»

Irgendwo läutete ein Telefon, und wenig später kam der Wirt in die Schankstube gelaufen. «Margo hat gerade angerufen. Im Musiktrakt herrscht der reinste Tumult. Sie wollte wissen, ob Rosie oder Rory hier sind und ob einer von beiden in die Schule kommen könnte.»

«Meine Güte, was mache ich denn jetzt? Ich bin nicht im Dienst», sagte Rory. «Das kann doch sicher Rosie übernehmen. Ich mag es gar nicht, wenn man mich bis ins Pub verfolgt, schließlich haben wir der Schule nicht unsere Seele verkauft.»

Zuleika zog sich bereits die Jacke an. Tumult? Ein neuer Zwischenfall? «Ich habe Rosie zum Einkaufen gehen sehen. Ich werde ihr Bescheid sagen.»

«Mr. Zeals ist auf der Krankenstation», rief Bob Inglis ihr nach. «Ein Schüler aus seinem Haus wurde verletzt, er hat sich den Arm gebrochen. Robin heißt er.»

❖ ❖ ❖

Die Krankenstation war eine Oase der Ruhe und des Friedens. Die Beleuchtung im Vorraum war gedämpft, in einem sanft beleuchteten Aquarium zogen Fische bedächtig ihre Kreise, und auf einem Couchtisch lagen ordentlich gestapelt Zeitschriften.

Die Schulkrankenschwester kam heraus, das sonst so rundliche Gesicht ungewöhnlich spitz und besorgt. «Ich hatte mit Mr. Moorlynch gerechnet.»

Rosie schnaubte verächtlich. «Rory kriegt bei so was doch seinen Hintern nicht hoch. Was ist denn passiert? Bob Inglis sagt, im Musiktrakt gab es einen Riesentumult», fragte Zuleika.

«Das nicht. Es gab einen Unfall. Robin hat sich den Arm gebrochen, der Arzt war schon hier und meint, er muss ins Krankenhaus nach York. Mr. Zeals und ich wollten eigentlich Mr. Moorlynch bitten, Robyn zu fahren. Zeals hat Aufsicht, Maria kommt erst um zehn zurück, und ich habe hier noch einen Patienten.» Sie zögerte. «Aus irgendeinem Grund will Robin nichts wie weg von der Schule. Kannst du ihn nicht fahren, Rosie? Vielleicht sagt er dir, warum.» Sie seufzte. «Was für ein Abend.»

«Und wer ist der andere Patient?», fragte Zuleika.

«Die Kleine aus der Siebten, Sarah Neal. Sie ist in eine Schwingtür gelaufen und hat sich böse Prellungen zugezogen. Auch sie steht unter Schock, aber sie wird nicht mehr lange hier sein, denn sobald sie wieder Luft bekommen hat – und sie hatte schwere Atemnot –, hat sie ihren Vater angerufen, sie von hier wegzubringen.»

«Und das tut er?»

«Oh, ja. Kein Wunder, denn sie klang ziemlich verzweifelt. Ich vermute, dass ein paar ältere Schüler was damit zu tun haben, aber sie will nichts sagen. Kein Wort. Ein Junge hat den Vorfall beobachtet und ist zu mir gekommen. Er sagte, dass es Jack Mallins war, mehr war aus ihm nicht rauszukriegen. Er wird uns nicht helfen, den Vorfall aufzuklären.»

«Jack», sagte Zuleika. «Das passt.»

«Ist das der Schläger aus der Oberstufe?»

«Ziemlich sicher», sagte Rosie. «Dann will ich Robin mal ins Krankenhaus fahren.»

Nachdem Robin mit Kissen und Decken auf dem Rücksitz verstaut war, lächelte er Rosie matt an. Er war ein schmaler, hochaufgeschossener Junge mit verträumtem Blick. *Keiner, der das Leben leicht nimmt,* dachte Rosie, während sie sich ans Steuer setzte.

Die ersten zehn Minuten fuhren sie schweigend, dann fragte Robin mit dünner Stimme: «Sind wir schon ein Stück weg von der Schule, Miss Grier?»

Sie drehte sich zu ihm um und lächelte ihn aufmunternd an. «Ja. Geht es dir nicht gut?»

«Doch, schon. Aber ich möchte Ihnen erzählen, was passiert ist. In der Schule konnte ich nicht.» Mit einem Hüsteln fing er an: «Auf dem Weg nach draußen bin ich an Raum 7a vorbeigekommen, die Tür stand offen, und da lag Arabellas Geige auf dem Tisch, in dem aufgeklappten Geigenkasten, quer darüber der Bogen. Arabella war nicht da, das wusste ich, weil ich sie in Richtung Hauptgebäude hatte gehen sehen.»

Er machte eine Pause.

«Weiter», ermunterte ihn Rosie. «Du hast die Geige in die Hand genommen, stimmt's? Um sie auszuprobieren?»

«Nein, nicht um sie auszuprobieren.» Die Stimme des Jungen klang gequält. «Ich wollte sie nicht ausprobieren. Ich wollte nur mal sehen, wie es ist, sie in der Hand zu halten. Hochzuhalten, verstehen Sie, mir vorzustellen, ich könnte so spielen wie sie.»

«Hast du sie fallen lassen?»

«Nein, natürlich nicht.»

«Dann hast du doch nichts Schlimmes getan.»

«Nein. Nein, ich habe dann doch auf ihr gespielt. Nur ein paar Noten. Als ich sie in der Hand hatte, wollte ich hören, wie sie klingt, wenn man selber drauf spielt. Ich hab das nicht vorgehabt, wirklich nicht. Ich weiß ja, wie eine Geige klingt, ich habe ihren Klang im Kopf. Aber ich wollte hören, wie diese Geige klingt.»

«Und?»

«Ich kann es nicht erklären», sagte er. «Ich habe mit dem Bogen über die Saiten gestrichen, ganz vorsichtig, und es war, als würde in mir etwas explodieren. Dieser Klang und diese Power. Ich hatte das Gefühl, ich könnte alles spielen, wirklich alles. Und ich wusste, ich würde es können, wenn ich es nur stark genug wollte. Und in diesem Augenblick wollte ich es wirklich.»

«Und was geschah dann? Kam Arabella herein und hat dich erwischt?»

«Nein. Es war, als sagte eine Stimme in meinem Kopf: *Hör auf. Leg die Geige weg. Sofort.* Und das tat ich. Ich hab sie genau so hingelegt, wie sie vorher lag. Dann bin ich rausgerannt.»

«Hattest du ein schlechtes Gewissen?»

«Nein, ich hatte Angst. Ich wollte nur noch weg aus diesem Zimmer und von dieser Geige. Unterwegs bin ich Arabella begegnet. Sie hat mich angehalten und mich böse angeschaut und gesagt: *Du hast auf meiner Geige gespielt. Tu das nie wieder.* Ich stand wie versteinert da. Sie ist weitergegangen, und ich bin auch weitergegangen. Und dann bin ich hingefallen.»

«Du bist über irgendetwas gestolpert?»

«Ich wurde gestoßen.»

«Gestoßen?» Rosie war überrascht. «Wer hat dich gestoßen?»

«Niemand. Es war niemand da. Ich war ein wenig benommen, als ich wieder aufgestanden bin, und mein Arm hat wehgetan, aber ich hab mich umgeschaut. In dem Moment betrat Arabella den Musiktrakt. Sonst war niemand in der Nähe.»

«Hast du das der Schulkrankenschwester gesagt?»

«Ja, und Mr. Zeals auch. Sie meinen, es war der Schock, und ich hätte mir wahrscheinlich den Kopf angeschlagen, als ich hingefallen bin.»

«Hast du das?»

«Nein.»

✤ ✤ ✤

Sylvestra, ich hab einen rosa Zettel für dich.» Eine Vertrauensschülerin steckte den Kopf durch die Tür von Festys und Caros Zimmer.

«Mist», stöhnte Festy. «Was habe ich denn jetzt wieder verbrochen?»

«Keine Ahnung», sagte die Vertrauensschülerin. «Der Direktor will dich sprechen.»

«Verdammter Mist», rief Festy. «Früh um halb acht. Was ist mit dem los?»

«Er will dich packen, bevor du gefrühstückt hast. Mit leerem Magen kann man nicht denken, das weiß er ganz genau», meinte Caro.

«Dieser Fiesling!» Festy fuhr sich durch ihre weißblonden Locken und betrachtete das Ergebnis im Spiegel. «Sieht das nicht toll aus?»

«Ja», erwiderte Caro, ohne den Blick von der Buchseite zu heben. «Das fragst du mich jetzt schon zum sechzehnten Mal.»

«Ich komme unumwunden auf den Punkt», erklärte der Direktor. «Man hat dich gestern Nachmittag im venezianischen Flügel gesehen. Meine Sekretärin war zufällig dort. Du weißt ja, dass der Zutritt zu dem gesamten Flügel strengstens verboten ist. In diesem Flügel finden Bau- und Renovierungsarbeiten statt, und die Handwerker können euch dort nicht gebrauchen.»

«Stimmt», erwiderte Festy. «Nur hat Ihre Sekretärin unrecht. Ich war nicht dort. Weder gestern noch sonst irgendwann.» Sie konnte sehen, wie sein Hals rot anlief.

«Sylvestra, das ist kein Spaß. Ich frage dich noch einmal: Warum hast du vorschriftswidrig den venezianischen Flügel betreten?»

«Ich kann die Frage nicht beantworten, weil ich es nicht getan habe.»

«Meine Sekretärin hat dich dort gesehen.»

«Entweder hat sie mich verwechselt, oder sie lügt.»

Dem Direktor war die Zornesröte jetzt ins Gesicht gestiegen. *Bluthochdruck*, dachte Festy. *Er sollte sich besser beruhigen.*

«Warum behauptet sie, dass ich es war?»

«Sie hat dich an deinen Haaren zweifelsfrei erkannt. Kupferrot und grün.»

Festy erstarrte. «Wann, sagt sie, hat sie mich dort gesehen?»

«Das spielt wohl kaum eine Rolle.»

«O doch. Holen Sie sie, ich wette, sie steht ohnehin hinter der Tür und lauscht.»

«Sylvestra!»

Festy hielt seinem strafenden Blick stand. Widerstrebend drückte er die Glocke auf seinem Schreibtisch. Eine Minute später kam Lynne Doncaster herein. Sie warf Festy einen verächtlichen Blick zu und runzelte dann, wie überrascht, die Stirn.

«Wann waren Sie im venezianischen Flügel, Mrs. Doncaster?», wandte sich der Direktor an sie.

«Um zehn vor vier.» Sie sah Festy immer noch verwirrt an.

«Dann kann ich es nicht gewesen sein», entgegnete Festy. «Zu dem Zeitpunkt war ich in York.»

«In York! Und was hattest du da zu suchen, mitten in der Unterrichtszeit?»

«Ich habe mir die Haare färben lassen, für die Theateraufführung. Mit Genehmigung vom Fachbetreuer und von Henny, ich meine Mrs. Henbury.»

«Und wann bist du zurückgekommen?»

«Um Viertel nach fünf.»

«Dann hat sie sich bestimmt nur ein wenig mit der Uhrzeit vertan.»

«Hat sie nicht. Ich bin nach dem Mittagessen nach York gefahren, und um halb drei waren meine Haare gebleicht, und es gab keine Spur mehr von Kupferrot oder Grün. Das Blondieren dauert etwa eine Stunde. Also selbst, wenn sie sich in der Uhrzeit vertan hätte, und selbst, wenn ich früher zurückgekommen wäre, als ich gesagt habe, kann Mrs. Doncaster mich gar nicht mit kupferrot und grün gefärbten Haaren gesehen haben.»

Die Sekretärin starrte Festy eindringlich an. «Ich habe dich gesehen», wiederholte sie. «Und ich bin bereit, das auf meine Bibel zu schwören. Es war nur ein kurzer Moment, dann warst du verschwunden. Du hast etwas Dunkelgrünes angehabt.»

«Ich besitze gar nichts Dunkelgrünes», widersprach Festy. «Nur mein Puck-Kostüm ist grün. Und Sie werden doch nicht behaupten wollen, dass ich darin herumgestiefelt bin, oder?»

«Ich behaupte gar nichts. Aber ich habe dich gesehen.»

«Dann überlasse ich es Ihnen und Mr. Fitzhoward, die Sache aufzuklären», meinte Festy unwirsch. «Und jetzt möchte ich gern frühstücken gehen.»

Ohne die Antwort des Direktors abzuwarten, stürzte sie zur Tür und schloss sie leise hinter sich. Sie zuzuknallen wäre ihr unter den gegebenen Umständen geschmacklos vorgekommen.

✤ ✤ ✤

Sylvia veranstaltete eine Kostümprobe mit den Elfen.

Hinter den Kulissen war Jack Mallins alias Oberon zu hören, eine gemurmelte Beschwerde über seine Maske. Die Elfen auf der Bühne drehten sich wie Katzen, denen man eine Schnur an den Schwanz gebunden hat, weil sie sehen wollten, was mit ihren Kostümen geschah, wenn sie sich bewegten.

Festy stand in den Kulissen und schaute zu. «Mein Gott, was für ein Gestümpere! Ob die noch rechtzeitig lernen, mit ihren Kostümen umzugehen?»

Caro hob den Blick nicht von ihrem Regiebuch. «Kein Problem», meinte sie gelassen. «Sylvie T. verlangt von niemandem etwas, was er nicht schaffen kann.»

«Von Mallins schon», bemerkte Festy.

«Jack Mallins ist ein Fiesling, heute Morgen hätte er einen aus der Siebten fast verprügelt, weil der ihm nichts von seinem Frühstück abgeben wollte», sagte Caro.

«Hoffen wir, dass er sich ein Bein bricht, damit seine Zweitbesetzung zum Zug kommt.»

Oberon trat in die Bühnenmitte, und als er in ihre Richtung schaute, sahen sie seine Augen unter der glänzend schwarzen, durch holographische Lichteffekte schillernden Maske böse funkeln.

«Das ist echt unheimlich», sagte Festy und trat auf die Bühne, als ihr Stichwort kam.

Oben in der Beleuchterkabine bediente Lutz die Knöpfe und Schalter.

Harry war bei ihm, er stand an das rückwärtige Fenster gelehnt und folgte gebannt dem Geschehen unten auf der Bühne. «Mallins wird alles vermasseln», meinte er und beobachtete mit zusammengekniffenen Augen, wie Jack vor Festy herumhampelte.

«Blickrichtung ins Publikum bitte, Jack», sagte Sylvia.

Jack drehte sich um und machte eine obszöne Geste, die Sylvia nicht sehen konnte.

«Arschloch», sagte Harry.

Tessa Tonkin kam auf Zehenspitzen in den Zuschauerraum. Sie setzte sich neben Mrs. Ratcliffe, die Fachbetreuerin für Englisch, die den Blick nicht von der Bühne wandte und lautlos die Verse mitsprach.

Und diese ganze Brut von Plagen kommt
von unserm Streit, von unserm Zwiespalt her.

Oberon schwang herum zu Titania, mit honigsüßen Worten, aber den ganzen Körper angespannt und drohend. *So hilf dem ab.*

«Sie sollten es anders machen», sagte Tessa Tonkin plötzlich. «Das ist grundfalsch. Der *Sommernachtstraum* ist eine Komödie, aber das hier sind keine Elfen aus einer sonnenhellen, glücklichen Welt.»

«Das sollen sie auch nicht sein», erwiderte Mrs. Ratcliffe, immer noch von dem Spiel gebannt.

«Aber die Schauspieler sind junge Leute, ebenso wie das Publikum», sagte Tessa Tonkin. «Und diese Inszenierung atmet geradezu das Böse und die Boshaftigkeit.»

«Was zeigt, wie bravourös Sylvia ihre Aufgabe gemeistert hat. Ich schaue mir seit zwanzig Jahren Schulaufführungen an, und ich habe noch nie eine gesehen, die an diese heranreicht. Es ist einfach großartig.»

Nach dem Ende der Probe ging Caro in den Aufenthaltsraum, wo sie die anderen traf. Festy hatte sich für ihre Karatestunde ihren Gi angezogen und lümmelte in einem Sessel, einen Arm ließ sie herunterbaumeln, den anderen hatte sie um ihre Beine geschlungen.

«Bist du fit für Sport?», fragte Caro. «Du sieht ziemlich fertig aus.»

«Ich habe seit Tagen nicht geschlafen, ständig hab ich Horrorbilder vor Augen. Und dann überkommt mich eine panische Angst.» Erstaunlicherweise war Festy bereit zu erzählen. «Es ist nämlich verdammt furchterregend. Da war eine Frau, die hat eine Kerze angezündet, eine schwarze Kerze, und dann ist sie gestürzt, und ihr Kleid fing Feuer … Sie trug ein Kostüm aus dem Stück, ein venezianisches Kostüm.» Festy schloss die Augen und atmete hörbar aus.

«War es jemand, den du kennst?», fragte Harry.

«Nur eine Unbekannte, die in meinem Kopf herumspukt.» Sie zog einen Marsriegel aus der Tasche und wickelte ihn aus. «Macht keine so besorgten Gesichter, okay? Dieses Zuckerbömbchen und die Trainingsstunde im Dojo werden mich wieder auf den Boden der Tatsachen zurückbringen.»

«Mir ist es ein Rätsel, wie du mit Karate zurechtkommst, wo du nicht mal auf einem Bein stehen kannst», bemerkte Harry.

«Ich bin eigentlich total mies, aber Üben bringt's halt einfach. Sieh dir nur Arabella an.»

Es klopfte, und Peter Severn steckte den Kopf durch die Tür.

«Was willst du?», fragte Harry. «Verpiss dich, Kleiner, du hast hier nichts verloren.»

Aber Peter ließ sich nicht abwimmeln. «Caro, irgendwelche Typen haben sich unsere Kostüme geschnappt und spazieren damit herum.»

Caro starrte ihn an. «Wie bitte? Das ist ja völliger Quatsch!»

Peter schluckte, aber er ließ nicht locker. «Doch, es stimmt.

Gestern Abend, und vor ein paar Tagen auch schon. Ich und ein paar andere, wir haben gesehen, wie welche in unseren Kostümen rumgetollt sind. Im Wäldchen da drüben, neben dem Fußweg zwischen den Bäumen. Ehrlich.»

Hinter ihm kamen jetzt andere Kinder zum Vorschein. Ein Mädchen mit Brille und ernster Miene kam Peter zu Hilfe. «Er hat recht, wir haben sie auch gesehen, aber erkennen konnten wir sie nicht.»

«Ihr spinnt ja», sagte Caro. «Die Kostüme hängen in Plastiksäcken schön ordentlich nebeneinander im Schrank in der Garderobe. Da kommt niemand ran, nicht mal die von der Garderobe. Außer dir zieht niemand dein Kostüm an, wer will sich schon freiwillig als Senfsamen verkleiden, Peter. Und jetzt zischt ab und hört auf mit diesen albernen Geschichten.»

«Was war denn das für ein Auftritt?», fragte Harry, als die Kinder weg waren.

«Doppelgänger …», sagte Lutz nachdenklich, «eine Spezialität meines Heimatlandes.»

«Vielleicht ist das die Erklärung dafür, dass mich die Spionin des Direktors im venezianischen Flügel gesehen hat. Allerdings hat mein *Doppelgänger* noch nicht ganz die richtige Haarfarbe gehabt.»

«Und was machen diese Doppelgänger, Lutz? Ich meine, geistern die in alten Schlössern rum? Als eine Art Gespenster?»

«Eher nicht. Sonst würde meine Mutter da nicht übernachten.»

«Doppelgänger sind lebende Gespenster», sagte Festy. «Peter hat Gespenster der Shakespeare'schen Elfen gesehen. Er sollte mal zum Schulpsychiater.»

Pfarrer Gregory kam ihnen im weißen Cricket-Outfit entgegen, als sie Festy zur Turnhalle begleiteten.

«Dein Haar gefällt mir, Festy», sagte er.

«Sie kommen wie gerufen», sagte Harry.

«Ja, wir haben gerade mit Peter Severn gesprochen», ergänzte Caro. «Einem aus der Siebten. Die fangen alle an zu spinnen. Bilden sich ein, sie hätten Doppelgänger gesehen.»

«Pfarrer Gregory, stimmt es, dass ein Doppelgänger ein lebendes Gespenst ist?», fragte Festy.

«Das ist eine gute Beschreibung eines Doppelgängers. Aber Peter hat bestimmt keinen gesehen.»

«Mehrere sogar», rief Festy triumphierend.

«Das klingt höchst unwahrscheinlich. Erzähl.»

Nachdem Pfarrer Gregory aus dem Durcheinander von Beteuerungen, Ergänzungen, Rede und Gegenrede den Kern der Geschichte herausgefiltert hatte, lächelte er. «Was Peter da beschreibt, klingt eher nach Elementalen.»

«Elementale? Sie meinen Wassergeister und Baumnymphen und so was?» Harry starrte den Priester an. «Sie nehmen uns auf den Arm, Pfarrer G.»

«Ich nicht, aber Peter vermutlich. Mit Elementalen meine ich übrigens nicht Naturkräfte, sondern bewusst oder unbewusst erzeugte, quasi-intelligente Gedankenschöpfungen, die oft bösartiger Natur sind. Sie sollen sich aus unguten Wünschen materialisieren. Macht keine so erschrockenen Gesichter, sie sind so wenig real wie die Feen oder Kobolde der volkstümlichen Legenden.»

«Peter sagte, er hat Elfen aus dem *Sommernachtstraum* herumtollen sehen.»

«Und du bist ganz sicher, Caro, dass niemand zu den Kostümen Zugang hat?»

«Hundert Pro.»

«Dann hat also auch die Spi…, die Sekretärin des Direktors, meine Doppelgängerin gesehen», sagte Festy.

Sie erzählte Pfarrer Gregory von ihrer Vorladung beim Schulleiter. Er hörte aufmerksam zu und spielte dabei mit der Kappe in seiner Hand. «Hat sonst noch jemand solche Gestalten gesehen, wie Peter und Festy sie beschreiben?»

Die vier sahen einander an. Harry druckste herum, bevor er sagte: «Georgia hat geschworen, dass sie Titania und Oberon in dem Wäldchen beim Sommerhaus gesehen hat. Sie waren zusammen, und … Shaquib und Lorraine sind zwar sehr …, ähm …, lieb zueinander, aber ich glaube nicht, dass sie in aller Öffentlichkeit …»

Pfarrer Gregory runzelte die Stirn. «Davon will ich nichts weiter hören, Harry. Jede Unterstellung, dass sich hier auf dem Schulgelände solche Dinge abspielen, muss ich entschieden zurückweisen.»

«Ja, es ist blanker Unsinn», gab Harry achselzuckend zurück. «Sie können doch unmöglich kostümiert herumlaufen, geschweige denn …, wie auch immer. Haben Sie die Kostüme gesehen? Man kann sich wirklich schwer darin bewegen. Ich habe heute die Kostümprobe miterlebt, sie müssen sich jeden Schritt, den sie darin machen, genau überlegen. Ich habe Georgia gesagt, dass ihre Phantasie mit ihr durchgegangen ist. Da war sie vielleicht sauer! Sie behauptet felsenfest, sie hätte die beiden gesehen.»

Pfarrer Gregory schwieg. Von irgendwo zwischen den Bäumen war ein Kuckuck zu hören und aus der Nähe das Klacken eines Tennisschlägers, der den Ball traf. «Ein herrlicher Maiabend», sagte er schließlich. «Haltet mich auf dem Laufenden. Aber vergesst nicht, dass es bei einer Ansammlung von so vielen lebhaften, intelligenten jungen Leuten wie in Beauregard gelegentlich zu hysterischen Überreaktionen kommen kann. Ich meine damit nicht, dass jemand herumbrüllt oder sich besinnungslos am Boden wälzt. Hysterie kann unterschiedliche Formen annehmen. Beunruhigt euch also nicht, und nehmt nicht alles so ernst.»

«Keine Sorge», sagte Lutz mit einem Augenzwinkern.

«Die Neuntklässler erwarten mich», entschuldigte sich Pfarrer Gregory. «Ich muss los. Gott segne euch.»

«Warum hat er das gesagt?», fragte Festy, während sie dem Geistlichen nachblickten, der in Richtung Cricketplatz verschwand.

«Das sagen Priester eben nun mal.»

«Aber nicht Pfarrer G.»

«Sonst ist er immer sehr knauserig mit seinem Segen.»

«Stimmt, aber darüber würde ich mir jetzt nicht den Kopf zerbrechen.»

❖ ❖ ❖

Festy war extra früh zu Zuleikas Kurs erschienen. «Ich möchte Ihnen etwas sagen, Dr. Rathbone.»

Bitte nicht noch eine Schreckensvision, dachte Zuleika, der Festys Geschichte von den Hinrichtungen nicht aus dem Kopf ging.

«Es gehen merkwürdige Dinge vor sich. Gewisse Leute sehen Personen, die gar nicht da sind.»

«Was?»

Festy erzählte ihr von der Direktoratssekretärin und von Peter und seinen Freunden. «Lutz denkt, das seien Doppelgänger. Pfarrer Gregory meint, es seien Elementale, die aber nicht real sind und einen deshalb auch nicht zu erschrecken brauchen. Ich wollte nur, dass Sie das wissen.»

Festy sah Zuleika fest in die Augen, ein offener, kluger Blick. «All diese Dinge, die hier in Beauregard vorgehen, machen Ihnen Angst, stimmt's? Sie sind Naturwissenschaftlerin, genau wie mein Dad. Manchmal denkt er bereits vor dem Frühstück an sechs unmögliche Dinge, weil dieses ganze Quantenzeugs echt abgedreht ist.»

Bleib ruhig, dachte Zuleika, *und zeig nicht, was du denkst.* Angst? Das Wort reichte nicht ganz hin. Elementale? Unmögliche Dinge? Sie fröstelte. «Danke, dass du Bescheid gesagt hast, Festy, wir reden ein andermal in Ruhe darüber.»

Festy nickte ihr zu und setzte sich auf ihren Platz, dann trafen nach und nach die anderen Schüler ein, und Zuleika beugte sich über ihren Computer, schaute hoch zu dem an die Wand projizierten Bild und nahm die letzten Einstellungen vor. Ihre Augen und Hände waren beschäftigt, ihre Gedanken weilten anderswo.

✤ ✤ ✤

Die Musikprobe für die Lieder und Orchesterstücke auf der Freilichtbühne war langwierig und mühsam, und am Ende hatte Rory Moorlynch eine entsetzliche Laune.

«Idioten», schimpfte er lautstark. «Ein Haufen von Stümpern, kein einziger Musiker ist darunter. Und jetzt kommt auch noch Peter Severn in den Stimmbruch. Du», rief er dem armen Jungen zu. «Peter! Von jetzt an bis Ende nächster Woche trägst du Unterhosen, die dir eine Nummer zu klein sind, und schaust dir keine Pornofilme mehr an, okay?»

«*Sir!*», erwiderte Peter entrüstet.

Harry trat, gefolgt von Lutz, auf die Bühne. Ihre kurzärmeligen T-Shirts waren schweißdurchtränkt. «Ein harter Job, Beleuchter», sagte Lutz trocken.

«Gott, diese Hitze. Hoffentlich ist es nächste Woche nicht so schwül.»

«Wo sind die anderen?»

«Caro kauft was Kaltes zu trinken und geht runter an den Pool.»

«Und Festy?», fragte Lutz und schaute herum. «Ich glaube, ich habe sie hier gesehen.»

«Sie wollte ein Stück gehen, *Zwiesprache halten mit der Natur*. Sie wird gleich wieder hier sein.»

Die beiden Jungs schlenderten über den Rasen und fachsimpelten über die Lichtdramaturgie.

«Pah, ist das schwül», sagte Caro, vom Kiosk zurückkehrend.

«Einer dieser Abende, wo die Leute durchdrehen und verrückte Sachen anstellen», sagte Lutz.

«Ich nicht», gab Caro zurück. «Ich will nur noch ins Wasser springen und diesen ganzen *Sommernachtstraum* vergessen.»

Sie gingen schweigend weiter und lauschten den sanften Geräuschen eines heißen Sommerabends.

Dann hörten sie den Schrei.

❖ ❖ ❖

Der gellende Angstschrei ging Zuleika durch Mark und Bein und zerstörte abrupt die Idylle der Sommerwiese, über die sie und Wyndham spazieren gingen.

«War das ein Tier?»

«Nein», rief Wyndham, der bereits in die Richtung loslief, aus der der Schrei gekommen war. Er rannte mitten durchs Gehölz, ungeachtet der Zweige, die ihm ins Gesicht schlugen.

Dann blieb er stehen und horchte. Aus unmittelbarer Nähe drangen Grunzgeräusche, Getrappel und Stimmen an sein Ohr. Erneut ein Schrei, der jäh abbrach.

«Mistkerle!», schrie er, während er weiterrannte. «Diese Mistkerle!» Er wusste, was hier zwischen den Bäumen geschah. Er hatte diese Geräusche schon einmal gehört, als er in einer dunklen Gasse in London auf eine Gang gestoßen war, die eine Frau tätlich angegriffen hatte. Auf einer Lichtung entdeckte er Festy. Man hatte sie gegen einen Baumstamm gedrückt, ein kräftig gebauter Junge in einem bunten T-Shirt hielt ihre Arme fest, ein anderer hielt ihr die Hand vor den Mund. Wyndham stürzte sich auf den Jungen im bunten T-Shirt, ungeachtet des Messers in dessen Hand und ungeachtet der anderen, die um den Baum herumstanden und johlten und lachten und den Jungen mit dem Messer anfeuerten.

«Ihr verdammten Mistkerle», brüllte er, und seine donnernde Stimme, seine Entschlossenheit und die schiere Kraft, mit der er den Anführer überwältigt hatte, zeigten Wirkung. Ein Blick, und sie ergriffen die Flucht.

Wyndham machte einen Satz auf den Baum zu. Inzwischen hatte auch Zuleika die Lichtung erreicht und konnte Festy auffangen, bevor ihre Knie einknickten und sie zu Boden sank. «Deine Jacke!», rief sie Wyndham zu.

Geschrei und Gebrüll, dann tauchte Harry auf. «Was ist passiert?», keuchte er. «Festy? Ist alles in Ordnung mit ihr?» Er war kreidebleich. «Ich hab Mallins gesehen, er ist gerannt wie ein geölter Blitz. Er steckt dahinter, stimmt's?»

«Ja», sagte Wyndham und wischte sich über die Stirn.

«Den bring ich um», presste Harry zwischen den Zähnen hervor.

Wyndham hob beschwichtigend die Hand. «Mit dem rechnen wir später ab. Erst einmal müssen wir Sylvestra von hier wegbringen.»

Inzwischen waren auch Lutz und Caro da. «So etwas hatte ich befürchtet», sagte Lutz leise.

Harry und Caro knieten neben Festy. Ihre Lippen schwollen langsam an, und an ihrer Wange lief Blut hinunter.

«Einem von ihnen hab ich in die Eier getreten», murmelte sie und versuchte zu lächeln. «Karate. Aber gegen so viele hat man keine Chance.» Dann würgte sie und erbrach sich.

✤ ✤ ✤

Die Schulkrankenschwester taxierte Festy mit einem Blick und bat Zuleika, Mrs. Henbury zu holen. Dann legte sie sich Festys Arm über die Schulter, stützte sie und brachte sie weg.

«Braucht sie denn keinen Arzt?», fragte Zuleika.

«Sie hatten keine Zeit, ihr wirklich etwas anzutun», sagte Wyndham. «Das hat mir Festy versichert. Zum Glück hat sie schreien können, bevor sie ihr den Mund zuhielten. Die Jungs dachten wohl, niemand würde darauf achten. Es hätte auch irgendein Tier sein können.»

«Ein Tier? *Sie* waren die Tiere!» Zuleika wandte sich Harry und Lutz zu, die stumm an der Tür standen. «In welchem Haus wohnt Jack Mallins?»

«Marlowe», sagten beide gleichzeitig. «Mr. Zeals ist der Hausvater.»

«Gut, das macht die Sache einfacher. Würdest du ihn mir ans Telefon holen, Lutz?»

Lutz ging zum Haustelefon und wählte. Er sagte etwas und legte die Hand auf den Hörer. «Mrs. Zeals ist dran», rief er Zuleika zu. «Sie sagt, Mr. Zeals ist drüben bei den Squashplätzen.»

«Danke.»

«Ich hole Henny und bringe ein paar Sachen für Festy», sagte Caro. «Wenn sie heute Nacht hierbleiben muss, braucht sie einen Pyjama. Und vielleicht will sie ja morgen was Frisches anziehen. Ich bringe ihr auch ihre Waschsachen.»

«Gut», sagte Zuleika. «Sie wird bestimmt duschen oder baden wollen. Erzähl niemandem, was passiert ist, wirklich niemandem. Bis auf Mrs. Henbury natürlich. Hast du verstanden?»

Caro nickte ernst und ging.

«Ihr habt Mallins gesehen», fragte Wyndham Harry und Lutz, «die anderen auch?»

Sie nickten.

«Alle aus demselben Haus?»

Sie dachten kurz nach. «Foster nicht, ich weiß nicht, wo er wohnt», sagte Harry.

«Harry, bitte geh und such Mr. Zeals. Sag ihm, dass Mallins Festy tätlich angegriffen hat, und nenne ihm auch die anderen

Namen. Versuch, allein mit ihm zu sprechen. Und sag ihm, ich bin hier, wenn er Genaueres wissen will.»

Die Krankenschwester kam heraus. Ihr Blick fiel auf Lutz, und sie riet ihm, in sein Haus zurückzukehren, damit er keinen Ärger bekam. «Hier kannst du nichts tun», entschied sie. «Morgen früh geht es Festy wieder gut.»

Erleichtert wünschte Lutz eine gute Nacht und verschwand in der Dämmerung. Die Krankenschwester ging wieder zu Festy.

«Ist dir Mallins' Blick aufgefallen, als du ihn fast erwürgt hättest?», wollte Zuleika von Wyndham wissen.

Wyndham nickte, trat einen Schritt auf Zuleika zu und nahm sie in den Arm. Auch er hatte sich an die Augen aus Gothas Deckengemälde erinnert gefühlt.

«Dieselben Augen. Es wird immer schlimmer, Wyndham», sagte sie und schmiegte sich schutzsuchend an ihn. «Ich habe Angst, dass die Sache außer Kontrolle gerät. Was geht hier vor?»

❖ ❖ ❖

Woher wollen Sie wissen, was er vorhatte?», fragte Mr. Fitzhoward gequält. Seine Miene war undurchdringlich.

Zuleika wusste, dass er es nicht über sich brachte, das Wort auszusprechen: Vergewaltigung.

«Ich finde, das ist eine absurde Behauptung», fuhr er fort. «Mir ist sehr wohl bewusst, dass diese jungen Leute einiges anstellen, aber das rechtfertigt noch lange nicht die Vorgehensweise, die Sie hier für notwendig erachten.»

«Ein junger Mann mit heruntergelassener Hose und steifem Schwanz, der sich auf ein Mädchen stürzt, dessen Rock zerrissen ist und dessen Höschen er mit einer Hand herunterreißen will – in der anderen Hand hat er übrigens ein Messer. Was zum Teufel hat er vor?»

Der Direktor warf Zuleika einen betretenen Blick zu. Sie saß ihm gegenüber, zwischen Jeremy Zeals und Wyndham Tilbury. Er räusperte sich. «Ich glaube kaum, dass ich in Anwesenheit von Dr. Rathbone …»

«Schlagen Sie sich das aus dem Kopf», widersprach Zuleika. «Ich werde hierbleiben. Ich bin schließlich eine Augenzeugin, nicht wahr? Ich habe zwar nicht ganz so viel gesehen wie Mr. Tilbury. Aber ich habe Jack Mallins' nackten Arsch gesehen, als er sich ins Gebüsch verzogen hat.»

«Sylvestra hat ihn mit Sicherheit dazu ermuntert.»

«Jetzt hören Sie aber auf», protestierte Zuleika. «Sylvestras Verhalten war nicht provozierend, glauben Sie mir. Sie wollte sich befreien, und sie hat uns gesagt, dass sie einem der Angreifer einen Tritt in die Eier versetzen konnte.»

Der Direktor zuckte zusammen und wandte sich Jeremy Zeals zu. «Sie haben sehr eigenmächtig gehandelt, Mr. Zeals, ich kann das nicht billigen. Es bestand kein Anlass, den Jungen zu suspendieren, und es war vollkommen unangebracht, zu dieser späten Stunde Jacks Eltern anzurufen, damit sie ihn abholen. Was müssen die von uns denken?»

«Sie haben diesen entsetzlichen Jungen schließlich großgezogen, da dürfte ihnen nicht entgangen sein, wie er ist», gab Jeremy Zeals zurück. «In all den Jahren, in denen ich hier Lehrer bin, ist mir kein Schüler untergekommen, der so gewalttätig war und andere dermaßen schikaniert hat. Wir haben uns wiederholt bei Ihnen über ihn beschwert, aber Sie haben nichts unternommen, bis auf diese *Pläuschchen unter vier*

Augen, wie Sie es nennen. Warum, das bleibt mir ein Rätsel, aber mit dieser Geschichte hat er sich endgültig ins Aus manövriert.»

Die Empörung in Jeremy Zeals' Stimme war unüberhörbar. Der Direktor verzog den Mund zu einem unfrohen Grinsen, um zu zeigen, dass er die Sache gelassen nahm und alles unter Kontrolle hatte. Dann wandte er sich an Wyndham. «Mr. Tilbury, Sie gehören nicht zum Lehrerkollegium, dennoch haben Sie sich, wie es aussieht, einiges angemaßt. Ich werde den Stiftungsrat, der für Ihr Honorar aufkommt, von Ihrer Einmischung in diese Angelegenheit – anders kann ich es nicht nennen – in Kenntnis setzen müssen.»

«Auch der Stiftungsrat, Mr. Fitzhoward, wird bestrebt sein, einen Skandal zu vermeiden. Und wenn Sie diese Jungs nicht der Schule verweisen – und zwar alle –, dann gehe ich zur Polizei.»

Der Direktor zuckte zusammen. «Zur Polizei? Wollen Sie mir etwa drohen?»

«Keineswegs. Ich konstatiere nur eine Tatsache. Wie Sie richtig festgestellt haben, bekleide ich an dieser Schule keine Funktion. Ich bin ein Außenstehender, und ich war Zeuge eines tätlichen Angriffs. Es ist meine Pflicht, die Behörden über diesen Vorfall zu informieren. Der einzige Grund, warum ich es bis jetzt noch nicht getan habe, ist, dass Sylvestra es nicht möchte.»

«Sylvestra.» Der Direktor stieß den Namen verächtlich hervor. «Ich hätte wissen müssen, dass sie noch mehr Ärger macht.»

«Hören Sie auf mit diesem Unsinn», entgegnete Zuleika kühl. «Ihr ist kein Vorwurf zu machen. Ihnen hingegen schon, denn Sie haben es so weit kommen lassen. Warum stellen Sie sich eigentlich so demonstrativ hinter Mallins?» Plötzlich kam ihr ein Gedanke. «War Arabella heute Morgen bei Ihnen und hat Ihnen Geschichten über Jack Mallins erzählt?»

Mr. Fitzhoward spielte mit einem Brieföffner, den er von seinem Schreibtisch genommen hatte, als wolle er ihn Zuleika ins Herz stoßen. «Arabella hat mir gesagt, dass sie Sylvestra und Jack zusammen gesehen hat. In – wie soll ich sagen – extrem verliebter Stimmung. Sie werden verstehen, dass dies meine Einschätzung der Geschichte, die Sie mir hier vortragen, entscheidend verändert.»

«Arabella ist eine Lügnerin», stellte Zuleika fest.

«Ich bin nicht bereit, über Arabella zu diskutieren.» Sein Blick wanderte unwillkürlich zu den Druckfahnen eines Plakats auf seinem Schreibtisch, das eine strahlend aussehende Arabella zeigte, mit roter Mähne und der Geige in der Hand.

Auch Zuleika schaute auf das Plakat, und ihr Blick blieb an der grotesken Schnitzerei der Schnecke hängen. Es schien fast, als sei die Fratze lebendig.

Der Direktor versuchte es mit einer anderen Taktik. «Jack hat durchaus Grund zur Feindseligkeit gegenüber Sylvestra. Wenn Miss Trevisan ihm nicht die Rolle des Puck weggenommen und Sylvestra gegeben hätte, die übrigens für diesen Part völlig ungeeignet ist …»

«Es war nie seine Rolle, also kann Sylvia sie ihm auch nicht weggenommen haben. Und wie passt das zu seiner verliebten Stimmung, von der Sie gerade noch gesprochen haben?»

«Er hätte wenigstens noch bis zum Ende der Theateraufführung bleiben sollen. Ohne einen so wichtigen Darsteller geht es nicht.»

«Ach nein? Fragen Sie da mal Miss Trevisan. Er ist kein wichtiger Darsteller, und ich glaube, sie wird erleichtert sein, wenn sie ihn nicht mehr sehen muss. Und können Sie sich wirklich vorstellen, dass Sylvestra mit jemandem auf der Bühne stehen kann, der sie so brutal überfallen hat?»

«In der Pubertät spielen eben die Hormone verrückt», begann der Direktor.

«Nein», widersprach Wyndham entschieden. «Es ist unerträglich, Sie einen solchen Unsinn reden zu hören. Und Sie wissen genau, was für ein Unsinn das ist. Sie werden hier und jetzt erklären, dass Sie Jeremy Zeals' Vorgehen gutheißen. Sie werden versprechen, dass Sie den Eltern dieser Schüler den notwendigen Brief schreiben werden, und zwar noch heute. Tun Sie das nicht, gehe ich zur Polizei. Ach ja, und ich werde auch die Presse informieren. Unverzüglich. Ich habe gute Kontakte zu den Medien.»

❖ ❖ ❖

Warum?», fragte Wyndham, als sie das Abtshaus verließen. «Wenn er über Mallins Bescheid wusste, warum hat er dann nichts unternommen? So eine Verantwortungslosigkeit habe ich noch nie erlebt. Hat der Vater des Jungen irgendetwas gegen ihn in der Hand?»

Jeremy Zeals blieb stehen, um sich die Schuhe zuzubinden, und Zuleika und Wyndham warteten auf dem Kiesweg auf ihn. *Alles wirkt hier so normal,* dachte Wyndham und schaute hinauf zur Abtei, die in der diesigen Hitze hoch über ihnen aufragte und die Szene, die sie gerade erlebt hatten, nur noch irrealer erscheinen ließ.

«Eigentlich nicht.» Jeremy rückte sein Hosenbein zurecht

und stand auf. «Sein Vater ist zwar irgendein hohes Tier in der Londoner Finanzwelt und steinreich, aber er spielt nicht in der Liga derer, vor denen der Direktor katzbuckelt. Man muss schon superreich sein, superberühmt oder supermächtig, um heutzutage den Direktor einer Eliteschule zu beeindrucken.»

«Wird er die Jungs der Schule verweisen?»

«Keine Sorge», gab Zuleika zurück. «Wir haben ihn ja Gott sei Dank zum Handeln gezwungen. Allerdings lässt mich die Frage nicht los, warum er Mallins unbedingt in Schutz nehmen will. Vermutlich steckt wirklich Arabella dahinter», sagte sie genervt. «Mallins ist einer ihrer wenigen Freunde und Unterstützer, und da sie Macht über den Direktor hat, hat sie sich schützend vor Mallins gestellt.»

«Kaum zu glauben», sinnierte Jeremy. «Und doch …»

«Und doch …», wiederholte Wyndham.

❖ ❖ ❖

Zuleika las den Absender der E-Mail. Ben Clarke. Sie hatte den Namen noch nie gehört. Moment mal, die E-Mail-Adresse … Es war der Typ vom Staatsarchiv in London, wo sie vor Monaten ergebnislos recherchiert hatte. Sie öffnete die Mail, überflog die Seite und setzte sich aufrecht, hellwach und hochkonzentriert.

Er teilte ihr mit, er sei auf einen an Thomas Cromwell gerichteten Brief gestoßen, der sich auf die Auflösung des Klosters Beauregard beziehe.

Auf Umwegen erhaltene Nachrichten des Mönchs Richard

Blount aus Beauregard Abbey und Aussagen des weltlichen Dienstpersonals belegen die in Beauregard herrschenden schändlichen Praktiken der Unzucht, Sodomie, einer laxen Befolgung der Klosterregeln und der Hexenkunst und reichen aus, um sie alle zu vernichten.
Bruder Richard berichtet von Büchern mit Zauber- und Bannsprüchen und schildert, wie Prior Walter de Malyns, den die Mönche den Magier nennen, am Altar der Kirche den Teufel beschwor. Der Mann ist ein Nekromant und verdient die schwerste Strafe. Abt Yves Howard, von dem Ihr schon gehört habt, ist gleichfalls schuldig, und er müsste für diese Verbrechen zur Rechenschaft gezogen werden, wenn er sein Leben nicht bereits anderer Vergehen wegen verwirkt hätte.

Ich verbleibe Euer ergebenster und gehorsamster Diener
Giles Rathbone.

Mit zitternden Händen wählte Zuleika die Nummer von Sylvias Büro und hoffte inständig, dass sie da war. Tatsächlich ging sie nach dem zweiten Läuten ran. «Sylvia, vor der Grundschule war dein Name nicht Trevisan, oder?»

«Wie? Nein, natürlich nicht. Trevisan hieß mein Stiefvater. Meinen Vater habe ich nie kennengelernt, er starb vor meiner Geburt. Trevisan schien mir ein sehr viel schönerer Name zu sein. Ich wollte damals schon ans Theater.»

«Und wie ist dein richtiger Name?»

«Blunt. Ich wurde als Sylvia Blunt geboren.»

Auf ihrem Computer checkte Zuleika die Uhrzeit in New York. Ihre Tante, eine Frühaufsteherin, war sicher schon wach.

Zuleikas Finger flogen über die Tasten, und die Antwort kam prompt:

Hi, Zulie, wie geht's dir so im guten, alten England?

Ja, Giles Rathbone war einer deiner Urahnen. Er kam 1539 unter mysteriösen Umständen bei einem Brand ums Leben. Auch sein Sohn fand ein grausames Ende, und dessen Sohn wiederum, ein Puritaner durch und durch, verließ England Ende des 16. Jahrhunderts und ging nach Virginia. Es erging ihm besser als seinem Vater und Großvater, er starb in hohem Alter eines natürlichen Todes. Einer deiner Vorfahren kehrte Ende des 18. Jahrhunderts nach England zurück. Ein großer Fehler. Er besuchte einen Freund in Yorkshire, wo ein Feuer ausbrach, in dem er und sein Freund umkamen. Für die Rathbones lautet die Moral von der Geschicht, England zu meiden. Also nimm dich in Acht.

Interessierst du dich etwa plötzlich für deine Familiengeschichte? Es stimmt auch, dass Giles Rathbone ein hohes Amt bekleidete. Er war Beauftragter des Königs.

Zuleika stützte die Ellbogen auf und vergrub das Gesicht in den Händen.

❖ ❖ ❖

Es wurde immer heißer und schwüler.

Die Tennisspieler schwitzten wie die Weltmeister. Das Schwimmbecken war stark frequentiert, auch zu den Uhrzeiten, zu denen die Benutzung nicht gestattet war. Und sogar die aufmüpfigen Oberstufenschüler, denen der Direktor ein Schwimmverbot auferlegt hatte, sprangen zu mitternächtlicher Stunde ins Wasser, um der stickigen Hitze in ihren Zimmern zu entfliehen. Die Leichtathleten brachen ihr Training schon nach der halben Zeit ab, und die Diskus- und Speerwerfer rieben sich die klebrigen Hände dick mit Talkum ein.

Besonders qualvoll waren die Nächte. Zuleika hatte ihr Bett an das weitgeöffnete Fenster gerückt, aber es kühlte auch nachts kaum ab. Und bis zur Theaterpremiere waren es nur noch Tage, ja Stunden.

Zuleika wälzte sich auf die andere Seite und warf einen Blick auf ihren Wecker. Zwanzig nach eins, es war also schon Montag. Die Generalprobe war für morgen angesetzt, Mittwoch, Donnerstag und Freitag sollten die Aufführungen stattfinden, danach kam ein langes freies Wochenende, bevor die letzten arbeitsreichen Wochen des Jahres mit Prüfungen, Hausfesten, dem Abschlussball und allen möglichen anderen schulischen Veranstaltungen anfingen.

Zuleika hörte den Ruf einer Eule und das Dröhnen eines Flugzeugs, das in ein Land mit angenehmeren Temperaturen unterwegs war. Dann musste sie plötzlich lachen, als sie daran dachte, wie sich im Mai alle über das schlechte Wetter beklagt hatten, über den Winter, der nicht zu Ende gehen wollte, und wie sehr sie sich nach dem Sommer gesehnt hatten.

Allmählich drifteten ihre Gedanken wieder hin zu all den offenen Fragen über den Grimoire, die Mönche, die Familie Beauregard und die Abtei, doch irgendwann schlief sie ein.

Es war ein unruhiger Schlaf.

Bilder tauchten auf wie Standfotos aus einem Film. Schwarzweißbilder erstarrter Gesichter. Georgias gepeinigte

Miene, der Horror, den Festy erlebt hatte, Xian, der den Arm in der Schlinge trug, Alistair auf Krücken.

Es folgten Bilder von Arabella, wie sie zum ersten Mal die Geige in der Hand hielt, Mozart spielte und als Gewinnerin des Piatti-Preises triumphierend im Fernsehen zu sehen war. Fitzhoward, strahlend vor Zufriedenheit, bevor seine Miene zu Wut und Unbehagen wechselte. Die Augen weit aufgerissen, formte sein Mund lautlos Worte, die sie nicht verstand. Henriettas Gebeine und wie sie im offenen Grab lag. Ihr Schädel überzog sich mit Fleisch und nahm Farbe an, bis sie aussah wie auf dem Porträt in Gryersdon, das dann durch Philadelphias Bild überlagert wurde, das Gesicht entstellt und voller Narben. Und dann diese Augen. Festys aufgeklebte Halloween-Augen, Jack Mallins' Augen, die Augen des Teufels. Funkelnde, kalte, bösartige Augen.

Zuleika schrie auf im Schlaf, aber niemand hörte sie. Ihr Schrei drang aus dem offenen Fenster in die Dunkelheit und vermischte sich mit dem einsamen Ruf einer Eule, dem Schrei eines Fasans, dem Bellen eines Fuchses.

Dann weitere Bilder aus der Erinnerung: die einstürzende Wand in der venezianischen Galerie, eine sich wie in Zeitlupe bewegende Staubwolke aufwirbelnd. Das Herunterprasseln der Steine dröhnte ihr in den Ohren, sie roch und spürte Verfall und Dunkelheit, die sie bedrängten. Und im Zentrum all dieser Bilder, unverrückbar und unausweichlich: die Geige.

Zuleika warf sich auf die andere Seite und zwang sich, wach zu werden und zu versuchen, ein Grundmuster zu erkennen. Die Antwort lag vor ihr, aber wie lautete sie?

Dann fiel sie erneut in einen unruhigen Schlaf, und jetzt war sie wieder ein Kind und beobachtete das Haus auf der anderen Straßenseite. Die Flammen leckten an den Fensterscheiben, die schwarz waren vom Rauch, dann eine Gestalt, die sich aus der auf dem Gehsteig versammelten Menschenmenge löste und sich in die Flammen stürzte. *Meine Geige, ich muss meine Geige retten.*

❖ ❖ ❖

Sylvia setzte sich im Bett auf, fröstelnd trotz der Hitze. Sie war schweißgebadet, das Laken klatschnass, die Haare klebten ihr am Kopf. Sie rappelte sich auf. War sie krank? Hatte sie Fieber?

Sie schaltete alle Lampen ein und duschte mit wohltuend kühlem Wasser.

Dann trocknete sie sich ab und bürstete vor dem Badezimmerspiegel ihr Haar. Plötzlich hielt sie mitten in der Bewegung inne und erstarrte.

Jemand war hier.

Jemand stand hinter ihr.

Sie versuchte, sich zu bewegen, aber sie konnte nicht. Sie wollte sich umdrehen, schreien, um sich schlagen, irgendetwas tun, aber sie konnte den Blick nicht vom Spiegel abwenden. Kein Zweifel, da war eine schattenhafte Gestalt. Reglos, aber unendlich bedrohlich.

Sie versuchte zu sprechen, doch kein Laut kam aus ihrem Mund. Warum war diese Gestalt so schattenhaft, warum bewegte sie sich nicht, griff sie an, sagte etwas, irgendetwas? Und warum waren ihre Umrisse so verschwommen, obwohl sie alle Lichter eingeschaltet hatte?

Der Spiegel beschlug erneut. Plötzlich konnte sie sich wieder bewegen, und sie wischte mit dem Arm über den Spiegel.

Die Gestalt stand reglos und stumm hinter ihrer linken Schulter. Dann endlich sah sie das Gesicht klar und deutlich. Es war ein schönes Gesicht, das ihr da aus dem Spiegel entgegenblickte. Ein Gesicht, das sie besser kannte als jedes andere, aber von einer Schönheit, die sie gelernt hatte zu vergessen. Es war ihr eigenes Gesicht, ihr Gesicht, wie es einmal gewesen war, ein makelloses Gesicht.

Sylvia öffnete den Mund zu einem Schrei, und während sich ihr eigenes, gelähmtes Gesicht vor Angst verzerrte, lächelte das Spiegelbild das berühmte strahlende Lächeln von Sylvia Trevisan.

Festy, die Augen offen, aber eingetaucht in eine andere Welt, in ein Reich von Schatten und Dunkelheit, erhob sich aus dem Bett. Sie kniff sich in den Arm, um wach zu werden, bohrte sich die Fingernägel in ihre Handfläche, dann ging sie ans Fenster und riss es auf, stützte sich auf das Fensterbrett und atmete tief ein.

Was war das? Auf dem Rasen, wo einst die Abteikirche gestanden hatte, flackerten Lichter. Welche Idioten waren da unterwegs? Oder erlaubte sich irgendein Witzbold einen dummen Spaß? Nein, niemand war da draußen, nur diese unheimlichen Lichter, die sich über das Gras bewegten. Aber woher kamen sie?

Erschrocken wirbelte sie herum.

«Um Himmels willen, Festy, ich bin's doch nur», sagte Caro müde. «Bist du wach, oder schläfst du?»

«Weiß nicht genau. Hängt davon ab, ob du auch diese Lichter da draußen auf dem Rasen siehst.»

«Lichter?», fragte Caro. Und dann: «Was sind das für Lichter?»

«Keine Ahnung. Es hat vielleicht etwas mit der alten Abtei zu tun.»

«Ich weiß, was es ist», sagte Caro nach einer Weile. «Erdlichter.»

«Erdlichter?»

«Ich hab was darüber gelesen. Man kann sie über unterirdischen Quellen sehen. Es ist mysteriös, niemand weiß genau, was das für Lichterscheinungen sind oder wodurch sie verursacht werden.»

«Mysteriös? Mysteriös ist ganz normal für diesen Ort.»

❖ ❖ ❖

Als Zuleika die Augen aufschlug, war es halb acht, und die Schatten der Nacht waren dem Sonnenlicht gewichen, das durch den Vorhangspalt drang und an der Decke tanzte. Sie beschloss, ein paar Runden zu schwimmen. Die Schwimmmannschaft hatte gerade ihr morgendliches Training beendet, die Sportler waren unterwegs zum Frühstück. Und der erste Schwimmunterricht würde erst in einer Stunde beginnen.

Zuleika duschte, zog ihren Badeanzug an und darüber eine

leichte Hose und ein Poloshirt. Dann suchte sie nach der Badekappe, die im Schwimmbecken Pflicht war, fand sie nicht und beschloss zu riskieren, dass sie den Zorn des Aufsichtspersonals auf sich zog. Sie warf sich ein Handtuch über die Schulter und ging die Treppe runter, hinaus in die Hitze eines neuen drückend heißen Tages.

Das Becken war menschenleer. Die türkisfarbene Oberfläche war glatt wie ein Spiegel, und nur das Summen im Maschinenraum neben den Umkleidekabinen durchbrach die Stille.

Zuleika legte Hose und Hemd ins Gras und sprang ins Becken. Ein paar Minuten planschte sie herum und tauchte auf den Grund, dann begann sie, konzentriert ihre Runden zu schwimmen. Der gleichmäßige Rhythmus ihrer Armbewegungen und das Gleiten durch das Wasser hatten einen hypnotisierenden Effekt. All ihre Ängste und Sorgen fielen von ihr ab, und ihr Geist wurde leer.

Erfrischt und befreit von den quälenden Bildern der Nacht, stieg Zuleika aus dem Wasser. Sie griff nach ihrem Handtuch und setzte sich auf den Rand des Beckens, ließ die Beine im Wasser baumeln und trocknete sich Gesicht und Arme ab.

«Dr. Rathbone?» Es war Lutz, in Badehose, eine Badekappe in der Hand. «Störe ich?», fragte er und ließ sich ein Stück von Zuleika entfernt nieder. Auch er ließ die Beine ins Wasser hängen.

«Ich wollte gerade gehen», sagte Zuleika. «Willst du nicht ins Wasser?»

«Ich bin ausgebildeter Rettungsschwimmer, darf aber trotzdem erst ins Wasser, wenn der Bademeister hier ist, sein Dienst beginnt um acht.»

Ein paar Minuten sahen sie schweigend dem Spiel des Lichts auf dem Wasser zu. Zwei Schwalben stießen pfeilschnell herunter, streiften die Wasseroberfläche und verschwanden am blauen Himmel.

«Sie trinken», sagte Zuleika. «Aber so schnell, dass man es kaum bemerkt.»

«Schwalben», sagte Lutz nachdenklich. «Alles hier sollte eigentlich heiter und unbeschwert sein, aber in Wirklichkeit ist es ein Hexenkessel der Gehässigkeiten, Unglücksfälle und Gefahren.»

«Das klingt ziemlich extrem», meinte Zuleika. «Seit wann bist du in Beauregard? War es nicht schon immer so?»

«Ich bin im dritten Jahr hier, und als ich ankam, war es definitiv nicht so.» Er beschrieb mit dem Fuß kleine Kreise im Wasser. «Ich habe mit einem Freund meiner Mutter darüber gesprochen, einem Experten. Er hat übrigens von Ihnen gehört und bewundert Ihre Arbeit», fügte er höflich hinzu.

«Wie heißt er?»

«Hans Stockerau. Er vergleicht die Situation mit einem Dreieck. Die Spitze ist der Katalysator, derjenige, der mit seinen Handlungen, Absichten oder Fehlern die ganze Ereigniskette in Gang setzt. Dann gibt es einen Fokus, ein Objekt oder eine Person, die …, es ist schwer zu erklären …, die irgendwie vom Bösen durchdrungen ist. Sie ist die Quelle, aus der der dritte Punkt des Dreiecks – eine Person, sagt Hans – das Böse bezieht und den anderen ihre Energie verleiht. Eine Energie, die sich aus den tiefsten Tiefen des kollektiven Unbewussten speist. Deshalb ist sie immens stark, auf charismatische Weise mächtig und praktisch unaufhaltsam. Hans beschäftigt sich seit langem mit Besessenheit.»

«Besessenheit? Wer spricht von Besessenheit?»

Lutz schaute ihr in die Augen. «Geht es denn nicht darum?»

Bevor Zuleika antworten konnte, trat ein schlaksiger junger

Mann in ausgebleichten kurzen Shorts und roter Weste mit der Aufschrift *Badeaufsicht* aus den Umkleidekabinen, und Lutz warf sich ohne ein weiteres Wort ins Wasser und hinterließ nur Luftblasen auf der glitzernden Oberfläche.

Nach einer kleinen Weile tauchte sein Kopf an der anderen Seite des Beckens wieder auf.

Zuleika stand auf. «Und was ist dann die Lösung?», rief sie ihm über das Becken hinweg zu. «Wie durchbricht man dieses Dreieck, das ja eine Art Teufelskreis ist?»

«Das ist kaum zu bewerkstelligen, wenn man Hans glauben will. Alles hängt davon ab, wer die Spitze dieses Dreiecks bildet. Wenn man das herausgefunden hat, muss man demjenigen das Bewusstsein schärfen, damit er die Gelegenheit beim Schopf packen kann, wenn sie sich bietet.»

«Und wenn nicht?»

«Wenn was nicht?»

«Die Gelegenheit. Wenn sich die Gelegenheit nicht bietet?» Aber er war schon wieder untergetaucht.

✤ ✤ ✤

Heute üben wir die Verbeugung», verkündete Sylvia, die kein Mikrophon und keine Lautsprecher brauchte, um sich bis zu den letzten Sitzreihen hinauf verständlich zu machen.

Jetzt führte sie ihnen vor, wie man sich an den Händen fasste und verneigte, zur Seite trat und anderen Platz machte. Die Musiker hatten ihre Instrumente mitbringen müssen, und es gab großes Gelächter, als ein Siebtklässler, der versuchte, aufzustehen und sich gleichzeitig zu verbeugen, mit seinem Horn in Konflikt geriet. Er errötete und sank mutlos auf seinen Stuhl zurück.

Die Hauptdarsteller verbeugten sich gemeinsam, keiner von ihnen beanspruchte, allein im Scheinwerferlicht zu stehen.

«Arabella würde das nicht gefallen», sagte Lorraine und kitzelte Shaquibs Hand, während sie nach vorn rannten.

«Und gleich noch einmal», befahl Sylvia.

«Wie ist es eigentlich, Miss Trevisan», fragte Festy, «wenn man sich verbeugt und das Publikum vor Begeisterung anfängt zu toben? Sie haben das doch bestimmt schon erlebt.»

«Viele Male», ergänzte Harry.

Sylvias Herz stand still. Wie konnte man das Gefühl beschreiben, wenn man nach harter Arbeit den rauschenden Beifall des Publikums entgegennehmen durfte und wusste, dass man die Herzen und den Verstand der Zuschauer erreicht hatte?

«Es ist etwas Besonderes, Festy», sagte sie schließlich. «Ich kann es nicht beschreiben.» Zur allgemeinen Überraschung verkündete sie dann, die Proben seien für heute beendet, der Nachmittag wäre frei zum Faulenzen, Schwimmen oder Tennisspielen.

«Und seid morgen rechtzeitig hier zur Generalprobe.»

Kurzer Beifall, dann ging jeder seiner Wege.

Sylvia stand da und beobachtete die Schüler. In ihr regte sich ein Gefühl, das sie bisher nicht gekannt hatte – sie war stolz auf diese jungen Leute und das, was sie geleistet hatten. Sie waren *ihre Truppe* und *ihre Schauspieler*. Nichts würde den *Sommernachtstraum* kaputt machen können. Nichts.

In der obersten Zuschauerreihe der halbkreisförmigen Anlage blieb eine einsame Gestalt zurück.

«Arabella», sagte Zuleika, die quer über die Bühne auf Sylvia zukam. «Die holt sich vermutlich Anregungen fürs Verbeugen.»

«Sie belegt die Truppe mit einem Zauberbann», flüsterte Sylvia. «Sie nimmt es den Schauspielern übel, dass sie im Mittelpunkt stehen, und schickt ihnen feindselige Energie nach.»

«Das arme Mädel», meinte Wyndham, der im Archiv nach einem Dokument über die Beziehung Gothas zu den Beauregards suchte und kurz herausgekommen war, um frische Luft zu schnappen und um Zuleika zu sehen, was dieser wie gewohnt gar nicht auffiel. Er würde seine Strategie überdenken müssen.

«Sie ist nicht arm dran», widersprach Sylvia. «Sie hält sich zurück, das ist alles. Und dafür werden wir alle bezahlen.»

«Du hörst dich an wie der Chor in der griechischen Tragödie. Sehr passend für dieses Ambiente», sagte Zuleika.

«Spürt ihr nicht, dass alles auf den Höhepunkt zustrebt?»

«Das Stück?»

«Nein. Die Vorfälle hier in der Abtei und an der Schule.»

«Das drohende Gewitter zerrt an deinen Nerven, das ist alles.»

✤ ✤ ✤

Eindrucksvolle Klangmuster perlten durch die Nachtluft.

Auf dem Heimweg von der Generalprobe zum Gatehouse wanderte Zuleikas Blick die Fassade des venezianischen Flügels hinauf, der fahl leuchtend im Schein des zunehmenden Mondes lag. Das konnte doch unmöglich Arabella sein, die dort mitten in der Nacht spielte?

Das Gras war feucht vom Tau, als Zuleika den Fußweg verließ und auf die Abtei zuging. Die Tür zum venezianischen Flügel stand weit offen, wie leichtsinnig von dem Mädchen. Sie durchschritt zügig die Halle, ohne zu bemerken, dass die Musik aufgehört hatte. Sie klang immer noch in ihren Ohren, als sie die kühlen Marmorstufen hoch ins Vestibül stieg.

Ein leerer, mit roter Seide ausgeschlagener Geigenkasten lag auf dem Konsolentisch. Arabella musste in der Galerie sein. Zuleika riss die Doppeltüren auf.

In der Galerie war niemand zu sehen, nur das Mondlicht drang durch die Fenster herein und erzeugte gespenstische Schatten.

Offenbar hatte Arabella hier im Dunkeln gestanden und gespielt.

Zuleika tastete nach dem Lichtschalter neben der Tür und wappnete sich für das Gemälde, das über ihrem Kopf lebendig werden würde. Sie kniff die Augen zusammen und drückte den Schalter, nach kurzem Zögern öffnete sie die Augen wieder. Aber nur der Mond schien. Offenbar ein Stromausfall.

Im Schein des Mondes entdeckte sie einen Kerzenhalter aus Messing mit einem Kerzenstummel darin, daneben eine Schachtel Streichhölzer. Zuleika zündete die Kerze an.

Die flackernde Flamme war nur ein winziger Lichtpunkt, der Gothas Fresko, eine dunkle Bedrohung über ihr, nicht zu erhellen vermochte. Doch auch so spürte sie diese ahnungsvollen, spöttischen Augen auf sich gerichtet.

Mit dem Kerzenhalter in der Hand ging sie zu dem Notenständer hinüber; er war alt, aus schwerem Mahagoni und wurde im Konzertsaal oder in der Großen Halle benutzt. Arabella musste jemanden gefunden haben, der ihn für sie hierhergetragen hatte.

Das Notenheft auf dem Ständer war zugeklappt. Und wo

war die Geige? Arabella hatte sie doch bestimmt nicht ungeschützt in die regenfeuchte Nacht hinausgetragen? Dann spiegelte das Kerzenlicht sich auf einer dunkelroten glänzenden Oberfläche und verlieh ihr einen goldenen Schimmer. Die Geige lag auf dem Boden neben dem Notenständer. Warum hatte Arabella ihre wertvolle Geige so achtlos auf den Boden gelegt? Vermutlich, weil sie davon ausging, dass so spät niemand herkommen würde.

Aber wo war Arabella? Zuleika war ihr auf der Treppe nicht begegnet, also musste sie auf der anderen Seite durch das Hauptgebäude hinausgegangen sein.

Als Zuleika das erlesene Instrument so daliegen sah, dessen in die Schnecke geschnitztes Gesicht sie böse angrinste, überkam sie die Lust, es mit einem Fußtritt durch den Raum schlittern zu lassen, darauf herumzutrampeln oder es an die Wand zu schmettern, auf dass es in tausend Stücke zerbrach.

Dass sie so wild und ungestüm auf die Geige reagierte, erschreckte sie. *Reiß dich zusammen,* rief sie sich zur Ordnung. Es war doch nur eine Geige. Die Gefährlichkeit, die ihr Instinkt diesem leblosen Objekt zuschrieb, konnte nur eine Projektion ihrer inneren Angst und Unsicherheit sein.

Wirklich?

Wie hatte Lutz es beschrieben? *An einem Punkt des Dreiecks steht ein Objekt, das vom Bösen durchdrungen ist.*

Die Spitze dieses Dreiecks, so hatte Lutz gesagt, *ist der Katalysator.* Wenn man davon ausging, dass darin ein Hauch von Wahrheit lag – wer war dann der Katalysator?

Ihr sträubten sich die Nackenhaare, Angst beschlich sie. Nicht vor der Geige. Es war die Angst vor der Antwort auf diese Frage.

War sie der Katalysator?

Aber nein, ihre Phantasie spielte ihr einen Streich. Schuld

war die nur vom Mondlicht und der Kerzenflamme durchbrochene Dunkelheit, die Kobolde unterm Bett heraufbeschwor.

Es war blanker Unsinn. Es gab keinen Katalysator. Wie konnte sie einer sein?

Weil sie in der venezianischen Galerie gewesen war, als die Geige geborgen wurde. Durch ihren Sturz war das Versteck bekannt geworden, ihretwegen war die Geige aus einer längst versunkenen Epoche nach zwei Jahrhunderten der Dunkelheit ans Tageslicht gekommen.

Und mit dieser Geige waren Bosheit und Tücke aus einer anderen Zeit hervorgebrochen.

Eine Frage tauchte auf, die sie sofort wieder mit aller Kraft zu verdrängen versuchte: Hatte Arabella Macht über diese Geige, oder übte die Geige Macht über Arabella aus?

Sie hörte ein leises Geräusch, als würde jemand ausatmen. Zuleika zuckte zusammen. Meine Güte, ihre Nerven lagen blank. Dann ein Klicken, als hätte jemand einen Schalter gedrückt, und das Licht ging an – ein gleißend helles Licht, das sie zwang, die Augen zusammenzukneifen.

Das Licht brachte sie zur Besinnung. Sie hob die Geige vom Boden auf und brachte sie in den Instrumentenkasten, verschloss ihn und ging dann den Korridor entlang zur Tür am anderen Ende des Saals, die ins Hauptgebäude führte. Sie war abgeschlossen. Verflixt, das Mädchen musste hinter sich abgesperrt haben. Sie lief wieder zurück, die Treppe hinunter, zur Tür hinaus.

Auf dem Weg zum Gatehouse vernahm sie erneut Musik. Eine von Hanks Lieblingskompositionen, es war Giuseppe Tartinis höllisch schwere Teufelstrillersonate.

❖ ❖ ❖

Der Regen hatte nur vorübergehend Linderung gebracht. Die Nacht war ebenso heiß wie der vorhergehende Tag, und die Luft war beinahe tropisch feucht.

Sylvia lehnte sich aus dem Fenster, voll Sehnsucht nach Kühle, nach einem leisen Windhauch. Sie hatte kein Bedürfnis zu schlafen, sie fühlte sich nur erschöpft und müde, als wäre all ihre Energie aus ihr gewichen.

Morgen, nein, heute fand die Premiere statt. Es war keine Premiere wie all die anderen, die sie mit Freude, Angst, Euphorie und Nervosität erwartet hatte. Nervös war sie schon, vor allem wegen der misslungenen Generalprobe.

Warum war sie so schlecht gelaufen? Ein Problem war das Timing gewesen. Die Schauspieler hatten einander nicht aufmerksam genug beobachtet und einander nicht genau zugehört. Dann waren viele Schauspieler plötzlich ins Stocken geraten, obwohl sie ihren Text bereits seit Wochen perfekt intus hatten. Caro, sonst eine ausgezeichnete Souffleuse, hatte den Faden verloren. Die Elfen hatten gar nicht erst in ihre Rolle gefunden und waren weder magisch noch finster, noch überirdisch gewesen, sondern nur konfus und unkoordiniert. Und die Sterblichen waren hölzern und unnatürlich in Bewegung, Vortrag und Gestik gewesen.

Wieso hatte es nicht geklappt? Es hätte funktionieren müssen. Alles hätte sich nahtlos ineinanderfügen, zu einem lebendigen Ganzen zusammenwachsen können, das emotional berührte. Von wegen Emotionen! Die ganze Aufführung war ihr vorgekommen wie eine Abfolge zusammenhangloser, kalt und gleichgültig dargebotener Szenen.

Warum nur hatte sie die Aufgabe übernommen, dieses Stück zu inszenieren? Sie hatte keine Erfahrung, keine Ahnung, was mit Schülern machbar war und was nicht. Jeder Lehrer, der eine Schultheatergruppe leitete, hätte es besser hingekriegt. Zumindest hätte er eine ordentliche Aufführung auf die Beine gestellt.

Zum ersten Mal seit vielen Monaten haderte sie mit dem Schicksal, das sie hierhergeführt hatte. Die Arbeit am *Sommernachtstraum* hatte ihre Liebe zum Theater neu entfacht. Jetzt jedoch kam es ihr vor, als wäre nur noch ein Häufchen Asche übrig. Und das bei einem Shakespeare-Stück, wo der Erfolg doch garantiert war. Wenn man die Rollen richtig besetzte und wenn alle Schauspieler ihre Texte lernten, hatte man im Nu ein Stück, eine Inszenierung. Zwar keine gute, keine denkwürdige, aber doch eine passable Inszenierung.

Sie jedoch hatte ganz besonders clever sein und unbedingt etwas Ausgefallenes machen wollen, eine neue Interpretation. Zuerst das venezianische Bühnenbild, das wahrscheinlich von Anfang an ein schwerer Fehler gewesen war. Nur ein kompletter Idiot konnte sich vorstellen, dass ein Schäferspiel funktionieren würde, wenn man es in ein städtisches Ambiente verpflanzte. Und obendrein hatte sie alles noch dadurch kompliziert, dass ihre Elfen Wesen aus einer schattenhaften Unterwelt und nicht aus dem üblichen Märchenland waren.

«Ein Fiasko», hatte Lutz gesagt. Das traf ins Schwarze.

Harry, perfekt gekleidet mit schwarzer Fliege und in einem makellosen weißen Hemd, trat auf Sylvia zu. «Dunkle Wolken und fernes Donnergrollen, Miss Trevisan. Es braut sich was zusammen, aber die Wetterfrösche schätzen, dass es so schnell nicht losgeht. Spielen wir draußen, oder gehen wir auf Nummer sicher?»

Sylvia schaute zum Himmel hoch und dann zu Harry, der mit funkelnden Augen und voller Eifer vor ihr stand. «Wir riskieren es, Harry. Wir spielen in der Arena.»

Er stieß die Faust in die Luft, rief ein begeistertes «Ja!» und lief los, um die gute Nachricht zu verbreiten.

Die Arena füllte sich allmählich. Ein Gewimmel wie in einem Ameisenhaufen. Die Schüler von Beauregard kletterten hoch zu ihren Sitzplätzen, zankten sich mit ihrem Nebenmann, riefen ihren weiter unten oder oben sitzenden Freunden etwas zu, stießen beim Anblick der Säulen auf der Bühne Rufe der Bewunderung aus und lauschten den Musikern beim Stimmen ihrer Instrumente. Eltern und Lehrer waren zurückhaltender, aber auch sie konnten sich der aufgeregten und erwartungsvollen Stimmung nicht entziehen – waren bereit, sich verführen, berühren und unterhalten zu lassen.

Der alte Zauber des Theaters hatte Sylvia erneut in seinen Bann geschlagen. Sie war aufgedreht, als hätte sie nicht ihr halbes Leben lang auf der Bühne gestanden, und doch auch ganz in ihrem Element, glücklich, ein paar Stunden in diese Welt einzutauchen, die sie über alles liebte.

Bevor sie das Zeichen für den Anfang gab, fiel ihr Blick auf zwei Personen in dem erwartungsvollen Publikum in der

Arena, und sie erstarrte. Da war Jack, Jack Mallins. Und neben ihm, o Gott, Jacob Mallins, ihr Todfeind, der Onkel des Jungen. Was in aller Welt wollten die hier? Und was, wenn Festy Jack Mallins entdeckte?

Doch Sylvia konnte nichts machen. Aller Augen waren auf sie gerichtet. Sie hob die Hand. Ein Trommelwirbel, und dann fiel das Scheinwerferlicht auf die venezianische Kulisse, Häuser aus hellem Marmor, dazwischen die Schatten der Bögen und Säulen – ein magischer Moment des Theaterlebens. Ein leises Raunen der Überraschung lief durch das Publikum, dann erklang die Melodie einer Solo-Geige, ein ungewöhnliches Menuett.

«Das ist Arabella», sagte jemand, der umgehend mit einem «Pst» zurechtgewiesen wurde.

In der Seitenkulisse wandte sich Theseus seiner Hippolyta zu. «Wir sind dran», sagte er.

Hörner erklangen, das Scheinwerferlicht schwenkte nach oben, und eine hinreißende Gruppe von Höflingen stürmte auf die Bühne, plaudernd und lachend hinter ihren Masken. Theseus verbeugte sich elegant vor der Dame an seiner Seite und begann:

Nun rückt, Hippolyta, die Hochzeitsstunde
Mit Eil' heran.

❖ ❖ ❖

Wyndham war wie geblendet.

Wie alle Zuschauer hatte auch er den Atem angehalten, als die venezianische Häuserfassade in hellem Licht aufstrahlte und Theseus, Hippolyta und ihr Gefolge zu einem musikalischen Tusch die Bühne betraten. Fünf kannelierte Säulen standen auf der Bühne, den Hintergrund bildete eine Ansicht des Canal Grande mit der Silhouette einer Gondel samt Gondoliere. Ein Entwurf, so raffiniert, dass der Übergang zum venezianischen Flügel selbst für das kritische Auge eines Kunsthistorikers perfekt gelungen war. Und die Kostüme waren phantastisch. Die Höflinge trugen glitzernde Augenmasken, sie schwatzten, flirteten und bewegten sich wie auf einer Soiree, und dennoch vermittelte sich eine Atmosphäre von Geheimnis und Ränkespiel. Hippolytas Kleid war aus raschelnder Seide und weichem Samt. Theseus trug einen Rock in leuchtenden Farben, dazu eine cremefarbene enge Hose und Strümpfe, hochhackige rote Schuhe und wie alle anderen auch eine Perücke.

Die Perücken waren eigenwillig – ganz im Stil des 18. Jahrhunderts, aber aus Stofffetzen, Bast und metallisch schillerndem Papier gefertigt. Wyndham kannte die meisten Schüler, die mitspielten, vom Sehen, aber kostümiert, maskiert und mit Perücke waren sie nicht wiederzuerkennen.

Wyndham hatte schon viele Inszenierungen des *Sommernachtstraums* gesehen – vom traditionellen süßlichen Märchenspiel bis zu einer Aufführung in Polen, bei der die Schauspieler braune Papiertüten auf dem Kopf trugen. Er hatte eine Aufführung mit Kindern gesehen, er kannte den berühmten Film von Peter Brooks, in dem Clowns auftraten. Er hatte Inszenierungen mit modernen Kostümen und solchen im Stil der 1920er Jahre gesehen. Diese hier, dachte er, während er gespannt auf Pucks Auftritt wartete, war vielleicht die einprägsamste von allen.

Die venezianische Kulisse verschwand zu den gespenstischen Klängen von Rorys Streichern, Elfen huschten auf die Bühne und schlangen ihre Blättergirlanden um die Säulen, während andere Elfen zwischen den drei hinteren Säulen ein Netz aus Blättern und Blumen aufhängten. Die Szenerie eines Waldes war perfekt.

Gebannt beobachtete Wyndham, wie sich die Elfen unter die Tänzer mischten und dann verschwanden. Die Bühne wurde dunkel, dann fiel das Scheinwerferlicht auf die wenig graziöse Gestalt von Festys Puck, der an einer Säule lehnte, eine grüne Zigarette rauchte und ein Wölkchen leuchtend bunten Rauchs in die Luft blies.

Wyndham sammelte Pucks, und er hatte bezweifelt, ob ein Mädchen diese Rolle überzeugend spielen konnte. Aber ein Blick, und er wusste, dass Festy als Puck das reinste Vergnügen sein würde. Er stieß einen tiefen Seufzer aus, als Puck einen Fuß ausstreckte, um eine über die Bühne laufende Elfe stolpern zu lassen, und seinen ersten Satz sprach: *He, Geist! Wo geht die Reise hin?*

Er ließ sich genüsslich auf seinem Sitz zurücksinken.

Zuleika neben ihm war wie erstarrt, gleichfalls gebannt von der Szenerie. Sie kam erst wieder zu sich, als in der Mitte des dritten Akts eine Leuchtschrift über die Bühne tanzte und die Pause ankündigte. Wie in Trance kehrte sie nach dem Ende der Pause auf ihren Platz zurück, kaum gewahr, dass sie eine Kerze in der Hand hielt, als Oberon in seinem funkelnden Gewand auftrat, um sie erneut in sein düsteres Märchenland zu entführen.

Theseus' Worte über Wahnwitzige, *die mehr Teufel sehen, als die weite Hölle fasst,* entlockten ihr ein gequältes Lächeln. Vielleicht, dachte sie, bestand ja darin ihre Schuld: dass ihre Einbildungskraft unbekannte Dinge ans Licht brachte und ihnen eine Form gab.

Und wie die schwangre Phantasie
benennt das luftge Nichts und gibt ihm festen Wohnsitz …

✤ ✤ ✤

Sylvias Blick wanderte zu der Säule hinüber, wo Festy, außer Sichtweite der Zuschauer, mit sichtlichem Vergnügen den Handwerkern zusah und auf ihren letzten Auftritt wartete.

Festy hatte wirklich Power. Sogar Rosie, die wahrlich kein Fan des Mädchens war, freute sich, wie gut sie den tätlichen Angriff von Mallins und seiner Clique überstanden hatte. Sie hatte sich ganz auf ihre Rolle als Puck konzentriert, hatte sich ihren ureigenen unbeschwerten Humor bewahrt und wollte kein Mitleid und keine Anteilnahme.

Sylvias Sympathie für Festy war grenzenlos, fand sie in der jugendlichen Stärke und entschlossenen Widerstandskraft dieser jungen Frau doch den Kampf gespiegelt, den sie selbst ausgefochten hatte. Vielleicht konnte Harry mit seiner Sensibilität, die sich hinter lebensprühender Energie verbarg, nachempfinden, was Festy durchmachte. Andere nahmen Festys zur Schau getragene Fröhlichkeit und ihre Vitalität für bare Münze und waren geneigt, das Mädchen simpel zu finden.

Festy würde keinen Schaden davontragen.

Und auch sie selbst, Sylvia, würde unbeschadet aus allem herauskommen.

Die letzte Szene strebte ihrem Ende zu. Sylvia atmete erleichtert auf – in dem Gefühl, dass sie seit den ersten Versen die Luft angehalten hatte. Sie fühlte sich so müde, als hätte sie einen Marathonlauf hinter sich, und gleichzeitig war sie in euphorischer Stimmung.

Jetzt trat Puck vor – in dieser verruchten, überheblichen Weise, wie sie es Festy beigebracht hatte, und stand im Scheinwerferlicht. Auch der sehr viel größere Lichtschein des Vollmonds, der sich zwischen den purpurroten Gewitterwolken hervorgeschoben hatte, beleuchtete ihre Gestalt. Da stand sie nun und sprach vertraulich und zugleich boshaft zum Publikum:

Wenn wir Schatten euch beleidigt,
Oh, so glaubt – und wohl verteidigt
Sind wir dann –, ihr alle schier
Habet nur geschlummert hier
Und geschaut in Nachtgesichten
Eures eignen Hirnes Dichten.

Dann war Pucks Monolog zu Ende, und nachdem Festy einen imaginären Apfel von der blätterumrankten Säule gepflückt hatte, zog sie sich wieder in die Dunkelheit zurück.

In den Zuschauerreihen herrschte absolute Stille. Die Schauspieler hinter der Bühne sahen einander bestürzt an. Dann ertönte tosender Applaus.

«Geht raus zur Verbeugung, verbeugt euch», rief Sylvia. «Los jetzt! Geht schon!»

Sie traten nach vorn, verbeugten sich, traten ab: die Tänzer und Musiker, die Sänger und Schauspieler. Puck wurde mit Bravorufen bedacht und mit Gelächter, als er eine unfeine Geste in Richtung der Zuschauer machte.

✣ ✣ ✣

Auch Zuleika löste sich allmählich aus ihrer Erstarrung. Sie hatte nicht gewusst, dass es eine so große Truppe war. Immer neue Elfen und Höflinge stolperten jetzt auf die Bühne, um sich zu verneigen.

Über den Mond zogen Wolken hinweg und warfen ihre Schatten auf die Arena, während mehr und mehr Leute auf die Bühne strömten, hierhin und dorthin liefen, sich im Kreis drehten, einander an den Händen fassten und unheimliche Sprüche skandierten. Irgendetwas stimmte hier nicht! Wild und ungebärdig waren sie, außer Rand und Band. Die Zuschauer besprachen sich murmelnd miteinander, verwirrt von dieser unerwarteten Szene. Sylvia rannte auf die Bühne und versuchte verzweifelt, den Aufruhr zu bändigen. Panik und Entsetzen standen ihr ins Gesicht geschrieben.

Diese Gestalten waren keine Schauspieler, sie hatten nichts mit dem Stück zu tun, diese Szenen gehörten nicht zum *Sommernachtstraum*.

Wyndham war aufgesprungen und boxte sich seinen Weg zwischen den Sitzreihen hinunter frei.

Das war es, wovon Festy gesprochen hatte: Doppelgänger, Wesen, die in Form und Gestalt aussahen wie Bühnenarbeiter und Schauspieler. Sie waren kostümiert wie diese, doch ihre wilden Bewegungen hatten nichts Menschliches. Diese Doppelgänger stürzten sich jetzt auf die echten Schauspieler, wirbelten um sie herum und drängten sie von der Bühne. Diese Menschen, die Zuleika so gut kannte, waren jetzt keine Individuen mehr, sondern Teil eines chaotischen Mobs, der sich wie ein Schwarm Stare bei Sonnenuntergang bewegte: eine unerbittliche Masse mit nur einem Streben und Trachten, mit nur einem Ziel. Welchem? Wohin bewegten sie sich?

Hinter Zuleika rief jemand: «Feuer!»

Sie wusste, wo es ausgebrochen war, noch bevor sie die schwarzen Rauchwolken und die Flammen aus den Fenstern der venezianischen Galerie züngeln sah.

Eine Geige spielte eine unheimliche Melodie, die die ängstlichen Rufe aus dem Publikum übertönte. Die Zuschauer gerieten jetzt in Panik, drängten und stolperten die Terrassen hinunter.

Darum sollten sich andere kümmern, sie, Zuleika, wusste, wohin der besinnungslose Mob strebte. Sie drehte sich um und lief die nunmehr leeren Zuschauerreihen hinauf. Wenn sie auf der Rückseite der Terrassen hinunterlief, war sie schneller, als wenn sie versuchen würde, sich unten durch die Menschenmenge zu drängeln. Oben angekommen, hielt sie inne und warf einen letzten Blick hinunter. Auf der Bühne waren jetzt Zuschauer, die Schauspieler waren alle verschwunden. Dann entdeckte sie ein Stück entfernt eine große blasse Gestalt, reglos, beobachtend, ohne die Absicht, der Menge zu folgen oder zu fliehen.

Nicholas Beauregard. Er drehte sich zu ihr um und blickte sie hilflos, ja flehend an, dann hob er die Arme. «Sie müssen es tun, Zuleika.»

Was denn, um Himmels willen? Aber sie hatte keine Zeit

für Nicholas Beauregard, sie rannte auf der Rückseite der Arena den Hügel hinunter, lief über den Rasen auf den venezianischen Flügel zu. Und davor stand Arabella, ihr rotes Haar flatterte im Wind, ihre Augen funkelten dämonisch wie bei Gothas Figuren, und sie spielte die Geige wie eine Besessene.

Ja, wie eine Besessene, und die Geige spielte Arabella. Eine überwältigende Musik, die Ohren und Kopf erfüllte, einen willenlos machte, vorwärtsdrängte, weiter, immer weiter. Alles war jetzt voll beißenden Rauchs, er drang in ihre Augen, in ihre Lungen. Zuleika stolperte über eine Baumwurzel und konnte sich gerade noch fangen.

Sie musste ihnen zuvorkommen, sie woandershin lenken, bevor diese Kreaturen, die Gott weiß woher aufgetaucht waren, sie alle als willige Opfer in die Flammen führten.

Plötzlich, sie hatte das Mädchen fast erreicht, stand Fitzhoward zwischen ihr und Arabella. Nein, sie musste nicht vor dem Rauch in Sicherheit gebracht werden. «Lassen Sie mich vorbei!»

Doch er wollte ihr gar nicht helfen. Er versetzte ihr einen Schlag vor die Brust, und seine Augen waren die kalten, gleichgültigen, drohenden Augen Arabellas. Und die Augen von Jack Mallins, der die Menge umkreiste wie ein Hirtenhund seine Herde, wie ein Wolf seine Beute.

Zuleika duckte sich, um einem weiteren Schlag Fitzhowards auszuweichen, und versetzte ihm einen Fußtritt. Sie traf sein Knie, er knickte ein und stürzte zu Boden.

Wie konnte sie sie aufhalten, nur noch wenige Meter vom Eingang zur venezianischen Galerie entfernt, diese Menge, die direkt auf das Feuer zustrebte?

Die Geige.

Das war es. Zuleika stürzte auf das Mädchen zu und brachte sie zu Fall. Arabellas Hände ließen die Geige los, die Zuleika auffing, bevor sie den Boden berührte, und sie lief damit los wie beim Staffellauf in der Schule. Von Angst beflügelt, rannte sie an dem wogenden Mob vorbei, sah im Laufen den seelenlosen Harry, die mit leerem Blick vor sich hin starrende Caro, Sylvia und Festy, die ganz vorne waren, die Arme ausgestreckt, als wollten sie nach den Flammen greifen.

Sie überholte sie, baute sich vor ihnen in der Tür zum lichterloh brennenden venezianischen Flügel auf, das Klirren von splitterndem Glas in den Ohren. Sie musste husten. Ihre Ohren dröhnten. *Gott, lass mich jetzt nur nicht ohnmächtig werden,* dachte sie, Panik stieg in ihr hoch. Für den Bruchteil einer Sekunde fiel ihr Blick auf die Geige, vor langer Zeit gefertigt von einem Meister seines Fachs. Die Geige stammte aus einer anderen Zeit und konnte, war sie einmal zerstört, durch nichts ersetzt werden. Niemand konnte die Jahrhunderte zurückdrehen und dieses Instrument noch einmal erschaffen.

Und plötzlich fiel alle Angst von ihr ab. Sie achtete nicht auf den stickigen Rauch und die hoch aufschießenden Flammen. Sie hob die Geige über ihren Kopf und schleuderte sie mit aller Kraft ins Feuer. Für eine Sekunde schien das Instrument in der Luft zu schweben, dann vollführte es einen Bogen und verschwand in den Flammen, die aus dem Fenster schossen.

Einen Augenblick war es ganz still, dann wurde die Fassade der Abtei von einem grellen Blitz erleuchtet, gefolgt von einem gewaltigen Donnerschlag, als sich die Schleusen des Himmels öffneten.

Zuleika konnte sich später kaum mehr erinnern, was in jener Nacht weiter geschehen war. Sie hatte nur ein paar leichte Brandwunden, aber sie war betäubt bis auf den Grund ihrer Seele, und die nachfolgenden Ereignisse zogen an ihren Augen vorbei wie eine Filmsequenz.

Menschen stürzten auf sie zu. Flammen leckten durch ein Fenster im oberen Stock, dann ein Funkenregen, bevor das Feuer erneut emporloderte. Das Heulen eines Feuerwehrautos in der Ferne. Und dann Arabella, die auf die Abtei zu rannte und nach ihrer Geige schrie. Leute, die sie festhielten. Arabella, die sich wehrte wie ein wildes Tier, um dann ein letztes Mal laut aufzuschreien, bevor sie zusammenbrach und reglos dalag wie eine Puppe, das flammend rote Haar im Mondlicht leuchtend wie ein Heiligenschein.

Dann schwarze Nacht, als das Gewitter mit voller Wucht losbrach und der Regen gegen die Mauern peitschte. Über Sylvias Gesicht lief strömender Regen. Die Dachrinnen quollen über, auf den Gehwegen bildeten sich kleine Bäche.

Zuleika wusste kaum mehr, wie es ihr gelungen war, sich hochzurappeln. Wyndham legte ihr den Arm um die Schulter, stützte sie, sprach leise und beruhigend auf sie ein. Er wusste, was geschehen war. Er führte sie nach Hause, brachte sie zu Bett und wachte bei ihr, bis sie in einen erschöpften, traumlosen Schlaf fiel. Erst als der Morgen graute, ging er leise weg.

Epilog

✣ Venedig, einen Monat später ✣

Zuleika saß, von einer gestreiften Markise vor der Julisonne geschützt, allein an einem langen Tisch auf einer Piazza in Venedig. Wegen der Hitze waren nur wenige Menschen unterwegs. Eine magere Katze lag ausgestreckt im Schatten des alten Brunnens in der Mitte des Platzes, putzte sich kurz und döste dann weiter. Irgendwo läutete eine Kirchenglocke. Hinter den halbgeschlossenen Fensterläden eines Balkons rief jemand etwas auf Italienisch.

Sie hatte zehn wunderbare Tage hinter sich. Die Schule hatte den *Sommernachtstraum* in Avignon aufgeführt, anschließend war die Truppe nach Venedig weitergereist, wo sie zwei Aufführungen haben würde. Zuleika hatte sich im Hotel über eine Nachricht Wyndhams gefreut, mit der er ankündigte, zu ihr nach Venedig zu fliegen. Er müsse sie wiedersehen, und er habe auch aufregende Neuigkeiten über Beauregard.

Sie schaute hoch in den tiefblauen Himmel. Eine Taube ließ sich auf dem Brunnenrand nieder. Beauregard und das vergangene Jahr waren in weite Ferne gerückt, als gehörten sie einer anderen Zeit und einem anderen Raum an.

Sie stand auf, als sie Wyndham kommen sah, und winkte ihm zu.

Er beugte sich über ihre Hand und küsste sie mit einer feierlichen Geste, die von seinem schalkhaften Lächeln Lügen gestraft wurde. «Ganz allein? Was ist los? Du kannst doch gar nicht mehr leben, wenn du nicht von mindestens zehn Kindern umgeben bist», spottete er und setzte sich neben sie. Zum Restauranteingang gewandt, rief er einen Kellner, um für Zuleika und sich ein Glas Wein zu bestellen und die Ankunft einer großen Gruppe anzukündigen.

«Ich war einkaufen», berichtete Zuleika. «Ich weiß nicht, wo die anderen sind. Sie werden sicher gleich kommen. Es ist mindestens vier Stunden her, dass Harry und Lutz gefrühstückt haben, die sterben bestimmt vor Hunger. Darf ich fragen, was es mit dieser Essenseinladung auf sich hat?»

«Du darfst, aber ich werde es dir erst sagen, wenn alle da sind», erwiderte Wyndham und fächelte sich mit seinem eleganten Panamahut Luft zu.

Die anderen kamen in Zweier- und Dreiergrüppchen. Festy und Caro schlenderten plaudernd herbei und erzählten etwas von tollen T-Shirts, die sie gerade anprobiert hätten. Margo und Toby folgten ihnen dicht auf den Fersen. Margo war als Betreuerin mitgekommen, und Toby war ihr per Flugzeug nachgereist, um eine Urlaubswoche in Venedig zu verbringen.

Rosie kümmerte sich um die Musiker. «Die würden dich in den Sack stecken, außerdem hast du uns im letzten Jahr mehr als einmal mit der Bande im Stich gelassen», hatte Rosie Rory unumwunden gesagt. «Ich fahre mit.»

Jetzt kam sie, eine Kamera in der einen und einen Reiseführer in der anderen Hand, schob ihre Sonnenbrille hoch, begrüßte Wyndham herzlich und ließ sich mit der Bitte um ein Glas Wasser auf einen Stuhl fallen.

«Wo ist Sylvia?», fragte Zuleika.

Rosie fächelte sich mit ihrem Reiseführer Luft zu. «Im Theater, bei der Arbeit, wie üblich. Einer der großen Intendanten ist hier, er macht Ferien in Venedig. Als ich ging, sprachen sie gerade über eine Inszenierung von Shakespeares *Sturm*, bei der sie Regie führen soll. Sie ist ganz aus dem Häuschen.»

«Gott sei Dank», seufzte Zuleika. «Wenn das bedeutet, dass sie wieder ans professionelle Theater zurückkehrt ... das ist ja ihre größte Sehnsucht.»

Ein sonnengebräunter Harry schlenderte mit Lutz im Schlepptau heran, der mit seinem hellen Anzug elegant und supercool aussah.

«Armani, nehme ich an.» Wyndham grinste.

«Was sonst?», gab Lutz zurück und zog sorgfältig seine Hosenbeine hoch, bevor er sich setzte.

«Da wären wir alle», verkündete Harry. «Danke, Mr. Tilbury, für die Einladung. Das Essen in der Jugendherberge ist zwar auch nicht schlecht, aber das hier scheint ein Superlokal zu sein.»

«Hättet ihr etwas dagegen, mich Wyndham zu nennen?», schlug er in klagendem Tonfall vor. «*Mr. Tilbury* gibt mir das Gefühl, furchtbar alt zu sein.»

«Etwas mehr Haltung, bitte», sagte Jeremy Zeals, der sich einen Stuhl heranzog und sich setzte.

«Und wo ist der Rest der Rasselbande?», fragte Harry.

«Die machen eine Rundfahrt über die Lagune.»

Kellner tauchten auf, die frische weiße Tischtücher auslegten und den Tisch deckten.

«Ich halte meine Rede erst, wenn alle bestellt haben», sagte Wyndham zu Zuleika. «Ich fürchte, sie werden nichts auf der Speisekarte auslassen.»

«Bestimmt nicht», sagte Zuleika und grinste. «Hoffentlich hast du genug Geld dabei.»

Schließlich zogen die Kellner ab, und jetzt waren aller Augen auf Wyndham gerichtet.

«Spuck's schon aus», ermunterte ihn Jeremy Zeals. «Die Bühne gehört dir, Wyndham.»

«Ich habe es deiner Mutter zu verdanken.» Wyndham schaute Lutz an. «Der Archivar hat Wort gehalten und ihr Gothas Briefe geschickt. Ich bin nach Deutschland geflogen, habe die Briefe gelesen und beschlossen, hierherzukommen, um euch die Neuigkeit zu überbringen.»

Er hielt mehrere Blätter hoch. «Das sind Kopien von Briefen, die Gotha geschrieben hat, während er in Beauregard Abbey weilte.»

Die Jüngeren am Tisch ließen Buhrufe hören, als Gothas Name fiel.

«Ich fasse die Kernpunkte zusammen, denn die Sprache ist sehr blumig, und ich bin kein geübter Übersetzer. Hier also der erste Brief, vom März 1765. Er schreibt über zwei Kerzenhalter, die ein Freund für Philadelphia Beauregard herstellen soll.» Er wedelte mit dem Brief in der Luft. «Er hat eine Zeichnung mitgeschickt, wie er sie sich vorstellt, ausgesprochen grotesk und geschmacklos, wie man es von Gotha nicht anders erwartet. Nein, Festy, du kannst es dir später anschauen. Sie waren für die Kapelle bestimmt, wo, wie er schreibt, Philadelphia gewöhnlich die schwarze Messe hielt.»

«Sie meinen, in der Kapelle von Beauregard wurden schwarze Messen gehalten?», fragte Caro ungläubig.

«Das ist wahrscheinlich die Erklärung dafür, warum es dort immer so eiskalt ist», meinte Lutz.

«Und weiter, Wyndham?», drängte Zuleika.

«Gotha schreibt, Philadelphia und ihre Nichte Henrietta seien Adepten der schwarzen Magie, und da Henry Beauregard tot sei, könnten sie frei und ungehindert alle Praktiken durchführen, die von den Anhängern des Fürsten der Finsternis vorgeschrieben wurden. Er deutet an, Henry sei keines natürlichen Todes gestorben und Henrietta, geboren und aufgewachsen in Venedig, sei in Giften bewandert.»

«Sie meinen, sie hat ihren Vater ins Jenseits befördert?», fragte Caro entrüstet.

«Sieht so aus.»

«Gotha schreibt seinem Freund, dass mit Henrys Tod die Abtei in Philadelphias Besitz übergeht und Henrietta einen Großteil seines Vermögens erhält. Henry war regelrecht in sie vernarrt und von ihrer musikalischen Begabung fasziniert. Das stärkte die Bindung zwischen Vater und Tochter und veranlasste ihn zu der Dummheit, sie als Erbin zu bestimmen. Am Schluss erwähnt Gotha noch, dass es weitere Aufträge geben wird und die Beauregards viele Mitglieder der Hautevolee an sich ziehen, die ihr Interesse für die schwarze Magie teilen. Er selbst sei mit einem Deckengemälde beauftragt worden – und zwar in einem großen Saal des neuen Flügels der Abtei, der derzeit nach Philadelphias Vorstellungen im venezianischen Stil erbaut werde. Der Saal solle der Durchführung von Ritualen dienen, die er nicht nennen könne, die sein Freund aber kenne. Und er freue sich schon darauf, selbst an solchen Ritualen teilzunehmen.»

«Deshalb die Ziege auf dem Gemälde …», stöhnte Zuleika, die wusste, wie solche Rituale aussahen.

«Dieser neue Flügel, so Gotha weiter, solle Philadelphias junger Nichte Henrietta gefallen, für die diese vielleicht allzu zärtliche Gefühle hege.»

Als Wyndham fertig war, redeten alle durcheinander.

«Das ist schrecklich», rief Caro. «Ihre eigene Nichte!»

«Krank», stimmte Festy zu. «So was wie Inzest.»

«Jetzt wird einiges klar», sagte Jeremy Zeals. «Eine reizende Sippschaft. Was gibt's noch zu berichten, Wyndham?»

«Sechs Monate später schrieb er einen weiteren Brief.»

Er hob eine Hand, und alle verstummten. «Von Beauregard Abbey seien keine weiteren Aufträge zu erwarten. Philadelphia habe die Pocken bekommen. Sie überlebte, schrecklich entstellt, aber Henrietta steckte sich an und starb.»

Caro fing an zu schluchzen. «Ich kann nicht anders», entschuldigte sie sich. «Die arme Henrietta.»

«Wo sie doch ihren Liebhaber und ihren Vater um die Ecke gebracht hat», gab Harry zu bedenken.

Wyndham kehrte zu seinen Briefen zurück. «Philadelphia sei untröstlich, schreibt Gotha. Er blieb in der Abtei, als sie krank wurde. Er hatte als Kind die Pocken gehabt, musste also keine Angst haben, sich anzustecken.» Wyndham schlug mit dem Handrücken auf das Blatt. «Und hier wird es wirklich sehr merkwürdig: Als Henriettas Ende nahte, holte Philadelphia einen exkommunizierten Priester, der zuvor die schwarzen Messen gehalten hatte. Gotha schreibt, sie hätten die bewusstlose Henrietta in die Kapelle gebracht – zusammen mit ihrer Geige, einem exzellenten Instrument, das von dem Geigenbaumeister Archangeli aus Venedig gefertigt worden war. Es wurden aus einem Buch Zaubersprüche rezitiert und alle möglichen Rituale durchgeführt, um die Mächte der Finsternis zu beschwören und den Geist Henriettas mit deren letztem Atemzug in den Korpus ihrer Geige zu bannen.»

«Der Grimoire», flüsterte Zuleika, und trotz der Hitze lief ihr ein kalter Schauer den Rücken hinunter. Vor ihrem geistigen Auge sah sie die Szene in der Kapelle, die Dunkelheit, die verzweifelte Beschwörung des Bösen.

«Wie entsetzlich», rief Caro. «Sie ließen sie nicht mal in Ruhe, als sie todkrank war.»

«Gotha äußert sich ab hier kritisch», fuhr Wyndham fort und hob die Stimme, um das Gemurmel zu übertönen. «Er schreibt, Philadelphia habe geglaubt, Henriettas Geist würde eines Tages in die Seele des Menschen schlüpfen, der auf dieser Geige spielt. Pst, ich bin noch nicht fertig. In ihrer krankhaften Leidenschaft für ihre Nichte habe Philadelphia angeordnet, Henriettas sterbliche Überreste in eine große Urne zu schließen und zu versiegeln.»

«Dann waren es also wirklich ihre Knochen», stellte Margo zufrieden fest.

«Gotha schreibt, das schwarze Leichentuch der Trauer habe über der Abtei gehangen, Philadelphia habe sich immer wieder klagend und weinend auf die Urne geworfen und sich überhaupt ganz unnormal verhalten. Eines Nachts sei er von schrecklichen Schreien geweckt worden. Er rannte in die Kapelle, aus der der Lärm kam, und fand dort Philadelphia. Sie hatte eine schwarze Kerze umgeworfen, die sie gewöhnlich vor Henriettas Urne aufstellte.»

«Wirklich morbid», sagte Lutz.

«Oh, Gott», stieß Festy hervor, die trotz ihrer Sonnenbräune leichenblass geworden war. «Das habe ich im Traum gesehen.»

«Ein paar Altarbehänge hatten bereits Feuer gefangen, und als Gotha und die Bediensteten eintrafen, war Philadelphia tot.»

Langes Schweigen.

«Dann hat also Philadelphia die Geige einmauern lassen?», fragte Rosie. «Aber warum?»

«Vielleicht konnte sie ihren Anblick nicht ertragen», sagte Caro. «Die Geige erinnerte sie zu sehr an Henrietta.»

«Nein», sagte Wyndham. «Das hat ein Freund Philadelphias getan, der exkommunizierte Priester. Sein Name ist – ob ihr es glaubt oder nicht – Mallins, Walter Mallins. Nach Philadelphias Tod spielte er mit dem Gedanken, sie mitzunehmen, verwarf die Idee dann wieder, wollte aber ein so exzellentes

Instrument auch nicht zerstören. Und deshalb befahl er den Handwerkern, sie im venezianischen Saal einzumauern, wo Gotha die ganze Zeit über malte. Gotha schreibt auch, er habe die Geige in der Hand gehalten – er konnte wohl einigermaßen spielen –, habe aber darauf verzichtet, sie zu spielen, da er nicht wusste, welches Unheil daraus erwachsen würde.»

Harry wollte die Zeichnung für die Kerzenständer sehen, und er reichte sie an seine Freunde weiter, die vor Entsetzen aufschrien.

Wyndham schob seinen Stuhl näher an Zuleika heran und flüsterte ihr ins Ohr: «Du hast die Geige absichtlich ins Feuer geworfen, stimmt's?»

Zuleika warf Rosie einen Blick zu, aber die unterhielt sich angeregt mit Toby und Jeremy Zeals, und die anderen redeten alle durcheinander. «Ja», flüsterte sie. «Aber das darfst du nie jemandem sagen. Sie würden glauben, ich hätte den Verstand verloren, ganz abgesehen davon, dass es ja ein wertvolles Instrument war. Da säße ich ganz schön in der Tinte.»

Er schaute ihr in die Augen. «Ich weiß, warum du das getan hast. Keine Sorge, ich sage niemandem etwas. Und täusche dich nur nicht: Diese Kids wissen alle, was du getan hast und warum. Ah, hier kommt unser Essen.»

Es war ein denkwürdiges Festgelage, das bis weit in den Nachmittag dauerte. Müde vom Essen, vom Wein und von der Hitze des venezianischen Sommers, brachen sie auf.

«Zuleika und ich machen einen Spaziergang», sagte Wyndham. «Sie hat noch kaum etwas von Venedig gesehen, heute Nachmittag spielen wir Touristen.»

Ehe die Jugendlichen sich aufmachten in Richtung Lido, hielten sie inne und beobachteten, wie Wyndham und Zuleika über die Piazza davonschlenderten. Unter einem Bogen blieb

Wyndham stehen und sagte etwas zu Zuleika. Sie lächelte ihn an, und Hand in Hand gingen sie weiter.

«Aha», sagte Lutz.

Wyndham führte sie die Kanäle entlang und über etliche Brücken. Mit einem *vaporetto* unternahmen sie eine Fahrt auf dem Canal Grande.

«Es stinkt», stellte sie fest. «Aber dieses Licht und die Palazzi – oh, es ist einfach wunderbar. Ich kann verstehen, warum Philadelphia ein Stück davon in das graue England hatte mitnehmen wollen.»

Erschöpft setzten sie sich in einer Bar an einen kleinen Tisch im Freien, sahen den vorbeieilenden Bewohnern der Stadt zu, die ein Schwätzchen hielten, Einkäufe erledigten oder bei einem Kaffee oder einem Eis eine kurze Pause machten.

«Hey, ist das nicht Arabella?», fragte Wyndham plötzlich. «Was macht sie hier? Ich dachte, sie müsste sich von ihrem Nervenzusammenbruch erholen, oder was immer es war.»

Zuleika blickte um sich. «Ja, das ist sie. Sie dürfte eigentlich nicht allein hier rumlaufen, sie sollen immer zu zweit unterwegs sein. Aber es ist nicht meine Aufgabe, mich um sie zu kümmern. Sie kann gut auf sich selbst aufpassen.» Dann berichtete sie Wyndham, Arabella sei als Ersatz für einen Geiger mitgefahren, der die Reise nicht hatte antreten können. «Sie hat gebettelt und gefleht, und Rory und die Ärzte meinten, sie könne es riskieren.»

«Als einfaches Orchestermitglied, mehr nicht? Was sagt der Direktor dazu?»

«Hast du es nicht gehört? Fitzhoward ist nicht mehr da. Er hat gekündigt.»

Sie schloss die Augen, dann strich sie sich mit der Hand

über die Stirn, als könne sie so die Erinnerung an Fitzhowards hassverzerrtes Gesicht in jener Feuernacht auslöschen.

«Alle an der Schule haben aufgeatmet, oder? Und wer ist für ihn gekommen?»

«Sie werden schon jemanden finden, bis jetzt ist die Stelle noch vakant. Tessa Tonkin als stellvertretende Direktorin hätte aufrücken können, aber sie wollte nicht. Also spielt Jeremy Zeals den Direktor. Er ist ohnehin der Beste und außerdem Nicholas Beauregards Wunschkandidat, und so wird es wohl auch kommen.»

«Ausgezeichnet», sagte Wyndham. «Und wie geht's Arabella mit ihrer Musik?»

«Sie spielt genauso wie vor der Zeit, als sie Henriettas Geige in die Finger bekam. Präzise, technisch virtuos, aber ausdruckslos und uninspiriert. Und es liegt nicht daran, dass sie keine gute Geige hätte. Sie haben ihr alles Mögliche gegeben, soviel ich gehört habe, sogar eine Stradivari.»

«Und das bringt nichts?»

Zuleika schüttelte den Kopf. «Angeblich nicht. Sie hoffen immer noch, ihre Brillanz würde wiederkommen, wenn sie erst ganz gesund wäre. Tatsächlich ist sie hier auf der Suche nach einer Geige. Rosie sagt, sie war mit ihr schon bei einem halben Dutzend Geigenbauern.»

«Wird sie jemals wieder so brillant spielen?»

«Ich bezweifle es.»

Wyndham nahm einen Schluck von seinem kalten Bier. «Wird sie in Beauregard bleiben?»

«Nein, sie geht ans Konservatorium nach London. Da ist sie dann mit Fitzhoward wiedervereint – Ironie des Schicksals. Er hat dort eine Stelle als stellvertretender Verwaltungschef angenommen.»

Wyndham hörte nicht mehr zu. «Sieh mal, sie kommt

zurück, und jetzt geht sie in den Laden an der Brücke, in dieses düstere kleine Loch. Wir sind vorhin dran vorbeigegangen.»

«Es ist ein Geigenladen», stellte Zuleika fest, die erst jetzt das Schild über der Tür in Form einer Violine bemerkt hatte. «Dort wird sie vermutlich nichts Besonderes finden.»

Arabella ging die Stufen in den finsteren Laden hinunter. Ein Glöckchen läutete und kündigte die Besucherin an, woraufhin ein dunkelhaariger Mann unbestimmten Alters aus dem Hinterzimmer kam. «Ich habe Sie schon erwartet», sagte er auf Englisch mit tiefer, klangvoller Stimme.

«Ich komme wegen einer Geige.»

«Dieselbe wie letztes Mal?», fragte der Ladenbesitzer, und ein Lächeln umspielte seinen fleischigen Mund.

«Genau dieselbe.»

Er schaute sie an, spitzte die Lippen und trommelte mit seinen langen Fingern auf der Ladentheke. «Ich glaube, das kann ich für Sie arrangieren.»

«Und der Preis?»

«Der Preis.» Er musterte sie konzentriert und eindringlich. «Den Preis kennen Sie.»

«Ich weiß nicht, ob ich so viel bezahlen will.»

«Warum sorgen Sie sich um Ihre Seele, die doch nicht mehr ist als eine Illusion, wenn ich eine Geige habe, die Ihr ganzes Leben verändern wird?»

Damit streckte er sich und holte eine Geige aus dem Regal. Sie hielt den Atem an, als sie das geschnitzte Gesicht der Schnecke sah.

«Probieren Sie sie aus. Sie wartet seit langem auf den richtigen Geiger. Sie werden nicht enttäuscht sein. Und der Preis ist nichtig, wenn man sich einen Herzenswunsch erfüllen kann, meinen Sie nicht auch?»